大方
sight

HOUSE OF STONE

家

家园、家族
与消逝中东的回忆

A MEMOIR OF HOME, FAMILY,
AND A LOST MIDDLE EAST

[美] 安东尼·沙迪德 著
阎纪宇 译

中信出版集团 | 北京

图书在版编目(CIP)数据

家：家园、家族与消逝中东的回忆 / (美) 安东尼·沙迪德著；阎纪宇译. --北京：中信出版社，2019.5

书名原文：House of Stone：A Memoir of Home，Family，and a Lost Middle East

ISBN 978-7-5086-9867-0

Ⅰ.①家… Ⅱ.①安… ②阎… Ⅲ.①纪实文学一美国一现代 Ⅳ.①I712.55

中国版本图书馆 CIP 数据核字(2018)第 291209 号

家：家园、家族与消逝中东的回忆

著　　者：[美] 安东尼·沙迪德
译　　者：阎纪宇
出版发行：中信出版集团股份有限公司
　　　　　(北京市朝阳区惠新东街甲 4 号富盛大厦 2 座　邮编　100029)
　　　　　(CITIC Publishing Group)
承 印 者：河北鹏润印刷有限公司

开　　本：670 mm × 970 mm　1/16　　印　　张：23.25　　字　　数：260 千字
版　　次：2019 年 5 月第 1 版　　印　　次：2019 年 5 月第 1 次印刷
京权图字：01-2018-6996　　广告经营许可证：京朝工商广字第 8087 号
书　　号：ISBN 978-7-5086-9867-0
定　　价：78.00 元

献给我的妻子娜达、女儿莱拉、儿子马利克

也献给杰代迪特马佳永，从过去到未来

Contents

目录

序曲：房子_1

第一部：返归

沉默何所知_11 / 小橄榄树_24 / 三只小鸟_49

最后的绅士_65 / 黄金_85 / 提早收获_98 / 别告诉邻居_110

阿布·金恩，这样你满意了吗？_123 / 沙亚先生出现_137

最后的呢喃_155 / 海瑞拉的乌德琴_170 / 城堡_185

第二部：家园

思乡_203 / 罗莎娜灌木丛_214 / 笨猫_231

帘幕_240 / 盐腌米克塔_252 / 危险消逝_270

家_278 / 更糟的时刻_288 / 以圣父之名_299

返家_310 / 哦，莱拉_319 / 我的马佳永_328

尾声_347

致读者_353

真正爱恋着维也纳的人，永远活在借来的记忆里。他怀着苦乐参半的乡愁，记忆着自己其实根本不知道的事情。此时此刻的维也纳，与历来任何一个时刻的维也纳一样美好。然而最光华灿烂的维也纳，却是一座从来不曾存在的城市。

——奥逊 · 威尔斯，1968 年短片《维也纳》

左上：佩戴白玫瑰的年轻人是作者的外曾叔祖父米克巴尔。

右上：中坐者为芭希雅。

左下：中坐者为伊斯伯·萨玛拉，右坐者为芭希雅，左后站立的是纳吉布，右后站立的是拉提巴，前方拿花的小女孩是赫达。

序曲：房子

千年来，阿拉伯语随着时间慢慢演进，语汇几乎无所不包，细节可说无微不至。“bayt”直译是“房子”，但是它的含义丰富，超出了房舍与墙垣，召唤出人们对于家族与家园的渴望向往。放眼中东地区，“bayt”是个神圣的字眼，帝国衰亡、国家覆灭、疆界改易，旧日的忠诚可能消失无踪，或者一夕易主。然而“bayt”，无论指的是建筑物，还是熟悉的根据地，归根究底，都代表一份永不褪色的认同。

马佳永位于今日的黎巴嫩。很久以前，伊斯伯·萨玛拉留下一间房子。这间房子从来不曾要求我们驻足或进入，它只是等待着，必要时提供庇荫。伊斯伯·萨玛拉把房子留给我们，也就是他的家人，让我们与过往联系起来，维系我们的生存，作为许多故事的场景。我曾经花了许多年时间，拼凑伊斯伯的事迹。他年少时白手起家，我喜欢想象他如何生于斯、长于斯。霍兰的原野向远处延伸，连爱做梦的他也难以理解想象。

在一张历代相传的老照片中，伊斯伯的肩膀看似厚实，但已显出老态，尽管他并没有机会老成那个样子。而且他的表情带有一抹淘气的味道，感觉相当年轻。与其说伊斯伯英俊，不如说他引人注目，他的脸庞在风吹日晒中磨损，但眼睛依然是漂亮的也门蓝，与周遭景物的闪族棕对比，分外独特罕见。伊斯伯生养了六名子女，他看起来非常不修边幅，红棕色的头发纠结蓬乱，胡须像一撮粗大蓬松的画笔。他从小就出社会闯荡，想证明自己的能耐；后来，他也相信自己已经证明。

伊斯伯与家人拍摄这张照片时，年纪大约四十来岁。然而更让我感兴趣的，却是后来的伊斯伯：他变成一位父亲，雄心壮志不复当年，为了子女生存而将他们送往美国。我不知道他是否曾经想象，自己的儿子女儿、孙儿孙女和一代又一代后人，度过跟他一样变化莫测的人生。他是否早在多年之前就已预见我们流浪回来，走上龟裂的台阶，打开老房子的门？

伊斯伯传承了游牧民族贝都因人的好客传统，他的房子总是欢迎旅人光临。这幢房子是由岩石与瓷砖砌成，第一次世界大战结束之后完工，周遭种了许多橄榄树与李树。它至今矗立在我们的故乡，那地方的战争经常让时间停止流动；它像一幅水中反射的倒影，在家族成员心中萦绕。我们是一个永远无法安身立命的家族，成员关系紧密，从数十年前的几个世代就开始背井离乡。当我们想到“家”，根源意义或者地方意义的“家”，我们总是想到伊斯伯的房子。

伊斯伯的房子建在一座小山丘上，洋溢地中海东岸的黎凡特[1]风情，也透显出他期待渴望的生活形态。它让人想起一个失落的开放年代，当时奥斯曼帝国尚未灭亡，各色各样的人们在共享的土地上迁徙。伊斯伯房子所在的塞瑞尔区，过去曾是当地最美不胜

1 黎凡特（Levant）在历史上泛指地中海东岸地区，大约包括现今的黎巴嫩、叙利亚、约旦、以色列、巴勒斯坦自治区、塞浦路斯、土耳其的哈塔伊省，以及伊拉克部分地区和西奈半岛。

收的小区，石灰岩建材、尖顶拱门、红瓦屋顶。这些红屋瓦是从法国的马赛进口的，在十九世纪初年见证了当地的四通八达与都会时尚。此外它们也像奥斯曼帝国士绅戴的塔布什帽一样，透显出黎凡特风格。塞瑞尔区的士绅们，银器总是擦得发亮，每日午后必喝咖啡。家族元老，有如一张布满尘埃的老旧长沙发，拿起绣有姓氏字母的手帕，擦拭着湿黏的眼睛。他们父子世代交替，传承备受看重的姓氏。然而，伊斯伯的姓氏原本并不特别显赫。

在伊斯伯所处的地域和时代，白手起家的例子并不常见，但他打响了自己的名号。他所属的大家族默默无闻，只有“不到二十间房子”。他的家具价格不菲，远从叙利亚进口，但也是不久之前才成为他的财产的。他的房子独树一格，原因不只是新颖而已。建造这幢房子的伊斯伯是个作风粗犷的商人，唯有他的妻子芭希雅才能够让他不要一直盯着账簿。这幢房子连接的时代，既蕴含珍贵的文化素养，也曾发生难以想象的悲剧。此外，它彰显出一个善良但并不完美的人，如何善用自己的一生。伊斯伯建造的房子告诉世人，他挚爱以及赖以维生的事物；也提醒我们，日常生活的所在尽管并不起眼，但具备丰富的意涵。进入房子的双扇门高大宽阔，正适合伊斯伯这样的人物，他是一个关不住的人。

伊斯伯是我的外曾祖父，他的女儿名叫瑞伊法，她生下了我的父亲。在我成长过程中，关于伊斯伯的回忆让他死而复生，那些故事让他变得真实起来，同时也将我的家人传送到他的世界，一座已从新近出版的地图上消失的驿站：杰代迪特马佳永（Jedeidet Marjayoun）。我的家人提到故乡时，一定是称呼它为杰代迪特马佳永，不会只说“杰代迪特”或者“马佳永”。我们使用全名，表达敬意，因为这地方是我们的源头，是我们的家园，是我们存在的根本。

我的祖先定居的马佳永，曾经是商品货物的集散地，贸易的路线由基督徒、穆斯林与犹太人开拓经营，三大族群编织出古老中东的图像。马佳永是地区交通的门户，通往地中海之滨的城市西顿、赫尔蒙山另一边的大马士革、古代巴勒斯坦地区的耶路撒冷、古罗马城镇遗址巴勒贝克。由此可见，马佳永算是这个地区最具国际色彩的城镇，它的文化与发展鹤立鸡群。

然而今日并不时兴对小地方的流连忘返，这些小地方与大世界格格不入。的确，马佳永的光彩逐渐黯淡，而且过程已持续数十年。广受欢迎的星期五市集，如今难以为继，过去人们总是盛装打扮参加，女士穿上来自大马士革的华服，男士挂上购自美国的怀表。现在夜里的马佳永，只见得到摇曳微弱的灯火，连走投无路的旅人都有可能错过。来到城里的广场，店铺的商品满布尘埃，几十年来都标明降价求售。店主不再把柜台擦得发亮，不再送上雪水酿成的果子露，也不再贩卖来自异国的烟草。过去有一位坏脾气的长老会帮人看病，心情好时还会开药方，现在早已歇业。马佳永已经停止研究外面的世界，也完全跟不上这个世界的脚步。城里四处散落着各种碎片，几十年前的旧报纸，昔人特别留下的古怪物品。当然，如今已没有公路通过马佳永；它的影响力曾经遍及叙利亚全境，笼罩埃及西奈半岛的大城阿里什，一路延伸到青尼罗河与白尼罗河[1]的汇流处；相较之下，现在沿着

1 青尼罗河与白尼罗河是尼罗河的两条主要支流。

马佳永最大的一条街走上一英里路，它就变成一个无足轻重的地方。

就在这地方，我的家族曾经协助竖立一座十字架，打乱了当地的平静。我们虽然是马佳永最早期的基督教徒，但是向来缺乏性情温和公允的名声。我们曾经走过这些街道，在开辟的过程中决定它们要通往何方，后来又沿着它们背井离乡。虽然我们家族仍持续有新生代加入，但在情感方面依旧保持深藏不露的传统，尽管我们回顾往事有时候还是会热泪盈眶。

马佳永有许多无人居住的房子，伊斯伯大宅是其中之一。我们称这类房子为“mahjour”，阿拉伯文的意思是遗弃、荒废、寂寞。它们摇摇欲坠，有如鬼屋，诉说着马佳永一去不返的辉煌岁月。许多年头过去，战争与死亡此起彼落，许多人从它们旁边走过，把这些房子视为朋友。望向一扇又一扇破碎的窗户，行经的人看到的是闪亮的玻璃，以及玻璃后方发生的事情。人们通过想象看着那些幽暗的房间，除了看见斑驳剥落的墙面、尘埃堆积的地板，还有几位老友正点亮油灯、燃起煤炉。

马佳永的故事就是以这些房子写成，写成一段各奔东西的历史。“我还是每天都会想起他们。”离去的人留下来的房子四处可见，不再受到人们眷顾。“他们刚开始还会寄信。她是我最要好的朋友。”留下的人记得我们失去的人。“我们一觉醒来，发现他们的房子成了空屋。”走进这些破落倾颓的房间，人们会听到幽灵的声音以及悔恨，来自仍然记得它们的人们。

闭上双眼，忘了马佳永。接下来你将穿过利塔尼河谷，翻山越岭，来到杰赞，再前往海岸边的西顿。

第一次世界大战时期，奥斯曼帝国从崩解走向灭亡，一股持续百年的移民潮应运而生，我的阿姨、叔伯、祖父母与曾祖父母也随波逐流。马佳永地处内陆，当时隶属于所谓的“大叙利亚”，阿拉伯文称之为“bilad al-Sham”，战争带来经年累月的无政府暴力状态，血腥杀戮是家常便饭，各种疾病猖獗，饥荒情况严重；后者是拜英国与法国之赐，两国强行封锁地中海岸所有的阿拉伯港口。数以万计的民众活活饿死，从黎巴嫩、叙利亚、巴勒斯坦到伊斯伯的家园，都无法幸免于难。一项针对一百八十二座村落的可靠调查显示，四分之一的住宅毁于战火，超过三分之一的居民死亡。

这可怕的十年以及后续的冲击，促使许多村民背井离乡，飘洋过海，我的家人也是如此。从南美洲、西非到澳洲，都是他们的寄居之地；也有一些人来到美国俄克拉何马州的俄克拉何马市与堪萨斯州的威奇托。这段流离的年代结束之后，1920 年，当欧洲列强瓜分奥斯曼帝国时，散居海外的黎巴嫩人竟然比国内人口还多。

我的档案柜中有一个绿色的文件夹，标题写着“家族纪录”。里面有归化公民与婚姻的证书，美国陆军发给我祖父的退伍令，一位姑姑为祖母写的生平事迹，祖父从贝鲁特搭乘“拉佐号”轮船来到波士顿的纪录。还有两份皱巴巴、折了三折的族谱，涵盖我的母系与父系祖先，也就是萨玛拉与沙迪德两大家族。其中一份家谱上最早的一位先人萨玛拉·萨玛拉生于 1740 年，后来参与一场历史性的大流亡，据说是由霍兰地区(位于今日的叙利亚)的一群女性领导，来到山峦起伏的马佳永。家谱的其他部分就更为复杂，开枝散叶成两百多个名字，以英文和阿拉伯文一一仔细记录。

文件夹里也有照片，其中一张出现我的外曾叔祖父米克巴尔，脸庞看起来还有点孩子气，穿着很不合身的西装外套，翻领上别着一朵硕大的白玫瑰。其他的照片，女士们愁眉苦脸；男士们蓄着翘八字胡，一簇一簇的头发似乎永远梳不整齐。无论女士男士，都拿出星期日才会穿的考究衣裳，打扮得非常花俏。老米克巴尔开了一家布料服饰店，招牌上写着“物美价廉”，但是英语翻译就不是那么肯定：“宾主互惠”。上面的字体显然是出自母语人士之手，带着阿拉伯文的优雅斜度，向左边倾侧，压倒正经严肃、直挺挺的拉丁字母。

吸引我家人移民的美国，远在马佳永七千英里之外。尽管山道崎岖，海路凶险，然而旅程中最艰难的一段，却是在刚离开家园的几英里路，离开那些日后不再熟悉的面容。等到我们抵达纽约、得克萨斯州、俄克拉何马或者任何一个地方时，我们已经失去许许多多事物。美国作家伊丽莎白·哈德威克写道：“旅行时的第一个发现，就是自己并不存在。”换言之，你动身时不仅留下其他人，也留下你所知的自己。随家族姓氏而来的权势或惩罚消失了；先人胼手胝足换来的名声，到新国度之后无人知晓；了解你生命历程的人消失了；足以解释你所犯错误的过往缘由消失了；在你抵达新国度的那一天，除了你的姓名之外，一切都会消失，甚至就连姓名都有可能被迫更改。

为了生存，太多的事物必须抛弃。你的感受遭到忽视，因为有更多的人吃了更多的苦。对这些旅人而言，他们还能拥有的就只是生存，以及回忆中的脸孔，直到他们珍藏的照片磨损不堪，甚或四分五裂。尽管我们都无法唤起它的形象，伊斯伯·萨玛拉的大宅兀自矗立，诉说他的与我们的姓氏。这是一个让人回顾过往的地方，有如一具船锚，回顾留在那里的一切。对于我的族人，无论是离散还是团圆，伊斯伯的大宅向他们宣示：记得过去，记得马佳永，记得你的本来面目。

Part One Returning

第一部　返归

沉默何所知

2006 年 7 月 30 日

“慢一点，”民众对着一名推土机司机大喊，他正在夷平镇上残存的建筑物。多年来，我见过许多人失去家园，“慢一点，慢一点”似乎是他们共同的声音。

有些苦难无法以文字来报道。对我而言，受苦似乎已是家常便饭。身为一位中东事务记者，我报道的是战争、战争的幸存者与死难者，以及许多既是幸存者又是死难者的人物。在黎巴嫩南部的村镇卡纳，某一天上午，以色列的炸弹找到了牺牲品。我们看到的死难者有的站着，有的坐着，有的环顾四周。原本安静的早晨被撕裂开来，一段时间之后，卡纳的声音与故事、盘与碗、信函与文字，还有它的历史，全都灰飞烟灭。推土机驶过去，清除人们残存的生活痕迹：一袋洋葱、一罐豆子、一张染血的蓝色床垫、一个茶壶、一帧照片，照片上的男孩即将成年，模样不太自在。

慢一点，慢一点。这请求不断在我脑海出现，当时我正在寻找一些细微但意味深长的事物，准备再为《华盛顿邮报》写一篇报道。我闻到雪松与松树的芳香，非常清新，让人精神一振，仿佛象征更新的承诺。后来我才发现，当地原有的雪松与松树，已经在几个小时之前遭到摧毁。

来到卡纳，只见一道又一道铁丝网，闲置在一处看似街道的地方。有些黎巴嫩人相信，耶稣就是在这个遍布葡萄园、橄榄树与无花果树林的地方，施行把水变成酒的神迹。然而当我在那个夏日来到卡纳，可能有百年历史的橄榄树多瘤多节的树干被劈开来，像牙签一样。一辆雪佛兰老爷车被爆炸的威力抛出来，后窗露出一截破旧的波斯地毯。一头驴子发出嘶鸣，以色列军方的炮击又在远方隆隆响起，吓得一只猫冲过瓦砾堆。过了些许时刻，一位救援人员从废墟中现身，微微弓起背，怀中抱着一个才一岁大的婴儿，名叫阿巴斯·哈辛姆，卡纳炮击事件的第二十七位罹难者，绿色围兜前方悬着一个蓝色的奶嘴，前额上有一大片瘀伤，舌头从嘴巴疲软无力地垂下。他的身体后方放了一本《天堂之钥》，书页的边边角角已经烧焦。

大部分的死者都满布尘土或瓦砾，但还留下全尸，因此保持着最后的姿态：一只手臂高高举起呼救；一名老汉拉起裤子；十二岁的胡赛因·哈辛姆如胎儿般蜷缩，嘴巴似乎呕出泥土。穆罕默德·查尔胡布坐在地上，右手骨折；他的妻子哈蒂雅与母亲哈丝娜都死了，两个分别为十二岁与两岁的女儿赫拉与莎赫哈死了，三个分别只有十岁、九岁与七岁的儿子阿里、亚希亚与阿塞姆也死了。查尔胡布膝下全虚，悲从中来："我原本还希望，上天至少会留一个孩子给我。"

战争再度登堂入室来到黎巴嫩。第一次世界大战结束之后，黎巴嫩对战争比对和平更熟悉。我连续十八天报道以色列最近发动的攻击，和几位同行合作，追踪这场自 1982 年以来死伤最惨烈、破坏最严重的战事；以色列在 1982 年入侵黎巴嫩，占领黎南长达十八年。这一回，先是黎巴嫩什叶派穆斯林军事组织真主党渗透以色列重兵防守的边界，在伏击中杀害三名以军士兵，俘虏两人。以色列大举报复，发动完全不成比例的反击，连续三十三天重兵压境，彻底摧毁一座又一座村庄，至少造成一千一百人死亡，其中大部分是平民。以军的“驰车式”主力战车长驱直入；无人驾驶的飞机在空中盘旋，如昆虫般嗡嗡作响。以军使用的武器主要来自美国：F－16战斗机、阿帕契攻击直升机、麻雀飞弹、响尾蛇飞弹，还有借由集束炸弹留下的四百万枚小型炸弹，它们像播种一样撒在土地上，战争结束许久之后，仍然可以杀人伤人。

我的团队挥别卡纳时，我只希望一路顺风，踏上蜿蜒的道路，快速通过丘陵地带与硝烟四起的绿野，逃之夭夭。我开着自己那部吉普切诺基老爷越野车驶向提尔，抵达当地再各奔东西。来到提尔，我注意到的并不是更多的死亡；虽然当地有八十六副脸孔躺在廉价的棺材中，让黎南炽热的阳光暴晒。最让我动容的是一排妇女，身穿黑衣，在场地的一角哀悼。气温越来越高，少数几位女子掀起面纱，小心翼翼地动作，仿佛生怕一个微小的动作就可能扰乱这个世界。提尔的妇女并不畏缩，也不说话，更不要求旁人注意她们的哀伤。她们为众人服务，只要还有棺木等待入土，等待被送入巨大的墓穴，她们就不会离开。中东地区为人们上的第一课，就是沉默的意义。从这群妇女的沉默中，我们看到的是信仰。

我的沉默中有我的家族，从这场战争开打以来，我心中就一直挂念着他们。也许这是因为我的亲戚都是背井离乡之人，而我总是和他们匆匆告别。告别的时机最好是在凌晨，天光未亮，婴儿还没有开始啼哭，妻子还没有醒过来，印度班加罗尔的信用卡公司人员还没有打电话来要求入账。我宁可自己一句话都不说，快速离开。沉默总比相隔千万里的揣测来得好。一把抓起行李箱，注意出租车的车头灯是否出现，抽一根不该抽的烟。上路。

然而我最常前往的地区，当年曾令我悠然神往，如今却是风光不再。过去数十年来我所迷恋、挂念、悲悯的中东地区，已经消失无踪。第一次深入认识中东，是大学时期到耶路撒冷度过一整个夏天。后来我又去了许多次中东，前往苏丹濒红海的奥斯曼帝国边境据点萨瓦金，来到靠石油业发展起来的沙特阿拉伯首都利雅得，横越沙漠，抵达也门首都萨那。我造访某个气氛奇幻的古镇，一间一间房子有如玩具，搭配彩色玻璃窗、白色石灰覆盖着奶油色的泥砖。我继续旅行，行经波斯湾沿岸碧蓝的海水，一个又一个现代化却虚幻的首都。特别让我动心的是一种难以言喻、然而潜藏在万事万物之下的东西，一种对生活的态度：自在、优雅、没有多余的事物。任何事物只要让人感觉匆忙仓促、肤浅浮面、唯利是图、虚妄欺人，都会遭到排拒。这种生活态度的核心是一种悠长缓慢，让人们仔细考虑每一个选择的精神。人们相信，这样的精神显现在细小的事物与仪式之中，然而战争爆发，打乱了一切。

当战争让时间停止，代表价值的古老传统与安抚心灵的生活习惯也都随之中断。生活变得无人闻问，原本恒久的事物从此消失。当战争本身、战争的威胁或者战争之后的损失成为生活的方式，旧时的黎凡特生活也日渐式微。在我于 2006 年抵达黎巴嫩时，在此地交流的文化已经少之又少，政治化身为死硬的宗教论述或者更古老的从属关系；身份认同完全决定于这些从属关系，不再牵涉文化和语言。我们似乎只剩下没有公民意识的部落。世世代代连结人们的家园，很早就已沦丧；虽然古老的建筑仍然矗立，通过破旧的砖石与孤零零的拱门，喃喃诉说过往的时代。

2006年8月10日，凌晨3点30分，以色列军队进入马佳永。这个地名的阿拉伯文意思是“泉水之地”。战争已经杀到故乡的大门口，我当然担心伊斯伯大宅会不会毁于一旦。我知道自己必须跑这一趟，而且几天之后就出发。伊斯伯大宅已经荒废多年，旁边就是当地人称为“老人山”的赫尔蒙山。

开车前往马佳永的旅程，照理应该是心旷神怡的。一路山峦起伏，几个小时后抵达商业繁荣的纳巴泰，接着穿越利塔尼河谷，下一站就是马佳永。然而那天经过提尔的时候，没有人敢说走哪一条路才不会遇到战火。后来我们选择一条曲折蜿蜒的小路，希望能够安全通过，避开空袭的威胁。人们说，当飞弹来袭，要等到它击中你的汽车，你才会听到它的声音。但我还是全神聆听，尽量保持安静，我要是开口说话，几乎一定会对同行者失去耐心。

我刚从伊拉克战场脱身，在那里待了三年。先前我参与过三场战争，如今突然间又要投入第四场战争，而且残酷的程度是我前所未见。为了继续报道，我得依赖大量烟草，足以让南、北卡罗来纳州的安非他命生意停滞。我的头发开始灰白，但那并不是年华老去的迹象，至少当时还不是。灰发是从约旦河西岸的拉玛拉与巴格达带回来的纪念品，再加上最后半年的婚姻生活，婚姻的影响尤其显著。过去这段期间，我和妻子的冲突加剧，日子感觉特别漫长。她和我生了一个女儿，一直对我工作的死亡风险耿耿于怀，一切都是从2002年3月开始的，当时我人在拉玛拉，被一名以色列狙击手射伤。

回想那一天，还没听到子弹声之前，我就已经先跌倒在地，声音震耳欲聋，我分不清方向。我本来以为是一枚震撼手榴弹爆炸，手脚动弹不得，但是没过多久，脊椎传来一阵刺痛，射伤我的这枚子弹原本可能是瞄准我的脑袋。我还记得自己告诉身旁的巴勒斯坦籍同事："我想我中弹了。"感觉像是意会到自己中弹之后许久，但实际上只有一下子。他躺在我旁边，焦急地拍打我的身体并寻找出血的地方。

我瘫痪在死灰色的天空之下，温暖的鲜血浸透了我肮脏的衣服，几乎可说有一种安抚慰藉的感觉。后来我的伤势大致复原，但是我的妻子并没有，我们的家庭出现裂痕，岌岌可危，最后分崩离析。抵达黎巴嫩时，我就只剩一只行李箱和一部笔记本电脑，在机场输送带上飘流。

为了前往已经被以色列占领的马佳永，我们先向北赶路，来到利塔尼河，但是找不到渡河的路。桥梁残破不堪，临时开辟的便道也在空袭中柔肠寸断。利塔尼河虽然不算什么大河，但是水很深，就连在夏季也无法涉水而过。还好有人看到一座便桥，显然前一个晚上才搭起来（可能是供游击队运送军火之用），让我们得以设法通过。我们抵达首都贝鲁特，但是马佳永那边没有任何消息。

当时的贝鲁特流行一首歌，《哦，贝鲁特，世界女士》，玛吉妲·鲁米唱道："在废墟中绽放，像一树四月的杏花。"她的声音不断拔高，"绽放吧，贝鲁特！"然而我在开车进城的路上意识到，不久之前的贝鲁特是如此生气勃勃，明日的贝鲁特却已不可能恢复旧观。进城之后，放眼望去，机场的燃料库还在燃烧，冒出一柱一柱的白烟，笼罩海边的天空。游击队每发动一次攻击，以色列就升高轰炸的力道，按部就班地摧毁贝鲁特的基础建设，成千上万人民流离失所，在那些好战政治力量与深厚信仰结合的城区，营造出一种凶险、恐惧、反抗的气氛。

我们驶过住宅区，居民观看电视上的战事报道，但战事就发生在几公里之外，人们听得到，也感觉得到。街道上，救护车的轮胎痕碾过满地的碎玻璃。呼唤信徒祈祷的声音，在突然间荒废的街道上回荡。偶尔有汽车擦身而过，多半是往叙利亚边界开去，那是逃离黎巴嫩的最后一条生路。

我们从贝鲁特出发，翻山越岭，进入扎赫勒，穿越贝卡山谷与当地的葡萄园，经常要为车队寻找汽油。我们驶过废弃的检查哨，蜿蜒的山路以月亮为路灯。周遭没有其他车辆，街道没有人烟。在以色列的直升机与侦察机大军压境之前，黎巴嫩政府军的官兵早已逃之夭夭。

午夜之前，我们来到马佳永附近，但是被迫回头。马路上出现一个弹坑，那里正是转弯绕过一座山丘的地方，山丘上的台地多处崩塌，山石饱经风霜。另一条路被岩石挡住去路，只能步行通过。还有一条沙土小径通往镇上，绕过一座废弃的采石场，越过一道山脊，可进入邻近马佳永的山谷。然而以色列人还在镇上，占领我家族的城镇，任何人都无法通行。

一位小镇的镇长心不甘情不愿地让我们借宿，我站在他房子的屋顶上，眼前丘陵起伏，几百年前，我的先人就是被这些山丘吸引，从叙利亚出走的。赫尔蒙山有如一名站岗的士兵，但是不再白雪皑皑。此地距离马佳永还有半个小时路程，然而我知道故乡的橄榄树果实累累，只是还没有成熟。我想到卡纳被炸裂的树干，开始怀疑马佳永的橄榄树能否活到今年秋天，让农民收成。马佳永虽然是在历史进程中发展成形的，然而它从来没有遭遇过以色列摧枯拉朽的军力，而且本来应该不至于遭遇，只是战争的王牌就是不按牌理出牌。一两天前在宾特·杰贝尔的时候，我看到瓦砾像雪片般纷飞，苍蝇群集在死者的眼睛上，数百位民众听说了谣言，生怕找不到避难所，纷纷躲进一座十字军城堡附近的医院，在黑暗之中相拥。几位老妇人双脚肿胀，血迹斑斑，伤痕累累，裹着一层一层纱布，在地下室中等候。地下室以烛光照明，照着一个个汗湿的脸庞。

“老天爷！”六十岁的萨黛·阿瓦达从破烂的垫子上跳起来嘶吼，“不要再轰炸了！”地下室的儿童哭得更厉害了，一股热浪似乎越来越逼近。

“闭嘴！”拥挤的走廊传来一个男人的喊叫，阳光稀微。

在这里，战争的每一个要素都与个人相关。今天的攻击或轰炸行动之下，埋藏着某一个家庭发生的事件，时间可能是昨日，也可能是数十年前。以色列小说家戴维·格罗斯曼的儿子尤里死于 2006 年的战事，他说：“这种事发生的时候，你会觉得自己从人生的每一个部分出走，家的意义从此荡然无存，连身体都不再是你的家。”一个受过训练的军人在两国交战时的遭遇，这是一回事；然而当战火延烧到家园，发生在我们的街道中、院子里与土地上，发生在家庭，却是另一回事。卡纳的死难者不愿意逃亡，不愿意离开自己的家，这就是“bayt”的意义。

“慢一点，慢一点，”在那座古老而悲伤的城镇，当推土机碾过生活的遗迹，他们高声呼喊。我还记得破裂的盘碟与粉碎的物品交错发出的声音。马佳永会不会沦为战争的另一个注脚？我还有几天才能进入马佳永，但是这座小镇和伊斯伯在很久很久以前兴建的大宅，对我而言意义重大。我希望它存活下来。

头一回走进伊斯伯大宅的正门，已是几个月前的事，当时并没有留下特别的印象；事实上，我并不觉得自己跟它有任何关系，而且大宅的环境凌乱不堪。以色列占领时期，我的家族放弃了大宅。我试着打开正门，钥匙不听使唤。努力尝试了好久，正门终于咿呀作声，向右边移动，一阵烟尘在我身后冒起，细致的蜘蛛网有如古代建筑遗迹。

伊斯伯死后，大宅一分为二，楼上是家人居住，我的祖母瑞伊法就在这里出生，她的母亲芭希雅·阿布拉·萨玛拉在这里住到1965年过世为止。伊斯伯死前，大宅才盖好没几年，芭希雅几乎全心全意保养维护，她的绣花枕头是屋子里的摆饰，米色的窗帘装点窗子与拱廊。日复一日，芭希雅跪在地上，亲手擦亮大理石地板。大宅并不会发光，但是会反射光线：访客到来时，他们的脸会浮现在各种物体的表面上，煤油灯的火焰在玻璃上闪烁。

第一次造访的时候，我并不怎么欣赏这幢伊斯伯大宅；对于它以及它的建造者，都还没有做好邂逅的心理准备。然而我迈出试探的步伐，踏进外曾祖父最喜欢流连的阳台，眺望不远处群山环绕的山脚下，在倾颓的别墅与休耕的田地之间，流溢着三眼小小的泉水：提尼、萨夫萨夫与席布里。泉水是马佳永地名的由来：卡比拉泉位于一条通往邻近村落的山坡路上，萨吉拉泉的距离也不远。

外曾祖父伊斯伯在1928年过世时，他的子女纳比、纳比哈、瑞伊法、拉提巴、纳吉布与赫达都还没有成年。我从未见过外曾祖父，但是还记得自己如何拼凑他的形象。我努力尝试了好几个年头，通过旅行、书信、家族纪录与各种故事。无论有何千丝万缕的关联，还是得来到伊斯伯的土地上才能催化这一切。黎巴嫩的美既不夸张，也不招摇，而是一种柔和之美：山丘被岁月磨成浑圆的形状，台地在千百年间日渐倾颓。

我眺望远方的赫尔蒙山，山区仍是漫漫寒冬，峰岭与山谷交错，大地向地平线延伸。风景如画，连绵不绝，无穷无尽，有如中国的山水画，地平线向云雾退去，如此缓慢渐进、模糊朦胧，让人无法确定大地究竟是在何处消失。我的视线随着景物移动，不断向后，搜寻尽头，徒劳无功。

马佳永的返乡之旅终于抵达目的地，然而当初驱使我踏上征途的问题，并没有从此消失，反而在我梦中不断出现：这地方剩下什么？还有什么留存下来？

语言文字无法完整重现战争的气味。我发现自己努力洗刷，尝试从头发上、手指间洗去战争的气味。我甚至不止一次用水冲洗鞋底。我们抵达马佳永的前一天下午，以色列从当地撤军，然而街头仍然冒出稀薄的袅袅烟尘。广场上弥漫着战争的气味，我的每一口呼吸也是如此。然而我不希望自己来到外曾祖父的旧居时，战争的气味还是挥之不去。

和其他什叶派城镇相比，马佳永遭受的损害是小巫见大巫，但马佳永的确受创不轻。先是几名据称与真主党结盟的战士，对一支以色列军方车队开了几枪，于是以军强力还击，随意开火，重创广场上的建筑，原本繁华的市区化为火海。萨米尔·拉祖克开设在广场上的店毁于一旦，一部彩票机、塞满长年收藏稀奇古怪商品的货架、恶名昭彰的一窝老鼠，全都消失了。以军所到之处，毁灭随之而来，房舍一幢接着一幢遭殃，密布弹孔与弹坑。以军占据了几个地方，有时候就在屋内地板上大小便。

马佳永镇长福阿德·哈姆拉说："不用说，他们带来大队战车。"他呆滞无神的眼睛似乎跟不上他说话的速度。马佳永有大约四百名居民，老年人居多。对他们而言，以色列人有如幽灵，藏身在烟雾与黑暗之中，或者戴着让人望而生畏的头盔。以军撤退之前，马佳永人躲在家中，只敢小声交谈。他们知道战地就是如此：声音会引来子弹。

访问过镇长之后，我出发前往伊斯伯大宅，行经一条高低起伏的道路，暂时放下工作，不接电话，不做报道，不赶大限将至的稿子。我来到大宅所在的塞瑞尔区，这地方原本繁花盛开如云、一片静谧祥和；如今我却不知该怎么告诉远方的亲人，到底发生了什么事。我的亲人有时会为选择牙签这种小事争执不休；有时又突然满脸笑意，掐着你的脸颊；有时意味深长地看你一眼，仿佛在说你会被打入大牢，折磨到不成人形(有其道理)。他们天性善变、热情。马佳永的镇民如果还记得他们，一定会毫不掩饰地说："沙迪德家的人都是疯子。"我并不认为我的家人有丧失神智的问题，但我相信他们身负特殊使命，要将每一个人都逼到疯狂的边缘，然后尽管受害者因为症状复杂，需要接受几十年的治疗，他们却会说："我可不花这个钱！"

我的亲戚有时候会讲故事，但你最好别主动要他们开口。他们向来不会轻易透露讯息，也未必愿意回忆往事。他们聚居在俄克拉何马市的几个街区，住址顶多只相隔几幢房子，从来不曾远离彼此。我的亲人绝对不会遭受离群索居的厄运，从移民美国之后就一起生活，有朝一日也会一起死亡。小区就是一切，家园就是一切，如果你曾失去自己的小区与家园。

离开马佳永镇的广场，短短几分钟之后，我来到外曾祖父的大宅，然而脑海里浮现的身影却是祖母瑞伊法，她十二岁之前都住在这幢大宅，唱过的歌谣从黎巴嫩飘洋过海，来到美国大平原，继续唱给下一代的孩子听，我也听过。“哦，莱拉，她的眼睛谁都比不上，无比神奇。”在那奇特、纠结的一天，我坐在阶梯上，听到的就是这些简单的歌谣。阶梯旁边，不到一个世纪之前，伊斯伯把瑞伊法抱起来，送上一辆马车，行经赫尔蒙山与利塔尼河谷。那是在瑞伊法还没有冠上另一个身份之前，在贝鲁特之前，在乘船之前，在汪洋大海之前，在纽约港的埃利斯岛之前，在墨西哥之前，在过河进入美国之前，在有着牛仔皮带扣环与涂口红、烫头发女子的俄克拉何马之前。我看着左右两侧古老的橄榄树心想，当年瑞伊法背井离乡时，是否也看着这几棵树？

这时我的直觉意识到，有一样东西正等待我仔细检视，于是目光也转移过去。一枚炸开一半的以色列火箭，硬生生撞进大宅的二楼，崩裂一大块墙壁，冒出熊熊大火。如果瑞伊法看到父亲的房子如此下场，不知会有何感想。当初伊斯伯从多尔什威、罕夏拉、卜提格林等地请来石匠，帮他把想象中的家园化为真实的建筑。这些黎巴嫩石匠认为石灰岩建材固若金汤，但是战争结合了新科技与历史恩怨，电光石火之际，无坚不摧。

发现那枚火箭之后几个小时，我跟人借了一把铲子，回到大宅，开始挖掘。表层土壤受尽风吹雨打，变得贫瘠易碎。我越挖越深，大石头被小石块取代，深层的土壤也比表层肥沃许多。先前我花四美元买了一棵橄榄树，大概是被敲竹杠了。它的树干跟一支笔差不多粗细，树枝延展的高度还不到我的胸口。我把它放进挖好的坑洞里，距离祖母年代的橄榄树大约三米，只希望这棵后起之秀未来能够彰显我的理念，让我的女儿以及她们那一代了解，无论保存状况好坏，伊斯伯大宅始终是一座值得付出心力的家园。

当时我感受到的就是“bayt”，它让我在心里许下承诺，如今已经坚持三年，连自己都觉得不可思议。我对承诺未必能坚持，而且我向来也不是乖乖待在家里的人。

小橄榄树

2007 年 8 月 10 日

这是一个炎热的夏日，自从发现伊斯伯大宅被火箭击中那天下午以来，我仿佛又漫游了几个世代。我弯下腰来，触摸一年多前种的那棵橄榄树。它表现出顽强的生命力，然而我在骄傲之余却也难掩失望，小橄榄树是长大了，可是程度不如我的想象。过了这么多个月，它在石造的大宅前方，仍然显得无足轻重，主干似乎经不住一阵强风的吹袭，还要再过很久才能脱离弱不禁风的状态。

我比较年轻的时候，总觉得自己是一个能把小树培育成大树的人，一个顾家的人，一个慷慨大方的人。然而我永远有做不完的工作，而且就像外曾祖父伊斯伯一样，我必须靠自己的能力扬名立万。我以为人们了解我的使命有多神圣，愿意为我改变生活的节奏，结果我错了。

但是那天我再度来到伊斯伯大宅时，饱受战争冲击，惊讶地发现自己不再年轻，婚姻破裂，失去女儿莱拉。我一如命中注定，从此孑然一身。我不去华盛顿，不去巴格达，不去贝鲁特，而是来到马佳永，2006 年的战事已结束一年多，我准备重建这幢石屋，它是伊斯伯的家园，我们的家园。

在马里兰州郊区的某个地方，我和妻子曾试图修复关系，只是我们撕裂关系的力道似乎更强。那里有一个房间，躺着一个婴孩，我跟她道别之后，再次上路追求事业。我为离去感到歉疚，但是这份歉意还不足以停下我的脚步。我试图兼顾家庭生活，但却成了家庭中的客串角色。有时候，当战事恶化，我会忽略掉家事的变化。有一年夏天，事情看似有了转机，我回到家，却发现妻子和女儿已经搬离。草地有人修剪，花木有人照顾，西红柿渐渐成熟，然而房子里面一部分的东西消失无踪，不多不少，正好一半。分割方式无比精确，有如外科手术，这个与我结婚四年的女人不愧是一位医生。

近来这段时日，世界每个地方似乎都有荒废的屋子，缺乏温暖的房间。在伊斯伯年轻的时候，在战争还没有改变他的人生之前，他所知的世界并不是这副模样。

伊斯伯与芭希雅在1899年成亲，当时人们都说这桩婚事顺理成章，这说法并没有贬义。芭希雅的祖先来自萨尔特，她的面容柔润，没有心机，不会一天到晚想着钱，是一个和善又可敬的人。芭希雅家里有六姐妹，她是最漂亮的一位，但这倒不必大书特书，因为六姐妹都不难看，都是好妻子的人选，像一列鸟儿一样，亭亭玉立。

芭希雅凡事讲求真实，对伊斯伯而言有如一盏明灯。伊斯伯说的故事，经常是为了配合特定目的，他有许多心眼，未必都会表达出来。但芭希雅展现出一种超越了力量的特质，一种平静与均衡。她说话时，一字一句都不会是戏言。如果没有芭希雅，伊斯伯可能早就一蹶不振。伊斯伯的眼珠湛蓝、眼神严厉；芭希雅的眼珠则介于碧绿与淡褐色之间，眼神带有恳求的意味。伊斯伯个性强悍，桀骜不驯。芭希雅是马佳永当地人，自尊心强，受过教育，但性情沉静。她很害怕人与人的冲突，总是避开蜚短流长。根据她所受的教育，沉默是一种价值，可以阻挡任何事物。

究竟是什么时候决定移居马佳永的，我已经不太确定。我等候了一段时间，希望有人跟我同行，但是与朋友讨论计划时，他们却都吓得六神无主。没有人愿意同行，我只好一个人上路，向《华盛顿邮报》请了长假，在马佳永租下一间公寓，当作伊斯伯大宅整修完成前的临时住处。我的房东名叫米歇尔·法迪西，开一部庞大笨重的红色奔驰，一看就知道是个贪得无厌的家伙，脑满肠肥，稀疏的头发染成黑得发亮的颜色。他有点像夜总会的乐队指挥，与三教九流的人士来往，抽红包的万宝路，一根接着一根，导致呼吸有如喘息，严重到让人不忍心开玩笑模仿。他对金钱相当在意，而马佳永是一个商业历史悠久的城镇，对自家的“shatara”引以为傲。就字面上来看，这个字的意思大约是狡猾、精明、机灵、聪明。不过一般在使用的时候意思更为广泛，暗示一个人诡计多端，多少会干一些偷偷摸摸的勾当。这种人无疑比其他人来得聪明，对于那些天生注定要在市场讨价还价的人而言，这是令人羡慕的特质。

法迪西自认是个诡计多端的家伙，谈公寓房租的时候，他对我在当地的朋友谢比尔说悄悄话，要求我第一个月的房租就要支付全额一百美元，虽然这个月已经过了一大半，理由是他特别为我保留这间公寓，一再拒绝其他有意承租的房客（其实我在会面之前完全不知道这间公寓的事，不过我没有提起）。

我怀疑法迪西根本是把我当成冤大头，准备好好捞一票。我的阿拉伯语带有俄克拉何马口音，不时用到埃及人的俗语，法迪西可能因此认定我是个傻瓜，更何况在他看来，所有外国人都是傻瓜。因此我表示异议，指出公寓墙壁上的水渍、摇摇欲坠的门、长满青苔的入口走道，以及满园的杂草。与其相信这样一幢公寓会有多抢手，不如形容它像某个连续杀人魔的童年故居。到最后，法迪西似乎不愿意继续浪费时间讨价还价，耸耸肩膀，像个一手烂牌但是大胆出击的扑克玩家，尝试说服我这是一笔很划算的交易，但我就是无法认同。

傍晚时分，我买的几样家具送到了，看着搬运工人进进出出，我感觉到有人正看着我，目光来自一棵无花果树后方的窗口。没过多久，一位老妇人走向我，上下打量我一番，开始百般打探我的来历。从她的表情看来，她并不欢迎我的出现。她的脸上没有笑容，没有殷勤待客的热情。阿拉伯人向来以多彩多姿的招呼语自豪，但这位老妇人完全不来这一套。

“你的房租多少钱？一百美元吗？”她问。

我点点头。

“你结婚了吗？”

我摇摇头。

“你会带自己的家具吗？”

最后这个问题让我迟疑了一下，点点头，斜眼瞄着老妇人，不太确定她这么问的用意，连谢比尔也被她搞糊涂了。这时突然停电，这是马佳永生活的家常便饭，老妇人总算离开，口中念念有词，说这间公寓对我来说空间太小、租金太贵。几分钟之后，老妇人再度出现，虽然还是一脸的不高兴，但手中拿着一支蜡烛，让我得以在这个停电之夜照亮新家。

几天之后的一个早晨，我离开暂住的公寓，继续筹划伊斯伯大宅的改建工作。我无意间看到谢比尔的一件旧衬衫，先是塞在厨房墙壁上的一个破洞里，后来被风吹过成熟的石榴树丛，成为赫尔蒙山景观的点缀。一切似乎都进展顺利，我已经开始戒烟，那天我不断深呼吸，很高兴自己起床后一直没破戒。然而表象之下，却隐隐约约有些不安。朱玛娜是我在黎巴嫩硕果仅存的近亲之一，比沙拉是她的朋友，承诺会带工人过来，投入改建工作。不对，说“改建”太谦虚了，应该是：伊斯伯大宅的脱胎换骨。比沙拉带来的也不只是工人，而是一群艺术家！大师级人物！一场建筑的奥林匹克即将登场。比沙拉仿佛是野心勃勃的纳粹建筑师艾伯特·斯皮尔，对于马上就要破土开工的计划满怀热忱，唱作俱佳。他的描述有如歌剧序曲，墙壁倒下的声音轰然响起；接下来的咏叹调则是献给计划中的新卧房。（他劝我一口气盖五间卧房，贼头贼脑地说：“男人永远不知道自己需要几间卧房。”）

比沙拉有如站在聚光灯下，开始一段冗长的独唱，引导我在想象中穿越一道门廊；新盖好的浴室，有着闪亮且无比昂贵的装置；排场足以举办国宴的餐厅；能够供应流水席的巨大厨房；以及一间气氛平静祥和的客厅，让精神崩溃的我得以复原——看过大家都绝口不提的账单之后，我一定非崩溃不可。

根据这位建筑大师的规划，楼上原本的一层会扩建为两层。一座优雅的新阳台俯临入口处的门厅，视野开阔，面对三排有窗的拱廊，以及远处白雪皑皑的山头。比沙拉希望保留屋顶的红瓦与门厅的大理石，还有阳台与窗边已有百年历史的铁栏杆。有些美丽的黎凡特风格瓷砖，或许也值得保存；房子的石材则需要好好清理。除此之外，绝大部分的建材都要汰旧换新。看着这份计划，我不由得打起冷颤。计划的文字叙述无比精确，有如勒索赎金的字条，我觉得我遇上了一个疯子。

而且，我们有时间这样大兴土木吗？

我向报社请了一整年的假，但我怀疑这场整修工程恐怕连厕所都还没盖好，一年就到了尽头。

那天早晨，我穿过芭希雅的花园，那里如今杂乱无章，遍地都是一团一团枯死的野草，砖瓦砾则来自崩裂毁坏的门墙。我心想整修工程总算要开始了，至少我希望如此。然后我走向大宅，以为会见到比沙拉的团队，然而整个工地却空荡荡的，只有工程师福阿德·拉胡德正在工作，他是朱玛娜的先生，做起事来有一搭没一搭的。他拿着一个看似金属书挡的东西，慢条斯理地敲打刮除已有几十年历史的灰泥。他的淡定和我的焦躁相映成趣，他看着我微笑。他的用意显然是想让我心安，但是我一点也不觉得心安。

我努力做好心理准备，知道当天已经不可能戒烟，第二天恐怕也不可能。福阿德对我解释，那位眼光远大的比沙拉还在几个小时车程外的贝卡山谷，进行另一项工程计划。至于工作团队的其他成员，因为担心政府与真主党对峙的政治危机越演越烈，已经撤回叙利亚。这场危机导致黎巴嫩瘫痪，各方在首都贝鲁特为下一任总统人选僵持不下。敌对阵营的电视台唇枪舌战，嘲讽对方的支持者是民兵或打手。大家似乎都已认定，唯有暴力才能够解决问题。

我心想，整修工程开工遥遥无期。伊斯伯会怎么做？我点燃一根烟。

苦等开工却没着落，当时我来到马佳永已经一个月。一个月前，我驾驶自己那辆绿色的吉普切诺基，补给品包括一条黎巴嫩人称为吐司的面包、五罐鲔鱼罐头、一些奶酪、几袋烤花生、几包杏仁、两瓶水、几根芦笋、几片棕榈心、腌秋葵、咖啡和一个马克杯。此外行囊里除了衣服、凉鞋，还放了一瓶格兰菲迪苏格兰威士忌，一路晃荡。

大宅没有地址可寻，黎巴嫩并未建立美国那种精确细密的邮政编码系统，方向指示仅供参考，连和平时期也不例外：经过一座倾颓的灯塔，看到一幅革命画像时右转，走到一座看似帕夏雕像前左转，就在一处乱石纵横的不知名干谷附近。每一条道路都有故事，虽然有些细节是新近添加，但景观与多年前我的家族看到的景观并无二致，他们离开马佳永，前往贝鲁特与美国。

1894 年前后，马佳永出现逃亡潮，沙迪德家族是最早动身的居民之一。当时有一名来自梅图拉的长老遭人杀害，他所属的德鲁兹教派信徒差一点就对马佳永发动攻击。易卜拉欣 · 沙迪德个头不高，瘦削结实，蓄着很漂亮的翘八字胡，认定自己在这个充斥家族恩怨的国度已经结下太多梁子。于是他远离家乡，耗费了一个月的工夫，骑驴、乘船、搭火车，最后不得不用步行。他从贝鲁特出发，行经法国，抵达纽约，来到红河与俄克拉何马州界附近的一座小镇。易卜拉欣的最后一站是得克萨斯州的谢尔曼，一座草原小镇，地名来自得克萨斯州革命英雄西德尼 · 谢尔曼将军，他最有名的事迹就是曾经招待度蜜月的江洋大盗杰西 · 詹姆斯。

易卜拉欣的兄弟阿亚什留在家乡，然而当他们的另一个兄弟谢哈德决定远赴得克萨斯州投靠易卜拉欣时，阿亚什也将他的大儿子米克巴尔送到美国，叔侄同行。当时米克巴尔只有十四岁，圆脸蛋，窄肩膀，手腕上有个十字架刺青，可以防止恶灵侵扰。米克巴尔遵循父亲的心愿，但是此生再也见不到父亲；虽然其他陆陆续续来到美国的亲戚，会为他带来点点滴滴的家人讯息，包括奥斯曼帝国征兵制与第一次世界大战的考验。米克巴尔跟着叔叔一起打拼，从街头小贩做起，后来移居新近才成为美国一州的俄克拉何马州。这地方盛产石油，朝气蓬勃，无法无天，和得克萨斯州一样属于边疆地带。

我开车到马佳永那天行经的干谷，历史上许多帝国曾经在此处相互激荡，赫梯、阿拉米、亚述、巴比伦、罗马、拜占庭、阿拉伯、塞尔柱与十字军。帝国带来帝王：尼布甲尼撒、提革拉·毗列色、便哈达。更多的后继者前来，从阿穆尔到库尔德的十字军克星萨拉丁[1]都是，接续他们的是奥斯曼帝国的贝伊与帕夏、英国的陆军元帅与法国的高级官员。

奥斯曼帝国的发迹地是一个不起眼的酋长国，在十四世纪由奥斯曼酋长建立。但是帝国势力扩展到今日的黎巴嫩，始于稍后的塞利姆一世，他的禁卫军威震八方，征服了埃及与叙利亚。帝国在塞利姆一世继任者领导下登峰造极，这位称号一点都不谦虚的苏莱曼大帝，造就了当时全世界最强大、最富裕、可能也是最先

---

1 尼布甲尼撒是巴比伦王国最负盛名的国王。提革拉·毗列色是亚述王，开创了亚述帝国。便哈达是大马士革王。阿穆尔是穆罕默德同代人，带领穆斯林攻占了埃及。萨拉丁为埃及苏丹，曾带领穆斯林对抗十字军，并夺回巴勒斯坦。

进的国度。奥斯曼帝国自称为“永恒之国”，横跨三个大陆，绵延超过六个世纪，等于是伊斯兰世界的罗马帝国，版图囊括中东、北非与巴尔干半岛的大部分。

然而如今没有人会向往奥斯曼帝国的统治。人们就算回想起那个时代，提到的往往是屠杀，还有犹太人与基督教徒在赋税与商业上遭遇的歧视，那是一个公平性荡然无存的年代。然而在奥斯曼帝国统治的数百年间，它跨越原有疆界的阻碍，将许多种族、宗教、民族和语言联系起来，有如拼贴出一幅精彩的织锦画，也形成一个整体远大于部分的文化。这个帝国能够延续数百年，关键就在于它的多元化特质，以及它自身的“包容”概念。阿尔巴尼亚人与希腊人、亚美尼亚人与塞尔维亚人、阿拉伯人与匈牙利人都有机会任职帝国政府，禁卫军多的是基督徒。就在距离马佳永不远的地方，当年曾经有穆斯林与基督徒、犹太人与撒马利亚人、切尔克斯人与阿拉伯人、亚美尼亚人与库尔德人聚居。

1492 年，穆斯林与塞法迪犹太人[1]被逐出西班牙，奥斯曼帝国的皇帝派遣舰队横渡地中海进行救援，并将他们安置在伊斯兰教律法较为宽松的地区；这些地区的文化深受传统、神秘主义，甚至当地世居基督教徒的影响。历史上并没有真正的“奥斯曼人”，有些人认为这正是后来帝国衰败的原因。奥斯曼帝国在第一次世界大战之后灭亡，从此再也看不到如此多样的文化同时存在于如此广大的地区。

战争是结束，也是开始。直到现在，马佳永最年长的居民都还

---

1 塞法迪犹太人指的是住在伊比利亚半岛（也就是西班牙与葡萄牙境内）的犹太人。

记得奥斯曼帝国末年的“seferberlik”。这个字眼指的本来是征兵制度，后来意义丰富起来：饥荒、恐怖与疾病，在那个年代夺走无数的生命，耗竭了无数人的精神，迟迟无法恢复正常状态。在马佳永当地，那个艰苦年代流传下来的故事，都是清一色惨不忍睹：居民在堆肥与鸡粪中翻捡食物残渣；为人父母的会在晚上溜进田地，割下麦穗的顶端，将未成熟的谷粒磨成难以下咽的粉末，喂孩子吃；还有人直接吃草，只图一饱。在其他几个旧日的奥斯曼重要城镇，人们劫掠仓库，抢夺谷物、橄榄油、酥油、糖与洋葱。“我好饿！”的呐喊声，在夜里响彻贝鲁特的广场。斑疹伤寒与疟疾横行，老弱妇孺受害最烈。蝗虫侵袭瘟疫肆虐的乡间。死者陈尸沟壑，衣不蔽体，皮肤薄如纸片。崩溃发疯的故事时有所闻。

1920 年，法国取得黎巴嫩的委任统治权，开始处理新领土的十八个宗教派别，包括伊斯兰教什叶派与逊尼派、东正教、天主教马龙派、德鲁兹教派、亚美尼亚天主教、犹太教等等。从以前到现在，这些教派对国家的形态毫无共识可言。于是危机接踵而至，1948 年以色列建国之后更加恶化。1975 年内战爆发，一直持续到 1990 年；其他的冲突此起彼落，各阵营斗争不休，生灵涂炭。

通往马佳永有一条旧路，所经之处以各种旗帜、横幅与肖像划分彼此冲突的各个阵营，每一个都有口号式的主张。黄色代表真主党与什叶派穆斯林的地盘，他们是黎巴嫩规模最大的教派。一位遭暗杀领导人的肖像代表人数居次的逊尼派，他在行经贝鲁特一条滨海公路的弯道时遇袭，在烈火与爆炸中丧命。灿烂的绿色、红色与橙色代表基督徒，他们四分五裂成无数派系。有些教派仍然一厢情愿，自认高人一等，追求政教合一。每一个阵营的领导人都有头衔：赛义德、博士、将军、教授、教长、老师或贝克[1]。在这场有如迷宫的竞争局势中，每个阵营都相信未来的局势攸关生存，但是谁都没有把握自己能够存活下来。

抵达马佳永的第一个夜晚，朋友谢比尔以苏格兰威士忌与一张空床接待我。谢比尔能说善道，连悲伤时也不例外。谈话是他的戏法花招，用来转移别人的注意力，掩饰自己的秘密。从他的窗口可以看到赫尔蒙山，1967 年以色列占领部分山区，延着山脊设立检查哨，历历在目。再过去就是叙利亚，山脊则朝着约旦下降。

我们喝着酒，远处的梅图拉灯火通明，好像在奚落嘲笑我们，因为马佳永这边忽明忽暗，电力供应很不稳定。我已经习惯了巴格达的夜晚，灯光下只看得到堆积如山的垃圾与军方运送的混凝土(一天供电只有十二个小时)，对于稳定持续的供电，反倒觉得惊讶。那天晚上的电流有如故意挑逗，有时正常运作，有时消失无踪，让我们陷入连续几个小时的黑暗。

我还没来得及谈起这个问题，谢比尔就先发制人，灯光再度熄灭，他醉醺醺、大剌剌地说："妓女走掉了。"黑暗笼罩，这回时间更久。等到眼前又是一片光明，谢比尔大声说："妓女回来了。"

谢比尔与马佳永的关系密不可分。他的家族以前在当地颇有名

1 即"大人"之意。

望，如今则默默无闻。他的健康状态不太稳定，夜里总是辗转难眠，满怀怒气，一再爆发，翻出一桩又一桩不满怨恨、想象出来的轻蔑，以及没完没了的争吵；他必须凭借这些情绪，才能证明自己仍然活着。谢比尔住在一个以回忆维系的荒凉城镇，但是对他而言，马佳永等于全世界。

一年多前我们第一次见面，就让人留下深刻印象。他原本有点犹豫，后来请我到他家里做客。他的房子掩映在一片橄榄树林中，还有许多会结果实的仙人掌，距离马佳永的大路很近。房子有数百年历史，是一幢石造大宅，后来变成无法无天的大学生宿舍。家具破旧，每一件都盖着布，药柜里塞满了维他命和没喝完的酒瓶。一堆一堆的录音带布满灰尘，旁边是立体音响与唱片。一本占星学的书躺在茶几上摊开来，书页边缘都是折角。谢比尔对我说："我们双子座的人都很会沟通。"不过他与一位逊尼派穆斯林女子的婚姻，却也因此难以为继，他解释两人离婚的原因："她是巨蟹座，我是双子座。"

房子外面有一辆1971年的白色奔驰，是他的车。他停车时不厌其烦，总是要开进开出，左右调整，直到位置恰好为止。

他说："我停好的车一定要随时可以开走。"的确如此，他的车头一定朝着山坡下方。

我问他为什么。

"这样逃命比较快！"他大笑回答。

几天之后，他再次对我说明他的计划，但是以忠告的方式。

"不加豆蔻的咖啡，就像没穿礼服的新娘。"我的表亲朱玛娜有一天和我到邻居家喝咖啡时，说了这样一番话，从阿拉伯文翻译过来大意是如此。后来我又做了几次拜访，多认识了全镇各地的几张脸孔。刚到马佳永这段时间，喝咖啡的邀约让我应接不暇。芭希雅那个年代的习俗流传至今，苦涩的咖啡盛在有如特大号套筒的杯子里，从一个蓝色长把手的咖啡壶倒出来，整组用具则是放在一个镶金边的银碟上。

相关记载可以上溯到1716年，一位外地来的访客发现，马佳永人消耗的咖啡相当可观，他认为这要归因于居民的贝都因人根源；无论是基督徒还是穆斯林，都维系着这个游牧民族的热忱慷慨。这位访客回忆："我在杰代迪特（马佳永）找不到任何一家客栈或餐馆，但发现每一户人家都有如客栈。"（另一桩令他大感惊讶的经验，是他在一户人家做客整整三十天，居然从未见过家中女眷的脸，这大概也是贝都因人的传统。）将近三百年之后，马佳永的咖啡依然无所不在。一位朋友说："杰代迪特最重要的东西就是咖啡，如果你请客却不送上咖啡，那就表示对方根本算不上客人。"

芭希雅非常清楚。

在芭希雅那个年代，在她生存的土地上，女性学到一些维系和平的方法。时代的氛围偏激极端，但女性呈现的是各种仪式与沉思，茶与谚语，一畦一畦的花园安抚人心，折叠整齐的纺织品让人安静而满足，让酱汁越来越浓稠的搅拌动作。每一个片刻都具备一些特质，让人们的眼睛、心智与感情暂时从悲伤中转移出来。

芭希雅是习惯的动物，一板一眼，而且自认是马佳永最顶尖的咖啡师。结婚之后，每天凌晨四点醒来，最迟不超过五点，就开始煮土耳其咖啡。她在露台上点燃一种名叫"kanoun"的炭炉，炭烧热之后，再将名为"rakwa"的长柄壶放到炉火上烧水，烧到沸腾再拿起来，倒进一匙又一匙咖啡粉，过程有如一场仪式。然后她把长柄壶放回炭炉上，拿着一把汤匙在沸水中搅拌。煮一壶咖啡的时间超过一个小时，宛如沉思冥想，咖啡在她的搅动之下沸腾，她挪动长柄壶，壶面的泡沫涨潮又退潮，直到咖啡的滋味恰到好处为止，征兆就是所谓的“wijh”，一层薄薄的泡沫，芭希雅凭直觉分析它的黏稠度与色泽。

由于我是单身汉，朋友特别警告我，到单身女性家中喝咖啡，一家只能去一次，如果去第二次，就会有教士等着为我和女主人证婚。当地还流传一些古怪可怕的故事，声称有些女人会利用咖啡施展巫术，诱惑条件不错的男性上钩（一位朋友说，他那场莫名其妙的短暂婚姻，就是咖啡巫术害的）。这些女性都精通以咖啡待客的仪式，数百年积累的实际做法，让她们的每一个姿势都无比优雅。根据马佳永的习俗，客人吃过糖果、水果或者胡桃与葡萄干之后，主人才能送上咖啡或茶，通常还会再送上巧克力。聚会的时候要先招待客人，然后才轮到家人与主人。伊斯伯大宅整修应该开工却没有动静的那一天，朱玛娜、她的先生福阿德、比沙拉和我坐在一起，接下来发生的事让我很高兴：主人先招待比沙拉，送上加豆蔻的咖啡，接下来是福阿德，然后才是我。

我们自然而然地谈到附近这一带的状况，以及那种令人不安的平静气氛。主人瓦迪娅·达巴基是国立马佳永学院校长的夫人，家住大宅对面，为我点名介绍尚未搬离这一带的住户：她、她丈夫莫里斯，还有跟他们相隔几道门的一位裁缝，通常夏天才会来住。瓦迪娅先前告诉过我，其他居民若不是到贝鲁特念书，就是到国外工作，美国或者某个石油业蓬勃发展的地方，例如迪拜。迪拜的女人会帮哭闹不休的婴儿穿上范思哲名牌童装；市区四处可见镜面，但是人们只看得到自己的影像。

瓦迪娅说："你是本地的第四位住户。"脸上浮现淡淡的一抹微笑，显示她并不满意这么渺小的数字。她对孤独没有兴趣。

我们谈起大宅的重建工程时，谢比尔加了进来，说道："我感觉很不对劲。我很不希望眼睁睁看你白忙一场。这地方并不属于你，你为什么不买一块土地，盖一间新的房子？或者买一间真正属于你的房子，整修装潢一番？这幢大宅住过太多人，它不属于你。"

谢比尔喃喃说出一句阿拉伯谚语："一小块土地也会消灭一群人。"然后点点头。在后来的日子里，我不时思索谢比尔和其他反对者的意见。简而言之，他们担心我并不是大宅的所有权人，在法律上站不住脚。在马佳永当地，后代子孙间的争议经常会阻碍重建工作。家族纠纷旷日费时，导致许多老房子沦为废墟，犹如被遗忘的帝国边境据点。如果爆发争执，我不太确定自己会有何命运。

我在一种天真单纯的氛围中长大成人，与我阿拉伯祖先的务实经验很不相同。生长在阿拉伯地区的人，不但要体会何谓失落与反思，同时也会感受到混乱带来的无尽愉悦。人们为了特殊目的而表现或者伪装愤怒。愤怒能够转移注意力，有如某种诡计，用来帮一个站不住脚的主张模糊事实，或者掩饰自己真正的动机。从谈判桌上到晨间市场的争执，戏剧化表现都不可或缺。在这里，家族斗争像货物一样四处转送。沙迪德家族的成员向来暴躁易怒，留下不少故事，然而我那些坐在俄克拉何马市郊区家中吹冷气的叔伯阿姨们，并没有因此努力改善自己的坏脾气。谢比尔家住的那条路再往下走，有个地方叫作沙达德尼区，就是以我们家族为名的；第一次发现这个地方时，我一心以为会遇到成群结队的愤怒小矮人，趁着夜色为非作歹，动不动就拳脚相向。

很久以前，家族一位先人阿尼斯 · 沙迪德当过马佳永的镇长，很懂得如何摆出道貌岸然的样子。他头上戴着过去很受欢迎、奥斯曼风格的塔布什帽，永远端端正正，一丝不苟。他总是衣冠楚楚，皮鞋闪闪发亮，拐杖上端是纯银打造的把柄。然而这些装扮完全无法掩饰他脾气发作时，仿佛有蒸汽从他的太阳穴冒出。任何人恳求他改变心意或者调整做法，都会遭到断然拒绝。尤其当问题涉及他对水烟管的热爱时，更是没得商量。

有一位沙迪德家族的成员对自己的学校生活很不满意，于是将书本埋进花园地下，希望能够种出一棵知识之树。另一位沙迪德则是为了展现忠诚或者感情，试图为自己的爱犬“巴比 · 沙迪德”申办护照（“巴比”与阿拉伯语的“狗”同音）。我那位比较理智的祖父阿卜杜拉 · 沙迪德与祖母瑞伊法结婚前不久来到美国得克萨斯州，在产油地带四处游荡，后来转往底特律，进入工厂与汽车厂工作，参加工会组织，和其他被称为土耳其人或者叙利亚人的黎巴嫩移民并肩作战。俄克拉何马是他的下一站，与底特律相比算是乡村地带。阿卜杜拉在这里尝到受尊重的滋味，难能可贵，原因则是一家货架满布尘埃的布料服饰店。阿卜杜拉买下这家店，原来的店主却在同一条路开了另一家新店。我爷爷自觉上当受骗，气坏了，和一位亲戚半夜偷溜出去，依照村庄复仇的法则办事，一把火烧了那家店。

什么样的家族在什么样的国度，才不会把金钱、房屋或土地的所有权问题搅和得无比复杂？会引发争端的因素除了贪婪之外，还有怨恨、敌意与童年结下的梁子。当然，狂热但是声情恰到好处的谈判技巧会让情况火上浇油，就连自家人也难以避免。想象一下，一场没完没了、火冒三丈、立场快速调整的谈判。想象一下，威胁的话语脱口而出，越说越露骨。

我们就是如此开始的。在黎巴嫩，无论是房屋或者土地，或者包括房屋与土地但是荣景已消失的地产，任何财产的所有权都要分割成二千四百股。不必追问这数字是怎么订出来的，因为一定会有人主动告诉你，他们的口吻斩钉截铁，但是并不在乎资料是否正确。接下来会有其他人更正数字，越说越大声，越说越愤愤不平。于是短短半个小时之内，一段友谊或者一场婚姻可能就岌岌可危。有人拿文件出气，撕毁或丢弃，然后呢？摔门离开？那倒未必。争执者拂袖而去之后会再回来，挑起更多冲突。在这地方，时间就像一个无形的漩涡。记忆力特别好的人喜欢讲一个故事：有一名男子的父亲遭人杀害，他誓言要报仇雪恨，然而四十年过去了，还是没有采取行动，邻人问他为什么，他说："时候还早。"态度淡定，满怀耐性。

我的情况是这样的：根据官方文书，大宅的所有权人顺理成章，仍然注明是"伊斯伯·萨玛拉的后人"。但这群人总共有23位，每个都是火爆脾气，散居在天涯海角，包括黎巴嫩、巴西以及美国的五个州——俄克拉何马、堪萨斯、密苏里、爱荷华、佛罗里达。我父亲那一辈，基本上每个人分配104股，再加减一些零头。我自己分到34.78股，必须四舍五入才能宣称分到35股。

几位新邻居一致认为，我要整修伊斯伯大宅，是愚不可及的鲁莽之举，而且过于轻率，相当危险，只有“美国人”才会这么做。

尽管旁人表示焦虑，也发出警告，但我心意已决。朱玛娜和我达成共识，整修大宅是为了家族，或者是为了某种家族的观念，带有烈士牺牲的意味。我们不会改变所有权的状态。我想我应该知会美国那边的伊斯伯后人，寻求他们的祝福，或者应该说是征求他们的同意。但是我承认，我一直没有这么做。那些堂表亲距离太远，长久以来也不关心这些事，我等于是拿到一张可以随意签的空白支票。

夕阳西下，我再度回到伊斯伯大宅。一路上，许多房子无数的裂痕隙缝，笼罩着柔和而迟疑的光辉。

伊斯伯大宅已经将近百岁高龄，是一幢宏伟的两层楼建筑，令人望而生畏。它的功能性相当实用，但优雅特质不可掩抑。它的石材层层对称，向上叠加，多达三十五层，最高处则是一层“armid”，这个阿拉伯语词汇源出土耳其语，指的是一种红瓦屋顶板，带有旧日黎凡特的都会风格。屋顶的支撑来自木造拱形结构，看起来像是小提琴的琴头，只是更加结实。两座阳台俯临一株粗壮的梅树，周遭以精致但生锈的铸铁栏杆围绕。较大的一座阳台凸显出大宅最优雅的部分：以两根大理石柱支撑的三重拱门。至于三重拱廊，则是最能够凸显黎巴嫩传统建筑风格的设计，灵感可以上溯到将近三千年前的古罗马建筑。

芭希雅晚年，大宅的楼下租给外人，有时候是两户人家。接下来的岁月里，大宅一直无法摆脱黑暗。1975 年，黎巴嫩爆发内战，劫掠者将大宅洗劫一空，精细的家具丢进院子，让占住者乘隙而入。漫长的以色列占领时期，有个看起来怪异、阴险的人住在大宅楼上。对于艾伯特·哈达德这号人物，有人说他是以色列的间谍，有人说他是领以色列情报组织摩萨德薪水的干员。哈达德人见人怕、恶形恶状的故事，甚至飘洋过海传到美国。2000 年他跟随以色列人撤离，镇民在他的门廊上发现一具腐烂的狗尸，链子甚至都没解开。手段残暴变态的情报人员，在伊拉克和叙利亚叫作“Mukhabarat”，多半会豢养凶恶野蛮的军犬，执行侦讯或刑讯之类的工作。

我走过花园，粉红色的天竺葵凌乱狼藉，就快因为缺水而枯萎。一位邻居不想看到倾颓毁败的大宅，于是沿着一道石墙种下这些天竺葵。大宅的大门锁着一道金色的锁，上面有个商标“拳击师”。整个门摇摇欲坠，由铁板、木料、纱门与缆绳拼凑而成，铰链的部分像是农家院落的门。它和大宅所有的门户一样，破破烂烂，丢三落四，门锁少了一道，把手与镶板也都不见了。我拿到一副钥匙，前几次都打得开门，今天却不听使唤。后来，门总算在吱嘎声中打开，后方升起一股烟尘，几束光线由上而下，穿透昏暗凌乱的房间，蜘蛛网从门口一路绵延，在午后的阳光中闪闪发亮。

大宅楼下的大部分地方，看起来都像被人劫掠过，也让我想起萨达姆·侯赛因刚垮台时的巴格达。一张褪色的画像钉在横梁上，来自某本阿拉伯生活杂志，女模特儿身材结实，发型是十年前的风格，电线与灯饰从天花板垂钓下来，只是大部分灯泡已经不见。地板上留着十多个不同的鞋印，显示这家人逃走时相当慌乱。我慢慢看出这地方的基本架构，隐而不显的设计。整个地方没有尖锐的转折，每一条动线都可以延伸。我走向平滑的石造楼梯，注意到脚下厚厚的尘埃之中，露出几块华丽的意大利地砖，让我为之神往，原因我说不清楚。我并不是很注重美感的人，但是知道这种地砖叫作“水泥花砖”（cemento，现在称之为 sajjadeh，阿拉伯文“地毯”的意思，着眼于它那五彩缤纷且重复出现的图案）。这些瓷砖埋没在尘土中，看起来只有黑与白两种颜色，但是我猜想应该还有别的颜色，只不过年深月久湮没了。

我造访中东地区许多回，但是从来不曾注意这些我踩过无数次的水泥花砖。例如耶路撒冷的大马士革门对面的费瑟青年旅舍，应该就有铺这种地砖。我曾在那里住了几个月，当时还是个愤怒的十八岁学生，为巴勒斯坦的一家英文周刊工作，报道第一次巴勒斯坦抗暴。后来我似乎开始对这种地砖有印象，那是到开罗做报道，在市中心的塔拉特哈伯广场，葛罗皮巧克力店、瑞奇餐厅与希腊俱乐部都有水泥花砖。塔拉特哈伯广场以巴黎为楷模，但有挥之不去的埃及色彩，这三个地方都是广场的地标。此外，我还记得曾经走访贝鲁特与纳布卢斯、大马士革与阿勒颇没落街区的住家、商店与餐厅，地板上的图案与色彩；在那些地方，我总是想要攫取某些根本不属于我的事物。

然而，真正让我神往的，还是伊斯伯大宅的水泥花砖。通往大门的楼梯底下，在一块石板旁边，铺了二十块水泥花砖，可能是最后的神来之笔，因为占的面积很小，是只有几米宽的狭长形状，既不对称也没有设计（尤其是和我在楼上发现的水泥花砖相比，后者面积更大，经过仔细安排）。我的外曾祖父伊斯伯节俭成性，绝不会浪费多余的地砖。眼前这二十块大概就是他的杰作，为整体环境画龙点睛。我一直盯着看，欲罢不能，陶醉于它们错综复杂的图案，以及原本丰富的色调。我用靴子扫去上面的尘土，终于看到淬炼一个世纪但仍未消褪的色彩：温柔的黄色、紫色和绿色，都是我先前从未看过的地砖颜色。

得知比沙拉还在贝卡山谷忙碌后，又过了一个星期，周末的早晨，福阿德来到我的公寓。他以一种安抚人心的绅士姿态，加上黎巴嫩人特有的信心，说服我大宅整修计划还有药可救。他骄傲地宣称，自己正在深思熟虑，一定能找出解决之道，前提则是要与他的兄弟阿曼多合作。两兄弟会搞定设计的问题，解救我的苦难。阿曼多好像也是一位建筑师，福阿德不想给我不切实际的希望，已经先带他看过大宅，分析整修工程的概况。谢天谢地谢谢所有人，阿曼多没有被吓跑。

两兄弟的想法是：他们一个是工程师，一个是建筑师，可以全面接手整修工作。比沙拉的计划太过复杂、太耗时间、太花钱，我们应该缩小规模，招募当地的师傅工人。我们会考虑时间（一年）和经费（永远不够），尽力而为。由于，除了我本人之外，还没有任何人对整修计划表达一丝一毫的关心，这是第一次，因此我同意和福阿德兄弟签约。

“我们会遇到许多惊喜。”福阿德说，我点燃另一根烟。

福阿德与阿曼多每星期会来工地一次，不过我们还需要找一位工头，负责监督日常工作，解决各种无可避免的疑难杂症。福阿德说，邻居或许可以介绍适当人选。我想了一下，想到希克马特·法尔哈，一位气宇轩昂、身材魁梧的男士，住在同一条路上的一幢庄园般的豪宅。希克马特是我在镇上最早认识的人之一，不过想不认识他也难：宽阔的肩膀、必不可少的胡须、英挺的鹰钩鼻、日渐稀疏往后梳的头发。第一次见面时我就告诉他：“你一定是马佳永镇上个子最高的人。”

“第二高。”他修正我的话。他实在是鹤立鸡群，但我相信他所言不虚。

我运气不错，希克马特有一个人选可以推荐。对方是他家族的朋友，1975 年内战爆发之前，曾经帮他的家族盖加油站，加油站位于城镇边缘，是一座混凝土庞然大物。这人名叫阿布·金恩，希克马特打电话给他的儿子，转告说请他来一趟。一个小时过去，依然不见人影。我再打一次电话询问，希克马特说阿布·金恩已经来过，等了一个小时没看到人，于是回家喝咖啡。其实我们一直待在室外，站在大街上，他居然会找不到，这样的人实在让人很不放心。尽管如此，我还是去接他，反正马佳永的任何地方都没多远。结果，我还没认出阿布·金恩，他就认出我来，因为我是镇上的稀有人物：异乡客。他从阳台上对我挥手，就像一艘船的船长看到许久未见的同胞，邀请对方登船相会。

我问阿布·金恩能不能现在就过来一趟，他茫然地看着我。我再一次提出要求，他端详着我，似乎还是听不懂。我又大声说了一次，他终于点点头，要我给他一点时间，一边啜饮着浓烈的土耳其咖啡，一边结束和一位客人先前的对话，后者一直狐疑地看着我。阿布·金恩总算下楼，来到街上，我们不再多说什么，很快就上路。刚开始他走得慢条斯理，大模大样；还好谢天谢地，过了一会儿他加快脚步，直奔伊斯伯大宅而去。

阿布·金恩已经七十六岁高龄，然而浓密的头发并不显老，向后梳得整整齐齐，而且花白的部分很少。他的脸庞黝黑，皮肤坚韧，满布年华老去与长年日晒的痕迹，但是整体而言仍然像年轻人一样紧实，尤其是下巴的线条有如雕像。

他习惯抽一种廉价的黎巴嫩“雪松牌”香烟，总是有半截烟叼在嘴里，后来我才知道那是他的注册商标之一。几十年的尼古丁熏染之下，他的胡须已经变色。虽然只是中等身高，但他看起来非常强壮。尽管一副雄赳赳气昂昂的样子，却又有歌剧红伶的架势。毕竟，他是所谓的“maalim”，这个字眼很难翻译，用在营建业上，大致是指专业人士、专家或者高手，例如地毯高手、石匠高手、电工高手。

阿布·金恩是一位建造者，或者更精确地说，是一位混凝土建筑的“maalim”。他拥有超过半世纪的专业经验，也不断对我耳提面命这一点，有时候甚至每个小时都会提及。后来我了解到，他有自己的一套规则，不理会其他人的想法，特别是其他工程师的想法，对年轻一辈的工程师尤其不屑一顾。他以艺术家自命，特别强调他一个人可以抵六十个艺术家，还会越说越激动。阿布·金恩绝不是个害羞的人，这对他而言天经地义。一走进伊斯伯大宅，他就把高谈阔论提升到一个新的层次，侃侃而谈当初的建造者，仿佛对他们的每一个意念与手势都了如指掌。来到那个天花板高耸的房间，他一边拍打着墙壁一边说：“这就是他们建造世界的方式，建造出这样的墙壁。”这时他随手一指，显然是在无意之间，指的不是某个特别坚实的墙面，而是墙上的一个破洞，贴着几张纸，在微风中飞舞。

有一回我跟他提到，我们可能需要找人清理大宅的石材，重新涂上灰泥，我问他：“你有适合的人吗？”

阿布·金恩经常沉浸在自己的世界里，不理会别人的问题。就算他肯纡尊降贵考虑某个问题，通常也不会立刻做出裁示，而是说一些模糊、安抚的话。

当时他紧紧抓住我的肩膀，告诉我："你应该放轻松一点，不用担心。"我提醒他，工程必须在五月底之前完成。他以慢动作掐指数算，现在是八月，九月、十月与十一月都可以工作，十二月、一月与二月可用的时间都不多，不过到了三月就可以恢复正常进度。

他看着我，斩钉截铁地宣示："我们会及时完成工程。"

然后他又说道："上帝保佑。"重复说了三次，有如表明他与上天有某种特殊的约定。

第二天早晨，福阿德与阿布·金恩一起在大宅前等候。整修工作还有非常关键的问题尚未解决，我前一天晚上辗转难眠，看着一只蟑螂大模大样地走过，痛苦地想到，许多美好的关系都是被一个目中无人的因素破坏：不义之财。换句话说，对于阿布·金恩的酬劳，我和他还没有达成共识。那天早晨，我有不祥的预感。我们先寒暄了几句，话题很快就转到酬劳上。阿布·金恩又开始大谈他的六十年经验，然后以发誓强调自己的诚实，例如"举头三尺有神明"之类的话。

他继续自说自话，滔滔不绝，用了各种夸大的形容词与骂人的话。他一边说我们一边走，穿过一个又一个房间，上楼又下楼，最后走到前院的橄榄树旁边，福阿德请求我介入。

我说："阿布·金恩，我不是黎巴嫩人，而是美国人，做事方式和你们有一点不同。我有一定的预算，必须知道要花多少钱。"

我的要求徒劳无功。

阿布·金恩说："我们应该先看看工程要花多少钱，无论是一天的工、两天的工，还是三天的工。我们会白纸黑字写下来，到时候再结算花费。”我们谈了半个小时，他的意思很清楚：“等到工程结束时，我要你付多少钱，你就得付多少。”

他微笑着说：“别担心，顺便告诉希克马特，叫他也别担心。”

他一边向我保证，一边捏我的肩膀，拍我的手臂，继续微笑。他凝视着我，样子就像老爷爷看着刚出生的孙儿。为了让气氛轻松一点，开始以敬语称呼我，叫我“effendi”，土耳其语的“先生”；称福阿德则是“sayyid al-ikram”，这个字眼在贝鲁特大概已经一个世代没有人认真使用。

福阿德终于动了气，阿布·金恩也终于开价：“七百美元，七百美元左右。”换算成黎巴嫩镑，大约是一百零五万元。

福阿德转头问我：“你能接受吗？”

我耸耸肩，阿布·金恩又开口说道，不知道是对谁说，又像是对全世界宣示：“每个人都追逐金钱，结果却失去了自己的人性。”

说老实话，我喜欢这个人的心思。

三只小鸟

历史书写的用意，有时是要针对我们想象中的身份，为其背后的神话找出根据。马佳永以及它创建过程的神话，多半围绕着一连串的逃难过程。战争与流亡的故事，十八个世纪以来反复诉说，经常提到一座水坝，曾经为沙漠带来盎然生机。说故事的人如果继续铺陈传奇，他们就会提到三只小鸟，其中一只指引一群担惊受怕的流民，来到一个地方，也就是我家族的根据地。

这个起源传说是从地形崎岖嶙峋的也门开始说起，这是示巴女王的国度，古代乳香与香料的运输路线行经此地，蜿蜒穿越阿拉伯与阿比西尼亚。就是在这里，著名的马里卜水坝引水浇灌焦渴的大地；然而将近两千年前，它偶尔发生的溃决，也引发一场几乎毁灭一切的大火，导致马佳永居民的先人被迫迁徙到土地肥沃的霍兰，故事这样反复传诵着。在霍兰以及别的地方，这个沙漠部落的贵族与战士被称为“盖桑之子”，在传说中，他们成为帝国的佣兵，罗马人的盟友，贸易路线的捍卫者，兵员的来源，与波斯人争战的附庸国。他们所属的教会仍然保留“罗马”(Rome 或 Rum)的字样，显示他们的先人来自罗马帝国。

更多的流离出走随之而来，只是这些背井离乡的故事如今已很少有人传述。其中一则故事的开头，一群焦急惶惑的老百姓向领导人求助，希望得到睿智的忠告：我们是不是应该逃离眼前无所不在的苦难？为了解答人民的问题，这位领导人阿布·拉杰赫拿出三只小鸟，先把第一只的羽毛拔光，再把第二只的翅膀切掉，第三只则原封不动。阿布·拉杰赫坐回椅子，老百姓一边等候，一边思索领导人的意旨，最后终于得出一个想当然的结论：有翅膀的鸟儿才能够远走高飞。于是他们上路，来到今日的马佳永。

阿布·金恩出现之前，我花了许多时间在马佳永漫游，让自己重新熟悉这个地方，发现与体会它的美，记录已经消逝的一切。我越来越熟悉镇上的景观：多刺的玫瑰花丛有如漩涡，无比凌乱；红屋瓦滑落地面，摔得粉碎；一个原本很亮眼的蓝色涡卷图形，似乎是漆上去的，引导行人的目光去注意几面做工精致的木质百叶窗。没多久之前，镇上几乎家家户户都会依循传统，在园子里种几棵柠檬树，可是如今只有在一条小路上还看得到寥寥几棵，我经常走这条小路到镇上广场。过去人们会以酸涩的柠檬汁来吓阻恶灵。

马佳永位于一处高地，色调是柔和的灰色、褐色和绿色，相融混合，和谐地映照马佳永的过往岁月。从伊斯伯大宅外面的几个制高点看去，马佳永周遭的形势一览无遗。从马佳永的进出门户再过去，是今日属于以色列的胡拉山谷，过去镇上的有钱人家会在那里置产。马佳永的西边有一道山脊，山脊的另一侧是利塔尼河，河水从橡树、尤加利树、松树的林荫下曲折流过。东边是赫尔蒙山，以色列与叙利亚的界山。再过去就是戈兰高地与库奈特拉，后者几乎已经荒废，因为以色列占领军在1974年撤退时大肆破坏。更远的地方则是霍兰，叙利亚一块幅员广大的内地，伊斯伯曾在那里做了多年生意，追求财富与名望。

面对赫尔蒙山，西侧有一处悬崖峭壁，下方是泰姆干谷与阿寇布，还有几座城镇，数个世纪以来形成一幅多样化但相互融合的宗教景观，基督徒、穆斯林与德鲁兹教派信徒，在这片山谷、山坡与山麓中生活。马佳永向来是这些城镇中最大的一个，镇上除了有一座逊尼派的清真寺，四个基督教派也各自建造一座教堂：东正教（最具规模）、天主教马龙派、希腊礼天主教和新教。第二大城镇迪宾的什叶派占多数，苍翠山谷另一边的布拉特与希亚姆也是如此。布拉特与希亚姆两个小镇之间夹着伊伯萨奇，居民以德鲁兹教徒与基督徒为主，橄榄树与葡萄园相当有名。赫尔蒙山上的修巴村是逊尼派村庄，与哈玛姆村、舍巴一样。以五彩缤纷陶器出名的拉夏雅富哈尔以东正教与天主教马龙派为主。更远一点的哈斯巴雅有德鲁兹教徒、穆斯林与基督徒，彼此交往密切，界限模糊。

马佳永周遭山丘的石材是淡灰色泽，与节节高升的台地融为一体。土地本身则有许多裂痕与褶皱，急转直下，犹如划过赫尔蒙山的线条。道路与小溪交错，小溪汇合深沟，深沟注入河谷。没有任何事物会呈现粗糙不规则的表面，全都被磨得圆润，就连从泥土窜出的岩石也是如此。最桀骜不驯的也许是风，总是呼啸不息。

近年来，在马佳永不太容易看到新生的树木，老树倒还是很多的，雄伟高耸，像哨兵一样矗立在山丘上。松树的针叶与球果散落满地。道路边上是一丛一丛的葡萄树，姿态毕恭毕敬，是当地风景的缩影。这些葡萄树又类似雕像，树干有如压缩、枯萎的岁月残余。我的公寓对面种了一棵无花果树，看起来高大茂盛，甚至颇有热带风情。有一天上午，它大模大样地摇摆着，我看到一个小女孩站在街道旁的树荫下，四周寂静，枝叶沙沙作响，她用一根棍子将树枝压下来，摘了一颗无花果，动作从容而轻巧。

过去经常轰隆驶过镇上的小卡车，如今不见踪影，它们将手提式扩音器架在车顶：铝材、铁材、汽车蓄电池大特价。如今镇上只听得见风声，和往昔一样的风声，轻轻拂过树林。

和阿布·金恩讨论酬劳问题两天之后，他早上九点打电话来，要我去接他。然后我们一起前往广场，会见法伊兹，他来自叙利亚西南部的达拉，三十岁年纪，已经同意参与大宅整修工作。法伊兹戴着一顶软塌塌的蓝色帽子，气质沉静温和，马佳永人会以“彬彬有礼”来形容他。我们三个人买了一部绿色的独轮手推车、两支拔钉锤、两支把手可以分离的铲子、一支凿子，还有一把我活了三十九年所看过的最巨大的大铁锤。

回到大宅，阿布·金恩带着法伊兹参观，先到一间我称之为“洞穴”的拱顶石室，然后是厨房、卧房。他告诉法伊兹：“用点大脑，估算一下要花多少经费。”

法伊兹的反应和几天前的阿布·金恩如出一辙，一样的手势、话语和点头动作——好的，好的，真主庇佑。阿布·金恩紧紧盯住：“估计一下你需要多少钱，然后告诉我。”法伊兹是个中高手，不肯踏入陷阱。游戏规则：不到最后一刻，不做任何承诺。

阿布·金恩再度出击：“你到底要多少，告诉我。十万镑？”法伊兹大笑，连我都觉得这价码有点可笑。

法伊兹终于开价：“五十万镑。”

阿布·金恩仿佛大吃一惊，夸张地倒退一步，“五十万要做什么？”开这种价码等于是侮辱人家的母亲，亵渎宗教圣人。阿布·金恩走到墙边，随手扯下一块灰泥，显示这项工作是多么轻而易举，他说："你连铁锤都用不到。"

法伊兹辩解："不是这样的。其他部分都是混凝土。"他考虑了一会儿，"我降价五万，四十五万可以吗？"

"还是高得离谱。"阿布·金恩回答。

法伊兹很想敲定这笔交易。

"你的底价是多少？"他问阿布·金恩。

阿布·金恩沉默了半晌，"三十五万。"接着他竟然当着法伊兹的面，对我眨眼睛。

不可思议的是，法伊兹居然接受了，不知道他是对价码满意，还是无力再缠斗下去。

我们走出大宅，上车转往别的地方之前，身为基督徒的阿布·金恩说了一段话，我上回从母亲口中听到过。

"一切托付在真主手中。"

身为穆斯林的法伊兹回答："托付真主。"简明扼要，别有一种美感。

几分钟之后，我把车停在市场边上，阿布·金恩下车时转身对我说："打电话告诉希克马特，他完全不必担心。"

刚到马佳永的几个礼拜，我经常寻求朋友的意见。例如海瑞拉·麦迪医生，就是一位备受尊敬的人物。曾经担任地方首长长达五十五年的卡里姆·萨拉马年事已高，谈到海瑞拉医生时总是低头看着地板，"他对贫民不收费。"卡里姆接下来的话，我听希克马特说过许多次，阿布·金恩更是经常挂在嘴边。希克马特说："今天的马佳永，已经看不到这样的人物了。"

希克马特告诉我，曾经有一名病患带给海瑞拉医生六颗鸡蛋，充当医疗费。其他病患则是送上奶酪或者一种光滑细腻的拉布聂酸奶[1]。希克马特回忆说："海瑞拉医生是为了不伤病患感情，才收下这些东西。"后来我总算查到海瑞拉医生的电话号码，但是联络时相当尴尬，因为他完全不知道我是谁。不过他还是主动提议来接我，而且几分钟之后就到了我的公寓。马佳永人的对话，十之八九是以家世背景当开场白，家族历史的回忆与描述，迷宫般人际关系的仔细铺陈。我的祖父名叫阿卜杜拉，海瑞拉医生对他没什么印象。阿卜杜拉年纪轻轻就背井离乡，没有来得及留下什么足迹。而且，我来到马佳永已经几个星期，还是不知道他的故居在何方。不过当我提到阿卜杜拉的父亲阿亚什·沙迪德，海瑞拉医生点点头，表示他知道这号人物。

我对沙迪德家族的认识，还不如祖母萨玛拉家族这一系。因此海瑞拉医生带我造访沙迪德家族过去聚居的地方。他对着蜿蜒曲折的街道指指点点，那里是达希尔家族的地盘，再过去转个弯是贾巴拉家族，旁边是艾德家族；至于这里，他以理所当然的语气告诉我，就是你祖父沙迪德的老房子。

沙迪德的老房子和伊斯伯堂皇的大宅，形成截然不同的对比。老房子风格简单，两层楼的混凝土，旁边就是塞瑞尔区，奥斯曼帝国时期的地方政府总部。它没有伊斯伯大宅让人敬畏赞叹的石材构造，没有炫耀财富的意味，没有展现品位的拱门。环顾它四周的街区，也不像前者那么气派，反而有难以遮掩的贫穷气

1 Labneh，去掉乳清的酸奶。

息。平坦的屋顶在冬天雨季会化成一片泥泞，必须用石头压着，防止雨水灌进。

海瑞拉医生也住在这条街上，我和他走进他家里，与他的夫人坐下来喝咖啡。我们的谈话以四种语言展开：英语、法语、保加利亚语和阿拉伯语。海瑞拉医生曾到东欧国家攻读泌尿科，1985 年出任马佳永医院院长。医院成立于 1960 年，创办人是我的一位远房亲戚迈克尔 · 沙迪德医生。他为了这项计划，向俄克拉何马、堪萨斯等地的 203 位金主（我祖母也是其中之一）募集了 30 273 美元。如今医院门口仍然挂着一块镶金的黑色牌匾："哈拉蒙慈善医院，迈克尔 · 亚伯拉罕 · 沙迪德医生创立，经费由泰姆干谷与马佳永的移居人士赞助。"

海瑞拉医生领导这家医院长达十六年，一段对马佳永与黎巴嫩而言都非常艰困的时期，历经了战争、孤立与以色列占领。今日镇民回顾往昔，都认为虽然艰困，海瑞拉医生的任期却是这家医院的黄金时期，由此可见他的领导能力。

后来我意识到，海瑞拉医生是上一代马佳永人的典范，当时战争还没有耗竭人们的同情心，变化还没有颠覆人们引以为傲的行为模式。海瑞拉医生今年六十五岁，已经离开医院，但仍然望重一方，他白发苍苍，戴着一副彰显好学不倦精神的眼镜。尽管年事已高，他瘦削的身材并没有发福走样，下颚依然棱角分明，衬托着同样瘦削的脸庞。然而当我们一路谈到夕阳西下，他的话语开始微弱含糊，我知道他终究是累了。我已听说海瑞拉医生病得很重，从他显而易见的疲惫来看，这个传言不假。此时他小心翼翼，挪着犹豫迟疑的步伐，陪我走到街上。离开之前，我看一看他的花园，几棵果树久未浇水，还有几棵凌乱欠修剪，自生自灭；野草长满了台地，纠缠住海瑞拉医生先前种的植物；石块从挡土墙崩落，四处散置。我想到希克马特告诉我的一句谚语："物如其主。"

马佳永人很少谈论癌症，认为这个字眼会招来厄运。提到癌症有如发出凶兆，会导致坏事发生，人们会改说："那种病，愿主保佑我们。"希克马特称之为"邪恶病"，他对我说："大部分人绝口不提这种病，将它视为秘密。"他耸耸肩解释海瑞拉医生为什么不谈自己生的病，"他会告诉你他生病了，但是不会说明是哪一种病。"海瑞拉医生罹患前列腺癌，虽然他没说，但是我知道病情相当严重。

接下来几天，我研读海瑞拉医生借我的书，一直难以忘怀他的尊严。这些"书"其实只是几个装有影印文件的档案夹，在满怀希望的亲朋好友之间传递。马佳永是我的第二故乡，通过文件上的模糊字迹，它的历史在我面前开展，呈现为脍炙人口的故事，仿佛铭刻在岩石上。几个星期下来，我的精神状态潮起潮落，我已经离开战场，但是并没有真正返家。我请长假，暂且放下新闻记者的工作，摆脱赶在一个又一个期限之前交稿的恐惧，心中并没有什么遗憾。但是我很想念女儿莱拉，她才六岁大。对她而言，我只是电话另一端一个飘忽的声音。在马佳永，电话系统经常出问题。

今日的马佳永是从五百年前开始辟建的。当地民众坚称，18世纪与19世纪之交，当贝鲁特还只是一个省会的时候，马佳永的规模可以和它平起平坐。这种说法凸显出镇民是如何好大喜功，吹嘘过往历史；一个自豪的程度胜过实际重要性的地方，多半会有爱提当年勇的倾向。然而回顾马佳永历史的时候，羞耻与乡愁也是经常出现的情绪。在这个战争永不平息的国度，与过往的荣耀相对照，马佳永今日的情况让人感到一股悲哀，它无所不在，也让人们更容易把今与昔混为一谈。对于早期马佳永的人口，奥斯曼帝国有一份比较中肯的报告，撰写者是两个小鼻子小眼睛的奥斯曼官员，时间在第一次世界大战之前：1912 年，马佳永的居民有 3 752 人（正教徒 2 195 人，天主教徒 890 人，新教徒 370 人，穆斯林 297 人）。

今日的马佳永，人口只剩 800 左右，与全盛时期的数千人口完全不能相比。回顾当年的马佳永，几乎每一天早晨，来自伊伯萨奇、梅图拉与阿寇布的农民，都会带着酥油、牛奶与拉布聂酸奶到镇上的广场，在黑色火山鹅卵石铺成的路面上贩卖。大部分的屠夫都是在星期天宰杀，星期五是市集日，小贩会在石头上铺稻草垫，叫卖自家商品。人群聚集，呼吸着烤坚果与水烟燃烧的香气，游手好闲的人在擦鞋工旁边玩双陆棋；还有一些人坐在理发店外面的椅子上，让微风吹拂在刚刮好胡子、香气扑鼻的脸庞。也有人偷偷摸摸，在一家店里喝着亚力酒；这家店位置隐密，算是马佳永的地下酒吧。酒客一边畅饮，一边听着小贩南腔北调的叫卖声。

一名小贩高喊：“西瓜！西瓜！西瓜！买了就可以切的西瓜！”

商人一个个口若悬河，出奇制胜：“我的小黄瓜就像婴儿的手指！”“西红柿……红西红柿、青西红柿……来自山谷的西红柿！”“小萝卜有营养，可是吃了会放屁！”有一家店只能听到模糊的叫卖声，一名基督徒店主帮顾客配药材，药方来自邻近迪宾地区的一位什叶派长老，他看病人不分信仰。无论病人有什么疾病或症状，这位深知安慰剂妙用的长老只开两种药方：罗望子[1]、大茴香加茴香的复方剂，或者蜂蜜、鸡蛋、肉桂、肉豆蔻、丁香、生姜、液态苏合香、爪哇安息香与胡椒。（他会先用繁复的咒语进行治疗，如果无效再开药方。）

马佳永的社会层级分明，但是广场上的儿童没有什么阶级意识，总是一起玩小石子、球、山羊或绵羊的骨头；后者是向镇上的屠夫讨来的。弹弓是很受欢迎的玩具，不过迁徙的候鸟就倒霉了，它们的飞行路径穿越胡拉山谷，飞往跨越非洲与亚洲的大裂谷。星期天的时候，它们会聚集在一方小池塘上，让幼鸟玩耍。这座池塘是阻断一道从泉水涌出的小溪蓄积而成，也是一位雄心勃勃镇民的杰作。

年轻时代的伊斯伯·萨玛拉喜欢来这里戏水，特别是天气潮湿的夏日。也许就是在这里，他头一回见识到更上层社会的生活，有些孩子的玩具绝不只是旧弹弓而已，有些父亲的衣冠楚楚让他大开眼界，有些人像亲眼目击一样侃侃而谈历史大事。

伊斯伯·萨玛拉生于1873年，父亲名叫苏莱曼·萨玛拉，祖父名叫易卜拉欣，曾祖父名叫米哈伊尔，生于1770年；高祖父名叫萨玛拉·萨玛拉，在霍兰长大成人，后来定居马佳永。伊斯伯与三个兄弟法里斯、拉希德与赛义德曾经回到霍兰的草原，努力工

---

1 罗望子，别名：酸角、酸豆、罗晃子、甜目坎等，拉丁文名 tamarindus indica l.，为苏木科罗晃子属常绿乔木。原产印度及热带非洲，1900年引进中国台湾，东南亚国家将罗望子入菜，但在台湾均栽培为观赏树。罗望子不仅是调味料，还是水果的一种。广州等地有引种栽培。

作，追求功成名就。一开始，四兄弟将土地分租给佃农（抽取作物收成的 80%），还养了绵羊、山羊与骆驼，此外也放贷并要求借钱客户拿土地当担保品。四兄弟也经商，贩卖“jibneh baida”[1]、拉布聂酸奶与酥油，用羊皮纸包着，以马匹运送，做得有声有色。

萨玛拉四兄弟野心勃勃，积极进取，但也锱铢必较。伊斯伯会在兄弟为酥油与小麦秤重时，偷偷用脚踩住秤来增加斤两，卖给贝都因人。萨玛拉家族使用一种独特的方言“Badraji”，在贝都因顾客前侃侃而谈时，不会泄露自身意图。

他们相当熟悉霍兰的沙漠地区作风、习俗与态度，当然，这是他们的家族传承。萨玛拉家族的行事标准，让马佳永的士绅难以认同，那是沙漠与霍兰的生存方式与做法。他们的阿拉伯语比较接近贝都因人，而不是其他较古老家族的黎巴嫩阿拉伯语，例如马佳永的沙迪德家族。萨玛拉家族会使用一些贝都因人的字眼，例如“南方”是“ibli”而不是“janoub”，代表游牧民族心目中圣地麦加的方位。

萨玛拉兄弟也具备贝都因人的热忱好客与荣誉感，两者都是长年以来沙漠生活的法则与传统；一个人能否在沙漠中生存，往往决定于邻人是否发挥善心。萨玛拉兄弟也有贝都因人的游牧习性，鄙视与他们做生意的农民，也瞧不起工作时间与内容固定的铁匠、杂货店主与其他开商店的人，尽管这些人都是他们的顾客。伊斯伯与兄弟奉行沙漠的行为准则，形态多样但是一清二楚，其制定者非常了解生活的危险多变。

---

1 一种奶酪。

广场当年风生水起正繁荣的时候，中心地带有一座“manara”，也就是灯柱，奥斯曼帝国时代的遗物。当地人盛传，它曾经充当官方的绞刑架。这座灯柱竖立于1908年，竖立者名叫哈姆迪·贝克，是奥斯曼帝国的总督，镇上第一盏煤气灯也是他竖立的，他还在广场上留下许多设施。广场周遭有清真寺、省政府，以及大约八十家商店。这些商店吸引不少远道而来的顾客，卖的是五金、杂货、水果、蔬菜、糖果、面包、肉品，还有几家理发店。市集喧嚣，充斥着令人困惑的问候语，各种方言的大声争执，不堪入耳的秽言秽语，双陆棋石子的碰撞声，还有小贩的叫卖声。

广场最有名的建筑物，无疑就是逊尼派阿卡威家族的餐厅。花盆与花朵围绕着天井中一座喷泉，桌椅由低而高一层一层摆放。阿卡威用新鲜水果做成的冰霜远近知名，冰块来自赫尔蒙山的最高峰，每天供应。每年耶稣受难日的时候，这家穆斯林经营的餐厅会用扩音器播放祈祷文，当时还年轻的哈纳·沙迪德一方面赞美上帝，一方面也会回报这份情谊。

年复一年，在餐厅天井用餐的顾客会看到身为东正教徒的哈纳，庄严肃穆地登上清真寺的宣礼塔，转身朝向麦加，然后开始朗诵穆斯林的祈祷召唤，一字一句小心翼翼。多年之后在美国的俄克拉何马，亲戚们提到这一幕都还会莞尔，回忆哈纳的吟唱是多么动听，但更有意义的是他与马佳永共同发扬表彰的立场。一百多年来，哈纳的呼唤一直回荡在马佳永人心中，他们与家人分离，在全世界开枝散叶。在动乱的年代，镇民会惊讶于穆斯林竟然能够接受一个基督徒，在他们与真主之间扮演沟通的桥梁。

在俄克拉何马市郊的一家杂货店里，我的两位阿姨纳吉芭与纳比哈回想人们专注凝视的脸庞，哈纳的作为让人们连接在一起；而当时马佳永的存在价值就在于，它的人民学会了包容。哈纳帮助广场的每一个人，帮助马佳永的每一个人寻找神祇，这样的宣示在全世界传扬了数十年，哈纳·沙迪德为所有的男男女女寻找神祇，他仿佛告诉世人：“这就是马佳永。”

迈克·沙迪德是我一个远房堂兄的孩子，家中排行第十二，从小跟着不识字的母亲长大。马佳永曾被形容为“不重视环境卫生”，而迈克有九个兄弟姐妹在童年夭折，全都是病死的。迈克回忆，看病的医生只有“胡椒药膏、奎宁与甘汞”可用。他的父亲早逝，留给他母亲吉希菲一间只有一个房间的房子、两头骡子和一笔钱，为数不多，但可以维持一家生活好多年。吉希菲决心要努力维持家计，经常向上帝恳求，在圣像前焚香祝祷，每天夜里也跪下来祷告。为了挣更多钱，她烘焙面包、洗衣服、帮人打扫房子。买衣服或者买食物的时候，也就是她示范如何节衣缩食的时候。她的三个孩子永远没穿鞋，一年只在复活节的时候吃一次糕饼。平时这一家人的餐桌上只有米饭、麦粉、晒干的无花果、橄榄、面包与蜂蜜。

在早年的马佳永，那些有土地、有职业、有生意可做的上等人家，总是对农民不屑一顾，耕种土地会让人看不起。马佳永人会说这是教育带来的荣耀感，其他地方的人则说这是一种傲慢。走在马佳永街上的男人，口袋里一定放着笔，腋下一定夹着报纸。来自邻近拉夏亚·富卡尔的哈吉·阿塞德·巴希特，在第一次世界大战之后到马佳永和一位法国专员见面，自我介绍时就说他是《自由报》的订户。识字与学习是值得骄傲的事，马佳永有三所学校，分别隶属于三个教会：东正教、罗马天主教和新教。

比较传统的人认为新教的学校是异端。当年最强大的正教国家俄罗斯帝国，资助马佳永的正教学校“莫斯科学校”与大约四百名学生。多年之后，有些老人家都还记得几句当年学到的俄语。

马佳永曾经有四家报纸，立场各有特色：《南方回声报》倾向自由派；《马佳永报》主张建立大叙利亚；《正言报》带有一点阿拉伯民族主义色彩；《复兴报》则是固守较为狭隘的民族主义。马佳永是个满怀自信的城镇，追求“复兴”的社会在这里蓬勃发展，让它成为这一片广大内地的首府。

马佳永分成两个区，中间以一条大路隔开，路名就叫“大道”。大道西边是地势高耸的卡拉区，设有一座防守要塞；地势较低的是塞瑞尔区，是行政机关所在地。镇上最有钱的家族，像是法尔哈家族、巴拉卡特家族与戈麦亚家族都有漂亮的石材与红瓦宅邸，与早年叙利亚任何一个地方的豪宅相比都不逊色。

过去马佳永的教士会到富人与穷人的家里造访，一年两次，分别是在复活节假期，以及耶稣基督在约旦河受洗的纪念日。他们带着一桶一桶受过祝祷的水，泼洒在屋子的墙上。他们没有薪水，生活依靠祝祷带来的捐款，以及主持婚礼、洗礼与葬礼、撮合婚姻收取的费用。

当时和现在一样，宗教无所不在，是生活潜在的节奏。人们对着圣母玛利亚、弥赛亚与十字架起誓；感谢万能的主赋予人们工作能力，帮助人们延年益寿，庇佑旅人平安。对于尚未报复的深仇大恨，人们祈求上帝掩埋仇恨。

然而上帝并不是独一无二的权威。在塞瑞尔区，富丽堂皇的廊柱拱门建筑是奥斯曼帝国在马佳永的据点，也是权力与秩序的象征。很久以前，就是在这里，一名官员可能是因为一心想着午餐，也可能是喝了一杯亚力酒的缘故，搞错了伊斯伯出生的年份，导致他被奥斯曼帝国的陆军征召入伍，那时他已四十三岁。三年之后，伊斯伯被判处死刑。

伊斯伯·萨玛拉被征召入伍，显然是行政人员的疏失。然而，奥斯曼帝国在第一次世界大战期间和德国结盟，官员显然有比文书工作更迫切的职责。帝国政府人手短缺，百废待举，于是从城镇征召年轻男子，尽管这些城镇数百年来都豁免兵役义务。许多届龄男子逃往美国或巴西，耗尽所有积蓄只为一张船票，要抢在贝鲁特港被封锁之前，搭上最后一班意大利轮船，那时是1915年。留下来的年轻男子则四处躲藏，有人还男扮女装，照常出门。

伊斯伯出生证明显示的年龄，要比他的实际年龄小上十岁，他不认为这种行政疏失有什么好大惊小怪，但是奥斯曼帝国当局似乎并不这么想。伊斯伯径自回到马佳永，当地驻扎一支人数不多的土耳其部队，于是他遭到逮捕，被判处死刑。伊斯伯被解送到大马士革的烈士广场，关了好几个礼拜，等待处决。这座广场是大马士革的行政与商业中心，闪闪发亮的青铜列柱相当著名，是将近十年前由阿卜杜勒·哈米德二世竖立的。

对于丈夫入狱的事情，芭希雅得到的信息很少，但是她推测出是怎么一回事。她有六个孩子要养，而且和丈夫不一样，不会以冒险犯难为乐。她也从不认为，日常生活的事情可以任凭她摆布。她保持耐心，按兵不动，但是伊斯伯最小的弟弟拉希德毫无耐心可言，恳求大哥法里斯展开行动。法里斯比伊斯伯大十六岁，大呼小叫的个性和伊斯伯的沉默寡言完全不同，他收集家族中所有的黄金，远赴大马士革，四处找门路行贿，但徒劳无功。时间越拖越久，法里斯担心大势不妙。不过就在伊斯伯被送上绝路之前，法里斯终于靠贿赂打通关卡，但四兄弟多年来的辛苦积蓄也几乎葬送。

从行刑者手中逃过死劫之后，伊斯伯似乎变了一个人，或者至少让他更加相信自己是如此独特，是天意眷顾的人。他的自信心越来越强，认定人生的路向由他决定。对于大难不死、如释重负的感觉，我并不陌生。然而个人的一次胜利，无法否定一个事实：许许多多人并没有那么幸运。有些人幸免于难之后反而耿耿于怀，总觉得自己并不值得享有如此的幸运。有些人将幸运视为获得肯定，代表命运向独特非凡的自己低头臣服。伊斯伯就属于后者，我希望我不会如此。然而我躲过那颗索命子弹的时候，要比等待处决的伊斯伯年轻，对于理解或者厘清事态的能力，在今日看来恐怕并不足够。毕竟，我是伊斯伯的曾外孙，我已经意识到这一点。

最后的绅士

我在2006年战争之前就认识了谢比尔，他比我年长二十岁，头发乌黑，但是像青少年一样剪得很短，胡须也修剪得一丝不苟，要求无比精准。他的眼神经常闪烁着亢奋惊讶，越来越大的肚子则让他越来越不舒服。俄克拉何马市是我们的交集，我在那里出生，谢比尔则是七十年代在那里工作，当时他以“山姆”为名，工作之外也念过一点书，并且经常大量嗑药。这么多年下来，他仍然有吸食大麻的习惯，也一直大力鼓吹吸食大麻的好处。谢比尔有一种长期嗑药者茫然的抽离感，任何事都不会让他感到不对劲，也从来没有任何急迫感。

有一天我在伊斯伯大宅工作，中途休息，发现谢比尔待在自己家里，站在阳台上，只穿一条四角裤，没穿上衣，端着一杯威士忌，一张波斯地毯挂在阳台栏杆上，难得的是，地毯清理得很干净。

“你身体还好吗？进行得怎么样了？”他的声音浊重。

我走进他家，他倒了一杯酒给我。

“敬酒！”我用阿拉伯文对他说。

“祝你胃口大开。”他也以阿拉伯文回答。

然后又以英语说：“老兄，干杯。”

谢比尔总是热忱好客，在这方面远胜于其他当地人。他和老一辈的人一样，以自己严格遵循古老家族规范的礼节为傲。谢比尔的一位朋友说，马佳永人总是坚持要求："下回您到马佳永的时候，一定要来我这里吃顿午饭。"然而下回你来到这里，他们并不会真的邀请你，而只会重复先前的建议："下回您……"然而有些人连这种勉强为之的客套话都说不出口。在我租住的公寓附近，有一位老太太的声音刺耳到令人害怕，她经常对丈夫或女儿大吼大叫，顶着一头乱发在街道上游荡。有一回她居然跑到我的门口摘花，我一脸讶异，她瞪着我看的眼神，却似乎带有一种满足感。相较之下，谢比尔的好客精神无穷无尽，表现得和蔼可亲。我喝完第一杯威士忌之后，他拿来一杯冰块，把格兰威士忌的酒瓶放在地上，大喊："倒酒！"

冰块杯旁边放了一些腌渍物与各种点心，有腰果、南瓜子、花生与开心果。场面变得有点尴尬，因为我没想到谢比尔随手切换电视频道，居然转到一家色情电视台"上等香料"。于是我们就在一场生猛春宫戏的陪衬之下，开始讨论烹调，谢比尔建议以葡萄叶包覆小黄瓜，这样可以加快小黄瓜腌渍的速度。烹调之后，我们谈起政治。

谢比尔认为，1973 年是黎巴嫩的最后一个好年头。这个国家的战争与危机，显然令他身心俱疲。谈到 2006 年时，他似乎更是疲惫不堪。促使我来到马佳永的那场战争已经结束，但是余波荡漾，仍然吞没了黎巴嫩的一切，政府试图围堵真主党的势力；当然，以色列在一旁虎视眈眈。

真主党的领导人说，以色列如果胆敢再度发动攻击，一定会"大吃一惊"。没有人能对情势放心。

"我操！这个鸟国家。"谢比尔骂道。

他的健康一直问题丛生。我们继续聊，他娓娓道来，一五一十介绍自己经常作怪的胃部。然后他详细描述自己动过的一场手术：缝合直肠的一道裂口。后来，他又经历过一次憩室炎发作。曾经从鬼门关口逃过的他，试图拉起大肚子上紧绷的衬衫，想要让我看他的伤疤。不过我们的对话很快就绕回伊斯伯大宅。谢比尔的立场毫不放松，要求我放弃整修计划。

他说："马佳永的人都认为你疯了，应该关进精神病院，不能放出来。"然后他又补了一句，"别误会，然而你是美国佬。"

"穆萨 · 巴拉卡特！"谢比尔突然大喊一声，让人摸不着头脑。然后他开始挥舞手指，这是他平常发布重要讯息时的招牌动作。谢比尔单刀直入：穆萨在荣耀心与历史感的驱动之下，希望把家族的房子翻修一新。他试图和亲戚达成协议，把家族在约旦的农田与柑橘园让给他们，马佳永的房子则由他继承。如果价格方面有落差，彼此可以相互补偿。然而等到穆萨花了十五万美元来整修房子，他亲戚却撕毁已经写成白纸黑字的协议。据谢比尔描述，事发之后，穆萨一开始甚至无法走进房子，亲戚的狭小肚量令他伤心欲绝。直到如今，他仍然耿耿于怀，还是不太愿意接近那幢房子。谢比尔说："听好了，你这浑小子，小心一点！如果我说的不对，我就把老二割下来自己吃掉。"

我大笑回答："谢比尔，我完全同意，这件事的确很冒险，只有上帝才知道会有什么结果。但是你想象一下，我的整修计划可以让一些失落的事物重新出现。"

"那倒是比该死的康塔 · 金特[1]要来得好，他死抓着自己的房子

---

1 Kunta Kinte，美国小说《根》（*Roots: The Saga of an American Family*）的主角。——译者注

不放，谁都奈何不了他。”谢比尔说。

“马佳永人脚踏实地，也非常和善，前提是不要碰触到财产问题。”谢比尔接着再次引述那句谚语：“一小块土地也会消灭一群人。”突然间，我觉得心境平和下来，他的情绪和二手烟有一种镇静的作用。

“你要记在心里，我不是开玩笑。他们会像植物一样突然冒出来，整个家族就像杂草丛生一样，你根本搞不清楚那些人是从哪里来的。”

谢比尔的双下巴摇晃着，一副忧心忡忡的样子，“这就是马佳永人的心态。”

日复一日，一车又一车的瓦砾从伊斯伯大宅向外送。阿布·金恩使用一把铁锹，把墙壁上那些比我还老的空心砖撬松。他每用力一次，灰色与棕色的沙尘就像小溪一样向下淌。墙壁不断震动，工人法伊兹抡起大铁锤，敲打曾经是卧房楼梯的地方。另一位工人马利克看起来一肚子不高兴，让我想到开罗的街头恶棍，或者巴格达的火爆民兵。他站在一个桶子上，一块一块铲掉“洞穴”的灰泥。马利克按部就班，法伊兹则手脚勤快，迅速摧毁一面又一面墙。两个人的脸上都是灰尘，化成石头的颜色。

我站在那里，法伊兹猛力挥击四次之后，灰泥开始出现裂痕，空心砖开始移动、崩解。看着他工作，我觉得既兴奋又害怕，等待天花板塌陷下来，房间在我们眼前化为瓦砾。

“再解决一块空心砖就好了。”阿布·金恩眨着眼安慰我，然后，他对付的那座墙就在重击之下垮掉，碎片撒得满地都是。

这场毁灭有其意义，过程相当优雅，代表大宅以高速奔向自已的终点，但终点也是新的起点。尘埃如云，涌出房门，随风飞散，迅即消失。风吹过大宅，扬起一阵薄雾，遮掩午后的日光。香烟的烟雾舞动着空气中悬浮的尘粒；鹤嘴锄撞击石头迸出火花；光芒化成弧线后被尘埃吞没；声音一阵一阵咄咄逼人，仿佛军乐队的鼓声。

日子一天一天过去，过去曾被占住者盘踞的房间已经消失，厨房的大理石水槽和浴室的固定装置，也被一一摧毁或拆解。许多我不知其出处的物品，随之一扫而空。独轮车每出去一趟，大铁锤每挥击一次，大宅的一段十年历史就跟着烟消云散。这场有如漩涡的毁灭过程，需要强大的力量、赤裸裸的蛮力，才能够卸除这幢大宅的苦难历史，让现在和过去分离。随着大宅的每一段十年从我眼前飘散，大宅开始展现自身面貌，让我看到历史。

也许是因为长期以来，我一直对周遭的世界感到不满，因此越来越关注伊斯伯的世界。与我的世界相比，伊斯伯的世界虽然比较单纯一点，但是动荡混乱的程度不相上下。伊斯伯把这幢大宅打造成自家的堡垒，无比坚固，屹立不摇，仿佛是从地底的岩床直接生长出来的。大宅可以弥补他的粗野不驯，为他的家人提供栖身之所和未来的保障，同时也是一份遗产。我的家人都不在身边，他们对大宅整修计划兴趣缺缺。有几回跟女儿莱拉谈话的时候，她会问我到那么遥远的地方去做什么，我告诉她："我在重建我们的家园。"然而以她那么小的年龄自然无法理解。我的离家远行，说也奇怪，目的是为了要与身边所有的人弥补修复关系。如果我能做到的话。毕竟我在美国的家园已经消失，再也不可能恢复旧观。也许伊斯伯大宅整修计划，终究只是一场徒劳无功的补偿，只能满足我自己而已。每当我心中浮现疑云，我就会把注意力转移到整修工作上。为了某种原因，可能是我在俄克拉何马那些垂垂老去、日渐衰颓的亲人，也可能是其他因素，我必须坚持下去。大宅是家园，曾经代表丰富的意义，我要让它重生。

我们都很想知道，如果我们让大宅返璞归真，还原到伊斯伯当年最核心的愿景规划，那会出现什么样的结果。就在几个星期之前，甚至是短短几天之前，大宅给人的感觉还是其貌不扬、空间狭窄、光线昏暗，有些房间会给人无法忍受的幽闭感。然后大宅进入毁灭的过程，得到解放，显露自身的根源，也就是一百年前刀砍斧劈的石材。地下室连接着充当地基的岩石。在“洞穴”的拱廊上，较小的石块层层叠叠，有如混乱的几何构造，粗糙、无秩序，但仍然完美。较大的石块砌成一道又一道墙，由来自黎巴嫩北部的石匠精心打造。这些石块有一种不经意的美，棱角的设计透显出力量感。两道平行的拱门也是由石块构成，过去曾经是堂皇雄伟的入口，通往我外曾祖父辟建的大宅。多年以来，拱门的下方被石块填塞，曲线变成一道墙的轮廓。更糟的是，它们后来还被混凝土掩埋。如今，拱门恢复旧观，俨然是通往另一个时代的门户，奥斯曼帝国崩溃的时代，伊斯伯·萨玛拉的绅士风度开始打折扣。

1918 年的收成很好，德鲁兹教徒、穆斯林与基督徒都大发利市，将农产品卖给在第一次世界大战对垒的奥斯曼帝国与大英帝国，养活数以万计的士兵。英国人坐拥大笔黄金，与阿拉伯盟友向德鲁兹教徒采购谷物，伊斯伯和兄弟们那一年的收成有六百蒲式耳[1]，一半卖给土耳其人，但是希望另一半能卖到更好的价钱。最后伊斯伯同意土耳其人收购另一半谷物，然而拒绝接受他们的纸币，也不接受奥斯曼帝国的金镑货币。伊斯伯眼光独到，当时就预见奥斯曼帝国可能来日无多，因此要求买家以英国的金币支付。土耳其人别无选择，萨玛拉兄弟黄金入袋。

这笔谷物交易改变了萨玛拉兄弟的一生，在敲定的那一天，他们完全没有想到日后会发生什么事。萨玛拉兄弟的孩子后来迁居数千里之外，看到的却是一幅永难忘怀的景象：他们的父亲永远活跃在记忆之中，像小男孩一样奔向他们，奔向家园，无忧无虑。有一个孩子在长大成人许久之后，仍然会以苦乐参半的表情，回想起当时家中的客厅，金币堆得像小山一样，在夕阳照射之下闪闪发亮。

一天早晨，我暂时放下整修工作，离开工地，约谢比尔十点钟碰面，一起去逛马佳永的星期五市集。村落市集是发源自贝都因文化的传统，马佳永附近的许多小镇都会举办。克拉亚的市集在星期天，纳巴泰在星期一；最有名的萨德汉市集在星期二，这个小镇离考卡巴不远。所谓的市集其实只是大杂烩，匆忙搭建的帐篷，摇摇晃晃的小摊，叫卖的商品五花八门，从围巾、螺丝起子、酒瓶拔塞钻到盗版 CD，无奇不有。“价格实惠公道！”小贩高喊着，并没有特定对象。不管局势有多紧张，甚至就算战争爆发，什叶派的肉贩还是会把肉品挂出来，割一块烧烤一番。务农的

1 bushel，计量单位。蒲式耳与千克的转换在不同国家，以及不同农产品之间是有区别的。

德鲁兹教徒戴上白色毛线帽，穿着宽松的裤子，贩卖腌渍的山苦瓜与高丽菜。

谢比尔有时候自称是俄克拉何马人，然而他其实是个地地道道、彻头彻尾的马佳永人。有一回我和他走在一起，他突然退缩却步，原来是一头黑山羊从我们面前走过，这件事更让我确认了他与马佳永的渊源。黑山羊和邪灵一样都是凶兆，不可等闲视之。冬天的时候，谢比尔出门之前一定要往自己脸上泼冷水。他经常谈起自己的迷信，今天我们来到市集，他一边环顾四周人群，一边警告我："你要特别提防那些牙齿有裂痕和蓝眼睛的人，"口气无比严肃，"还有额头窄小的人。"

我们走着走着，谢比尔告诉我一个又一个马佳永镇民的故事。法里德·马路夫的每根手指有四个关节，比普通人多一节。法里德的一双大手，曾经将一匹马打倒在地。谢比尔突然睁大了眼睛，想起一个他很佩服的人：纳比赫·阿布·卡塞姆。他说："愿上帝怜悯他的灵魂。"悲伤之情溢于言表。大约十年前的一个早晨，纳比赫和几位朋友正喝着酒，大家觉得肚子饿了，纳比赫二话不说，从椅子上站起来，拿了一把刀，悠哉游哉地走到屋外，看见一头绵羊，直接从它屁股割下一块大理石颜色的肉。绵羊痛得惨叫，纳比赫走回屋内，刮掉这块肉表面的肥油，切成一片一片，撒上盐巴，和朋友分享。这一伙人继续饮酒作乐，浑然不管那头绵羊的哀嚎。

谢比尔深受马佳永的文化与传统影响，这座城镇虽然江河日下，但伊斯伯时代的一些特质仍然保留了下来：在这里，轻视会引发不满，不满会变成怨恨，累积数月、数年甚至数十年。谢比尔近来怨恨的对象是杂货店老板萨阿德·巴拉卡特，事情起于有一回谢比尔走进巴拉卡特店里，试吃了两颗杏仁。

巴拉卡特问他：“要不要我帮你开一罐啤酒？”谢比尔从柜台抽了一张面纸，拿起自己刚买的一罐软性饮料，把上面擦干净。巴拉卡特又问：“你以为我是明爱会[1]的人吗？”

“这些烂人到底是怎么回事？”我们一边走，谢比尔一边问。

谢比尔一口咬定，好客的传统如今只能追忆。人们再也不会看重任何事物。谢比尔满腹牢骚地指出，现在只有老一辈的人才会将自己的长子名字拿来用，例如阿布·加桑的意思就是“加桑的父亲”，阿布·金恩则是“金恩的父亲”。马佳永特有的口音也逐渐消失。几个世纪以来，当地人说的都是带有贝都因腔调的阿拉伯语。然而正如同英语殖民了全世界，贝鲁特口音也取代了马佳永多彩多姿、独树一格的方言。谢比尔讨厌贝鲁特口音，我们穿过市场，他继续抱怨，现在人们表示“我不知道”时会说“ma baarif”，而不是过去的“baarafsh”，“没事”现在是“ma fee”而不是“feesh”；“我不要”现在是“ma badee”而不是“badeesh”。谢比尔担心再过不久，马佳永特有的词汇，例如“kooz”（一种小水壶）和“dashak”（一种座椅，底下可以藏东西），都会消失。

对谢比尔而言，旧有口音成为绝响，地方历史多样性与整体性渐趋扁平化，都指向一个更大的问题：造就昔日马佳永独特面貌的认同感与影响力，也已经消失无踪。贝都因沙漠部落的方言是从霍兰的草原传来；巴勒斯坦人的语音抑扬则是跟随着贸易商，从胡拉山谷以及更遥远的地方来到这里。谢比尔总觉得，方言

---

1 明爱会（Caritas），天主教慈善组织。——译者注

的消失代表马佳永历史荣耀的最后遗迹也随之没落。

“如今，会大老远来到马佳永的人，只有死去的人。”谢比尔的声音透出一股无助感，甚至是自暴自弃，“他们把死人送到这里埋葬。”

萨玛拉兄弟的谷物交易完成之后不久，第一次世界大战落幕，奥斯曼帝国彻底灭亡。1919 年 4 月，伊斯伯从霍兰回到家中，强风吹动着他宽松的裤子与骆驼毛斗篷，春天已经降临，罂粟秋牡丹攀附在地面，绽放深红色的花朵，与柔和洁白的雏菊交错，蔓延山麓，遍地岩石，泛着一股不像现实世界的灰色。

在伊斯伯行经的山谷，另一端是犹太人聚居的小镇梅图拉，埃德蒙·罗特希尔德男爵在 1896 年买下当地的土地。第一次世界大战的战胜国法国与英国，当时正在拟定计划，打算沿着梅图拉的边缘划定疆界，分隔日后的黎巴嫩与以色列；不可一世的法国当局，势力甚至已经延伸到遥远的霍兰。马佳永附近的地区动荡不安。1919 年春天，大战结束之后的六个月，萨玛拉兄弟的家园还没有成为黎巴嫩（当时仍然归属叙利亚），但是已经和过往一刀两断。奥斯曼统治者原本看似千秋万世，如今却留下既深且宽的权力真空。

首先趁势崛起的是阿拉伯民族主义者，与其他团体争夺奥斯曼的疆域，名义上的领导人是一位阿拉伯酋长谢里夫·侯赛因[1]，他因为阿拉伯的劳伦斯而名扬后世；实际行动则是由侯赛因最得人

1 十三世纪起，麦加的政治首长称为谢里夫。

心的三子埃米尔·费萨尔领导。费萨尔担心法国和英国另怀鬼胎，下令部属等到奥斯曼势力撤退，要赶在欧洲势力进驻之前，立刻建立一个阿拉伯政府。一百二十位疲惫但意志坚定的骑士来到马佳永，宣告新政府已经成立。

穆拉德·戈麦亚是马佳永人，曾在1909年担任奥斯曼国会代表，也曾经是费萨尔的支持者。他回想当年，费萨尔骑士团抵达马佳永的前一天晚上，他和几位同志忙着寻找合适的布料，准备要制作一幅旗帜，在塞瑞尔区升起。第二天，戈麦亚亲自上场，集结满脸疑惑的镇民，伴随着二十一响礼炮，宣布新政府已经成立。

戈麦亚后来骄傲地写道："那是整个贝鲁特、叙利亚、阿勒颇与巴勒斯坦地区的第一面阿拉伯旗帜。"多年来，只要有听众，戈麦亚就会津津乐道这段故事，尽管他的名气和费萨尔建立的国家一样短暂。

伊斯伯大概不会关心这些事情，至少当时还不会。他家财万贯，不在乎混乱的时局，决心要与那些过去看轻他的家族平起平坐。然而伊斯伯就连在自己的家族中也吃不开，财富并未能提升他的地位。那些远房堂表亲戚，也是伊斯伯唯一的"重要"亲戚，拒绝将自己的豪宅卖给他，因此他和兄弟们决定自己盖房子，而且彼此为伴，风格上则是罗马的成分多于希腊。早在大战之前，他们已经向马佳永的望族戈麦亚家族，买了一块位于塞瑞尔区的土地。伊斯伯选的地点俯瞰一座他觊觎已久的豪宅，旁边是一处名叫哈拉尔的泉水，他希望自己盖的房子能够屹立数百年，媲美马佳永其他的世家大族。其实伊斯伯从几年前就开始着手进行，现在他从霍兰回来，大战也已结束，他终于可以完成兴建大宅的计划。

谢比尔的房子也很有他的个人特色，只不过方式较为怪异。他在星期五市集中和我说话时，一个戴着太阳眼镜的高个子男人靠近我们，下巴翘得高高的，走起路来步伐坚定，仿佛要让人拍照。他的名字叫卡里姆，自我介绍时总要强调自己是沙迪德家族的成员（其实他和沙迪德家族的关系得上溯到他祖父的曾祖父）。

我这位远房堂兄既迷人又令人窒息（谢比尔说他可以滔滔不绝三四个小时，几乎不停顿），你一认识他就会充分领教。他对我很有意见，起因于我为《华盛顿邮报》写了一篇文章，非常感性地赞美马佳永的橄榄树、赫尔蒙山、历史与家族，标题《黎巴嫩，我的黎巴嫩》确实有点做作。文章中有一段话，以反思的笔调写下，谈的是沙迪德家族的名声："人们会以疯狂来形容，而且年纪越大越是如此。"我并没有特别注意这段文字，尤其是在文章见报之后。然而卡里姆显然另有想法。

卡里姆告诉我："你得到的是错误信息。"他的眉毛耸起，露出讥讽的表情。

他瞄了一眼谢比尔，比个手势要我安静，告诉我等到中午吃饭时，我们再单独谈这个问题，"以堂兄弟的方式来谈。"

许多马佳永人不太愿意透露自己的确实年龄，卡里姆也是如此，只含糊表示他已经五十岁。其实他和我的房东一样，头发染成深黑色。他把胡须刮得干干净净，指甲剪得整整齐齐，说话时话中带刺，字斟句酌，像熨衣服那么讲究。他的太阳眼镜让人想起美国时尚女王安娜·温图尔，头部经常微微后仰。我不得不说，卡里姆实在是一个很戏剧化的人。

卡里姆和他的兄弟一样，都受过良好教育，曾经就读贝鲁特一家声誉卓著的中学“国际学院”，后来进入贝鲁特美国大学深造，拿到政治学与经济学硕士，同时还到黎巴嫩大学取得法律学位。除了精通法语之外，卡里姆的英语也相当流利，带有他在伦敦政经学院留学时的口音。卡里姆以律师为业，只是工作似乎并不稳定。

在黎巴嫩内战时期，像卡里姆这样的遭遇比比皆是。他的父亲是一位会计师，曾在伊拉克石油公司担任主管，但是英年早逝，五十一岁时在睡梦中死于心脏病。当时卡里姆才十七岁，他满怀遗憾地回想，父亲在马佳永盖了一幢新房子，却不曾在里面睡过一晚。

卡里姆继续告诉我，他有个姐姐，结局同样令人遗憾。她是小儿血液科专家，任教于贝鲁特美国大学，然而三十四岁就过世了。那一天是 1976 年 6 月 12 日，卡里姆形容为“贝鲁特历史上最黑暗的一天”，全城停电；黎巴嫩左派和巴勒斯坦人结盟，与叙利亚军队战斗不休；合纵连横瞬息生变；政治主张投机骑墙；每一条街道都陷入瘫痪。卡里姆还有另一个姐姐，五十四岁死于乳癌。

卡里姆总是说：“我们周遭的邪灵太多太多了。”他解释他为什么有时候要在房子与花园里焚香，“我祈祷，请求全能的上帝帮我们阻挡邪灵与嫉妒的人。”

第二天，我公寓的门缝被塞进一张纸条，一张卫生纸上草草写着：“东尼，我路过这里，顺道拜访，可惜你不在。卡里姆。”

一个小时之后，卡里姆再度来到我的公寓，大声敲门。我逐渐了解到，马佳永没有隐私权这回事，人们也不会事先打电话告知。当时我正在炉子上煎蛋卷，表情有一点不悦。卡里姆毫不在乎，他料到我会请他进来坐。

他说："我只待几分钟。"他的几分钟至少等于一个小时。

"耶稣基督！"他一边说一边走进我的公寓，身穿一件有白色领圈的深蓝色T恤、牛仔裤，一进门就骂声连连，谈起镇上最新的八卦，"混—"他先提高声音，然后一个字一个字说："混—帐—东—西。"他本来想再用阿拉伯语骂一句"我操（kiss umak）！"结果却说成英语的"亲我（Kiss me）！"

卡里姆和我在桌子旁边坐下，我吃着蛋卷，当着他的面，浸了许多橄榄油。我问卡里姆要不要吃点东西，但他婉拒。接下来他继续问我各种问题，就好像上一回的质问还没结束。我的炉子花了多少钱？热水器呢？热水器有什么毛病？恒温调节器呢（他会修理）？我需要橄榄油吗？我最近为装点房子而买的一株植物花了多少钱？我告诉他是三万五千黎巴嫩镑，他说他听到的数字是三万镑。

我看着他，摇摇头，不可置信。

"你怎么知道这个价钱？"我问卡里姆。

"嗯。"卡里姆先是一副心照不宣的样子，然后开始解释。他听说有人看到我抱着一盆植物走在街上，于是锁定几家我可能会光顾的商店，挨家挨户探访，询问植物的价格与我支付的金额，确认两者是否相同。他笑眯眯地看着我，对自己以及自身的本领相当满意。

几天之后，一个阳光普照的早晨，我和希克马特夫妇坐在一起。希克马特的妻子阿米娜有黎巴嫩与美国血统，出生于美国的肯塔基州，当时正怀着她与希克马特的第一个孩子。希克马特本人有三个兄弟、四个姐妹，自己排行第二。在这么多兄弟姐妹之中，希克马特与马佳永的关系最为紧密，他和他的父亲都在此地出生。

“马佳永是什么？是许多回忆。”希克马特告诉我，“它已经死气沉沉，但还是拥有回忆。”我了解他的意思，“对每个人而言，马佳永都提供了回忆。拥有这些回忆的人，不会变卖自己的财产。”

希克马特请我吃午餐，然而当我问他：“你是说真的吗？”他立刻发火，大声嚷嚷指责美国人有多不懂礼貌，转身对妻子阿米娜说：“我差一点叫他去死。”

他对我说：“不管你来或不来，我们都要吃饭。”

几分钟之后，谢比尔开着他摇摇晃晃的白色奔驰来了。他和希克马特从童年就认识，但是两人近来很不对盘。谢比尔还是会登门造访，希克马特也愿意尽地主之谊。我们坐在希克马特的阳台上，今天主人的心情相当开朗。

“你的人生就像抽烟，抽着抽着，将烟熄灭，人生就结束了。”希克马特对我说：“所以你一定要快乐。”他看着不远处的一座墓园。我知道在马佳永，墓园代表凶兆。就连墓园周边铅笔一样又高又细的雪松，也被视为透露着死亡的讯息。但是希克马特不以为意。

他说：“我喜欢坐在这里。”我们吃着羊绞肉丸子和鸡肉，他继续说道：“那是一种提醒，提醒我们人生总有尽头，因此做人要快乐，要诚实，要信仰上帝，要当好人。”

谢比尔点点头回应："上帝带给我们平和。"

我们聊着聊着，阳光照上我的脸庞，逊尼派清真寺呼唤信徒祈祷的声音响起，在这个基督徒居多数的城镇显得薄弱，但依然回响。这种呼唤给人孤寂、幽怨的感觉，由弱转强，戛然而止，然后再度响起，宣示真主的无所不能。我们倾听了一阵子，希克马特提到一种观念，多年来我不时会听到：每一位阿拉伯的基督徒，内心都有一些伊斯兰教的成分。谢比尔同意这个观念，无论人们信仰哪一种宗教，都愿意承认彼此共享一个文化，这个文化能够跨越不同的信仰，伴随着共通的风俗习惯与传统，以及风俗传统带来的一切：荣誉、好客、羞辱、骄傲、尊严、对神的力量的敬重。许多穆斯林与基督徒甚至认为，彼此同出一源，祖先都来自传说中遥远的也门。

"如果你把我切开，就会看到黎巴嫩的一切。"希克马特带点夸张的意味说道："你会看到先知穆罕默德，看到伊玛目阿里，看到雪松。他帮我们倒威士忌，拿起一张纸，一边讲故事，一边写数字：有三兄弟继承了父亲的十七头骆驼，老大可以分到一半骆驼，老二分到三分之一，老三分到九分之一。然而十七这个数字不能这样分，三兄弟吵了起来，最后彼此同意，向伊玛目阿里求助。他是一位战士、一位智者、七世纪的哈里发，被什叶派信徒视为穆罕默德天经地义的继承人。为了解决三兄弟的纷争，伊玛目阿里借给他们一头骆驼，凑成十八头，于是老大分到九头，老二分到六头，老三分到两头，加起来正好是十七头。伊玛目阿里说：'现在，请把我的那头骆驼还我。'"

希克马特问我："这样一个人，你怎么能不敬佩他？"谢比尔摇摇头说道："伊玛目阿里是一位伟人。"然后从《辞章之道》引用了两句话。《辞章之道》汇集了阿里的嘉言、讲道与演说，长久以来都代表阿拉伯世界最高尚的表达方式，地位相当于拉丁语文中的西塞罗演讲录。

希克马特又说："而且那个故事发生在十四个世纪之前。"

风越来越大，吹散夏日最后一丝暑气。谢比尔赶着回家，不想错过午睡。我也作势想离开，但希克马特坚持要我留下。我们畅谈历史，他回忆起父亲乔治·法尔哈，当年是一位"zaim"，也就是村子里有头有脸的名人、头目或者封建领主。希克马特似乎一直很在意父亲对自己的印象。七年前，希克马特决定回到马佳永，浪荡人生从此告一段落。他在这段人生中，一路从黎巴嫩流浪到堪萨斯州的威奇托、沙特阿拉伯，以及圣詹姆斯俱乐部；后者位于安地瓜东南岸一个与世隔绝、面积数百英亩的半岛上。回到马佳永之后，希克马特整修房子，花光积蓄。但是在这里，他可以成为他父亲的继承人。他典型的口吻就是："我绝不会一边跟你握手，一边跟你要东要西。"他的父亲也经常这样说。

我们坐在餐桌旁边，希克马特扮演的角色是乔治·法尔哈的儿子，法尔哈家族在马佳永的子嗣，继承了历史、身份认同与智慧。阿拉伯文的"谚语"一词和美式英语的含意完全不同，在这里，陈腔滥调的说法成为长期累积的真实，希克马特引述他父亲最喜欢的一则，"我们有一则谚语说：谚语绝不会骗你。"有些谚语饶富趣味，甚至充满机智。希克马特又说了一则，"谁娶了我妈，我就叫他叔叔。"并且进一步解释："如果我妈要嫁人，我能怎么办？真是受够了。叫对方叔叔可以让我好过一点。"有时候人们说谚语用意良善，但表达方式拙劣，希克马特对我说："我宁可在自己的国家当国王，也不愿到美国当乞丐。”

我心想，谁不是这样?

“到美国当总统。”希克马特总算改口。听起来还是很奇怪，不过理智告诉我，最好不要追根究底。

谚语通常会提供一种人生法则，也就是谢比尔几天之前感叹已经凋零的传统之一。希克马特用阿拉伯语说了一串话，意思大概是：生命是被授予的，不是你的选择。午后时光消逝，希克马特跟我说了一些心里话。毕竟我是个外来者，我的距离感似乎让他可以流露自己脆弱的一面。他说：“无论你做的是什么事，都是上帝为你做的选择，由不得你。”他进一步解释：“你不能做选择，你无法选择自己的方向。”

差不多在这时候，我的堂兄卡里姆接获消息，说我的车出现在希克马特家附近，因此不太高兴。他曾经直率地批评希克马特骄傲自大，而且教育程度不如他。卡里姆说：“他以为自己是个‘zaim’，也以为他父亲是个‘zaim’。”他瞪着我瞧了一会儿，摇摇头表示轻蔑。

通过这种大张旗鼓的方式，我见识到马佳永的另一个世界。人与人之间积怨之深，有如在战争中落败的国家。

卡里姆与希克马特对于彼此的分歧，倒是很有共识：卡里姆曾在 2001 年竞选马佳永的公职，但是铩羽而归，原因复杂到令我无法理解，然而卡里姆认定希克马特是罪魁祸首。

“总有一天我会报复，一千倍的报复。”卡里姆说，声音中伤痕累累，“我是基督徒，不应该怀恨记仇。但是希克马特伤我很深。”

希克马特告诉我，整整两年时间，卡里姆拒绝从他家门口经过。这似乎是很典型的卡里姆作风，他从来不与曾经侮辱他的人握手；如果非要表示礼貌不可，取决于侮辱的严重性，他可能会将手放在胸口，代替握手。否则他只会点头示意，而且心中怒气越深，他点头的幅度越小、动作越快。

我很快就得知，希克马特结婚时没邀请卡里姆，两人关系每况愈下。

“真难想象。”卡里姆至今提起，仍是一副不可置信的样子。

希克马特与谢比尔的关系也有问题。希克马特说：“我为谢比尔感到难过。”虽然他比谢比尔年轻，但总是以老大哥自居，把对方当成迷途的浪子。谢比尔结束俄克拉何马的学业，带一位朋友回到马佳永时，有人这么说：“他们离开时是驴子，回来时却变成骡子。”希克马特听了很高兴。

早在我回到马佳永之前，希克马特与谢比尔就已经闹得不可开交，严重到无法和解的地步。两人最近发生的一次侮辱事件，其实看似稀松平常。有一回谢比尔带一位女性友人拜访希克马特，希克马特一度暂时离开房间，回来时看到那位女客正在捏谢比尔的手，或者是轻拍他的腿（希克马特已经记不清楚到底是何者），于是以为两人在背后说他的坏话，尽管谢比尔否认有这么回事。

“他们好大的胆子，竟敢在我家里对我不尊重？”希克马特描述事情经过，不禁问道，然后又说：“一个人如此跟自己过不去，谁都没办法帮他。”

接下来的几天，希克马特反复谈起这件事。那个女人在谢比尔耳边说悄悄话！

“那个混蛋！到别人家里做客，居然在主人背后说他坏话？我操！在我家里撒野？给我小心一点，生活中的小事情，有时候可会造成大问题。”

有时候，戏剧化的言行会让一个人精神百倍。

黄金

晚间天色转晴，干爽宜人，也让我看到了以往不曾见识过的赫尔蒙山的面貌。

我有许多时间来端详群山的风貌，因为伊斯伯大宅整修工作停滞不前。计划起头的拆除工作进展相当顺利，然而之后工人的工作节奏变得非常“乡村”，意思是几乎没有什么动静。有时候几天过去，一个工人都不见踪影。感觉上，大宅比以前更加荒芜，纯粹的寂静之中，大风扬起阵阵尘埃。工地中就算有人，也一定是阿布·金恩，偶尔带着另一名工人。阿布·金恩会临时雇用一名工人一天，自己站在旁边几个小时，嘴里叼着一根雪松牌雪茄，看着工人一块一块凿掉水泥、灰泥，以及长期累积覆盖在房子上硬化的泥土。阿布·金恩仿佛借此告诉我：我负责一切！（勉强算是吧。）

阿布·金恩声称镇上找不到其他工人，口气跟教宗一样笃定。我们还没有跟任何一位水管工谈过；提到要找电工师傅时，阿布·金恩也只是耸耸肩。一位邻居估计，按照这样的进度，整修工程要五年才能完成。我脸色凝重，点头同意。阿布·金恩也知道我的挫折感，我们几乎每一回谈话都会触及这个主题。然而无论怎么谈，结果都一样。

结果有两种版本。第一种，阿布·金恩会将大拇指与四根指头撮在一起，手心朝下，上下抖动，用阿拉伯文告诉我：“放轻松

(Ruq shwaya)。”第二种版本，他会疑惑地看着我，用阿拉伯文问我：“你要我怎么做(Shou baddi aamel)？”

我们的对话就这样进行着，日复一日，周复一周，拖过整个十月。这些对话包括：我们有没有问过哈斯巴雅的一位电工？铁匠今天会来吗？水管工呢？我们有没有告诉负责屋瓦的师傅，请他和我的工程师堂兄见面？石匠对屋后的那堵石墙怎么说？问题层出不穷，阿布·金恩以不变应万变："放轻松。”我会表示不满，但是他恐怕根本听而不闻，总是那句老话："你要我怎么做？”

有一回我们坐在他家的露台上，他的妻子送上香蕉、葡萄与咖啡，我以恳求的语气开口："阿布·金恩，我没有别的路可走，非得完成大宅整修工作不可，而且我没有多少时间。如果必须多花一点钱，我也愿意。但是我们一定要找到人手，开始工作，现在就要开始。”这番话经过反复练习，在我脑海发表过十几遍。只是阿布·金恩的回答同样驾轻就熟："你要我自己动手吗？我能怎么办？能做的我都做了。”

当然，还有他的口头禅："你要我怎么做？”

他的妻子像希腊剧场的合唱团一样，喊出同样的借口。

她接着又大喊："今天是宰牲节！”这是穆斯林的节日。

我们坐在露台上，阿布·金恩看着没有人吃的葡萄，开始发脾气："你为什么一直那么急？你要赶去哪里？”他推开桌上的盘子，帮我剥了一根香蕉，又喝了几杯咖啡。这场本来只需十分钟的拜会，变成一个小时。

“我会好好照顾你，比照顾自己的孩子还用心。”他的口气非常坚定。

阿布·金恩这么说，我也只能认输投降。当初伊斯伯·萨玛拉希望在塞瑞尔区留下长长久久的基业，不枉费他用大笔黄金买下土地。我也曾经怀抱雄心壮志，想象大宅堂皇华丽、变化万千的水泥花砖，黄色、紫色、绿色，尽管终将在时间的阴影中逐渐黯淡，优雅的形象始终不变。然而如今我却坐在这里，一边吃香蕉，一边恳求一个老先生帮我找水管工。

萨玛拉兄弟的财力不多不少，比他们富有或者贫穷的人都会瞧不起他们。他们的房子盖在一条泥土路上，街道弯曲如弓，从马佳永大道的下方通过。这几幢房子谈不上大胆创新，也没有违背传统，唯一的例外大概只有水泥花砖的设计。三兄弟偏爱的建筑风格，希望能够彰显出屹立不摇的感觉，并且彰显屋主的地位，因此需要上等的建材。

19 世纪 60 年代的马佳永石匠，来自以石匠工艺著称的城镇多尔什威，还有罕夏拉与卜提格林。他们带来了黎巴嫩山脉地区的概念、风格与形式。当地有许多寺院，以及封建领主的宫室。石匠的美学风格不走细致路线，他们偏爱浑厚的体积感，轮廓粗犷的棕色、黄色与灰色。在马佳永，伊斯伯的房子尽管还比不上最豪华的宅第，但仍然是一幢不可忽视的建筑物。

根据他自己对兴建过程的纪录，伊斯伯喜欢看石匠干活。他向来很少讲话，但是显然会全神贯注，确保工程能够以稳定的进度推展。他雇用的师傅知道在何处、何时与如何使用凿子，为大宅打造出平滑的墙面。他们也知道如何摆放石块，来诱发拱门艺术古老的奥妙精华。每一块石材的大小与颜色都不同，切割下来的碎片散落在硬邦邦的黏土地上。

马佳永的房子如果要以富丽堂皇取胜，那么不可或缺的就是三重拱廊，以精细的木质窗花点缀，出自山区师傅的手笔。对于这种设计风格的起源，长久以来一直争论不休。有的人认为它是出自意大利威尼斯的建筑，借由数百年的贸易往来传到黎巴嫩。从威尼斯出口的盐、木材、亚麻布、羊毛、天鹅绒、蜜蜡与意大利珊瑚，横渡地中海，卖到埃及、小亚细亚、黎凡特地区与波斯。东方则供应丝绸、香料、地毯、陶瓷、珍珠与贵金属。不过，马佳永的三重拱廊一方面受到异国文化影响，一方面也是当地的创新。

拱廊后方的大厅是整幢大宅最正式的房间，用来举行宴会与接待宾客，地上铺满意大利货轮运来的大理石砖，每一块六十公分见方，白底黑边，铺设的工作是细活。大厅中间的地板上有四块黑色大理石，构成一幅几乎看不见的图案。大厅上方则是雪松颜色的木料，在一个森林早已砍伐殆尽的国家，这是相当昂贵的建材。其他规划给家人居住的房间，伊斯伯要求铺上水泥花砖，当时这类建材在欧洲是半个世纪来的主流，在黎巴嫩却才刚开始风行。丰富的几何图案，深深铭刻在花砖内部。负责制作的师傅都是老手，使用铸铁模子与液压机，将大理石粉末、白色细致的波特兰水泥与天然的土质颜料，做出五颜六色的花砖，图案则多半来自欧洲。

伊斯伯的品位比较传统，因此许多花砖的图案都是简单的黑色条纹，以对角斜线或者沿着边缘呈现。另一种图案较为华丽，一个一个长方形并排，造成立体的视觉效果。同时使用两种图案的花砖并不多，一旦出现，会让人感到晕眩。花砖的图案似乎有生命，会从表面浮起来，或者彼此连接成窗格的模样。花砖的每一个角落都点缀着一朵小花，看起来像是倒置的鸢尾花，四种颜色，最常见的是紫色，会让人想到提尔人的染料以及古代的皇室。

米亚娜·玛丽亚·鲁思·法尔哈生于8月21日，星期二。希克马特与阿米娜带着刚出生的女儿从贝鲁特回来，他们在希克马特的母亲家住了一段时间。我一看到希克马特，就觉得他变了。黎巴嫩战乱频仍，近来是休战期，希克马特却在这个节骨眼诞育新生命，但他不以为意。2005年2月14日情人节，黎巴嫩前总理拉菲克·哈里里遭到暗杀，之后情势剑拔弩张，叙利亚和以色列两个原本就在黎国境内对峙的国家，这时开始发生冲突，贝鲁特陷入混乱。

在黎巴嫩对垒的这两个国家，几乎没有任何共识可言，怀着猜疑与愤怒张牙舞爪，深陷在这个各种意识形态、派系关系与争议观点交织的国度之中，后者最为重要。真主党长期抵抗以色列，它的对手掌控政权，主张与以色列和平共存，或者至少保持距离。真主党的支持者是伊朗与叙利亚，政府则仰赖法国与变化无常的美国。各方角力的结果就是黎巴嫩从中间一分为二，而且没有人知道该如何跨越鸿沟。黎巴嫩逐渐被拖向另一场危机，以色列按兵不动，背景则是真主党与政府激烈内斗，有如一部放低音量的电视剧。军事冲突山雨欲来，大部分黎巴嫩人忧心忡忡，然而并不意外。

死亡大军步步逼近，连续几天或几星期，敌对阵营近距离交战，相互攻击，损失惨重，恐惧笼罩。我们看不到这些创伤的疤痕，也不知道冲击有多深，或者什么地方最受冲击。美国人舒舒服服地在客厅观看灾难的影像，还没等到同情心浮现或者问题变得过于复杂，他们的注意力就被导向新的层面。电视以及我所从事的新闻业，传达的是戏剧性，而不是事件带来的冲击；尤其是如果事件的结果微妙，而且是在手拿笔记本的记者离去之后，事件才发生或浮上台面。我们总有一个倾向，注重一场战役、战争或冲突的解决，而忽略那些连最确定的结论都无法止息的悲剧。我们从来不曾查明或者主动探问，一座村庄是否会重建，或者一名神情茫然的妇女后来有何下场，她在某个诡异奇特、无限延长的片刻间，被剥夺了母亲的身份。

在伊斯伯生活的时代，将近一个世纪，寻常百姓不断受到战争、占领，或者所谓的“事件”干扰。每当遇上这样的时节，时间就仿佛停下脚步，生活被迫延宕，受到宰制。传统宣告死亡。所有正常的事物都乱了套。生活在战争时期被架空，人的存在出现裂缝，要花多久时间才能填补？这个国家正试图从失落中复原，它的失落无从记忆，也无法陈述，然而无所不在，在人们的脑中、在眼睛的后方、在眼泪与脚步声以及话语中。生活经历了扭曲、撕裂与爆炸，化为碎片，需要许多年时间才能愈合，甚至永远都是碎片。剩下的只有伤疤与耻辱，苟延残喘的耻辱。偶尔回首过往，向传统与神话寻求慰藉，结果却是更多的耻辱，现况引发的耻辱。我们已经丧失先人缔造的荣耀，误入歧途。对于这一点，人们每天都受到提醒，在这个地方，旧世界的遗迹依然触目可及，总是无法掩饰它的优越性。

芭希雅告诉孩子们：我们必须离开。她担心劫掠者会把房子烧得精光。瑞伊法一定是一醒来就察觉到，今天会发生很特别的事。她的母亲平日循规蹈矩，但是那天并没有像平常一样，大清早起来第一件事就是煮土耳其咖啡，而且也没有去菜园整理。园子里排列整齐的西红柿，平日被当成小动物一样对待，一天要浇五次水，可是那天也无人闻问。

伊斯伯大宅是在辉煌的年代规划与建造的，如今打开大门，朝向另一个地方与年代。在马佳永和其他饱受饥荒与动乱摧残的城镇，奥斯曼帝国势力撤退之后，引发长达数年的骚乱。马佳永的奥斯曼驻军逃之夭夭，来自希亚姆、伊伯萨奇、布拉特、迪宾与希尔拜的村民攻击并洗劫了塞瑞尔区。为了寻找小麦，他们开始硬闯当地的豪宅。许多居民有的一走了之，有的发觉苗头不对，纷纷留下财物，逃命要紧。

在生命的最后一段岁月，伊斯伯 · 萨玛拉如果努力回顾，或许会站在自家的阳台上，想象芭希雅带着孩子，走上那座大山旁边的一条路。当时局势陷入无政府状态，暴力日益猖獗，他们被迫离开新家，尽管伊斯伯并没有同行。当然，伊斯伯不会待在家里，他一如往常，留在霍兰工作。马佳永大宅完工之后，他对这个城镇感到厌倦，尤其厌倦它那种井底之蛙的势利眼习气。对于家人遭遇的危险，伊斯伯要到威胁解除之后才知道是怎么一回事。

当时伊斯伯一家人刚搬进大宅不久，然而芭希雅担心的并不是房子或财物能否保全。她知道自己必须抢救孩子，她也这么做了，而且不等丈夫或其他人伸出援手。芭希雅立刻行动，收拾能带走的一切，为每一个孩子指派任务。瑞伊法负责拎着衣服，芭希雅特别告诫她不要拖在地上。大女儿纳比哈背着最年幼的弟弟纳吉布，后来她一辈子念念不忘这件事。芭希雅自己则带着小女儿赫达。她们逃往拉夏雅富哈尔，途中曾经登上赫尔蒙山的阿寇布地区，在那里等候一段时间，直到芭希雅判定安全无虞才继续上路。

的确，希克马特变得不太一样。他的动作稍稍缓慢了一点，多了一点试探的味道。我能感受到他压力很大，疲惫发红的脸庞不时闪现疑问的表情。女儿将来要面对什么样的世界，马佳永会对她造成什么样的影响，马佳永和女儿能不能存活下去，样样都令他焦虑。他似乎心事重重，抱怨腿部、臀部与颈部都会疼痛。

我问他有什么感觉。

他说："当爸爸的感觉。"

阿米娜告诉我，希克马特原本不太敢抱女儿，生怕自己把她弄伤了。这让我想起自己对女儿的感觉。希克马特耸耸肩，对我说他曾经想象女儿会有多小，他摊开手比划着说："就这么小。"

我们看着小宝贝的照片，她的眼睛很像爸爸，我称赞她的美丽。

希克马特说："一只猴子在自己妈妈眼中，就像瞪羚一样美丽。"他咯咯笑着，"她是我们的女儿，不管别人怎么想，我们都会说她是个美人。"

午餐桌上摆着扁豆煮成的"mujadarra"、鹰嘴豆泥、腌渍物、橄榄、面包、炸薯条、色拉、茄子与不可或缺的威士忌。我们的对话从餐桌转移到沙发，希克马特拉开百叶窗，一道柔和的阳光泛进整个房间。他与阿米娜点燃香烟，他们的一位朋友法希玛端过来一碟苦涩的阿拉伯咖啡豆。阳光映射出袅袅烟雾。我已经戒烟，至少暂时如此。

"我不希望我的宝贝遇到战争。"阿米娜对我说，带着一点肯塔基口音。希克马特摇摇头，他的语气混合着听天由命与高高在上两种态度，遣词用字很有"zaim"的架势，权威感十足，仿佛自己比其他人都更为世故、厌倦。他说："我们都是在战争之中出生的。"

希克马特的政治立场变化无常。对于黎巴嫩南部基督徒的命运，他经常表达出一种发自内心但还未完全明确的恐惧。他曾多次形容黎南的基督徒是“西方国家的沙包”，然后告诉我：“安东尼，情况很糟糕，我很担心黎巴嫩，真的很担心。”

几乎日复一日，以色列喷气式飞机非法飞越黎巴嫩边界，发出回荡的音爆，希克马特总是会谈起战争、越来越严重的冲突、以色列的意图、黎巴嫩陷入混乱与无政府状态。黎巴嫩的电视台党派分明，一小时接一小时播放着威胁、警告与愤怒，关于合作与背叛的暧昧暗示。暗杀与爆炸案在贝鲁特此起彼落，营造出一种社会瘫痪的氛围，导致人们完全不去想下星期、下个月或者下一年。黎巴嫩领导阶层对于危机似乎乐在其中，信口雌黄的发言令人害怕，挑衅意味十足。许多人觉得，黎巴嫩已经受到诅咒。不过，像希克马特小女儿这样的新生命仍然继续来到，浑然不知今夕何夕。

希克马特用阿拉伯文说：“惊奇(Mufajaat)。”真主党领导人哈桑·纳斯鲁拉先前曾放话，要为他的敌人带来“惊奇”，他尤其针对以色列。

“还会有什么惊奇？”

阿米娜的口气相当直率，情绪激动，显然要刻意挑起争论。

“如果发生战争，我们就得离开。”

她转向另一位客人，陆军军官艾利·迪克，以恳求的语气说：“请你告诉我，不会有战争。”

这位军官伸出食指，在大腿上画了一个问号。

伊斯伯来到镇上的广场，心里想着一家人要何去何从。有几个人争论着移民美国的好处坏处，但他们对美国的认识，大多仰赖已经定居那边的儿孙或亲戚寄信回来。每年都有数十人离开马佳永，他们的家书往往要在写好之后数个星期、数个月，甚至数年，才会寄到故乡。信封里都会塞点钱，有时只是区区几文钱。信上则会形容美国是个如何神奇的国度，街道夜里有灯光照亮，车子在铁轨上运行，道路连绵不绝。纽约的大街两旁都是大楼，楼层高到根本数不清；这座城市的人口似乎比全黎巴嫩还多。家书中很少提及不如意的事，更几乎不谈有些人遭受的嘲笑与欺压。他们经常被当成希腊人、土耳其人或犹太人，饱受揶揄讥讽。美国南方的三K党会焚烧十字架，此外还有复杂的种族主义与民粹仇恨。（奇怪的是，没有人会记得当年因为种族而遭到的侮辱。这问题要再过一两代人才会呈现。）

马佳永没有几个人会知道，得克萨斯州油田区的生活是如何无法无天，或者俄克拉何马州查克托的煤矿如何吞噬掉大量财富。读过这些侨民家书的人，会看到一个很不一样的地方：努力工作就能挣钱，维持安逸的生活，永远不受远方战争、村里世仇的影响，也不必担心那些经常肆虐马佳永的强盗。这些新公民所呈现的美国，正如它为自身塑造的形象，部分是神话，整体而言显然是一个理想。

伊斯伯听人们大声念出这些海外家书，任何人只要有故事可讲，他都愿意聆听，讲的可能是对方的亲戚与邻居到某个地方的历险记。伊斯伯相信沉默是金的传统美德，很少发表意见。他在霍兰做了许多年生意，因此更加深信言多必失。他看过少数衣锦荣归的侨民，戴着西方风格的帽子，提着大行李箱，里面是手工西装与各种礼物——丝绸手巾帕、绣花桌布、珠宝首饰，几乎每一位亲戚都有份。伊斯伯哥哥法里斯的大儿子阿里夫和妹妹欧法一起前往纽约。伊斯伯的大姐哈拉雅则是和她的酒鬼丈夫法里斯·塔努斯渡过得克萨斯州的红河，来到俄克拉何马。他们都是伊斯伯的消息来源。遥望美国，那里没有人会死亡，没有人会失败，没有人会对自己发现的机会失望，没有人会想逃离自己的新家园。少数人从那里回来，却对故乡的一切满怀怨怼。

和希克马特以及阿米娜聚会之后不久，我和卡里姆共进午餐，感谢他最近送了我一些东西，包括防蚊液和一块装在粉红色盒子里的杏仁香皂。卡里姆说："我不太容易喜欢上一个人，对你倒是一见如故。"他说话的样子充满自信，太阳眼镜架在额头上。我们走进马佳永大道上的一家餐厅，选了一张桌子，他继续说道："这份交情是上帝的礼物。"

我们坐定之后，卡里姆不断介绍人们让我认识，通常会顺带提及此人与我们家族的渊源。例如："这位先生的祖母是沙迪德家的人。"或者"这位先生的母亲来自沙迪德家。这里沙迪德家的人很多，多到让你惊讶。"

马佳永人最常触及的话题便是家族渊源，而且谈的时候无比深思熟虑，旁征博引。由于家族之间通婚频繁，因此人与人之间有千丝万缕的联系。此外，虽然人们并不会侮辱其他人的家族，至少不会当面这么做，但是每个人都非常在意自己家族的高贵特质，也不会忘记其他家族的严重缺陷。

姓氏的追本溯源，让人们乐此不疲。希克马特属于法尔哈家族，伊斯伯属于萨玛拉家族，我属于沙迪德家族。从姓氏本身就可以看出家族的根源、迁徙的过程。结尾是元音的姓氏，例如法尔哈、萨玛拉、戈麦亚，都来自叙利亚的霍兰，伊斯伯和他的兄弟曾在当地工作。如果我们相信传说，马佳永人的迁徙历程长达数百年，从也门发源，再到约旦，霍兰只是其中一站。这几个元音结尾的家族被称为“霍兰家族”（“霍兰”本身也是一个姓氏）。结尾是辅音的姓氏，例如沙迪德与塔亚尔则被称为“在地家族”，早在霍兰家族于1613年抵达之前，在地家族已经定居马佳永。后者也是从外地迁徙而来，但他们是陆陆续续到来，不像霍兰家族是集体行动，而且拥有史诗一般的迁徙故事。

每个家族都有自己的故事。纳伊法的命名来自一位著名的老太太，法尔哈在阿拉伯文里的意思是快乐，沙提拉是聪明才智的意思。至于戈麦亚的来源，据一位家族长老说，是来自一场复仇，死者是族中一位青年“Ghoulam”，“Ghoulam”的复数是“Ghalalimah”，后来又变成“Gholmia”，也就是戈麦亚。有几个姓氏像迪巴、巴尤德、拉祖克、兹盖尔、萨卢姆都是出自“希里维什”这个姓氏；后者的来源则是一位霍兰的客栈主人哈里什。霍兰在古罗马时期叫作奥拉尼提斯省，当时就是著名的粮仓。

有几个家族被称为“拉巴尼亚家族”，来自阿拉伯文的拉班，意思是酸奶，当年他们在草原上就是拿酸奶与贝都因人交易。另一个家族的名称来自家族史上一位大美人扎伊娜。塔亚尔在阿拉伯文中的意思是鸟，据说这个家族当年突然离开原本的村庄，毫无预警，也没有告诉任何人。

萨玛拉在阿拉伯文的意思是“鞣皮”，但是我一直不知道取名的缘由。沙迪德就比较容易解释，意思是强壮、有力、严厉、刚硬、暴力、强烈、剧烈、敏锐、严重、激烈或伟大，至于哪一个才最贴切，我们只能猜测。

希克马特警告我，别去招惹沙迪德家的人；他把声音压得很低，语气则是斩钉截铁。同样的意思还有多种变化，谢比尔很肯定地说："千万别说沙迪德家的人不够聪明。"对于这个家族的疯狂天分，他有一番特别的见解："疯狂并非没有来由，而是来自过度思考。疯狂就是这么回事。疯子都是聪明人，他不是没有大脑，而是大脑过度发达！他总是过度思考！"

这些相传久远的名声与争议，至今仍是马佳永多彩多姿的一部分，尤其是霍兰家族与在地家族的分歧。两大家族集团向来很少通婚，直到最近才解禁。镇上有些区域至今仍是特定家族的地盘。值得注意的是，旧日的方言仍然残存。对于这些经年累月生成的差异，没有人比卡里姆更重视。

对卡里姆而言，差异是一种典范，是他研究这个世界的方式。在他看来，每一个人的性格，都可以从他或她的出生背景来解释：霍兰家族，或者在地家族。那天吃午饭的时候，他特别不满谢比尔与希克马特说沙迪德家族如何疯狂；尽管平心而论，还有其他人跟我说过同样的故事。卡里姆的声音越来越大，开始反驳两人的说法，语调之强烈有如俄克拉何马的龙卷风："他们声称沙迪德家族的某个人很疯狂？告诉你，法尔哈家族几乎全部都是疯子。还有贾巴拉家族，哦，几乎都是。阿布拉家族，他们若不是腿长歪了，"卡里姆从椅子上跳起来，模仿跛脚走路，"就是心长歪了。"

我们继续讨论其他家族，卡里姆一一发表意见。他的斩钉截铁让我觉得很有趣，就像一位独奏家，夸张狂放，大开大阖，为自己的演出而狂热。马佳永并没有给他应得的尊敬，现在他终于报仇雪耻。只是我们点的菜还放在面前的盘子里，已经冷掉了。

提早收获

我将收获的橄榄寄放在谢比尔家，但是回来之后发现，橄榄已经发霉。谢比尔说那层霉是盐分，其实并不是。

后来他说那是盐分的衍生物，也不是。

接着他又告诉我“别担心”，去年他的橄榄也有过类似情形。既然如此，他为什么还要以橄榄专家自居？他的话无法让我安心，但他还是提出更多建议。他的口气像个老师，只是疲惫感多于不耐烦，告诉我用盐巴腌橄榄的时间要久一点，瓮中的水要少一点，瓶子不要洗。我不堪其扰，直接问他，这些橄榄还要多久才能吃？

“三个星期，也许要一个月。”谢比尔的回答模棱两可，“如果你把橄榄压碎，十天就可以；如果只是切片……”他又点燃一根大麻烟，“至少要等上两个月。”他没有注意到自己的说法已经改变，“我是说至少，至少两个月。”这样就得等到圣诞节了吗？他回答：“至少。”期限再一次拉长。

“只切片，没有压碎。”他继续说，一副很明智、权威的样子，让人想到肖恩·康纳利，身穿礼服，玩百家乐纸牌游戏之前点了一杯酒。“知道了吧，只切片，没有压碎。”他又说了一遍，靠回椅背，飘飘欲仙。

我得从故事的结尾细说从头。

马佳永的橄榄树无所不在，在通往利塔尼河的代尔米玛斯，周遭的平原就有许多橄榄树林。它们会在带点粉红色的夕阳余晖中闪耀，既粗壮结实，又孤独落寞。有些满布木瘤的树干，蕴藏着几个世纪的历史。伊斯伯大宅的门口有两棵雍容华贵的橄榄树，落叶平铺在地上，有如一张淡褐色、做工细致的丝绸地毯。有一回我和谢比尔坐在树下，他说："橄榄树是一种受到庇佑的树。"他耸耸肩，一时间找不到话接下去，仿佛人们会因此问起他的信仰。这种外形怪异的树木，能够生长出奇特、美味的果实，倒也合情合理。橄榄可能是所有水果之中最细致微妙的一种，虽然我在来到马佳永之前，并不曾认真看待它的存在。马佳永人一天三餐，橄榄不可或缺，关于它的起源与特质(有些纯属想象)，经常会激发热烈的讨论。橄榄毕竟是"餐桌之王"，当收获时节逐渐接近，人们就会密切注意它的生长状况与外观。

后来我知道，时机无比重要。

马佳永人常说，每年的十月到十一月是第二个夏天。这时秋天尚未降临，来这里逃避贝鲁特酷暑的外地人已经回去，整个马佳永仿佛昏昏欲睡，街道人群稀疏，生活步调放慢，虽然差异并不是非常大。从十月底到十一月，阳光渐渐变得柔和，不再咄咄逼人，在这片和道路一样无尽延伸的土地上，橄榄的收获季节到了。

每当我谈到要采摘伊斯伯大宅的两棵橄榄树，人们就会告诉我："下第一场雨之后再开始采，甚至可以等到第二场雨。"谢比尔与其他人对我耳提面命，但是我缺乏耐性，毕竟我是美国佬。而且，收获带有一份无可否认的浪漫感。至少拉开距离来看，收获是一场安抚的仪式，是全然的新生和疗愈。上回战争结束时，我曾经坐在这两棵橄榄树下，如今我却可以在和平时期(黎巴嫩的和平都是相对的）采集它的果实。到十月时，橄榄已散落得满地都是，每一颗都让我觉得不舍。我不得不这么做，每天从地上舀起保存状况最好的橄榄，不时将几颗放进口袋里，其余的则收进一个黑色塑料袋。

收获在本质上也具有侵略性。橄榄树遭到劫掠，果实遭到摧毁，枝条被剥夺殆尽。人们在地上铺一张防水油布，然后拿棍子击打橄榄树的枝条，直到树枝承受不住，释出果实。也许是我太多愁善感，然而我就是不能以同样的方法，来对付这两棵我祖母曾经凝视过的百年老树。因此我选择徒手摘取，一颗又一颗。我买了一把梯子，一张淡蓝色的防水油布，准备一份有鸡肉、烤西红柿、凉拌卷心菜与腌渍物的午餐。我开始采摘橄榄，时间的确是早了一点，但心想谁会真的去算日子（从邻人的质疑探问看来，会算日子的人还真不少）。树丛中的五颜六色令人着迷，我紧抓着枝干。比较成熟的橄榄是棕色泛着紫色，与树皮的颜色融为一体，身影笼罩其他橄榄。较嫩的橄榄是绿色，随风轻触银灰色调的树叶。每一回转身的时候，我都会尽量伸长手臂，朝着街道上优雅低垂的枝条，摘取最末端的橄榄。

没过多久，收获工作开始带有沉思冥想的成分。在马佳永的一天之中，午后是最宁静祥和的时刻。家家户户吃过丰盛的传统午餐，开始睡午觉。周遭几乎听不到任何声音，没有鸟叫、没有虫鸣、没有人声，只有小镇的沉寂与风声的呢喃。我将梯子转到各个方向，爬上第一棵树的更高处，摘下一颗又一颗橄榄，丢进系在腰间的塑料袋。我伸手摘果，梯子摇摇晃晃。塑料袋终于鼓胀起来，短短几个小时，树上就只剩少数几颗橄榄。想摘取它们，就得离开梯子，爬上树枝。我真的爬了，但是树枝并没有外表看起来那么结实。我俯身向前，尽量伸展，屏住气息，斜眼打量，将树枝扯向自己，但最后还是放弃，算是与这棵树停战。我再次提醒自己，有些东西注定非我所有。那几颗橄榄将在树上枯萎，多年以来都是如此，蒙上尘埃，风吹雨打，悬挂在我无法触及的枝头。

我从树上下来的时候，乔治·阿布拉对我大喊："那是我姨妈的树！"老人家已经九十好几，是我曾祖母的外甥。他身穿一件磨损的西装外套，头戴一顶蓝色的编织帽子，有点像头上冒出一颗棉花球。他在街道上停步，拄着一根木质拐杖，对这两棵橄榄树表示赞赏。我对他笑一笑。

薄暮时分，采摘工作结束，我坐在树下。我的前臂、肩膀与背部，都被靠近树冠的隐密枝干刮伤，尘土沾染了我的胡须。村庄仍然寂静，大宅感觉空荡荡的，有如鬼屋。日光逐渐黯淡，从西方投射过来，阴影中透显出大宅的荒凉与孤绝，无所不在。重建工程让我感觉无比沉重，阿布·金恩的做法更是雪上加霜。他会将每一个小小的工作或者计划调整，变成一场冒险或者灾难。在此同时，许多工匠虽然保证会上工，时间到了却不见人影。大宅至今仍是另一个时代的遗迹，也可以看成一件文物。然而此刻我坐在橄榄树下，在冲动的提早收获之后，我只感觉到一种单纯的联系，就算它只是源于我从两棵属于过往的树上采摘橄榄。

我发短信给谢比尔："我采摘了一百公斤的橄榄。"这当然是玩笑话，但谢比尔显然紧张起来，开着他的奔驰轿车来到大宅，一如往常，停车停得乱七八糟。他告诉我每个人都说过的事：我应该至少等到下过第二场雨之后，再开始采摘橄榄。他说了一遍又一遍，边说边摇头。

我对阿拉伯文情有独钟，原因可能是我把它当成第二外语来学习。阿拉伯文的字词优雅细致、富含逻辑，在时间、历史与世代之中流转，雕琢出特有的意味。随着文字慢慢展现其奥秘，渐渐改变其意义，一种美感油然而生。作为一种语言，阿拉伯文要比英文更为丰富，据说描述任何事物都可以只用一个单字。阿拉伯文挖苦讽刺的本领也高人一等，而且运用起来无比精确，还带着音调恰到好处的反讽语气。开罗的民众会故意给别人戴高帽子，以强调语气送上名不副实的奥斯曼帝国荣衔，例如帕夏、贝伊，或者我最喜欢的“巴许莫罕迪斯”(bashmohandis)，意思是总工程师，这些字眼反而会让对方心虚。我称呼谢比尔为“乌斯塔兹”(ustaz)，这个字包罗广泛，从“先生”“律师”“老师”到“教授”，都有可能。谢比尔察觉我的讽刺，以其人之道还治其人之身，于是我就成了“长官”(Ya ustaz)、“大人”(ya khwaja)、“吾爱”(ya habibi)，同时扮演三种角色，“长官、大人、吾爱，如果你等到下雨之后再采摘橄榄，它们就会长成这个样子，”他伸出食指和大拇指比划，就像在比划一包印度大麻，“如果你愿意等待。”

谢比尔对任何事都心存怀疑，怀疑我改建大宅的计划，怀疑我采摘橄榄的计划。收获季快到时，他质问我：“什么，你要雇用二十个叙利亚工人来采橄榄？”问题越来越荒谬，“你的橄榄树有一百万棵吗？你的橄榄园有二十亩吗？”而且语气越来越讽刺，“你有没有打电话给叙利亚总统，请他支持一万名叙利亚工人？”他捧腹大笑，“一个工人摘一颗橄榄！”

他对我的质疑与其说是嘲笑，不如说是企图强调自己的专业。在马佳永这个地方，谢比尔没有多少事情可以自豪，不过他倒是很懂得腌渍橄榄（还会腌渍各式各样的蔬菜，当威士忌的下酒菜正好）。他一开口就是长篇大论，例如哪一种黄瓜最适合腌渍（小一点，但是不要太小）、香料怎么搭配最恰当（千变万化）、盐水中盐与水的比例（盐巴要加到能够让鸡蛋浮起来）。但是我连在腌渍橄榄这件事上都不愿意肯定他的专长，这对他而言是一种侮辱。他的嘲弄带有一种防御性的骄傲，我在马佳永每一回遇到他，他都是这个调调，简直可以说是这方面的专家。

那天晚上，我将收获的橄榄带到谢比尔家，不难想见，一件简单的事情会变得非常复杂。变化的过程似乎无影无形，不可思议，唯有他本人才能诠释。谢比尔对我大谈橄榄腌渍艺术，其复杂难解犹如混合了核子工程与苏菲派神秘主义。腌渍过程的神秘特质激发出更多的问题，也促使他提出更多稀奇古怪的答案。尽管有时候疯疯癫癫，谢比尔仍然讨人喜欢，尤其是他醉醺醺的模样。然而无论我做什么事，他都可以纠正我；他乐此不疲，我却感到难堪。

- 洗涤：我从地上捡起来的橄榄有些已经烂掉，但我把它们一起留下来，整批橄榄可能因此遭殃。
- 腌渍：我忽略了一件事，我那两棵树有绿橄榄也有黑橄榄，而两种橄榄的腌渍方式不一样。
- 混合：我一直无法理解“托许拜达”（tosht al-bayda）的精妙之处，也就是估量水中要放多少粗盐（前面说过，要放到可以浮起鸡蛋的地步）。
- 其他细节：我接收到各种相互冲突、抵触、矛盾的指示与纠正，从如何选择晾干橄榄的地方，到橄榄腌渍前泡水要泡几天，无所不包。这样的对话持续了好几天。

我们找到一些柳橙叶、柠檬叶与月桂叶，塞进罐子里，在不知不觉间完成了腌渍橄榄的工作。我们还切了几片柠檬与红椒，分别放进不同的罐子。然后再沿着罐口边缘倒进橄榄油。一个星期之后，谢比尔和我在我的小厨房里工作，踩着一张破旧的波斯地毯，那是多年前我在巴格达一场拍卖会上买的。谢比尔问我："你知道为什么要用橄榄油吗？"口气像个老学究，"因为要让水分和盐分充分渗透进入橄榄内部。"

工作终于告一段落。十四个瓶子挤在我厨房的平台上，里面装满了腌渍橄榄。尽管我提早采摘，但是这收成看起来不算太差。我不时检视它们，在几分钟、几小时、几天之后拿起来，对着阳光，看能不能瞧出一些变化。柠檬片飘向瓶底；盐结晶着落在橄榄上，反射光线，仿佛不想让人注意到它们的存在。我注意到瓶中少数几颗形状完美的橄榄，叹为观止，椭圆形的表面十分光滑，不像其他饱经风霜的橄榄，满布沟槽裂痕。我想象着它们的滋味，舌头开始绕着橄榄核打转。

我骄傲地宣布："这是几个世代以来，沙迪德家族第一批橄榄收成。"

谢比尔回应："有人帮了不少忙。"用阿拉伯文说了一句："好好享用。"然后玩起语言跳跃游戏，用法语说："祝你胃口大开。"

我在马佳永很寂寞，尽管人们不断讨论黎巴嫩的内部纷争，然而我停留得越久，战争似乎就越遥远。我经常想象小女儿莱拉走过石墙，走上弯曲的车道，走向那扇我决定保存的古老前门。

我想象有一天我要带她过来，来到这幢可以让她据为己有的房子。近来的夜晚，雾气开始弥漫翻腾，山岚模糊了时间感。我也想到伊斯伯，意志坚定的他，对年轻时住的房子和上方的山峦告别，然后走过这个曾经和他一样繁荣成功的城镇。

可以这么说，我开始熟识伊斯伯·萨玛拉。我认为我和他应该有一些共同点，而且不只是野心。令我惊叹的是他兴建这幢大宅，成为往日中东的见证物，当时的中东虽已消逝，但激励振奋的力量仍在。他的故乡比别的地方更让我有家的感觉，我想象芭希雅在厨房里忙着，为孩子们准备新鲜面包，涂上糖与奶油。在秋天来临后的几个礼拜，我经常想到谢比尔告诉过我的一段话："和一群人在一起四十天，你若还没离开，就会变成他们的一分子。"我来到马佳永已经超过四十天。

我一直在学习与当地人共同生活的基本规则与传统。规则之一：绝对不要告诉任何人，我买任何一样东西花了多少钱；如果真的要说，那就对折报价。尽管如此，无论我说多少钱，人们都会发出一样的感叹："真可怜。"并对我的天真易上当寄予无限同情。在家人与朋友之间，罪恶感的操纵也是一门艺术，至少这是我的经验。来到马佳永，我总是成为他人咄咄逼人的对象，形态五花八门，关系再远的亲戚都可以教训我一番。他们会问："为什么你这个月没来我家？"如果我已经去过，问题会变成"为什么你这星期没来我家？"如果我确实去过，问题会变成"为什么你今天不早一点来我家？"或者"为什么你那么快就要离开？"

卡里姆有自己的一套表达方法。任何人如果从贝鲁特或者其他地方回来，却没有先到他家做客，他都无法忍受；要是连电话都没有立刻打，那更是忍无可忍。他会以反省的语气告诉我："你没有打电话……你是不是在生我的气？”口气就像在问：“你为什么像打小孩一样打我？”充满了辛酸与绝望。其实卡里姆打了四次电话找我，两次从他贝鲁特的房子，两次从他健走的地中海滨大道电话亭。后来谢比尔几天没跟我联络，再度出现在我租住的公寓时，我就将卡里姆和其他人这四十天来对我的教诲学以致用，决心要反败为胜。

“你跑去哪里了，我亲爱的长官？”语气忿忿不平，表情不可思议。谢比尔一时语塞，不知如何回答。这是我在马佳永历经的第一趟罪恶之旅，让人心满意足。

对于大宅整修计划以及相关工作，阿布·金恩的想法和我南辕北辙。我把他当成工头领班，是整个计划的负责人，要通过意志力来达成艰难的使命。然而阿布·金恩的想法却是，他是看在希克马特的面子上才接下这个计划的。我知道如果我想让大宅完工，就必须和阿布·金恩全力合作。我们大体上相处得不错。他从裤袋里掏出一本古老的笔记本，让我写下重要的电话号码。他会打电话，但要我大声、缓慢地念出数字。每隔几天，他会坐进我的车，驶过坑坑洼洼的道路，到克拉亚镇找木匠，到布维达找水泥工，到希亚姆采购石材、瓷砖与其他物资。马佳永本地有铁匠、电工与瓷砖师傅，还有一个水管工，经常在他表兄家的商店外闲晃，吞云吐雾，好像自己还是个高中生。

阿布·金恩有车，一辆 1960 年的法国宝狮轿车，但是他从来不开。原因可能是害怕开车，也可能是耍聪明：反正我会载他，何必浪费汽油钱？

工作进行不顺的时候，阿布·金恩也会跟我起争执。我大多会主动离开现场，知道这种年轻人与老人吵架的行为，本身就是一种侮辱。（希克马特告诉过我，过去马佳永的年轻人在街上遇到年长者，还会主动把烟熄掉。）尽管如此，沙迪德家族的诅咒还是萦绕不去。

每隔几个礼拜，我的脾气就会爆发，阿布·金恩怒气冲冲地离去，不过通常第二天就会回来，忿忿不平地告诉我，前一晚我是如何恶劣，让他受尽委屈，回到家中还念念不忘。这时我会向他道歉，解释说这是沙迪德家族的特性。他点点头。他听得懂这样的语言。有一回我道歉之后，他告诉我，他所属的阿布·卡塞姆家族也有疯疯癫癫的名声。我并没有跟他争辩。原来沙迪德家族与阿布·卡塞姆家族都是疯人当道，希望这次疯人合作能够完成一项不可能的任务。

希克马特对我说："我百分之一百一十信任阿布·金恩。"在他看来，阿布·金恩是诚实的典范，对他的忠诚远比对我根深蒂固。

"从我父亲那时候开始，我们就和阿布·金恩的家族来往。"希克马特说："像他这样的人现在已经看不到了。他们不知邪恶为何物，拥有纯净原始的精神。你以为黎巴嫩有很多这样的人吗？现在黎巴嫩到处都是黑手党。真令人遗憾，黎巴嫩只有一个阿布·金恩，顶多两或三个。"

希克马特是营建权威，或者至少是以权威自居，因为他在几年前改建了自己的房子。

希克马特说："每个人都有意见。"他指的不仅是工作人员，还包括邻居、朋友、远亲与路人；改建工作让他伤痕累累，至今未消。"这种事会害死你，你会像个白痴一样，跟他们坐在一起，听他们针对你高谈阔论。”他回忆当时情况，从工人灌水泥开始，人们就会过来指指点点：“你应该这么做，应该那么做。”

工头终于忍不住，对旁观者大吼：“你们这些混蛋！统统给我滚开！闭嘴！滚开！”

希克马特怨叹人们对他大呼小叫，把他当成白痴，但是一天之后，他到大宅找我，开始把我当成白痴。阿布·金恩与阿米娜都在，我们漫步走过老旧的车库门，门已经锈迹斑斑、扭曲变形、脱离墙面。然后我们小心翼翼走进屋内，绕过一堆堆可怕的泥土与石块。一个房间的地板上积了一摊深灰色的水泥，上面插着一把铲子，呈四十五度角，旁边有三袋水泥，一包原封不动，两包已经撕开，此外还有一个装了水的白色水桶。墙面上以前糊着一层泥巴与稻草混合而成的“巴格达涂料”，现在剥落下来堆在地板，上面堆放着木材、灰泥与屋瓦，甚至还有一张旧椅子，看起来摇摇晃晃，但仍拒绝解体，似乎会永远存在。

希克马特转身对着我。

“我原本以为情况还会更糟糕。”他的表情十分严肃，我大笑，眉毛都打结了。

阿米娜察觉到希克马特的大胆伎俩，知道他为了让我恢复信心，干脆拒绝面对现实。她说：“我想情况会越来越好。”语气中带着一点忧虑。

希克马特不理会她。

他很有把握地说：“事情很简单。只要你知道自己在做什么，事情就会变得简单。”

他看看石墙四周，然后走向餐厅，“告诉福阿德兄弟，很简单。”他停下脚步，“告诉福阿德，这工作很简单。”

他一心一意要颠倒黑白，但是阿米娜不断把他带回现实。

她告诉我："你必须按照自己的意思来安排工作。"

希克马特在大宅中漫游，大模大样，仿佛自己是改建工程的负责人。他指着窗外的栅栏说："不要拆掉那些金属栅栏。"然后走进餐厅，说道："把卫浴移到这里来。"尽管他趾高气扬，但我相信他是诚心想要帮忙。他下令："厨房的窗子不要封死。"探头到另一个房间，大剌剌地宣布："这里的采光已经足够了。"过了一会儿，他的头又冒出来，仍然是一副大权在握的样子，他的笃定振奋了原本垂头丧气的我。他建议我："把'洞穴'铺上拼花地板，其他有意见的人都去死。"

我们走向希克马特的车子，他又开始责怪我的姻亲工程师福阿德，"去他的福阿德。告诉他，工程只要有延误，都是他的错。"这番话让我恍然大悟。希克马特巡视大宅时发生的每一件事，他表现出来的夸张言行，其实背后有一套严格的逻辑。已知：希克马特推荐家族好友阿布·金恩接下改建工作。因此：阿布·金恩的失败会让希克马特颜面无光，显示他的判断力有问题。已知：福阿德是外地人，希克马特不必太在意对方会怎么看他。因此：把任何过错都归咎于福阿德，我在黎巴嫩最正直、和善与慷慨的朋友之一。

这样的想法直接、精确、无情。

去他的福阿德。

别告诉邻居

后来我才知道，由于家族关系与地理位置，伊斯伯大宅很容易成为各方觊觎窥伺的对象。我的邻居威萨姆也是亲戚，他的房子是由伊斯伯的兄弟法里斯建造的，他的母亲是我祖母的表姐妹。我们之间的血缘关系纠缠不清，但他完全不当一回事。威萨姆很不友善，秃头，抽烟斗，说起话来粗声粗气，很不耐烦。我来到大宅之后，他打招呼的方式竟然是摘取大门旁一棵梅子树上的紫色梅子。后来他发现我不可置信地瞪着他，于是才从冰箱里拿出来奉还，还有些冰冰的触感。他声称摘梅子是为了帮我清洗，还等我跟他说谢谢，场面很尴尬。我终究没说，他对我的厌恶也因此更深一层。

最近一段时间，他又是老大不高兴，因为大宅改建工程扬起的尘土侵入他的地盘，导致他提出一连串要求。我能不能请个女佣帮他打扫家里？我能不能帮他清理红屋瓦？我能不能修好大宅和他家交界的倾颓石墙？当然，费用完全由我负担。

大宅后方的土地属于马苏德·萨玛拉。在马佳永，任何一种财产都可能引发紧张关系。既然如此，对于后来发生的事，我怎么会感到讶异？

有一天马苏德、他的测量员和我站在一起，他问测量员："我的土地边界到哪里？"他一问再问，我越来越害怕、烦恼、担忧，心想：他会不会侵占我的土地？会不会步步索讨？会不会在我的土地上砌一堵墙？

问题越来越多。马苏德和测量员要求，我和他的土地交界处有一棵无花果树，枝叶已经越界，应该整棵砍掉。我不愿意，告诉他们我下不了手，而且说了三次。我恳求："这棵树在我外祖母的时代就有了，来自她那个年代。"他们无动于衷，不过在几分钟的你来我往之后，他们认为冲突虽然必不可免，但是不急着立刻引爆。

日子一天一天过去，我领略到越来越多马佳永古怪的特质。许多已被人遗忘，有些令人抓狂，有些相当窝心，都是日常生活的细节，发生在塞瑞尔区我的邻居之间。他们有时候热情洋溢，有时候冷酷、多疑、沉默，总觉得我很有钱。他们做许多事都会投机取巧，仿佛那是一场风靡全镇的比赛，以蠢蠢欲动的战争阴影为背景。

奥斯曼帝国的帕夏和贝伊都已消失，留下一片从此无法平静的土地。无政府状态演变成流血冲突、动荡局势、暴动叛乱、背井离乡。旧日的恩怨死灰复燃，化为每一个人的诅咒，而且在帝国的操纵之下变本加厉。法治荡然，帮派趁势坐大，土匪强盗也浑水摸鱼，民族主义则煽风点火，为阿拉伯文的"混乱"赋予新的意义。

马佳永局势混乱，伊斯伯和他的房子无足轻重。

奥斯曼帝国孕育出一种生活方式，一种过日子的风格，原本并不是那么样的脆弱，后来却破裂成粗糙危险的碎片。奥斯曼政权后继无人；或者说除了欧洲势力之外，没有人可以分一杯羹。整个中东分崩离析，内陆地区尤其如此。过去中东世界唯一的认同感来源，如今已然消失，真空无可填补，社会秩序荡然无存。

尽管如此，马佳永的塞瑞尔区仍然华贵而安定，日常生活波澜不兴。老树的枝干庇荫街道；每到清晨，雾气从河谷升起，来到这个平静封闭的地区；在那些有头有脸的居民看来，某些事物最好视而不见，这时雾气就会带来一种美好的朦胧感。什么样的力量才能破坏这里的平静？光凭伊斯伯·萨玛拉是不够的，他新来乍到，地位远不如那些老家族，例如法尔哈家族与巴拉卡特家族，据说他们的先人是在远古时期与橄榄树一起来到马佳永的。

伊斯伯等待了许多年，不断规划与重新规划，终于让大宅与世人见面。大宅散发着一股特殊的荣耀感，伴随着活跃的想象力，但是在主人的要求之下，永远没有完工的一天。工匠与手工艺师傅拿出绝活，汇集黎凡特生活的所有特色，创造出优雅的集大成作品。伊斯伯桌上的烛光倒影能够平息恐惧，带来平静，但是只维持了很短一段时间，大宅终究无法与外界发生的事情隔绝。它随着周遭的景观改变，伊斯伯也变了一个人，变成一个顾家的人，一个不再那么注重野心与荣耀的人。他的房子一开始是要呈现荣耀感，后来成为他替妻子儿女营造的家园。一段时间之后，它又变成一个避难所，一段由我们负载的回忆；无论我们是否曾经踏入它的门户，回忆都在那里。

一天晚上，我和谢比尔相聚小酌，谈起无花果树事件。我告诉他，我和马苏德·萨玛拉是用阿拉伯文对话，但是我的意思用英文表达可能会比较委婉。我描述我的恳求，如何强调那棵无花果树来自我外祖母的年代，然后问谢比尔，我是不是太咄咄逼人？

“咄咄逼人？”他大叫，“咄咄逼人？”

谢比尔摇摇头。

“我告诉你什么才叫咄咄逼人。”他从椅子上坐起来，弓着背，大声说道：“你这婊子兄弟，休想碰那棵树，否则我操翻你的姐妹！”

“你这婊子兄弟！”他又大喊一声。

谢比尔很满意地看我一眼，就像他弄对了腌橄榄罐中要放多少盐。

“姐妹比较好。”他特别提醒。

“这个时候还不适合扯到人家的母亲。”

邻居还不是唯一的问题。在许多马佳永人眼中，关于我最客气的形容词是“精神错乱”：整修大宅的计划证明了一切。有些人推测我应该是家财万贯，有些人认为我是个危险的疯子，不少人相信我是伪装巧妙的间谍。一则谣言指称，贝鲁特的美国大使馆花钱让我整修房子。后来我才知道，间谍理论的主要支持者是卡里姆几位年长的女性朋友，以及在马佳永大道开了两家杂货店的迪巴兄弟俩。

兄弟俩中的哥哥长相难看，有如妖怪，从来不肯和我说话，并视之为生活守则。每当我走进他的店里，他就匆匆避入后面的房间，可能是害怕只要跟我说话，就会被我记录成电文，传送到美国大使馆。后来我就不再光顾他的店，改去他弟弟比较小也比较朴素的店。乔治·迪巴很爱说话，搞政治已经失败，做生意欲振乏力，看起来很像严格节食中的蛋头先生。

只要我来到乔治的店里，他一定大喊我的绰号“谢比尔老师！”（因为我是谢比尔的朋友）或者“华盛顿邮报！”（因为我在报社工作）。当然这些都是幌子，乔治和他哥哥一样，对我的情报员身份深信不疑，而且决心要搞清楚我的任务。乔治会炫耀几个英文单词，是他三十年前在学校学到的，如今说出来已不知所云。他还会没头没脑、突发奇想，有一天跟我说："你一定是来这里研究我们的气候！"原因可能在于天气永远是谈话的题材，也可能是他对我的马佳永任务的最新猜测。

我们谈起我想买的东西，粗盐他有，月桂叶没有。他记下我的电话号码，表示一旦有货就会告诉我。不过他很快就亮出底牌，问我能不能帮他在报纸上宣扬他的政治野心？

我告诉他，这么做可能得花数千美元。

"哦！"他大叫一声，"不能免费吗？你能不能免费帮我做？"

他说他只需两行文字，内容是提名自己为黎巴嫩新任总统的候选人。选举结果再过几个礼拜就会出炉。他问我："有何不可？如果诈骗犯与江湖郎中都可以当总统，寻常百姓为什么不行？"

他宣称："我拟了一个漂亮的计划，分为二十五个要点，还可以增加，但都已经准备就绪。"他写在一本记事簿的两面，纸上印有云斯顿香烟的商标，"这就是我的计划。"他一边说一边翻着四页的记事簿，快速浏览各个细项。

我问他，哪一个要点最重要。

"最重要的一点？"他不停翻阅，看来看去，仿佛不由自主，眉头深锁，越来越困惑。

"它们都很重要，所有二十五个要点都很重要。"他继续看记事簿，注意到其中一点，以承认的口气说："嗯，这一点没那么重要。"接下来又说："这一点只对黎巴嫩重要。"他的手指往下移动，"这一点有国际意义。"停顿一下，"这一点对我们这地方有意义。”他耸耸肩，将记事簿塞回柜台下方。

我离开时说：“谢谢您，乔治老师。”他大声回应：“是乔治总统！”

时间一天一天过去，我与阿布·金恩的合作终于有了成果，只是谈不上什么大突破。改建计划如期进行，然而后来我们遇到承包商的问题。他们自成一个群体，但是内部四分五裂，运作大打折扣，很容易就会爆发内斗。

最重要的一位承包商是托玛阿拉·卡德里，人们都叫他托玛。托玛和妻子萨娜娅住在我远亲威萨姆的隔壁，租金一个月一百美元，有三个简单的房间，面对着“工作坊”，那是伊斯伯大宅现在的别名。

托玛身材肥胖，走起路来从容不迫，什么工作都能做。但是每一样工作都有代价，包括他开那辆红色奔驰老爷车去运石材的油钱(一趟大约十六美元)。托玛诡计多端。结果有好有坏，阿布·金恩一直很提防他。

电工伊马德·迪巴生性高傲，不苟言笑，是第二个加入团队的成员。下一个加入的是水管工福阿德·阿布拉，饱受战争折磨。卡米勒·哈达德最令人难忘。他的头发茂密灰白，眼睛淡蓝澄澈，几近透明，没有人喊他的本名，大家都叫他阿布·萨利姆。现今真正的石匠寥寥无几，阿布·萨利姆是其中之一。他相貌英俊，脸庞棱角分明，就像他雕凿了六十年的石块一样。

电工伊马德总是抱怨工作太多，脸色阴沉地告诉我：“这是一场大工程。”水管工福阿德会警告我，他还有其他的案子要优先处理。阿布·萨利姆在大宅里走来走去，充满权威感，挥舞一把大铁锤，一只手对付重量与他体重差不多的石块。我有没有提过？他已经七十六岁高龄，与阿布·金恩同年。他计划在车库门口建一堵墙，改建成房间，用石材将一扇窗框起来，把另外三扇窗缩小，将另一扇窗扩大成一道门，并且修复“洞穴”，全部工程开价一千一百美元，我同意了，不敢还价。第二天清晨，阿布·萨利姆上工，六点钟来到大宅，汽车车身上薄薄一层露水还没干。

阿布·萨利姆嘱咐徒弟：“小心点，小心点，对待它要像对待新娘一样。”他们拖动一个窗框。阿布·金恩不久之后抵达，说道：“阿布·萨利姆，无论你需要什么，尽管吩咐我。”阿布·萨利姆的回答，充分展现了阿拉伯文的优雅本色：“我只需要您平静祥和，安全无虞。”

不久之后，三个人都开始对付一道墙，各自拿着鹤嘴锄、铁锹与大铁锤，移除窗户下方的石材，准备把它扩大成一道门。

阿布·萨利姆一边奋力打墙一边大喊：“这才叫作建筑物的基础！”他兴高采烈，“这些石头不动如山。”打墙进度缓慢，反而让他欢喜。建筑毕竟是一种艺术，阿布·萨利姆正在欣赏一件艺术品，“这才是盖房子的老办法！以前的人就是这么盖的。”

他告诉我：“建筑是全世界最重要的生活艺术。”语气十分严肃。

“这种建筑很快就会绝迹，真是太可惜了。因为它就像是直接从土地里长出来的，有如土地的酵母菌。”

阿布·萨利姆为我说明各种工具的阿拉伯文名称：“每一种都有特定功能，”他谆谆善诱，“不可以交换使用。”

他介绍了“tartabeek”（一种鹤嘴锄）、“mahadda”（大铁锤）、“makhal”（铁锹）、“fas”（斧头）、“mankoush”（另一种鹤嘴锄）、

"shauuf"(一种木锤或者凿子)。此外还有"shaqoul",算是一种铅锤,用来衡量石材表面是否水平,相当巧妙。阿布·萨利姆的"shaqoul"以一条绿色的绳索连接,一端是木材,另一端是黄铜块。

阿布·萨利姆看着自己的"shaqoul",脸上又浮现出欣赏的表情,"这一副已经有好几百年历史了,是我父亲留给我的。"我问他,这是不是他最重要的工具,他大笑,看着我,好像我是个傻瓜,或者是太年轻而不懂事。他大喊一声:"双手才是最重要的工具!"

阿布·萨利姆问我:"你想知道事实真相吗?"当天稍后,他和我坐在大宅外面,早晨的阳光十分温暖,"以往的世界比今天的世界纯净。环境的氛围,人们的气质,都是如此。不像今日,弥漫着仇恨与报复。当时人们的生活很有荣誉感。当时没有电力,晚上点蜡烛,燃油灯,就这样过日子。吃晚饭时一家大小相聚,和乐融融。好吃的东西有无花果、烤鹰嘴豆、葡萄干。人们一大早七点起床,出门工作,晚上才回家。那样的生活无忧无虑,没有战争,不必担心孩子的命运。那是一个完全不同的时代。"

阿布·萨利姆从岩石的本质下手。他知道光凭机械的力量,无法让一块岩石就范,服从他的意志。毕竟,岩石是大地的酵母菌。因此阿布·萨利姆不会和岩石硬碰硬,而是设法劝诱它、说服它、怂恿它。阿布·萨利姆对岩石累积的经验越是丰富、知识越是精深,就越能够以直觉掌握整个过程,例如岩石会在什么地方、以何种方式、在什么时间裂解。我看着他工作,想起以前读过的东西,描述最老练的外科医生在动手术时,总是可以快速掌握自己每一个动作的结果。阿布·萨利姆也是如此。

他继续移除下一块岩石建材，一尺一尺来，每一尺见方重约五十磅，甚至更重。石块上面涂着灰泥，阿布·萨利姆和阿布·金恩知道不好对付。

阿布·金恩说："看到了吗？这就是以前的水泥。"

阿布·萨利姆用阿拉伯文回答："我当然知道。"

无论是人生还是事业，这两位先生都已接近终点；而且对他们而言，人生就是事业。他们很熟悉自己的工作，对每一个角度与基础都了如指掌。

"这就是建筑工作！"阿布·萨利姆再次高喊，"你给出什么，它就给你什么。你接受什么，它就接受什么。"老人家得意洋洋，甚至有点飘飘然，"老建筑的力量不在于钢铁或者水泥，而在于石材。就像那个年代的人，气力都来自于蜂蜜与山羊油脂。"

工作进行了一整个早上。阿布·萨利姆的大铁锤像雨点一般落在岩石建材上，有的高度到他腰部，有的从他头顶上方崩落。他让人叹为观止，一锤一锤地敲打着，从不间断，就像机器一样。卖力工作的时候，阿布·萨利姆会朗诵诗歌："艺术家从不休息，天上的星星对他唱歌。我的儿啊，别怪罪老人家，人家过去可是独一无二。"

后来他说："你看，"摇摇头，刻意对自己的杰作保持低调，"作品之美，就在于追求完美。"

有一天，我到贝鲁特采购东西，回马佳永之后直接到谢比尔家喝酒。我问他近况如何，他以阿拉伯文回答："Zift。"这个字的意思是沥青或者糟糕透顶，谢比尔指的应该是后者，"黎巴嫩的每一件事情都像沥青一样一团糟，只有街道没铺沥青。”

我如果不在伊斯伯大宅，大部分时间都与希克马特、卡里姆和谢比尔在一起，但是三人之间的关系越来越复杂。他们近来很少联络，不过希克马特的女儿米亚娜出生时，谢比尔曾经打电话到贝鲁特道贺。

“我对希克马特说：‘恭喜恭喜。代我问候你的夫人。等你们回来，我再去探望。’就这样，很友善。”谢比尔停顿一下，“我和希克马特没有任何恩怨，但是他从来不把别人放在心上，从来不关心别人。我并不怨他，但是为什么希克马特越来越自负？”

谢比尔帮我倒了一杯威士忌，话题又回到希克马特身上，总是如此。“我原本要去拜访他。”他想当面恭喜希克马特，送小女娃一份礼物，结果那天他却午觉睡过头，从下午三点睡到晚上九点半。谢比尔穿着一件T恤，上面写着“俄克拉何马的牛最会翻身”，紧绷着他的肚皮。

我告诉他希克马特已经回贝鲁特，他破口大骂，然后说：“我大概要等到希克马特的女儿订婚，才有机会到他家做客。”我大笑。

至于卡里姆，他永远心怀不满。每一回谈话时，他总是会质问我为什么不打电话？害他一个人胡思乱想，是因为他要我为他种的植物浇水吗？他是不是说错什么话？希克马特有没有捏造事实挑拨离间？

后来卡里姆又送我一堆礼物，装在两个有粉红色圆点的白色塑料袋中：其中一袋有卡尔文·克莱恩的“Escape for Men”润肤露、卡罗琳娜·埃莱拉的“Men”刮胡膏与“212”沐浴乳、一个已经调好闹铃时间的黑色闹钟。另一袋装着防蚊药剂、黄色烟灰缸、刷厨房水槽的刷子、泡茶用的小滤网。卡里姆送这些礼物可能是要祝贺我搬新家；也可能是想表达歉意，因为上一回我们见面时，他毫不留情地批评希克马特，我跟他吵了一架。

在他看来，我不够冷静。

他很了解地说："你有沙迪德家族的本质，坏脾气。"

卡里姆是个敏感、执着的人。

几天之后，希克马特告诉我："这个该死的地方，八卦一出来就乱成一团。你本来就不必选边站，你是马佳永的客人。"

他还说政治议题也是如此，无数人的友谊已被政治终结。仅仅在一两代人之前，马佳永还能够兼容并蓄各种运动与意识形态，以及以代言人自居的政治领袖。那是一个动荡不安的年代，整个中东地区刚摆脱奥斯曼帝国的统治与殖民霸权。马佳永的报纸分成两大阵营，阿拉伯民族主义者与自由派。此外还有 20 世纪 30 年代兴起的共产党，以及 1932 年由安东 · 萨阿德秘密创立的叙利亚民族社会党。

希克马特父亲还在世的时候，马佳永要感谢那些叙利亚民族主义者与共产党员，他们将生活并不宽裕的马佳永人组织起来。不过这两个阵营互相瞧不起对方，支持者几杯黄汤下肚，就会从大道上的一家酒吧涌出来，大打出手，但只用拳脚，不动枪械，一直斗到 20 世纪 60 年代。加入这两个阵营的人，几乎都支持某种普世通行的公民意识标准；一直到今日的黎巴嫩政坛，这种人都还是少数特例。

马佳永有些家族，过去的政治立场广为人知，如今则淡化许多，而他们支持的政党也是今非昔比。苏克里耶家族、沙马斯家族与沙布尔家族都曾经力挺共产党，有个穆加利 · 沙马斯甚至把房子漆成红色（几年之后，马佳永的共产党分裂成两派：托洛茨基派与斯大林派）。沙迪德家族、塔亚尔家族、扈利家族与穆萨拉姆家族则是叙利亚民族主义者的传统信徒（谢比尔曾经把党徽贴在电话机上）。可想而知，内战过后，政党支持者越来越少，意识形态的狂热也退烧，老一辈的党工大多凋零，或者不再过问政治。在马佳永和其他地方，越来越多人转向宗教寻求认同。我的家族是基督教徒，在黎巴嫩，许多基督教徒追随一个退役将领米歇尔·奥恩，他粗鲁莽撞、行事有如堂吉诃德。（他曾经告诉我："如果有人挑衅，我会说：下地狱去吧！"）这种认同感更加凸显了基督教徒的少数地位；而且我总是担心，少数族群的特异性终将导致他们的灭绝。

希克马特父亲年代的意识形态，焦点在于疆界。阿拉伯民族主义、大叙利亚民族主义、共产主义，都企图依照自己的条件要求，扩大势力范围。阿拉伯地区的国界都是人为强制划定的，本身即是一种压迫的工具，同时也被各个阵营视为障碍，抹杀了阿拉伯世界最美好的部分。看一眼地图就知道，这些国界没有道理可言。线条太笔直、太精确，无法涵盖地理与历史的模糊暧昧。它们是没有边疆的疆界，无视数百年甚至数千年来形成的轨迹。马佳永因为国界的划定而遭殃，失去了它真正的腹地：巴勒斯坦与叙利亚，以及当地所有交通便捷的城镇。比较古老的城镇如海法、阿克雷、耶路撒冷、大马士革，以及戈兰高地上欣欣向荣的库奈特拉，与马佳永有共同的地理、历史、贸易与文化，向来不受国界局限。几个世代以来，对于选择留在马佳永的人，这片土地提供了无数的机会。如今，好景不再。

许久以前的奥斯曼帝国年代，早在难以捉摸的民族主义之前，各个民族与信仰在黎凡特交会。但是这样的景观已经消失。在这个长久以来各方共享的土地上，想要加入一个新的民族，就得想象出相关的神话。历史被虚拟创造，天命被宣扬主张。国界强化了国家的特质，但这些国家唯一的野心，就是确保某个小独裁者的权位、某个民族的霸权行径、某个部落的恐惧，以及让国际化的都会逐渐降格为国内城市，过程无可挽回。奥斯曼帝国灭亡后的一个世纪，这些国家全都成了失败的国家，没有一个能够真正实现自己的野心，也无法为国内长期共存的不同种族划定楚河汉界。

当然，从此马佳永不再有街头争斗。

阿布·金恩，这样你满意了吗？

我的公寓对面街道上，停了一辆四四方方、破破烂烂的雷诺轿车，每天早晨七点到七点半之间，车主会发动引擎，踩下油门，让轮胎发出刺耳的摩擦声。它时而尖叫，时而低吼，强烈显示车子已经老旧，车主不顾他人感受，也不了解自己的车子。我躺在床上，瞪着天花板，眼睛越睁越大。

这意味着在马佳永寒冷的早晨，我早早就醒来。十一月即将结束，秋天仍坚守不退，但终将放弃。人行道上本来有许多老人家，每天晚上坐在椅子上抽烟聊天，这时都退入室内。商店提早打烊，少数人还在街上行走，步伐越来越缓慢。一部隆隆前进的蓝色奔驰老爷车，车顶绑着十几张地毯，司机猛按喇叭兜售。车厢后方塞了更多地毯，民众会买来铺在冰冷难以行走的瓷砖上。走到希克马特家附近，我依稀闻到小块木柴在冬日火炉中燃烧的气味。烟雾从烟囱冉冉冒出，狭长的排烟管探出石材打造的窗口与门口。地平线上，大雪飘降在赫尔蒙山的峰顶。

大宅开始出现生机，我可以想象生命在这里活动的情景。我对参与重建工程的人千恩万谢，他们却不可置信地看着我。承认他们的工作成果卓越，可能会丧失对报酬讨价还价的机会，再也不能指责他们做得不够。现在大宅有五位工匠，阿布·金恩也算在内，但是他就像当红歌唱家，经常不见人影。他背负沉重压力，仿佛全世界对他都有所期望，而他的自我期望也很高，再加上工地环境嘈杂，让他无所适从，因此别无选择，只能每隔一阵子就消失在一团尘埃之中。

两个叙利亚工人阿布·贾西姆与毛希丁正在铲除室内墙面的灰泥，用小车子从橄榄树下运出去。此外他们也对付大宅后方的一道石墙，刮除上面的混凝土，并以水泥强化屋顶的结构。阿布·萨利姆继续吟诗，把厨房的窗子扩大，浴室的窗子缩小。大宅的车库原本是败笔，无所容于天地之间；阿布·萨利姆重新竖立旧日的墙壁，同时顾及采光，让一束束光线射进室内。

阿布·金恩用空心砖建造另一堵墙，对每一块砖，先用铁锤从上往下敲一记，再从旁边轻敲一两下。然后只见他手腕一转，倒出一团灰泥，时间无比精准，以他的年龄而言难能可贵。然后他拿起一把泥刀，迅速把灰泥抹平。他将空心砖举到适当的位置，先以拳头打，再以铁锤敲，最后用泥刀抹平灰泥，让空心砖一一定位。建墙的时候，墙面上紧紧绷着一条黄绳，如果它突出或者松弛，阿布·金恩就知道墙的角度有问题了。

他对我说："看到我们的工作了吗？这才是工作。"

他摇摇头，疲惫，但是满意。

"我还可以做些什么？"他紧接着问我，但我只能回答，就这样了。

"就这点工作？我才七十四岁！"他转过身，朝向最后一块以高超技术砌好的空心砖。几秒钟之后，"不对，我已经七十六岁了。"

阿布·金恩又想了一下，"我是 1931 年出生的。"点点头，带着肯定的意味。

铁匠纳西卜·苏卜希亚说:“你看起来像五十岁。”不过阿布·金恩没有听到，因此我帮苏卜希亚重复了一遍，提高音量，并且靠近他的耳朵。他用阿拉伯文对我说:“我的后事托给你了。”满是灰尘的手指抚摸我的胡须，非常温柔，指尖停在我的下巴。

马佳永的历史很难用“温和”来形容，它像周遭的土地一样伤痕累累。然而随着秋去冬来，伊斯伯大宅出现了一个群体。脸孔越来越熟悉，气氛变得轻松起来，连我都感到意外。这种气氛在贝鲁特是天方夜谭，台面上的人物总是水火不容。首都的民众一遇到刚从外地来的人，就会像出租车司机一样，提出连珠炮一般的问题，务必搞清楚对方所属教派。人们首先会问你叫什么名字，如果从名字看不出端倪，例如纳比，那就追问你的姓氏，当成线索。姓氏通常也平平无奇，例如哈吉，于是问题转向亲人的姓名，从父亲与母亲开始。假设你的父母亲名叫纳比勒与娜达，对方会追问你的家乡。如果你的家乡有不同教派聚居，例如贝鲁特郊区舒夫山脉的阿莱，对方可能会问:“你对德鲁兹教派领导人瓦利德·琼布拉特有什么看法?”或者“你是琼布拉特的支持者吗?”问的人追根究底，一位朋友形容，这是一种“强行归类与过度简化”。

这种情况连大宅都难以避免。基督徒工匠有时会批评某种设计或者色彩图案过于伊斯兰化。信任的问题，尤其是牵涉到钱的时候，都会盖上教派的印记。不过，至少在最近这段期间，教派的区分淡化了一点，不再那么贴近个人。我认识托玛几个月之后，才知道他的家族是逊尼派或者什叶派;更有趣的是，每年圣诞节，他的家人都会在客厅角落摆一棵简单的树。日常喝咖啡休息的时候，大家绝口不提政治，那是党派认同的标签；我们为黎巴嫩哀叹一番就够了。

如果还不够的话，那么，乔治·贾拉迪登场了。

乔治走路不太方便，我本来以为原因是长年旧伤，或者是他一瓶接一瓶的亚力酒。他与托玛是表兄弟，正式登记的职业是石匠，但那只是头衔而已。乔治负责建一道石墙，标示大宅与马苏德土地的界限；然后他还要对大宅的石材墙面做喷砂处理，重新涂刷已有九十年历史的灰泥。他的工作分量相当重，但是速度相当快。乔治从来不会被时间表绑死，但是决心要赶上计划的期限。

有一天他大喊："我们要动起来！我们要干活！"

我以阿拉伯文告诉他："有动作的人有福了。"

这句话让他得意洋洋。

"来吧，阿布·金恩！来吧，年轻人！"他大喊："上工！上工！乔治希望你们只要一摸眉毛，就会摸出一手汗水。"

乔治年轻时一定是相貌堂堂，他身材高大，肤色黝黑，有点像埃及的一位电影明星。只是如今他已饱经风霜，脸上一道一道皱纹，皮肤松弛，终身贪杯加上红牌万宝路，就是这种结果。他每天都穿的毛衣与裤子，总是不合身。最值得注意的是，他谈话中提到自己时，习惯自呼其名。还有他走路的问题，当年内战时期，他在西顿一处六层楼的建筑工地工作，附近有人引爆一枚炸弹，爆炸威力让他从三楼直接摔落地面。

他告诉我："爆炸让乔治飞了出去。"他左腿和两手的手腕摔断了，背部也受了重伤，"乔治意识清楚。乔治一直没昏过去。乔治还会说话：'不要移动我！不要移动我！'"

当然，那天没人听他的，结果断掉的骨头并没有好好复原。

不过到了现在，他一拐一拐走路的模样，反而成为他的注册商标。他笨拙地漫步着，有如在开罗街头讨生活的混混，又有点吉恩·凯利的味道，可以快速前往某个地方，但是不会让人觉得他行色匆匆。

十一月天气转冷之后，有一天我站在大宅楼下，身旁是越来越懒散的阿布·金恩，试图弄清楚除了抽烟、等着喝咖啡、对托玛出一些没有用的主意之外，他还做了什么。这时乔治大声说道："乔治一大早就来了！阿布·金恩，那时候你在哪里？"

"我也在这里。"阿布·金恩随机应变，但是从来没有这么困窘过。

今天乔治的状况很特别，没有什么事物是他不能冒犯的，就连刚送来的咖啡也一样。咖啡照例用红色水壶盛着，放在一个伤痕累累的银盘上，旁边还有四个小小的白色杯子。

"该死的咖啡！"他连骂了三次，"我们再赶一点工，就可以大功告成了。今天没有时间喝咖啡，只有时间工作。"乔治看到我浮现微笑，为他的戏剧化表现莞尔，他告诉我："工作就要像这样才行！"猛然挥拳，有如拳击手出场，"我们必须完成工作。"

阿布·金恩也笑了。近来他都叫乔治"阿布·阿贾赫"，最贴切的翻译应该是"口没遮拦的大嘴巴"。

乔治摇摇头说："阿布·金恩，乔治就是要动起来！"其实是说给我听，"来，年轻人，来吧！"他又连说了两次，然后没头没脑地骂了一句："婊子兄弟。"

一整个早上，乔治大模大样，戏味十足，在大宅这个工作坊，上演一场以劳动为主题的滑稽模仿秀。对乔治而言，沉默是不情不愿的暂停，让他想好下一串连珠炮般的咒骂。

第二天，乔治的石墙从大宅后方耸立起来，一排又一排石块，墙面上绑着一条粗钓鱼线，确保整体角度正确。乔治一如平常，神经兮兮，穿戴着有如制服的灰色毛线帽、肮脏的毛衣、沾满水泥硬块的白色手套。向来抽烟一根接一根的他，这时嘴里也叼着一根烟。

乔治指出，阿布·金恩砌空心砖只能做到整齐排列，一块叠着一块。但他自己砌的石墙经过特意设计，布局有如一座迷宫。乔治找到适合的石材，但是还需要切磋琢磨一番，正面与棘手的角度都要特别讲究。他指点徒弟海赛姆，指着石材的正面说："这就是石头的脸庞。"乔治用的字眼指涉女性，他的意思也是拿女性来比喻。他把石材转过来说："这是它的屁股。"雕凿每一块石材时，他都要敲打十下，但没有人看得到的"屁股"不受影响，他试图威吓每一块石材，连续敲打，用锤子与棒子重击。然后他会转为好言相劝，轻轻拍打，有如爱抚。

他大喊："婊子兄弟！它拒绝屈服。"

石材终于屈服，但却是沿着错误的隙缝裂解。在乔治看来，这是再一次证明天地间满怀怒气。他将裂解下来的碎片丢到墙后，和小石块、沙土、大石头堆在一块。接下来他不屈不挠，再度开始对付下一个爱人，缠斗、劝诱、恳求、威吓。

"阿布·金恩，这样你满意了吗？"乔治像是走迷宫一般，搜寻下一块石材。

阿布·金恩喃喃自语。

乔治大喊："来吧，托玛！"动起来！

托玛向来不理会他，这回也不例外。乔治继续搜寻石材，对阿布·金恩的冷淡响应感到恼怒，他站起身来，要把话讲清楚。阿布·金恩负责采购石材，乔治故意刺激他，把这批石材数落得一文不值。

阿布·金恩反驳："这些都是很好的石材。"

乔治一边走在小径上，一边踢着地上的石材，"该死的东西！这一块有什么好的？"他踢了另一块石头，"这一块也一样。"他边走边踢，一而再再而三，最后以严厉的语气大声说道："全都是烂东西！托玛，今天你和阿布·金恩的工作，乔治很不满意，一点都不满意。"

一位木匠师傅斩钉截铁地告诉我，伊斯伯·萨玛拉是在一百一十二年前盖了这幢大宅。但我反驳，大宅的历史还不到百年。木匠大力摇头否认，就好像一位沙漠隐士接到命令，必须搬进城市过生活。他的信心如此坚定，我开始怀疑自己是不是错了。

大宅的林林总总，没有什么是确定的。搜集资料多半只会导致困惑，让我再次被徒劳无功的失落感淹没。有时候我的心情变得阴暗动荡，又开始抽烟，心中弥漫存在主义的思维，行为举止像个疯汉。在比较清明的日子里，我会试图理解我们正在进行什么样的古怪勾当——似乎是一场糟蹋建筑的勾当。我朝着一处深渊滑落，在我并不自觉的情况下，改建计划蹒跚前进，永远无法完成，但是又不会立刻宣告失败。

乔治与托玛清理过大宅外部的每一块石材，还有一楼的墙面与拱门。石材本身就给人许多启示。涂上新的灰泥之后，房子结构的各种角度，让整体恢复了秩序感与精确感。色彩从旧日时光中恢复；阴影置换为奶油色的百叶窗，又染上许许多多色调，泛着蓝光。来到大宅的一楼，电力已经恢复，电线沿着地板延伸，埋进条状的混凝土。门窗被拆卸下来，阳光照进那些从大宅完工之后就不见天日的角落。

在我思前想后但仍然毫无章法的抉择之中，大宅有如一幅油画，画面逐渐浮现。有时候我会担心我们的做法太过火，掏空了大宅的原始内涵。然而后来我还是要求做各种修改，幅度远超过原本的规划。

我犹豫迟疑，拿不定主意，一个又一个决定都是模棱两可，让阿布·金恩这些师傅认定我是个软弱、脆弱的人。每当阿布·金恩察觉这一点，他就变成开罗的出租车司机，以他的知识见闻来欺压我。有一回我们在大宅里走动，我提出建议，楼下有几扇拆下来的门，似乎已经无法修复，不妨改装成桌子。我只是建议而已。

“你在说什么话？”他对我大吼，嘴里叼的香烟随着恶声恶气的话语起起落落，“人们会把你当成笑柄。”

这时，就像处理马苏德·萨玛拉与无花果树的问题一样，我搬出家族先人。

阿布·金恩以嘲讽的口吻说：“这来自你外祖母的年代，这来自你外祖父的年代。”指着拱门、窗户与大理石，一个一个点名。“愿上帝怜悯你的爷爷奶奶！”他的口气中带着玩笑、尊重，以及太常听我讲这种话而感到的厌倦。

战争与暴力的威胁，在黎巴嫩就像风吹草动一样平常，一样难以预期。伊斯伯·萨玛拉与这份威胁共存，虽然在大宅的兴建过程中，他似乎刻意和威胁保持距离。当他的家人已然习惯大宅的富丽堂皇时，他却无法继续消受。未来有许多变数，充斥着危险。在他和家人周围，贝都因人与盗匪正在劫掠乡间。木桩打入土地，标示出新的疆界，过去从来未曾真正统一但也未曾分离的事物，从此开始隔绝。法国人与英国人为他们帝国属地的未来进行协商。巴保特尼亚、塔拉纳哈斯，和其他新设的关税站，将马佳永与霍兰地区分割开来，对伊斯伯这类人而言，那是他们需要的呼吸空间。

旧帝国与新殖民地的司法体制相互冲突，造成困扰。经济状况改变，奥斯曼帝国灭亡的时候，出现了各式各样的货币。首先登场的是汇率钉住英镑的埃及镑，然后是钉住法郎的叙利亚镑。危机四伏的派系分歧与民族主义，在恐怖与残酷的动荡中招兵买马。奥斯曼帝国的影响力阴魂不散，但是旧日的关系与路线在冲撞新疆界时，被改变方向，扭曲为某种人为而拙劣的形态，就像断掉的腿没有好好接合。

伊斯伯知道这些争议，他听到邻居讨论他们效忠的对象——阿拉伯民族主义者、法国人与俄罗斯人，后者当时深陷革命乱局，放弃东正教世界领导者的角色，转而充当共产国际的急先锋。伊斯伯也听说了美国“金恩-克伦委员会”的调查人员，1919年访察巴勒斯坦、叙利亚、黎巴嫩与小亚细亚地区。当法国与英国瓜分从奥斯曼帝国掠夺的赃物，并攫取石油蕴藏时，美国的委员会想知道阿拉伯人需要什么形式的政府。可以想见的是，委员会的调查结果无人理睬（有人认为马佳永人先是支持阿拉伯独立，后来也能接受美国某种程度的掌控）。

伊斯伯告诉家人，就算战争与叛乱受到遏阻，黎巴嫩还是没有未来可言。至少他心目中的黎巴嫩是如此，其领土从泰姆干谷一路延伸到戈兰高地，再进入霍兰地区。他认清现实，痛苦不已。

多年以来，伊斯伯一直打算送大儿子纳比进医学院，在重视教育的马佳永，这会让伊斯伯家族晋升精英阶层。此外，伊斯伯对每个孩子的教育都做了周详的考虑。当学校在战乱暴力中被迫关闭时，他就请家教来家里上课（他们非常欣赏他女儿拉提巴的创意与才华，她小小年纪就已经能用阿拉伯文创作诗歌）。伊斯伯担心孩子的教育、孩子的前途。他的黎巴嫩濒临地狱边缘，情势比第一次世界大战时期还难预测，而且从法国人、阿拉伯领导人、边界对面的英国军队到旧秩序的掌权者，任何一股势力都无法挽回局势。

1920 年到来，伊斯伯的烟瘾越来越大。他的体重日渐减轻，脸形越来越长，胡须越来越明显。他一生都在努力追求名声与财富，以及让世人崇拜的成就。然而最近一段时日，他的目标有所转变，开始期望孩子们能够拥有像样的环境，不受恐惧与战乱影响，实现自己的志向，建立自己的家庭。当周遭环境越来越混乱，伊斯伯清楚地知道，就连当地最好的学校，包括医学院在内，都无法确保他的孩子能长大成人。他担忧大儿子纳比会遇到杀人不眨眼的匪徒，死于非命。他担忧暴力犯罪持续猖獗，让两个较大的女儿，十六岁的纳比哈与十二岁的瑞伊法，有遭到杀害或者强暴的危险，尤其是万一他本人或者芭希雅遇害、受伤，情形会更糟糕。

美国可以提供和平与机会，伊斯伯认为，这两者在他度过一生的祖国都将永远消失。每当他想到自己的孩子可能被死神夺走，可能就触动了年轻时的旧伤。他的哥哥赛义德曾经和兄弟们一起打拼，开创共同的事业。当时赛义德才二十三岁，还没有结婚。他们会一起前往霍兰，一去就是好几个月，经常睡在满布黑色细沙土的草原上。有一天晚上，一匹马受到鬣狗与胡狼叫声惊吓，这两种野兽至今仍漫游在叙利亚的荒野上；结果那匹受惊的马践踏到睡梦中的赛义德，害他送了命。赛义德只比伊斯伯大三岁，从此伊斯伯一直怀着丧兄之痛，不曾遗忘。现在，伊斯伯决心要与死神斗法，让孩子摆脱死亡威胁，平平安安长大。

所有的孩子，他们的人生。

在一个寒冷的十一月夜晚，谢比尔和我坐在椅子上，身体向前倾，专心聆听收音机广播，真主党领导人纳斯鲁拉的演说。当时停电，收音机靠电池运作。谢比尔找来日光灯，连接一部老旧尚未更换的汽车电池。从收音机喇叭倾泻出来的话语，是典型的纳斯鲁拉风格，他是当代最具领袖魅力的什叶派演说家。

纳斯鲁拉在贝鲁特举行大规模集会，他告诉群众，以色列对黎巴嫩的伎俩就是煽动，鼓励黎巴嫩人自相残杀。他登上舞台，声音洪亮，为真主党拥有武器辩护，声称那是“反抗运动”。纳斯鲁拉对群众有一种直觉的掌握，以正统的阿拉伯文字汇陈述主张，然后以日常对话的成语来强调重点。情绪最激动的部分直接表达，毫不修饰，再以笑话稍稍冲淡；有些话语声音温柔，有时候突然加进一句旁白，虽然有一点口齿不清，但是效果丝毫不减。

这些话语呼应了我和谢比尔周遭的景观。从谢比尔家一路下去，真主党的海报每隔一段距离就会出现，好像游行一样。一张海报上写着“失败的年代已经过去”，另一张海报则说，“胜利的时刻已经到来”。

纳斯鲁拉说，各位兄弟姐妹，以色列一边擂响战鼓，一边空谈和平……任谁都无法排除这种可能性：以色列与美国合作，企图将叙利亚拖入战局，让整个地区烽火连天。这就是布什总统的计划。纳斯鲁拉说，这是作战计划，不是和平计划。

“这是一场强而有力的演说。”我告诉谢比尔。

“嗯。”他点点头，声音中带有赞同与忧虑。

第二天晚上，我又来到谢比尔家，坐在沙发上，看着这个房间。他的椅子旁边有一个垃圾桶，堆满了生开心果的红色外壳。地板上有一本1999年9月号的《疯狂》杂志。封面大剌剌写着“第十六页介绍超级愚蠢的恶搞电影”，还有“第十八页介绍对付活龙虾的十八种方法(不包括活活煮死！)”。谢比尔曾经跟我保证，他有一卷“深紫色”摇滚乐团专辑《日本制造》的八音轨录音带，只是不知塞到哪里去了。

我们坐在屋子里，我看着他，一股悲伤涌上心头。谢比尔很痛苦，手部有严重的关节炎，全身其他的关节也嘎吱作响，朋友与家人都遗弃了他。他有四个兄弟，如今只剩老大还与他有来往，其他三人则以他为耻，认为他是家族中的失败者。他们与马佳永大部分的家族一样，非常看重学历与财富。与谢比尔年龄最接近的兄弟，造访马佳永时甚至不愿与他打招呼。这种情形实在非常离谱，因为造访期间两兄弟住在同一幢房子里，只不过从不同的门户出入。

谢比尔的问题，也不是不可外扬的家丑。几个星期之前，我和他以及他的两位兄弟，到利塔尼河畔的一家餐厅聚会。那是一家很迷人的餐厅，简单的露台结构，周围都是柳橙树与柠檬树；河岸弯曲，一片翠绿；河水流过清浅的石头，孩子们戏水钓鱼。

强风伴随着急流，一阵一阵灌入河谷，吹过松林；过去此地曾有一座宫殿，如今已然消失，只剩这片当作地界的松林。餐厅料理的鱼无与伦比，尤其是以大蒜与柠檬皮填充的鳟鱼；萝卜的滋味也无比鲜美。

用餐过程中，谢比尔的两个兄弟都不太理会他，他也埋头喝着威士忌。那天我们出席一部美国电影的私人试映会，我不知道他是否察觉到兄弟对他的藐视，还是他全神贯注看着电影，在大麻烟雾与酒精的作用之中，试图抓出阿拉伯文字幕的翻译错误。

尽管有些犹豫，我后来还是问他当天的感受。

他告诉我，家家有本难念的经，欲言又止，“外人看来，一切正常。但是在自家人看来，就很难说了。”他似乎要隐藏自己的伤痛，如果他刻意忽视，痛苦或许会减轻。“任何一个家庭，都会有内部的恩恩怨怨。家人有时就是无法和平相处，这就像一个大原则。你能找到一个风平浪静，从来不会大呼小叫的家庭吗？”他不再多说，我也不再追问。

一天晚上，我打电话给谢比尔，问他想不想拜访一位朋友艾斯阿德·马图克。马图克原本在美国当厨师，回到黎巴嫩娶妻。那天谢比尔中午威士忌喝多了，昏昏欲睡，我等候了一会儿，觉得无聊，于是直接到他家去。

我到的时候，谢比尔一如往常，无精打采；但最可悲的是，其实他的状况本来并没有这么糟。1982年，以色列入侵几个月之前，谢比尔从俄克拉何马回到黎巴嫩，进入声誉卓著的国立马佳永学院，当了四年英文老师。教书工作虽然赚不了多少钱，但是受人尊重。后来他转到镇上的东正教学校，再下一站则是山谷对面、车程不远的希亚姆，在那边的学校待了五年。最后他回到马佳永的东正教学校又工作了三年，2000 年离职。

谢比尔对我说："离职之后，我再也没教过书。"但他一直没有解释原因。

他坚称，过去的学生仍然尊称他为老师，其实并没有这回事，学生对他已无敬意可言。除了记忆中的场景之外，他不再拥有任何朋友。除了出门买水之外，日复一日，他几乎足不出户。他似乎慢慢走向死亡，病因和这地方一样：马佳永人的经商本领今非昔比，生计每况愈下，如今只能靠援助、外地汇款与海外侨民捐助来维持。谢比尔不以伸手拿钱为耻，甚至非常期待；马佳永也是如此，只能坐等外界的慈善援助，自己拿不出任何办法。

谢比尔告诉我："我受够了这乱七八糟的一切。"

电视正在播映一部电影，他瞄一眼自己的椅子，椅垫因为坐了多年而松弛下垂，罩着过去五颜六色、如今和其他家具已无分别的椅套。他指着破旧的椅子说："这实在很可耻，这是我的屁股，它侵蚀了椅子。"

他深深坐进椅子中，夜越来越深，他的烟越抽越凶，说道："这就是命运，听天由命吧。"我们开始闲聊，讨论如何用阿拉伯文表达惯用语："Allah yikhaleek"（真主保护你）、"Allah yihadi al-bal"（真主赐你平静）、"Allah yitawil omrak"或者"Allah yaateek al-omr"（主为你延年益寿）。最后他提到"Bi-sahtak"（好好照顾自己）。

谢比尔头向后仰，姿态仿佛投降。几分钟之后，他的眼睛半闭，电影还没播完，音量已经调低，但光影流泻过他的脸庞时，还是听得到声音。快落幕时，一个满怀怨怼、憎恨自己的角色大声嚷嚷："我是负责清理人性的垃圾工。"

沙亚先生出现

在让大宅恢复昔日荣光的过程中，最诱人的要素是什么？这样的探索已经成为一场小小的漂流返乡之旅，至少在我心中是如此，而且我想也不足为奇。我会期待别的可能性吗？当我展开大宅重建计划时，追求的不就是这种有意义的探索吗？我只能说，非常神奇的是，一个目的地会指向下一个目的地，最能够满足我要求的人物会适时出现，就好像在某个地方有某个人，暗中引导我实现这场堂吉诃德使命。

贝鲁特的马鲁夫贸易公司有如通往另一个年代的门户，在深沉、丰富的静默中，不时会浮现令人神往的发现经验。街道的声音完全被阻挡隔绝，每一句话语都是满怀敬畏的轻声低语。马鲁夫贸易公司弥漫着迷人的寂静与撼人的尊严，与周遭喧嚣混乱的世界截然不同。它的气味也相当古老：尘埃、霉菌、海盐；大海近在咫尺。和许多老房子一样，倾斜的地板铺满黎凡特风格的瓷砖。各种器皿与文物，在我面前呈现静默休息的姿态，古老而精致，可远观不可近玩，更全然摆脱了实用性。它们在宁静祥和中等待，指向看似较为和平、其实未必如此的过往年代。

奥斯曼帝国崩溃之后，英国与法国仍然在中东地区纠缠不清。英国信口开河，做出各种承诺，从费萨尔家族、其阿拉伯敌对势力、决心要在巴勒斯坦立国的犹太复国主义者到法国人，通通有份。英法两大帝国强权在 1916 年缔结了《赛克斯-皮科协定》，敲定战后如何瓜分得自奥斯曼帝国的战利品。双方做了太多的承诺，但是意图并不明确，也未经深思熟虑。法国与英国知道情势无可避免，1920 年在意大利再次达成协议，法国人很快就掌控了自己的新地盘。

费萨尔家族支持者穆拉德·戈麦亚在马佳永建立政府，但是只维持了两个月就垮台了，两百名法国骑兵进驻接管。他们来到塞瑞尔区，拿掉戈麦亚草草缝制的旗帜。费萨尔自己的政府也在 1920 年 7 月 24 日的梅撒伦战役中一败涂地。有一个故事虽然只是稗官野史，但是发人深省：战争结束的隔天，法军指挥官亨利·顾豪将军长驱直入费萨尔的首都，来到萨拉丁的坟前，说了一番显然是要留名史册的话："醒来吧，萨拉丁，我们回来了。我在此地神圣见证，十字架终于战胜新月。"

在这片原本没有国家的土地上，法国很快就建立了一个国家。过去借由历史、传统、氏族与商业联系的地方，如今由帝国强权划定疆界，声音最大的一方就是赢家。在黎巴嫩，与罗马天主教廷关系密切的马龙派脱颖而出。奥斯曼帝国时期，马龙派享有一定程度的自治，法国与他们渊源深厚，到了近代更俨然是他们的监护者。马龙派的宗教与政治领导阶层，向来致力于扩大势力范围。奥斯曼垮台之后，他们认为有机可乘。法国虽然有所保留，但还是配合协助。马龙派原本的地盘只是弹丸之地，但是法国送上滨海城镇的黎波里、贝鲁特、西顿与提尔，原本都隶属于奥斯曼的贝鲁特省。此外，法国也对奥斯曼的大马士革省动刀，将土地肥沃的贝卡山谷割给马龙派，马佳永也在其中。

马鲁夫贸易公司是伊斯伯·萨玛拉那个时代的遗迹。它有一个美国人所谓的展示厅，里面设有让人意想不到的壁龛以及隐密的空间，例如家庭度假别墅、仓库、从外面看不到的隔间。马鲁夫藏身在葛拉斯咖啡馆转角的阴影中；尽管当地夜生活十分热闹，然而这家咖啡馆仍然保持本色，抗拒时尚潮流。马鲁夫对面有一家商店，看起来平平无奇，但仿佛是为了弥补自身的平凡，总是飘散着小茴香、花椒与肉桂的香味，让这条位于贝鲁特老市区的街道一路上香气弥漫。

在马鲁夫，房间一个接着一个，仿佛连绵不绝。首先是入口处的厅堂，摆着石瓶与石瓮，一块块瓷砖，精致的灯具。墙壁没有油漆，苍白有如落叶，在时间中变化。倾颓、剥离、掉落，灰泥的下方是深色的石材。

米歇尔·马鲁夫沉默寡言，偶尔露出似笑非笑的别扭表情。他是个以专业背景为傲的商人，任何人如果敢挑战他的信心，那就是不了解这家公司多年来通过进口贸易，累积了庞大而且可观的库存，来自无数遭到劫掠的房舍，以及一去不返的黎凡特地区。马鲁夫的商品陈列展示，号称可以比拟开罗埃及博物馆的古文物展览，石棺与圣甲虫在凌乱的历史场景中现身。在马鲁夫贸易公司，十二扇门堆栈在一起，靠在墙上，有些刻着交缠的葡萄藤蔓；有些则雕着传统的三方块图案，和伊斯伯大宅最古老的门一样，以极为含蓄的方式呈现艺术家的手法。公司的每一件事物，都传达出细致微妙的情味。刻意装饰的石材堆得满地都是，挡住美轮美奂的房门。窗、瓶、瓮呈现出各种形态：方形、矩形、圆形、椭圆形。书法与图案相得益彰。我看到房间后方堆放着木质的窗花，是从某些房子的三重拱廊上拆下来的；那些精致优雅的房子已被摧毁殆尽，只留存在记忆中。窗花多达约一百件，细致的形态与木料非常脆弱，顾客触碰时必须小心翼翼。

我似乎变成这个地方的人质，浑然忘却此行真正目的。后来我回神，走到院子里仔细检视水泥花砖。眼前的成品呈现出故事与场景，抽象的图案，阴沉的天色，早已消逝的空间与时间，任何见证的话语文字也都已泯灭。秋阳照耀，这些花砖裹着沾满灰尘的塑料布，堆在木头货板上，我想买来铺设在伊斯伯大宅中，但是又担心价钱太贵。

“每一平方米二十五美元。”马鲁夫的口气毫不含糊。

这等于是一块砖要价一美元，开销相当可观，因为在马佳永，一个普通大小的房间也有好几百平方米，铺一整层需要数千块花砖。对于我的讶异，马鲁夫的反应只是耸肩。

他的眼神似乎在探问：“你在想什么？”讨价还价显然免谈，因为既不适当，也不尊重，甚至会被视为侮辱。

我在马鲁夫贸易公司看上的花砖，没有人能确定起源自何处。这个奥秘为它们更增添了吸引力，它们不属于任何地方或年代。有人说意大利工匠受到花岗石与大理石的自然色泽启发，创制出这种花砖。也有人说是法国在 1850 年左右最先生产，来自罗讷河畔的维维耶一些最早的水泥工厂。后来这类工厂有如雨后春笋，从里昂到马赛都有。然而并不是每个人都相信这种说法。有人则说，水泥花砖 1857 年出现在巴塞罗那，后来风行整个西班牙。

第一次世界大战之前，水泥花砖被视为华丽风格的象征，沙皇的宫殿、蔚蓝海岸的豪宅、柏林的高官办公室，都用它来铺地板。它也出现在巴塞罗那，建筑大师安东尼·高迪不但使用，还亲自设计图案。殖民者将水泥花砖带往法国、西班牙与葡萄牙的殖民地。它随着法国的外交专员与轻骑兵部队，来到黎凡特的国家，后来与这个地区产生千丝万缕的联系，代表一个消逝的年代。水泥花砖也流行到菲律宾、巴西、智利与阿尔及利亚，直到20世纪50年代被比较便宜、缺乏特色的产品取代。

中东地区称水泥花砖为“sajjadeh”，在阿拉伯文中是地毯的意思。除此之外还有五花八门的名号：古巴瓷砖、水硬化马赛克、传教瓷砖、上釉瓷砖、液压瓷砖、水泥瓷砖、圆砖、水硬化瓷砖、调和瓷砖、巴塞罗那瓷砖、葡萄牙瓷砖、乡村瓷砖等等。语言是“中心”，代表水泥花砖的发源地；各种称呼则是“边陲”，代表它散布的远地异国。

水泥花砖设计多变，有非常简单的黑色或灰色线条，也有三四种或者更多种颜色，组合成精致复杂的几何图案、风格化的花卉图案，或者其他类型的图案，动物或人像则很少出现。花砖风格跨越文化与时代，有混合也有融合：装饰艺术、新艺术、新伊斯兰的影响纷至沓来。有些图案难以归类；有些极为特别，效果宛如水彩。

水泥花砖既美丽又单纯，启动一场美学革命。它是手工制作的，没有两块会完全相同。如果在一个大房间的地板上铺满数百块花砖，看起来数量会相当庞大，每一块都有自己的特色，诉说自己的故事，传达某种情调或者气氛。最有意义的就是，它们跨越了当时尚未完全阻隔的国界。

当我一次又一次走过伊斯伯大宅，心思便回到过往的年代。我凝视着被水泥覆盖的拱门，想象近一个世纪之前，这里是一处堂皇雄伟的入口。我想象芭希雅跪在地上，努力擦亮瓷砖与大理石，直到地板能够映照出她的眼睛，眼神也许是悲伤，也许是忧心，思索着这块如今名叫黎巴嫩的土地何去何从。

1920 年 9 月 1 日，法国专员顾豪将军在贝鲁特官邸的门廊宣布，“大黎巴嫩”诞生。不久之后，法国开始恣意划定边界，分割他们在叙利亚新占的地盘。等到殖民强权撤离时，这个原本由山脉、河流与山谷划分的地区，已经变成一个政治迷宫，由五个身份未明的国家代表：巴勒斯坦、黎巴嫩、伊拉克、叙利亚和外约旦。

马佳永过去曾是通往大马士革与耶路撒冷、西顿与海法的门户，如今被并入黎巴嫩，范围小得可怜，由与法国结盟的马龙派控制。马佳永的外围地区并入其他新成立的国家；有一段时间，它与霍兰之间隔了两道国界。黎巴嫩与巴勒斯坦的新界线，后来由两名英国与法国官员决定，他们骑马巡行，每隔两公里打下一根木桩。胡拉山谷有肥沃的农田、湖泊、沼泽，马佳永商人与地主经常造访，但是却被划归巴勒斯坦(1947 年，联合国将胡拉山谷划给以色列。马佳永人虽然失去土地，却没有得到任何补偿)，从此与马佳永隔绝。

关税站沿着边界设立，边界标示出法国在叙利亚与黎巴嫩的势力范围，以及英国在巴勒斯坦的势力范围。旧有的贸易路线遭到切断，土地产权重新分割。库奈特拉、海法与耶路撒冷这类城镇，多年来马佳永人原本会到当地工作旅游，如今变得更遥远了。

伊斯伯与其他马佳永的东正教徒，当阿拉伯人当得很自在，语言、风俗、传统与历史都是如此。他们仍然深受霍兰的影响，当地有一些贝都因部落是基督徒。某些东正教徒会觉得自己比穆斯林邻居更像阿拉伯人。第一次世界大战之后，穆拉德 · 戈麦亚草草缝制旗帜的故事，令他们记忆犹新。对于费萨尔及其建立大阿拉伯王国的雄心，他们也深刻同情。这些事情都令马龙派不满，他们在马佳永的住宅区高唱：“哦，红褶边裙女孩，现在是法国人当家，你就活活气死吧。哦，东正教徒！”

法国人的策略是各个击破，分而治之，天主教徒的待遇优于东正教徒，东正教徒优于穆斯林，乡村优于城市，少数族群优于多数族群。许多东正教徒怀疑马龙派会照顾他们的权益；穆斯林对于法国基督徒当家作主的状况，更是无法接受。穆斯林的反对运动开始深化，先是帮派利用法纪不彰的状况作乱，后来则是以民族主义号召成立叛乱团体。派系冲突逐渐蔓延全国，一年又一年，危机越来越深重。一位历史学家形容，黎巴嫩的男人几乎都随身带枪，不是法国货就是德国货。

马鲁夫的水泥花砖有一种微妙而含蓄之美，透显出来的不是战争，不是边界，不是窄化的空间，而是广大的视野。这些花砖回到了另一个天地，这里不但能欣赏接纳想象、艺术与工艺，而且鼓励自由发挥，追求独特与迷人、微小与完美、繁复而细致。人们在这里看到的物品，来自平静的心灵与双手，经过长期练习与训练。战争爆发，摧毁了能够创造这些宝藏的价值与传统。一切都荡然无存，原本看似坚若磐石的文化，像玻璃一样粉碎，所有维系文化的要素再也无人闻问。我相信，那些工匠、艺术家、厨师与银匠，都是和平的缔造者。他们带来优雅的精神，让这世界趋于平静。

对于已经消逝的马佳永，我脚边的瓷砖有如遗迹，阿拉伯文叫作“atlal”。它们代表一种理想，让人想起一去不回的黎凡特风格；许多人一提到黎凡特，就会想到一个较为古老、较为包容、较为放纵的中东。黎凡特有一部分是地理概念，以较松散的定义来看，包括地中海东岸、肥沃月湾，南方以苏伊士地峡为界，北方直到托罗斯山脉。然而黎凡特与其说是一片土地与几个国家，不如说是一种文化。它呈现为一种生活与思考方式，将小亚细亚与中东、埃及与两河流域联系起来。就本质而言，黎凡特混杂融合了众多的殊异性，是纵横交错的地域，是语言、文化、宗教与传统的十字路口。它的领土与家园对任何人都来者不拒，而且尊重欣赏各种差异。至少在概念上，黎凡特是开放心态、国际视野，并不强调自身的特异性，也对狭隘的定义或身份没有什么兴趣。伊斯伯·萨玛拉的房子就是黎凡特风格的象征，他有时会从塞瑞尔区漫游到叙利亚南部的火山平原，走过峰顶白雪皑皑的赫尔蒙山，行经一丛丛野花与玄武岩断崖。在黎凡特文化兴盛的年代，人们可以自由欣赏研究其他人的世界，然而随意划定的疆界改变了一切。水泥花砖不仅是一个旧时代的遗物，更是对那个时代的礼赞，礼赞它曾经滋养了那么丰富的想象。

这就是我想在大宅里铺水泥花砖的原因，然而马鲁夫很不好说话。

“一平方米二十五美元。”他重复一次，口气一样坚定。我们继续在他公司里讨价还价，我非买到这批水泥花砖不可。

我摇摇头，他指一指墙壁，有一大块天花板靠在上面。它显然是由一双满怀爱意的手打造，面积约二十二平方米，上面有八种图案：一朵紫花、一团阿拉伯风格的蓝花与红花藤蔓、一朵倒置的百合花饰漆成与门板相同的绿色，此外还有许许多多阴暗的植物浮雕，但是没有上漆。

“哼！”他咕哝着要我估价。这块天花板要价一万两千美元。

展示间里还有许多类似的物品：黑色或金色的铁栅栏、大理石壁炉。壁炉靠在另一面墙上，有如君权神授的象征，但是风格偏向欧洲而非阿拉伯，更适合欧洲君王而非伊斯兰的哈里发。两根柱子高高耸立，其中一根镌刻着“以上帝之名”，两根的柱头都已断裂，上头空荡荡地站着。

在和马鲁夫讨价还价的时候，我试图让自己变成一个黎巴嫩人，设法取得一些谈判的优势，结果却是毫无优势可言，只能从运费做文章。我说话很快，试图不要放弃，翻来覆去，想办法将这批水泥花砖运到马佳永的花费扣一点零头下来。我指出这批花砖其实质量欠佳，此外还找了一堆借口：我的出价是由重建计划工程师、工头、建筑师与瓷砖师傅决定的，他们都是专家，认为开价太不合理。马鲁夫根本不理会我。

他问：“二十五美元会有多贵？”仿佛我刚才说的都毫不相干。

这人名叫阿布·阿里，他的指示非常清楚。他在电话中告诉我：“你在外面等。不要进停车场，我会找到你。”出租车把我放在贝鲁特的一条街道上，十五分钟之后，阿布·阿里开着他深绿色的丰田四轮驱动车出现，停在一家麦当劳与史宾尼斯连锁超市的人行道旁边。

阿布·阿里身材清瘦，有点憔悴，但也带点凶狠模样。他抽着红包万宝路，我坐进车子前座，寒暄几句，他接了一通电话，开始骂人，“不准再犯！”他的口气冰冷，说话慢条斯理，清清楚楚，简短有力。

我和他商谈日后还需要更多花砖，过程有点偷偷摸摸的感觉，用了许多对象模糊的代名词。

阿布·阿里问我，需要多少？

我回答：你有多少，我就要多少。

他告诉我，他大概有三十五平方米的花砖。

我强调，破碎不完整的不算。

他问我，万一有破碎的要怎么办？

我建议先付一半货款，另一半晚一点再付，他似乎非常讶异。我表现得相当熟练，相当顺畅，只是有点神秘兮兮，好像是在买海洛因，随时可能听到警笛大作。

阿布·阿里是商人、鉴赏家与劫掠者，他没有办公室，拆除历史悠久的老房子之后，他就在瓦砾堆中做交易。阿布·阿里住在非常穷困的达西亚区，当地也是贝鲁特政治气氛最浓的地区，真主党黄色的旗帜飞扬，代表伊玛目阿里护胸甲的颜色。对真主党的支持者而言，达西亚区有如圣地，是一座象征屹立不摇精神的堡垒。

阿布·阿里的真名是侯赛因·阿里·布瑞迪，他和达西亚区许多居民一样，来自贝卡山谷，巴勒贝克邻近的一座小镇，特产是窃盗、石材与水果。阿布·阿里的父母亲早年来贝鲁特找工作，带着他和他的六个兄弟与四个姐妹。那时阿布·阿里才十二岁，几年后辍学，当了木匠，后来发现最适合自己的职业，变成一个“解构者”，以进行摧毁过程、贩卖过程中所得物品为生。当军队撤离、游击队转移阵地，总有人要进行这种工作。

阿布·阿里的工作有利可图，唯一的原因在于他会收集到许多好东西：橡木门、阳台的窗格栅与铁制品、水泥花砖与其他瓷砖，还有任何能带走的钢制或石材物品。有时候他会直接为建商供应建材，据他估计，黎巴嫩重建的房屋中，有70%用到他的建材。

“人们会跑来咒骂我：‘你为什么要拿走这些老东西？’甚至连朋友都不太谅解我拆掉老房子。其实我比他们更热爱老房子，我会告诉他们：‘如果我不这么做，别人也会做。’”

他说：“黎巴嫩有许许多多的老房子，永远都会有。我干这一行已经二十年了，拆了无数房子，但是怎么样也拆不完。”

阿布·阿里的水泥花砖有两种基本图案，颜色是大地色系：有绿色、金色，还有一种显眼的紫色，只是快要变成棕色。多年来，它们铺设在一幢三层楼别墅的地板上。别墅位于穆塞特贝区，是当地最后一批老建筑之一，旁边的大马路通往机场，也通往马佳永。

每平方米十三美元，这是阿布·阿里的出价，几乎只有马鲁夫的一半。我刻意掩饰自己的惊讶，假装不是很感兴趣，但说服力不怎么高明。我说，再考虑看看。

然后我们回到阿布·阿里的丰田四轮驱动车，开到麦当劳旁边，准备在那里让讨论告一段落。阿布·阿里从来不求人，他扮演的是给予者、协助者。我想起先前住在贝鲁特时，和房东讨论房租，他有点不太高兴地告诉我：“我又不会骗你。”他停顿一下，修饰用语，“嗯，我可能会骗你，但是不会骗这么厉害。”

阿布·阿里知道，我还没上他的车，这笔交易就已经是他的囊中物。他开价四百五十五美元，相当于每平方米十三美元。我还价十二美元，他接受，但是声明运费要一百美元，所以总价款是五百二十美元。我还价五百美元，他再次接受，毫不犹豫，一气呵成。这充分证明我从一开始就担心会发生的状况：阿布·阿里的价码也许比马鲁夫便宜，但我完全不是他的对手，在这场交易中吃了大亏。

如果魅力可以用各种颜色来表示，那么埃德加·伊斯坎尔德·塔努斯·安德劳斯·沙亚应该归类为最深的深红色。这位黎巴嫩商人是我采购瓷砖的最后一站，跟他谈了几分钟之后，我就知道自己绝对不会直呼他埃德加，以英文或法文称呼他为先生，或以阿拉伯文称呼他老师。我只会称他为“沙亚先生”。沙亚先生已七十九岁高龄，衣冠整洁，无懈可击，外套胸袋里塞着一块丝巾。他总是叼着烟斗，但是烟瘾不像我那么大。他点燃烟斗的时候，火焰闪过他修剪整齐的胡须，映现在他四四方方框住的镜片上。这时他还会微笑，仿佛认定没有人能做出这么优雅的动作。

一位身材匀称的黎巴嫩同事和我同行，沙亚先生兴致盎然地开玩笑说：“你简直是个人体模型。”语气中充满欣赏，并没有粗俗感。

我花了一点时间进入状态，两人一开始先用英语交谈，直到他突然打断我，脸上浮现讶异的表情，“等一下，我有几个客户来自加拿大的沙迪德家族。你来自哪里？”

我告诉他是马佳永。

“你不会说阿拉伯语吗？”

我回答：“Walaw(当然会)。”光是这个字眼，就让沙亚先生对我的口音赞赏有加，意义非同小可。他立刻用阿拉伯话追问：“我能为你提供什么服务吗？你在美国的房子需要瓷砖吗？”

我说：“不是，不是，是我外祖母的房子(bayt Sitti)需要。”

“什么房子？”他热切地问。

我重复一次：“是我外祖母的房子，在马佳永。”

“原来你是说‘bayt Sitti’！”他大喊，夸大我的发音问题，“Bayt Sit-tee！”

他要我对在场的每一个人念一次，一次又一次。

“Bayt Sitti！”“Bayt Sitti！”

从我们第一次见面开始，“沙亚先生”就变成他唯一的代名词。无论我是与他对话，还是跟朋友提起他，他都是“沙亚先生”；就连在电话簿里，我也是毕恭毕敬地写下“沙亚先生”。也就是从那个时候开始，在沙亚先生的记忆中，伊斯伯·萨玛拉的房子再也不是“萨玛拉的房子”，也不是我的房子或者我家族的房子，而是“外祖母的房子”。姑且不论文法问题，后来他提到时，总是兴高采烈地学我的发音高喊：“外祖母的房子怎么样了？”

沙亚先生的家族经营水泥花砖事业，已经有一个世纪的历史，只不过他们不像马鲁夫之类的人，动辄提醒世人自家的经验有多丰富。沙亚先生的祖父从1881年开始制造水泥花砖，后来事业交给沙亚先生的伯父经营，接着又由沙亚先生的堂兄继承。但是到了1975年，由于战争、廉价机器制砖的竞争，加上堂兄缺乏热忱，家族事业终于破产。年轻时候的沙亚先生，从来不认为自己会对家族事业有兴趣，他从事货币兑换，累积了一笔财富。1995年，沙亚先生已六十六岁，在财务上已经没有后顾之忧，于是决定退休，全心追求个人兴趣，驾船航行黎巴嫩碧蓝的地中海岸。然而这样的退休生活并不够，沙亚先生告诉我：“我感到疲倦，但又躁动不安。”

由于有家族背景，沙亚先生的一位堂兄送他一组黄铜模具，破破旧旧，有点像饼干压模，整整一代人都没用过。堂兄告诉他："这套工具对你伯父非常重要。"他开始把玩，自己回忆说："就像个孩子玩着乐高积木一样。"他很快就对这一行认真起来，但也不足为奇，因为他对任何事情都不会抱持玩票心态，总是要想办法精益求精，这是他的人生目的。他告诉我："我花了整整三年时间，才做出第一块水泥花砖。你可以想象我的决心有多坚定。"

连他自己回顾时都感到惊讶："我花了整整三年时间！"

沙亚先生说，这份工作释放了他对祖父、对童年的回忆，"我回来做瓷砖，目的不是赚钱，而是寻根。我想回到古老的时代，回到事物的根源。我对新事物、摩登事物的厌恶愈强烈，对旧时代的眷恋也就愈深挚。"他在瓷砖的世界中找到自己，他决心要保护历史的遗迹，不让它们永远消失。

1975 年爆发的内战，彻底消灭了旧日的贝鲁特。对于钱财永不餍足的已故大亨政客拉菲克·哈里里，将贝鲁特市区仅存的露天市集、奥斯曼建筑与蜿蜒曲折的巷弄一一夷为平地。沙亚先生一口气购买拆除下来的一万两千块瓷砖，目的完全是为了保存它们，以免它们被哈里里规划的新市区吞没。新市区有着要价五十万美元的公寓、著名设计师的专卖店，它们的风格模仿旧时代，但是缺乏灵性，有如一座轻松愉快的游乐场。

沙亚先生微笑着告诉我："我最讨厌肤浅与虚假造作的事物。"

他跟哈里里买下的瓷砖，绝对没有模仿的问题。没有任何一块可以归类，每一块都有自己的特质、记号、标识或怪异处。沙亚先生说："有时候我遇到有瑕疵的瓷砖会发笑，感到很快乐。因为我知道制造者在什么地方出错，为什么出错。他可能很疲惫，他可能满身大汗。这就是制造瓷砖美妙的地方，这就是人性。”

投入瓷砖业十一年之后，沙亚先生融合各家设计的瓷砖，出现在重新整建的别墅、贝鲁特美国大学、波斯湾地区的大型商场、西非加纳的一家旅馆、约旦死海边上的度假中心，以及欧洲与美国的豪宅。他从祖父传下来的小型模具开始，进而制造更大块的瓷砖，有些甚至是小块的两倍大。沙亚先生设计的图案都以贝鲁特的行政区或者黎巴嫩的乡村为名，从哈姆拉到罗塞，从西顿到扎赫勒。他的工厂请了三位工人，去年一年生产了大约两万块瓷砖，平均一天二十块到六十块。他特别强调耐心：每一块瓷砖的浇铸过程需要十五分钟，干燥过程需要一天，完全制好需要两个星期。

沙亚先生的价码很高，后来我才知道，他有些作品的价格高达百年老砖的十二倍。我之所以说“后来”，是因为沙亚先生过了很久之后才透露玄机。他不是一心想敲定交易的阿布·阿里，也不是缺乏耐心的马鲁夫。他可以等候。有时候当其他人都焦躁不安，他却能够悠闲地欣赏黄昏的天光。

他谈起自己在这一行打过交道的人，娓娓道来那些设计师、工程师与建筑师，“有些人我并不认识，但他们都认识我。就像人们说的：每个人都认识戴高乐，然而戴高乐并不认识每个人。”

沙亚先生不时与我闲谈，但谈话内容大约只有十分之一与生意有关。当我终于开始讨价还价，他却以迷人但坚定的态度拒绝我。他的瓷砖一平方米二十五美元，相当于每块一美元，和马鲁夫最贵的产品一样，尽管这一批瓷砖是新品，没有图案，制造过程也比较容易。我厚着脸皮，开门见山：“沙亚先生，求求你，我在这幢房子上已经花了好多钱。”但他不肯让步，他的工人要领两倍工资，近来燃料价格上涨，原料沙也相当昂贵。

我恳求他，看在外祖母房子的份上。

“我也不想拒绝你，但实在没办法。”他一毛钱都不让，“我以真主的名义发誓，相信我，我不能做赔本生意。你想看看价格明细吗？”他伸手拿文件夹。

我摇摇头。

他再次点燃烟斗，缓缓吞云吐雾，满脸微笑，靠回椅子。

“你的名字埃德加要怎么拼？”我一边开支票一边问。

几天之后，我回到马佳永，瓷砖已经到了，由平底卡车运送，总共有三批，堆放在乔治·贾拉迪正在砌的石墙边上，排列得整整齐齐。马鲁夫的瓷砖有多种颜色与花样，沙亚先生的瓷砖则是清一色的棕色，风格赏心悦目。此外还有阿布·阿里的三十八平方米瓷砖，比我订的多出三平方米，他果然不说谎。那天以及接下来的好多天，我简直在这些瓷砖中玩疯了，那种兴奋之情，就好像当年我在贝鲁特、巴格达与开罗做新闻报道一样。

我准备了一个装满雨水的红水桶，一把绿色的刷子，一块油腻得让人想丢掉的海绵，将瓷砖一块一块清干净，先依照图案分类，每一种图案再依照颜色区分。我自己做了一套分类：最常见的（我在阿布·阿里那边一见钟情）、最美丽的（阿拉伯风的车轮，十二条轮辐，有红色、绿色、蓝色和米黄色）、最优雅的（八角星，有红色、蓝色、棕色和米黄色）。我找了一片混凝土空地，排列几十块彩色瓷砖，边界排成正方形。我先刷干净每一块瓷砖，再随意擦洗，这时总会发现有趣的事物：出人意表的颜色或漩涡图案，乍看之下是随意挥洒，但组合起来却透显出某种精细的设计。

短短几天之内，花园里堆积的瓷砖越来越多，每十块一叠，整整齐齐，占据了屋顶板与黑色铁桶之间的空间。我数过的瓷砖超过两千块，但是时间过得飞快。我的双手肮脏，满是割伤，背部也疼痛不已。我的两脚满是泥巴，脏到无药可救。乔治看到我，摇摇头大表不满，高喊："安东尼，你这样会把手弄得很粗。不要虐待你的手。"我笑一笑，看看周遭场景，感觉我正在将历史一块一块拿起来，再一块一块放回它应有的位置。

接下来几天，我测量大宅每个房间的大小，而且测了两次。我走过地板，心不在焉，仿佛一个陷入出神狂喜状态的伊斯兰教苏菲派信徒，想象瓷砖很快就会铺满地面。我为每一块瓷砖编号，拍了三四张照片存证，每张照片都用夏比奇异笔注记。我描绘每个房间的平面图，精确到小数点以下第二位。我列出清单，每一块瓷砖都有名字，例如红色六边形、红星、露台、洞穴、棕星、阿布·阿里之星。我在当记者时用的笔记本上画示意图，在一条一条网格线上，尽可能画出拱门的模样，以及门与窗粗略——非常粗略——的位置。我揣摩如何将一米长的瓷砖，在纸上以一公分表现。

我很早就知道自己买不到足够的瓷砖，来模仿那些巴塞罗那豪宅或者贝鲁特别墅的风格，将每个房间铺满瓷砖。我采购的瓷砖几乎每一组都会少个几块，边界或角落常会缺个一两块。很多块瓷砖都严重破损，无法使用，缺口、破洞、边缘破裂，或者表面已被人们的脚步磨平。因此我必须省着用，先将阿布·阿里与马鲁夫的瓷砖铺成地毯大小，再以沙亚先生比较朴素的瓷砖围绕。这种设计叫作"bahra"，也会用于石材，当建材数量不够时，就必须实行这种务实的做法。我也希望它用在瓷砖上能产生用在石材的效果，随着大宅年深月久，它也将愈发显得优雅动人。工作进行到最后，我想象波斯地毯铺在伊斯伯大宅的地板上，掩盖住时间。

我有一个愿景，并不完美，难免冲动。而且就像典型的沙迪德家族成员，我看着笔记本上每一个凌乱的角度，告诉自己，我会奋战到底。

最后的呢喃

阿布·金恩已经打电话找师傅来铺瓷砖，我和他站在房子外面等候。这时，我每天早晨的痛苦根源竟然大剌剌开进车道，感觉就像有人将一具大型电钻丢进我的浴缸。眼前出现一部红色的雷诺轿车，就是它的引擎每天早晨发出隆隆巨响，日复一日折磨躺在床上的我。无尽的早晨越来越冷，我被惊醒之后，会开始想象那位车主的模样。如今他即将现身，而且要来为我工作。

拉比布·哈达德沉重缓慢地走向我们，阿布·金恩负责与他寒暄；马佳永人开始谈正事之前，一定会先来这样一段闲聊。寒暄耽误了一段时间，接下来就是眼前的工作。外面的木架上放了一堆一堆水泥花砖，拉比布可以负责吗？他给了肯定的答案，不过一如往常，工作时间并不明确。

马佳永的瓷砖师傅寥寥无几，拉比布是其中之一，也因此很受注意。很少有师傅像他这样，能够对付大理石、一般瓷砖，或是较少见的水泥花砖。不过拉比布给人的印象很淡泊，他沉默寡言，就算说话时也是口齿不清，让听者难以明白。不过这种习惯对他有好处：从第一次见面的早晨到日后的对话，拉比布从来不曾对我说“不”，从来不曾拒绝铺瓷砖的工作，从来不曾因为自己另有工作而要求延期，从来不曾要求我谅解什么。

然而在后来的日子里，他一再耽搁拖延，工作进度和他的步伐一样拖沓。而他的招牌动作就是猛烈摇头，就好像在说：拜托，这是行不通的。为了让我闭嘴，他答应隔天再过来一趟。

结果他食言了。阿布·金恩告诉我："我一直等到下午四点，但是瓷砖师傅没来。"

"你可以打电话给他吗？"我问。

阿布·金恩开始大吼大叫：他的电话在哪里？我要用谁的电话？如果他正在忙怎么办？"这个人不来、那个人不来，我能怎么办？难道要我揪住他们的耳朵，把他们拖过来工作？"

他的确应该这么做。

"难道要我拜托上帝请他过来？难道要我请上帝降临，再让上帝送他过来？"

我摇摇头。批斗已经开始，大门已经突破，舰队已经离港，只有上帝才能恢复和平，因此我翻找自己的手机。打了几通电话之后，终于找到了拉比布，我开车前往希尔拜的一座教堂。这座小镇与马佳永毗邻，地名的意思是"废墟"，因此后来被注重形象的居民改名为"波吉穆鲁克"，意思是"诸王之塔"。

拉比布在这座教堂的地下室工作。后来我才知道，教堂的教士原本性情温和，但是前一天夜里专程开车到拉比布家中，为迟迟无法完工的地板工程责骂他。见到我的时候，拉比布对我和蔼可亲，既不羞愧也不后悔，只告诉我明天他一定会去，并且点头保证。

第二天是个阴天，拉比布果然现身，阿布·金恩带来水泥，托玛的一位朋友也前来帮忙铺瓷砖，一辆卡车把沙土倾倒在车道上。

拉比布悠悠然走向瓷砖，抚摸上面的图案花纹，手指沿着边缘移动，然后告诉我："这个样子不行。"显然很努力表现出遗憾的模样，表示在他开始工作之前，每一块瓷砖都必须清理、磨光。我站在那里哑口无言，甚至可以发誓：我看到拉比布嘴角浮现一抹微笑。他说："早知道你用的是这种瓷砖，我就会告诉你。"他慢慢走开，弯腰驼背，显然是年复一年铺瓷砖造成的结果。

他说："我就在附近。"

我心想，这还真恰当，拉比布居然愿意等我。

阿布·金恩比谁都了解我的失望感。

天空反映我的心情，给人一种寂寞荒凉的感觉，云层被吹向赫尔蒙山，逐渐变得阴暗带雨。天气就像拉比布的心意一样多变，雨真的来了，但只是毛毛细雨；吹过整个房子的风，也只是呢喃细语，而不是咆哮嘶吼。这样的风声，我真不希望只有自己听到。

阿布·金恩说："到我家喝咖啡。"他几乎每天都会邀请我，有时甚至一天邀两三回，而我几乎每天都会婉拒他。这回他改变了邀请内容：仙人掌果、葡萄、苹果，以及咖啡。我察觉他非常在意我的不给面子，于是怯生生地接受邀请。

阿布·金恩的房子并不豪华，但是景观极佳，远方的山谷与赫尔蒙山一览无遗。我们停车时，阿布·金恩告诉我他祖父因为嗜饮亚力酒，卖掉了家中的土地；这种含有大茴香成分的酒，有人热爱，有人痛恨。阿布·金恩的祖父最后只剩下这一小块地，边上种着美丽的桃树。他想买下旁边的另一小块地，但是地主开价太高，远超过他的能力范围。

阿布·金恩脱口而出："金钱这该死的宗教，婊子养的。"

我们吃着仙人掌果，阿布·金恩悲叹命运多舛。他说山谷中过去种满了无花果树，一片青翠茂密，但如今无花果树已不见踪影。随着当地居民离开，无花果树也跟着消失，被比较容易种植、比较温和的橄榄树取代，但橄榄树同样受到忽视，它是和平之树，而黎巴嫩没有和平。

“十二。”阿布·金恩不断说这个数字，反应越来越愤怒，开始摇手指。

我很快就得知，阿布·金恩在十二岁那年逃往纳巴泰，当时正逢第二次世界大战，他说：“那是战争。我们有一百年历史的战争。婊子养的。”他提到的数字无关紧要，但是他紧抓着不放。这有一种恢弘的感觉，甚至有如史诗，“一百年历史的战争。”他又说了一遍。

当时是 1920 年 1 月，开始下雨了。到了高海拔的山峰，雨化成雪，飘落在赫尔蒙山的山坡上。

伊斯伯坐在椅子上，椅子是在叙利亚买的，有大马士革镶嵌设计风格。同一组家具的另一件则是由多种木材拼成，包括胡桃树、杏树、玫瑰、橄榄树、柠檬树，呈现各种形状与大小。用得最多的是胡桃木，打造的工艺有上千年历史传承，使用的珠母贝来自大海与河流，来自大海的叫作“巴赫里”（bahri），来自河流的称为“纳赫里”（nahri），然后再以象牙镶嵌。纳比走进房间，和父亲坐在大主教埃利亚·迪亚布的画像下方。这幅画像是迪亚布在前往智利传教之前送给伊斯伯的，下方以阿拉伯文写着“勿忘我”。

伊斯伯显得焦躁不安，身旁放着几个芭希雅缝制的靠垫。他希望大儿子自己做决定，但是他那双从来不透露任何讯息的眼睛，这时一定真情流露。儿子会不会开口说他想要离家？纳比会不会成为第一个与伊斯伯道别的儿女，代表这个家庭即将分崩离析？

天气寒冷、阴沉、灰暗。大理石地板触感冰冷。尽管是在冬天，芭希雅还是舍不得铺上地毯，遮掩大理石的光泽；每年这个时候，阳光最是微弱，大理石地板的光泽也最是柔和。像伊斯伯大宅这样的房子，维持温暖靠的是燃烧木柴或者碾碎的橄榄核。因此每到晚上，房子里总是看得到明亮的炭火。

纳比当时十九岁，第一次世界大战已经结束，但他还没有重回原本就读的学校，那间由基督教会兴办的医学院。时局动荡不安，前往远在贝鲁特的医学院尤其危险。从舒夫山脉通往哈斯巴雅、马佳永与霍兰的道路上，经常有歹徒与反政府军出没。预料中的流血事件，引发一连串的攻击、报复、仇杀、清算旧账，有如野火燎原，连续数月不息。最严重的事件发生在艾因伊比勒，这个村庄的居民有马龙派与东正教徒，距离马佳永很远，但同样属于黎巴嫩南部，邻近今日的以色列边界。艾因伊比勒周边的什叶派村庄与几个对法国人日益不满的武装组织，听到传闻说艾因伊比勒的居民与法国人合作，接受法国人提供的军火。传闻越来越多：有人竖立起一块石头，说是代表先知穆罕默德，拿来当成练习的标靶；基督教徒骚扰一位卖酸奶的穆斯林女子，扯下她的头巾。什叶派于是再度攻击艾因伊比勒，杀害包括妇孺在内的数十人，纵火焚烧整个村庄。

一如预期，法国当局展开报复，引发强烈的冲突与恐惧。伊斯伯觉得难以忍受，希望长子远赴国外。这个家族过去也曾经长途跋涉，起点在家族传说中是也门，在家人尚未断绝的记忆中则是霍兰。如今他们必须再次出走，原因可能与以往相同。然而伊斯伯身为一个父亲，无法开口要自己的儿子背井离乡，对长子尤其困难，因为知道他恐怕再也不会回来。纳比必须自己决定。

伊斯伯只简单地问："你打算怎么做？"纳比做了决定，离开。

在伊斯伯看来，有两个目的地可以考虑：巴西，他兄弟拉希德的儿子已经过去；美国，其他亲戚追求未来的地方。

纳比选择美国。他说他知道有个法耶兹家族的人即将回到美国，或许还有另外二十个人要跟着一起走。

伊斯伯的情感向来深藏不露，平常沉默寡言，这时他也只对儿子点点头，然后提出一项要求：带他的大女儿纳比哈一起去。纳比答应了。伊斯伯再问，瑞伊法呢？她是他的二女儿，快要成年了。

纳比说："先缓一缓吧，我不想一次带两个女孩。"

伊斯伯那个年代的呢喃，回荡在马佳永的每一个角落，诉说着一个我未经历、但却经常想象的年代，对我而言几乎比现在还要熟悉。当初吸引我走向中东地区的因素，就是这个年代的零碎遗迹，奥斯曼帝国与黎凡特文化的遗留。我经常想到伊斯伯，他的人生因为那个时代的事件而意外转折，会不会像我一样，也对黎巴嫩的命运感到沮丧？那股将我带往伊斯伯大宅的失落感，他自己又有多深的感受？毫无疑问，他相当悲伤。幼年穷困的伊斯伯，一直期望成为一位奥斯曼帝国的绅士，大宅代表他的身份地位，代表他重视的价值。然而到了后来，他的立足点全然动摇。奥斯曼绅士不再是一个可以借由奋斗来达成的目标，时局变化让这类人物沦为不合时宜的家伙。随着生活越来越困难，伊斯伯一定渴望并且念念不忘某些他几乎不曾碰触、也没有机会好好体验的事物。当他发现经过数十年之后，人世间至少还有一位地地道道的奥斯曼绅士，也许他会感到如释重负，或者至少会惊讶不已。塞西尔·胡拉尼曾经对我说：“我经历了奥斯曼帝国最后的呢喃。”

当初我告诉塞西尔我即将启程前往马佳永时，他非常高兴，知道我以一个马佳永人后裔的身份，计划整修重建镇上众多大宅的其中一座，只要不是伊斯伯大宅就好。他和谢比尔一样，很担心家族共同持有房屋产权的问题。他直言不讳，反对我重建伊斯伯大宅，而且立场相当坚定。他花了几个月时间，想在马佳永帮我物色另一幢房子，让我买下来整修重建，任何一幢都好。他甚至联络远在美国的亲戚，探问他们是否有兴趣卖掉荒废多年的房子。

塞西尔写信告诫我：“在这段期间，我建议你不要去碰我们一起参观过的伊斯伯大宅，它会让你花一大笔钱，到头来还是非你所有。而且它尽管有一些不错的特色，但整体而言并没有多大的吸引力，整修工作也会是烫手山芋。因此我要请你保持耐性，你还有别的可行做法。”他尝试改变我的想法，这一点无可厚非，许多人一定都会赞同他，而我也只能因为面子问题而坚持。但是他竟然说大宅“没有多大的吸引力”？这实在是不可原谅。

现在我坐在塞西尔家中，但他不再提起整修大宅是否明智的问题，我想这是一个好兆头。塞西尔的想法并没有改变，他只是接受我的决定已是既成事实。我很惊讶，本来以为他会把我训诫一顿。塞西尔聪明外露，犀利敏锐，偶尔闹脾气，毕竟是个在英国出生的九十多岁老先生；他不仅是一位奥斯曼绅士，而且是马佳永人。

那天刚见面时，我们似乎都刻意避免挑起敏感话题，塞西尔犹豫了一阵子，然后带我到外面的花园，享用加上莴苣的“塔布里”（tabouli）料理，还有一道用茄子煮的“穆塔巴”（moutabal），茄子是我和他一起采摘的。花园里的石桌上放着一瓶淡绿色泽、自家酿造的亚力酒，旁边摆着两个小酒杯，还有橄榄、一个个淋了橄榄油的拉布聂酸奶球和面包。

石凳旁边有一丛丛的红色芦荟，茉莉的藤蔓上开着白花，就像是直接从石墙绽放出来。从塞西尔家的露台眺望，山脉与阿寇布地区的村镇一览无遗。这是一幅美好的景观，沐浴在温暖的阳光之中，我终于拿掉围巾。

塞西尔告诉我，山谷景色如此美好，要归功于那些翠绿色块的晕染。我点头表示同意。我一直尝试理解这地方的景观，但是塞西尔只以短短几句话就道尽其中奥妙。山谷的色调与岩石的米黄色泽，还有很阴柔的地形变化，形成一种对比。塞西尔说：“我称它为失落的山谷，但是取正面的意思。它还没有被发现，我希望它永远存在。”

塞西尔身材清瘦，鼻子高挺，双眼细眯，仿佛在算计着什么。他长年过着流浪汉般的生活，他所属的家族背景显赫，血统高贵，功业彪炳。他生于英国的曼彻斯特，父亲法德洛·胡拉尼是一位知名企业家，1891 年移居曼彻斯特，但是一直与故乡保持联系，后来协助创办家乡声誉最卓著的国立马佳永学院。他的母亲苏玛娅·拉西出身邻近城镇伊伯萨奇的望族。法德洛与苏玛娅的孩子是在两个世界中长大成人的，塞西尔在二十五年前写了一本回忆录，记录这段历程：

我的三个姐姐、两个哥哥都在曼彻斯特出生，我对这座城市最早的回忆是两个面貌：一个是近东的、黎巴嫩的，洋溢着诗歌、政治与商业；另一个是苏格兰长老教会的面貌，星期天上教堂，主日学，其中一部分也是英格兰的，因为我有一位英格兰奶妈，还有一个接一个英格兰和爱尔兰的厨子与女仆。我的世界一分为二，最明显的例子就是饮食：每逢星期六，父亲会和同样来自黎巴嫩与叙利亚的企业家以及外国客户在家中共进午餐，享用黎巴嫩乡村食物，“奇布”(kibbe)炸肉丸与传统的周末菜肴“姆加达”(mujaddara)，或者“以扫炖汤”(Esau's pottage)；但是到了星期天，我们会享用英式烤肉，饭后甜点是苹果派或者牛奶布丁。

虽然塞西尔在英国出生，拥有牛津大学的显赫学历，但他仍然全心全意接受先人兼容并蓄的作风。第二次世界大战爆发之后不久，他冒险前往东方。埃及港市亚历山大码头上无法无天的混乱，挑夫争先恐后卸下乘客的行李，让他至今记忆犹新。第二站就是马佳永，他遇到父亲的几位姐妹，一再用阿拉伯文对他说：“我的后事托给你了。”塞西尔告诉我，当时他听得懂的阿拉伯文寥寥无几，这句话是其中之一。接下来他前往战火连绵的开罗，进入英国陆军服役；他后来转战外交界，阿拉伯联盟成立，他担任外交官，当时也正是以色列建国的关键年代。塞西尔还当过大学教授，只是没多久之后就转任财务顾问，先后为突尼斯总统与约旦的哈桑亲王效力。过了退休年龄很久之后，塞西尔又担负起新的使命，要协助阿尔巴尼亚逊王雷卡一世复位，并在1997年推动公民投票(结果并不成功，雷卡一世复位失败)。

我认识塞西尔的时候，他的职业生涯已近尾声，在马佳永一待就是几个礼拜，有时更久。他住在祖传的老房子里面，有蓝色的百叶窗、古雅的门与美丽的花园。

塞西尔可以归类为所谓的“马佳永民族主义者”，对挚爱的故乡付出无与伦比的心力，但是也发现它深不可测。在马佳永的移居者之中，他的足迹比谁都广。他与希克马特同一年当选镇议会代表，2006年战争结束之后，他想尽办法让马佳永恢复生机。首先他发起运动，与邻近受创严重的村庄密切合作；后来他重建了镇上的电影院，成立每星期五登场的农民市集，让广场区的艾卡威餐厅重新开张。他致函那些并未全力支持的人士，告诉他们战争其实带来了机会。

他写道：“我们应该把这些事件当成意志力的挑战：让我们更加坚定决心，证明马佳永不但没有‘江河日下’，而且是朝气蓬勃，能够克服各种问题。如今我们掌握机会，要让马佳永再次承担历史的使命，成为整个地区的中心。”

塞西尔谈起任何事情，都带有一种权威的口吻。他对马佳永更是全力以赴。

我告诉他：“你曾经度过一段黎凡特的岁月，那在今天已经不可复得。”塞西尔垂垂老矣，行动缓慢，但我看得出来他微微转头，眼神一闪，透露出认可与赞同。他并不会经常赞同别人，也曾表示自己到了这把年纪，说话早已百无禁忌。不过我刚才的一番话，显然触动了他的心弦。他是黎凡特的过客，而黎凡特——他的黎凡特已经消失无踪。他说：“那是一个已经消失的社会。奥斯曼帝国的呢喃终于销声匿迹，无处可寻。”

塞西尔一生的事业和兴趣都带着黎凡特的印记，他所属的胡拉尼家族几乎就是黎凡特的缩影。胡拉尼家族的成员散布在全球各地，共享一种超越国界的文化，超越了单纯且多半是人为的民族观念。他们并不是特别现象：早年的大家族有许多都会开枝散叶到伊拉克、黎巴嫩、埃及、叙利亚与巴勒斯坦等地区，当时这些国家都还没成立，但是共享一个没有国界的先进文化。

我问塞西尔是否怀念那个年代，他耸耸肩，似乎不想追忆。但是那个年代依旧萦绕，欧洲帝国强权尽管泰山压顶，还是无法完全消灭奥斯曼年代的链接、路径与轨迹。塞西尔告诉我，他还有一些朋友尽管散处世界各地，但的确可以算是地道的黎凡特人。

他说："然而，这些家族正在快速消失。"

"我努力要求自己，不要为过去的事感到后悔。"他坚决地说："过去的事就过去了。"

我们吃完午餐，将剩菜与亚力酒带进屋内。但是塞西尔想让我多看看他的花园，它本身就是传统价值的体现。塞西尔以若有似无的热忱拿起手杖，我们缓缓迈开步伐。我看着四周，对花园占地之广感到讶异，触目所及都是，一阶又一阶的台地营造出更大的距离感。花园里有无花果、石榴与橄榄树，其中五六棵是塞西尔种的，三十五棵由他的外祖母乌姆·法德洛亲手种下。老太太来自伊伯萨奇，1926 年以九十九岁高龄过世。这些树代表的不仅是一个世纪。

塞西尔的园丁阿里采摘橄榄，可以留下一半的收成。塞西尔说："他很开心。"花园里也种了许多柳橙树，品种很多，让我眼花缭乱。柳橙在冬季成熟，有瓦伦西亚橙、脐橙与类似血橙的"马格拉比橙"（mughrabis）。还有柠檬树。我们走着走着，塞西尔拿着手杖，在奇形怪状的石头之间带路。他身穿粗花呢外套、灰色长裤与黑色皮鞋。他说："想象一下，一个在英国成长的人，居然会开辟一座有柠檬树的花园。"他低声咯咯笑了出来。

花园墙边种了巨大的仙人掌，枝干十分古老，原本平滑的绿色纹理已经硬化、干燥有如老树皮。一位巴勒斯坦的朋友告诉我，他们会用这种仙人掌来当作纪念，纪念以色列在1948年战争以及之后摧毁的巴勒斯坦村庄。那些村庄被推土机碾平，名称从地图上消失，记忆只留在家族历史之中。然而这种仙人掌的根扎得很深，年复一年，世世代代，在主人早已流离失所之后，它们会再度出现，召唤已然消失的野地、花园与家园。它们是被剥夺的残余，是求生存过程的见证；一如塞西尔的树与花，见证了在混乱之中，仍然可以保有优雅与教养。

我们回到屋内，塞西尔拿出一片阳台与窗台用的铁栅栏，上面的黑漆已经剥落，几个连接点被撬开，铁杆弯曲像衣架。它的形体完整，以年代而言，算是保存得相当好。塞西尔以轻描淡写的语气，就像临时想起，告诉我这片铁栅栏是卡里姆·库尔班在20世纪70年代送给他的礼物。我回想这个名字，先是摇摇头，后来才微笑点头。几十年前，库尔班买下伊斯伯兄弟拉希德的房子；拉希德原本住在库尔班隔壁，共享一道墙。

铁栅栏就来自拉希德的老房子，设计和伊斯伯大宅阳台的铁栅栏一样，后者已经摇摇欲坠。塞西尔希望我收下它。

他说："这是我送给你先人的一份礼物。"

纳比与妹妹纳比哈在那年二月离开，大家心情都很平静。芭希雅从阁楼找出几枚金币，放在儿子的口袋里；伊斯伯已经给儿子一袋现金，用绳子紧紧绑住袋口。伊斯伯跟马车夫说话，叮嘱他路上一定要小心。

纳比小时候坐过马车，当时只觉得自己高高在上。现在，随着马儿一步一步走过泥土路，这对兄妹回头看着房子的米色石材和绿色百叶窗。纳比要过十多年之后，才会再看到这幢房子。至于纳比哈，更要等上四十年。

三天之后，这对兄妹抵达贝鲁特。二月十八日，他们搭上一艘轮船“莲花号”前往马赛，然后步上其他黎巴嫩移民的后尘，坐火车前往勒阿弗尔，再从那边搭船到美国。到了勒阿弗尔，他们登上另一艘船，一百七十七米长、历经过第一次世界大战的法国籍蒸汽轮“沙伏瓦号”，驶向纽约。根据这艘船的乘客名单，纳比与纳比哈分别是第二十九号与第三十号乘客。

在沙伏瓦号的甲板上，许多乘客深受晕船之苦。纳比哈和表姐妹埃德娜·阿布拉玩在一起，这趟旅程只有她们两个女生。纳比和家族中其他二十一个男子坐在一起，远赴美国。三个星期之后，他们终于抵达目的地。1920 年 3 月 24 日，纳比踏上纽约，从此对这个日期牢记在心。

沙伏瓦号驶过自由女神像，她的手臂高举，满怀信心；她的火炬、王冠与长袍仍然是深铜棕色，还没有化成一片铜绿。萨玛拉家族的子孙与马佳永的离乡者纳比，说了两句自己永志不忘的话。

“这是神的国度。这是家。”

午餐过后，回到伊斯伯大宅，放眼望去一片混乱，没看到的地方可能更糟：那些为房间角落或橱柜凿出的空间，足够让我拿起距离最近的一瓶亚力酒。阳光通常只会煞风景，这时更让我看到难以置信的大量尘埃，一旦有人吸进去可能会造成肺部严重损伤，必须长期住院疗养，家属伤心之余采取法律行动，几百名律师闻风而至。我看着一堆奇奇怪怪的物品，总有一天要打包带走：窗框、白色大理石水槽、金属材质百叶窗、白杨木板、铁皮浪板、有如碎玻璃的塑料。一堆棍棒神秘地出现，预示着将来会有一场失控的营火晚会。

厨房的角落有一块大石头，让我的挫折感达到最高点。阿布·金恩八月就答应我要移开它。

“明天。”他每天都是这么说。

除了麻烦与困扰之外，大宅有时候还是会带来一些希望的。屋顶有一部分已经铺上红土屋瓦，取代沿用八十年的混凝土。大宅后方乔治建造的石墙也接近完工，砌了六层，没有任何歪斜，完全看不出来砌墙者有多爱喝亚力酒。乔治大感振奋，也将大宅的石材墙面清理干净，刮掉老旧的灰泥，有些像长期干旱的土壤一样剥落。然而瓷砖还是一大问题，尽管那间教堂的神父对拉比布大发雷霆，甚至威胁说要让上帝降下神怒，拉比布还是没有完成教堂的工作。我知道我们必须另外找一个瓷砖师傅，才有可能展开一楼的工程。很有团队精神的阿布·金恩第二天就找来马利克·尼可拉·贾维什，他是出租车司机、猎人、屠夫、渔夫、难民、抽水烟的老烟枪，也是瓷砖、水管、暖气与空调工程的高手。

马利克告诉我：“精通工艺的人当家作主。”说得直白一些，你把他丢到任何地方，他都能够站稳脚跟。这句谚语简直就是马利克的写照，一个真正的男人。他说的每一句话，无论是泛泛之论、言不及义还是一针见血，都会带着惊叹号。例如他会大声说：“我从不撒谎！我说四点钟到，就是四点钟到！”“许多做这一行的人后来都放弃了，但是我从二十八年前到现在，没有一天不上工，没有一天！我都是为最顶尖的人工作。最重要的是，我很诚实，我有正当工作，这就对了！这就对了！”

马利克铺完四块瓷砖，拼成一幅环环相扣的图案，然后用一个磨损的小扫帚扫干净，并说：“瓷砖干净，比什么都重要。”干净似乎是优秀工匠的行规。每一个层面都要维持在最完美的状态，边缘要平滑，角度要锐利，转折要精确，线条要一丝不苟。瓷砖工程变得效率高超，我和阿布·金恩运来瓷砖，马利克的助手搅拌水泥，马利克像蒸汽引擎一样前进，铺好一列又一列瓷砖。

我对他说：“马利克，你是一位艺术家。”他哼一声表示同意。这时我听到脑海中的某个角落，一个在旁观看的小魔鬼，以无声的话语说道：而且我很坦白。

有一天我们工作特别顺利，快结束时，阿布·金恩用来挡住房间门口的一块板子掉落下来，我探头进去看看进展：瓷砖已经铺好，而且铺得非常漂亮。我走到另一个门口，从另一个角度欣赏。

我看着“洞穴”这个房间，感觉就像俯瞰利塔尼河，河谷的美景让人目不暇接。地上仍然到处都是沙子，两堆破裂的瓷砖摆在角落，瓷砖碎片随处可见，形状难以辨识，因为大宅供电虽然正常，但是还没装灯。无论如何，大宅终于开始呈现它独一无二的模样，至少这块弹丸之地是如此。我心头浮现一股胜利感，尽管只是小小的胜利感。

不过有一件事令人担心：大宅开工已经四个月，我们却只铺好了一个房间的瓷砖。

不久之后，我从一个朋友那边得知，拉比布发现我们找马利克铺瓷砖，勃然大怒，显然感觉遭到背叛，于是如此咒骂我：“他会跟蚂蚁交配，还喂它们吃奶。”

我还不曾被人这样咒骂过。

海瑞拉的乌德琴[1]

十二月一个起雾的夜晚，我和一位朋友坐在伊伯萨奇的一家酒吧，享用花生、红苹果切片、南瓜子之类的点心。身旁是一个以碎橄榄核为燃料的铸铁暖炉，火焰与外面的寒冷抗衡，有如西西弗斯一样徒劳。角落里有一部电视机一直在播放节目，宣传煽动与垃圾谈话震耳欲聋。我只听到一些片段，出现“僵局”这样的字眼，提到美国、叙利亚、伊朗和以色列，危机与选举。谣言在全国各地流窜，有人说示威抗议群众准备要对警察和军人开火，僵局将延续数月甚至更久，冲突可能再度爆发。贝鲁特的领导阶层认为，内战恐怕已经开始。那天传来消息，负责选举总统的国会第七度延后开会。黎巴嫩总统悬缺数个月，国家陷入瘫痪。法国外交部长向各方保证，协议指日可待。但其实大家都知道，协议遥遥无期。

“暗杀”这个字眼不久也跟着登场。遇害者弗朗索瓦·哈吉是一名将军，有人遥控引爆一枚汽车炸弹，撕裂一条俯瞰贝鲁特市区的街道，人行道上的碎玻璃片在晨光中闪耀。对于那些身份不明的犯案者，杀戮是黎巴嫩政治算计的一部分，也是争取民众关注最廉价的方法。于是在十二月的那个夜晚，和许许多多夜晚一样，巨大的响声此起彼落。

---

1 北非、西亚和中亚等地区使用的一种传统拨弦乐器，有“中东乐器之王”之称。

长期以来，黎巴嫩一直在为最根本的认同问题角力：人民最重要的身份是阿拉伯人还是黎巴嫩人？他们属于东方还是西方？是与一个远远超越其国界的领域——例如穆斯林世界——休戚与共，还是保持自家特殊性，延续古代腓尼基人的历史？大约一个世代之前，黎巴嫩有左派有右派，有无神论者，有虔诚信徒，有激进分子，有改革人士，有坚定的毛主义者，还有上承千年历史的萨拉菲派，他们有时会在贝鲁特的哈姆拉街共享一张桌子，这种百家争鸣的热烈态势在1975年的内战中画下句点，尽管在那之前很短的一段时期，弹丸之地的黎巴嫩曾经是一座大舞台，各种理念与斗争轮番上演。多年以来，它都是阿拉伯异议分子、巴勒斯坦流亡人士、黎巴嫩自家各个派系各种主张人士的避难所，而这些人则为阿拉伯政治带来一种节奏变化；当时的环境中虽然充斥着冲突、压迫与贫穷，但相对而言仍然算是自由与无拘无束。

而现在，斗争的视野不再宏伟，反而日趋狭隘，黎巴嫩也变得远比以往更渺小。2006年战争爆发之后，黎巴嫩深陷在接踵而至的冲突之中。冲突的本质其实从未改变，其中一大部分是静态的，只有一种感觉例外：冲突永远冲向悬崖边缘。欲振乏力的陈腔滥调一再出现，一个月又一个月，呈现为一种过度僵化的论述，无法涵盖那些尚未沦为老生常谈的可能性。除了目光如豆的局限性之外，这样的情形也是悲哀的证明：黎巴嫩已经失去知识理念的大胆开创性格。如果政治的意义在于改变社会，改变这些由社会催生出的政治秩序，如今只有最虔诚的信徒，才会被灌输现实的政治意识。集体行动的观念现今也完全消失了，人们为了某些原则或理念而结合，似乎只是浪漫的回忆，像是昔日街头海报上人们过时的发型，AK－47突击步枪的图像与激励人心的国歌，似乎唤起了乡愁却又如此切身。尽管黎巴嫩周遭的阿拉伯世界正在发生板块推移般的变化，无比漫长的冬天之后，想象中的春天即将出现，然而黎巴嫩除了宗教与其背负的神圣性之外，并无意参与疗愈伤痛或者振奋人心的过程。对话变成软弱的表现，同理心则是懦弱辩护者的看家本领。各派原教旨主义内部只有琐碎或抽象的争执，真正的辩论却付之阙如。于是我们不断面对骇人奇观，就像那个十二月的夜晚发生的事件。

年关将近，情势更加紧张。2006 年战祸结束后，许多地区进行重建，然而营造工程的铁锤、推土机、锯子与电钻的声响，几乎已被派系领袖们愤世嫉俗而戏剧化的叫骂声淹没。这些沙场老将知道，他们的存在价值相当于寄生虫，寄生在冲突之中，而冲突掩饰了真正的问题。一家基督教电视台的节目一开始就严肃地说："这是暴风雨前的宁静。"一种满城风雨的预感，事态始终无法水落石出，不时让人产生熟悉的感觉。

1911 年，纳比与纳比哈 · 萨玛拉离开黎巴嫩之前九年，阿亚什 · 沙迪德过世，留下妻子沙瓦卡与几个孩子，住在塞瑞尔区附近一间涂泥屋顶的简陋石屋。他们的长子米克巴尔在几年前离开马佳永，是家族中的第一人。他逃离家乡的原因和许多人一样，母亲无法忍受他去为来日无多的奥斯曼帝国出征，死在遥远的战场上，无论是干燥贫瘠的撒哈拉沙漠，还是欧洲东南部的色雷斯平原。米克巴尔已经逃过征兵，但他母亲担心二儿子阿卜杜拉（我的祖父，当时差不多十八岁）在劫难逃。沙瓦卡要求阿卜杜拉立即行动，到美国去找大哥。

米克巴尔离开还不满十年，阿卜杜拉也远离家乡，还带着妹妹阿迪巴同行。兄妹俩骑着驴子，摸索通过利塔尼河一道又一道深谷，连续数日翻山越岭，终于抵达贝鲁特，身上的钱只勉强够买船票。到了法国，他们设法登上“拉佐号”轮船，在1911年10月1日抵达波士顿。当地一个慈善组织宣称：“除了绝对不可能变成美国人的中国人之外，叙利亚人是外国人之中的外国人。”

一段时间之后，阿卜杜拉改名艾伯特，他在法律文件上的签名显得颤抖而不确定。他的字迹有如小学二年级学童，潦草写出成年后才学会的语言。对他而言，学习英语与其说是为了生活需要，不如说是为了自尊荣耀。

阿卜杜拉在美国落地生根之后，他与米克巴尔都会寄钱回家给母亲，然而第一次世界大战爆发，邮务工作断绝。后来邮务终于恢复，一封信送抵沙瓦卡手上。尽管已分隔多年，她仍然认得出那是大儿子米克巴尔的笔迹：“致阿亚什·沙迪德的妻子，如果她已经过世，那就转交给她的子女，如果她的子女也都不在，那就转交给一位亲戚。”信附在一份包裹上，米克巴尔寄来衣物与金钱，正是沙瓦卡和子女们缺少的。米克巴尔特别嘱咐，要帮年纪最小的妹妹、当时只有十岁的纳比哈买糖果。

当时贝都因人不把法国统治者放在眼里，大肆劫掠胡拉山谷以及巴勒斯坦边界的村庄。马佳永也一再受害遭殃，塞瑞尔区遭到焚毁，米黄色石材化成焦黑，纸张从窗口飞散而出，就像游行时撒的彩色碎纸。劫掠者终于来到沙迪德家前面那条路，阿亚什的房子付之一炬，米克巴尔寄来的衣物难逃一劫，没烧完的部分沿路丢弃，或者凌乱焦黑地堆在院子里。歹徒在石头上摔碎装有食品与油的罐子，陶瓷碎片嵌入草地与泥土。

沙瓦卡、女儿纳吉芭与纳比哈、儿子哈纳，一家人在动乱之后决定离开，远赴美国投靠亲戚。米克巴尔寄来一千美元，让他们加入马佳永有史以来规模最大的离乡团。接下来三天，他们徒步走向贝鲁特，带头的人是舒克瑞拉·沙迪德牧师。

来到贝鲁特，他们搭乘“红星号”客轮，儿童以半价睡在统舱，日后有人回忆这趟旅程“像在赶牛”。十二天之后，这群马佳永人抵达马赛，停留了几个星期，寻找能送他们去美国的船。后来他们在“勒布朗号”的最底层甲板找到位子，踏上前往纽约的旅程。

1920年10月5日，舒克瑞拉·沙迪德牧师手里拿着自己的遗嘱，和家人以及乡亲来到俄克拉何马市，火车驶入圣塔菲车站。牧师告诉十六岁的侄儿：“美国是一个新国家，一个自由的国家，你可以为善，也可以为恶，就看你怎么选择。”这年轻人多年后仍然记得这番话。

“他们说黎巴嫩是中东的瑞士。”海瑞拉医生的夫人伊万卡告诉我，那天我到他们家做客。她的口气带点讽刺，但语调温和多于挖苦。“塞西尔还说马佳永是黎巴嫩的女王。”我们三个人都笑了，虽然海瑞拉医生对那句出自他朋友的话有点困窘。他转身朝向窗口，看着窗外冬日的阳光，马佳永的冬天多半晴朗。伊万卡正在装饰圣诞树，棕褐色调的房子里，这时绽放着五颜六色。

海瑞拉医生比上回我见到他时更加消瘦苍白，而且带着一股疲惫感。我认识他时，他已经罹患癌症，朋友告诉我，他生病前非常开朗热情，经常开怀大笑。我大概认不出那样的海瑞拉医生。在我眼中，他似乎总是在沉思冥想，散发着一股疲惫的尊严感。

我和他在一起的时间越来越多，答应会去他的地下室工作坊，他在那里打造一把小提琴；伊万卡年轻时是保加利亚的小提琴家。十二月的这一天，我们喝过咖啡，走下楼梯，来到他的工作坊，墙壁上刻着四行阿拉伯诗：

乌德琴的呻吟有如忏悔者的悲叹
当人们相聚，总是期盼它的出现
鸟儿站在乌德琴上面，婉转啁啾
想念琴身取材的树枝

架子上堆满了碟子，里面装着钉子、钻头、胶带与胶水。纸质模板是乐器的模型，散放在地板上，旁边还有废木料、地下室暖气用的火种。桌子上、工作台与墙边散放着各种模型。海瑞拉医生指着工作台说，它有一百多年历史，台上的刮痕就是见证。

天花板悬挂着大约五把乌德琴，还有四把布祖基琴[1]。一把做好的乌德琴靠墙放着。自从童年第一次听到乌德琴，我就深受感动。没有任何一种乐器像梨形的乌德琴，能够唤起如此丰厚的灵性。乌德琴的弦声，清脆但浑圆，适合伴随着人们叹息。根据传说，乌德琴出现在人类历史的源头，是由亚当第六个孙子拉麦发明。拉麦唯一的孩子五岁就夭折，他用孩子一部分的骸骨做成乐器，传达自己的悲伤。他边哭泣边弹奏，直到双眼失明。

海瑞拉医生打造乐器的功力比弹奏更强。我一直追问：制作一把乌德琴需要多少时间？他只说自己并不在意时间，制琴是他的

1 一部分学者认为，布祖基琴来自土耳其，也有人认为这种琴来自希腊。

兴趣，重要的是收获，而非奖赏。“有时候一年，有时候一个月，有时候两个月。”他的回答并不模糊，也不轻蔑，而是中庸温和，沉稳精确。

乐器是海瑞拉医生的热情寄托，以木材、胶水与亮光漆结合而成，表面纹理决定于他使用的木材，可能是冷杉、桑树、椴树、柠檬树，或者其他当地生长的树木。海瑞拉医生最喜欢的材料是冷杉，一部分来自他多年收集的旧衣柜背板。每一件乐器都嵌着一块阿拉伯文名牌：海瑞拉 · 麦迪医生制作，马佳永，黎巴嫩。

海瑞拉医生让我看一把双弦的布祖基琴，就算以他的高标准来衡量，都是一件精品，琴身下半部由一整块木材雕凿而成。他指着另一件得意之作说：“这很花时间。”这把乌德琴浑圆的底部完全由火柴棒构成，几千支排得整整齐齐，一丝不苟。为了它，海瑞拉医生每天晚上工作，花了两、三个月才完成，他说：“当时正逢第一次伊拉克战争。”

对海瑞拉医生而言，时间经常通过创痛来透显其意义：他在内战之前成为医生，在烽火连天时回到马佳永，在以色列占领时期进入马佳永医院，在占领结束之后离开医院。他本来拟订了一个计划，然而凡事预先设想并不是木工之道，这门手艺讲究直觉。海瑞拉医生从来不曾拜师学习制琴，他依赖的是灵感。

他说：“你现在看到的是我的想象力。”并未多加说明。

曾经有一位女士想买他的布祖基琴，打算送给远赴波斯湾的儿子。她出价一千美元。

海瑞拉医生回答：“就算你出价一万美元，我也不卖。”

我们开始往楼上走，我看到楼梯井的一张凳子上堆了许多乐器，算一算应该有九把。海瑞拉医生小心翼翼地将其中五把乌德琴推开，让我看到一把很特别的布祖基琴，由三枚葫芦制成，外形野性、粗犷，显然是他的实验性作品。他定睛看着，仿佛第一次注意到它的存在，“真有趣，明年夏天，我会做个东西来收藏这些乐器。”

他抱起那把野性洋溢的布祖基琴，花了几分钟调音，然后弹奏了一首热情的歌曲，原唱者是黎巴嫩歌后法鲁兹：

哦，劳尔，你的爱烧灼我的心

我将我的爱与情都给了你

请记住那青春的原野

还有我们在那里立下的誓约

海瑞拉医生一边弹奏，一边以口哨吹出旋律，然后放下那把布祖基琴。

他又说了一次：“明年夏天，我要为它找个容身之处。”他的口哨声变得哀怨忧伤，有如道别。

搭乘“红星号”远渡重洋的沙迪德家族成员，都是伊斯伯的邻居。两家人的房子之间，隔着一户戈麦亚家与其他几户萨玛拉家，走路只需五分钟。纳比哈与纳吉芭从小跟伊斯伯的女儿瑞伊法玩在一起。伊斯伯不太情愿地相信，沙迪德家两个女孩会像他自己的两个大儿子，踏上同样的旅程。他心想，也许瑞伊法也可以飘洋过海。

瑞伊法才十二岁，还太年轻，不能像当年大哥纳比那样和父亲对话，这一回伊斯伯必须自己做决定。他与妻子芭希雅坐在一起，喃喃自语，两个人尽可能不交谈，思索女儿是否应该离家。“瑞伊法”的意思是和善与同情，虽然她如今是家中最年长的孩子，但还是很脆弱。尽管她成年后是小个子，但十二岁时与同年龄少女相比还算高大，看起来不只十二岁。这让伊斯伯格外担忧：她不再是一个在乡间可以安全无虞的小女孩。无论马佳永变成什么样子，伊斯伯不能送她一个人上路，她就是年纪太小。伊斯伯决定再跟死神斗智一回，就像在霍兰，就像他躲过奥斯曼帝国的征兵，就像第一次世界大战。他愿意等待。

伊斯伯犹豫不决的时间并不长。他的姐姐拉希亚来看他，那天他在门厅上方的阳台抽烟。拉希亚比伊斯伯大五岁，先生米哈伊尔·阿布拉是芭希雅的亲戚。她告诉弟弟，自己和先生准备要移民美国，和那边的子女团聚。他们的女儿埃德娜当初和纳比、纳比哈同行，儿子埃利斯也已经到了美国，落脚俄克拉何马州。

伊斯伯问：你们能带瑞伊法一起走吗？

在马佳永，在伊斯伯的大宅，瑞伊法接受的是奥斯曼社会的教养：长大后要嫁一位有头有脸的士绅，从此跟其他女性一样，安安静静过日子。然而这并不是她的命运。她即将离开。相比那些我在柯达相片上看到的年长女人，瑞伊法在伊斯伯大宅生活的时间感觉上恐怕只有几天或几个小时。

瑞伊法在父亲的房子里，感觉自己无比安全，没有任何事物能够伤害她；对于这段家中岁月，瑞伊法还记得多少？她是否还记得那些一闪而过的脸庞；母亲缝制的刺绣洋装；母亲擦拭、打磨过的器物发出亮光；父亲一整夜待在阳台上，对着火光熊熊的山区沉思？白天父亲吞云吐雾，一阵一阵飘向空气清新的山谷，利塔尼河从山谷流过。

动身前往美国的那天早晨，瑞伊法可能会看着窗外，注意到一部漂亮的马车，闪闪发光，那是父亲雇来的，要将她从他身边永远带走。但是那天她并不知道自己即刻就要上路，她才十二岁。马车是父亲送她的最后一样礼物。

离别那天，无论伊斯伯对女儿说了什么，我相信他不是通过言语，而是通过那部闪亮的马车。如果是那节奏快速、浮光掠影的一天，瑞伊法可能根本不会注意到这个讯息。那天她一定非常讶异，前一夜竟然是自己睡在父母亲房子的最后一夜。原本看似平平无奇的早晨，却是她生命的一大转折。

无论芭希雅对女儿说了什么，我相信她都是通过亲手缝制与刺绣的衣物，有的柔软，有的温暖，为一个她无法想象的未来准备。什么样的母亲能够解释或者面对，这些洗得漂漂亮亮、折得整整齐齐的衣物，可能就是她给儿女最后几件她曾经亲手抚触的东西？

去过海瑞拉医生地下室工作坊几天之后，我又到他的厨房拜访他。他要教我如何烹调“阿瓦玛”（awarma）：煮熟的羊肉浇上融化的油脂与盐。他告诉我，“阿瓦玛”这名称来自土耳其，冬天还没来到之前就要准备好这道菜肴，因为冬天肉店不开门，人们买不到肉，尤其是像马佳永这种比较遥远的地方。阿瓦玛不需冰箱冷藏也能放上好几个月，烹调时通常是加上鸡蛋或者“奇希克”（kishk），一种粉状的谷类食品，主要成分是一种名叫“柏古尔”（burghul）的碎小麦，以牛奶与酸奶发酵，在秋天麦子收成后制作。这种做法是数百年的传统，但海瑞拉医生告诉我：“现在它却成了精致美食。”

海瑞拉医生从刀鞘抽出一把刀，橡木刀柄是他亲手做的，刀身则来自一柄车库操作杆，显示他的巧思。我看得出来，他以自己的巧思为傲。

三公斤的肉，鲜亮的红色来自煮熟的甜菜。海瑞拉医生把羊肉油脂倒进锅里，伊万卡一直觉得锅子的大小不对。她咄咄逼人，语带讽刺，但他还是对她一往情深，在她的奚落中发现幽默，可是不会接受她的建议。她微笑着说："他总觉得自己做的每一件事都完美无瑕，然而人生没有完美这回事，唯有上帝才完美。"

海瑞拉医生说："我们要开始了。"他点燃炉子的火。

"我认为战争终将爆发。"他突然说道，油脂温度升高。他的两只猫普西与波赫多(Pokhto，这是保加利亚语，意思是小胡子)蹲在窗台上，小口吃着碎肉片。"这让人很沮丧，我们好不容易才终结一场战争，结果却又掀起另一场。总是如此。"他的声音中没有悲怜的意味，但每个字都很诚恳，毕竟影响他一生最大的就是战争与逃离战火。

伊万卡打断丈夫的话："还要再过一段时间。"言之凿凿，"这是我的战争经验，天气要暖一点才打得起来。"

"我不是虔诚的基督教徒，不上教堂，尊重所有宗教。"海瑞拉医生有如在对病人宣告坏消息，"但是就我现在的观察，三十年内，黎巴嫩的基督教徒会全部消失。"

电视还在播放节目，新闻跑马灯都是更多冲突的消息，敌对派系在贝鲁特剑拔弩张。对于下一场战争的预期和恐惧，令我疲惫到极点。

海瑞拉医生说："我们没有能力阻止。"

油脂开始融化。海瑞拉医生舀了一勺，倒进放在另一个锅子上的筛网过滤器，开始按压，让融化的油脂滴入锅中。味道很刺鼻，肉味十足，但是有点不太新鲜，让人闻了不太舒服。

他告诉我一句阿拉伯格言："诗人能做到别人做不到的事。"这是向诗人在阿拉伯文化中的地位致意，诗人也是异议分子、论战者、预言者、历史学者、煽动者、圣徒传作者。对海瑞拉医生而言，这句格言也是对独断专行者的一种洞察。他说，拥有权力的人自行制定规则，可以是战争也可以是和平；至于无权无势者，他们没有这种诗一般的任意特权，就只能自求多福。

海瑞拉医生说："黎巴嫩永远都会有战争。"他低头看着锅中的油脂，"读这个地方的历史，是没完没了的战争。我们可能永远与和平无缘。我在战争中出生，在战争中成长，我的子女也是如此。"

2006 年，以色列军队进占马佳永。两天之后，海瑞拉医生跟随一支由数百部车辆组成的车队逃离，同行者多达三千人。那天下午，他们踏上一条曾经被以军炮火蹂躏四个星期的道路，缓缓前行。来到哈斯巴雅，联合国部队不再护送，因为没有得到继续前进的授权。车队原本就是乌合之众，这时很快就四分五裂，一群群的车子经由贝卡山谷向贝鲁特驶去。混乱变成恐惧，灾难随即降临。

晚上十点，接近满月，夜空明亮。规模已经缩水的车队正蜿蜒行经一处山坡，来到和平时期以葡萄酒著称的基夫拉亚附近。这时突然传出一声巨响，立刻引发大混乱，第二辆车爆炸起火。以色列军队对这支毫无抵御能力的车队发射十多枚飞弹，造成七人遇害，其中有两人来自马佳永，面包师傅艾利 · 萨拉马与一位村长的妻子柯莉特 · 拉希德。第二天，以色列军方表示他们怀疑这支车队帮真主党战士走私军火，因此发动攻击（后来承认根本无凭无据）。以色列还说，车队并未得到授权就离开马佳永，这个说法已被联合国驳斥。海瑞拉医生见证了军事攻击的邪恶，尽管事发现场距离前线将近五十公里。

“这就是战争。”他再次说道。

1920 年又称为“二〇之年”（Year of the Twenty），马佳永人过去完全无法想象如今事态的发展。伊斯伯与芭希雅可能相信，女儿能够或终究会忘掉他们，或许他们也希望女儿这么做。

伊斯伯在女儿的行囊中也放了一个袋子，绑得比纳比那个还要紧，里面装有金币，是他大战时期在霍兰贩卖小麦的所得。芭希雅给女儿许多黄金首饰，让她随时都可以变卖。夫妻俩告诉女儿：“好好照顾自己。”一遍又一遍。

她无法说话，无法道别，她大哭，但是说不出她想告诉爸妈的话。她即将离开家园，离开她日常围绕着玩耍的橄榄树，离开她采摘来吃的无花果树，离开她经常攀爬的石墙。

芭希雅说：“上帝与你同在。”马车离开这幢有橄榄树的房子，载走了她的女儿，那个后来成为我祖母的女孩。芭希雅再说一次：“上帝与你同在。”

到 1920 年那天，许多人已经挥别黎巴嫩和马佳永。没有人会注意到，瑞伊法·萨玛拉虽然千方百计压抑感情，但是发现自己尽管在十二岁女孩中算是高大，然而还是做不到不动声色。当她与姑姑、姑丈共乘的马车启程离开她的父母，离开伊斯伯与芭希雅的家园，而且很可能就是永别，小女孩显示出她真的没有什么保持平静的能耐。她不必看也知道，姑姑拉希亚与姑丈米哈伊尔同样坐立难安，他们要离开马佳永，一路前往贝鲁特、马赛与美国。但是他们的严肃僵硬不难预期，表现情感会让世界大乱。自制力就像适当的服装，将虚荣隐藏、消音。年轻女孩的眼睛不是直直凝视的，而是有一下没一下地看着眼前的一切。

她的姑姑与姑丈并不是抛儿弃女，而是要与儿女相聚，他们在俄克拉何马发展得不错。马车缓缓驶向克拉亚，与马佳永交界的山丘棱线上，矗立着一排泥土房子。离开克拉亚，道路转折三回，一度陡峭爬升，然后又向利塔尼河缓缓下降。紧接着他们就看到博福尔城堡，阿拉伯语称之为“夏奇夫”(Shaqeef)，一座海拔六百三十米的十字军城堡，位于河谷的最高点，看起来很不真实。瑞伊法后方是圣伊莱贾修道院，周遭是一片岩石露头，就好像曾有一阵洪水把下方所有的东西一扫而空。道路倾斜回转，一路向山谷滑降，路边巨石层层叠叠。马车来到哈达里桥，很久以前这里是博福尔城堡的前哨站，河谷壮丽的景色一览无遗，既美好又孤寂，满山的香瓜、西瓜、胡萝卜和玉米田都有灌溉渠道，但是不见人影。

圣伊莱贾修道院仍然历历在目，有如站岗的卫兵。赫尔蒙山、巴勒斯坦边界、霍兰与更远处的叙利亚，也都还看得到，然而马佳永已经消失在山边。前方就是贝鲁特。

一个小时又一个小时，瑞伊法安安静静，坐在姑姑拉希亚身旁，一定是吓坏了。马车越爬越高，空气变得凉爽，阳光映照下的阴影横越谷地，旁边是被岁月磨得浑圆的悬崖。

第二天他们离开杰赞的时候，她的姑姑和姑丈指着镇上的瀑布要她看。还有几个月才入冬，瀑布还只是水流。瑞伊法基于对长辈的尊重，保持微笑但不以为意。道路从镇上向外平缓延伸，逐渐向大海的方向下降。天气越来越暖。离开杰赞之后不久，瑞伊法第一次看到地中海，湛蓝的海水带着一抹绿色，海面有薄雾轻舞，犹如海市蜃楼。瑞伊法只觉得大海无边无际，完全不像陆地上的河流，不像她熟悉的利塔尼河。这是美，像一场梦。她坐在车上看海，眼睛睁得大大的。马车行经西顿，沿着海岸前进，驶向贝鲁特。

城堡

大自然仍旧是马佳永生活的主宰，在冬天尤其如此。一部破旧的汽车每天都会驶过马佳永蜿蜒的街道，用装在车顶上的扬声器广播："铝料、铁料、汽车电池大甩卖！"声音哀怨愁苦，腔调单调平板，街道旁的石榴树挂着干枯的果实。"铝料、铁料大甩卖！"这部汽车周遭所有的事物都是灰蒙蒙的，笼罩在雾中。更远处，暴风雨从地中海岸席卷而来，越过艾米尔山。雷声隆隆响彻山谷，大雨即将降下。雨水流过泥泞的街道，注满每一道隙缝、每一条裂痕与每一个坑洞。

电力供应状况也主宰了每一件事，调控日常生活的进行：被我称为"叙利亚雷达"的卫星形状的小型电热器何时运作；天花板垂下的五个灯泡中的三个何时发光；热水器何时大发神威，让莲蓬头冒出大量蒸汽；小冰箱何时能开始冷藏里面稀少的食品：腌渍物、酸奶、奶酪、西红柿，以及柳橙、小柑橘等冬季水果。（电力供应吃紧让每个人都火冒三丈，希克马特对我说："美国人在伊拉克只花了二十亿美元，就让那个国家大放光明，黎巴嫩花的钱更多，结果竟然还是无电可用？"我心想：2007 年的伊拉克居然变成衡量社会进步的标准，可见状况有多糟。）

每到晚上，我就偎在铸铁暖炉旁边，虽然我的手指已经被它烫伤，手腕被它烙印，毛线衣袖口被它烧焦。它烧柴油，门廊上那个蓝色油罐装的就是。如果暖炉热度不够，我会找一份黎巴嫩日报《新闻报》铺在地上，然后小心翼翼拿起油罐，将暖炉的油槽加满。这个油罐是2006年战争的遗物，当时我得自行准备车子用的汽油。过去一年多，油罐一直空荡荡地摆在后面，旁边有一个蓝色油箱与一个较大的油罐。后者是灰扑扑的橄榄绿色，破旧的塑料材质，上面有一个红色的盖子防止溢漏。现在油罐油箱总算有了新用途。每当我笨手笨脚地把燃油倒进暖炉，总是有一些会滴在红色的埃及地毯上，那是十年前我在开罗收到的三十岁生日礼物。

一月，我回到马佳永，先前在美国待了几个星期。阿布·金恩在大宅门口迎接，我走过烂泥巴路，来到强风吹袭的一楼。我原本还天真地期待，这层楼在一个月前就可以住人。阿布·金恩一见面就质问，但虚张声势的成分多于恼怒。

我从美国回来，为什么没帮他带东西?

“他带来他自己。”托玛帮我回答，我微笑以对。

工匠都在大宅里。电工伊马德·迪巴穿着工作服安装电力线路，把一部分电线埋进石头之间的灰泥。拉姆齐·巴赫里负责装饰性天花板，将一个铝制框架固定到混凝土屋顶上。我的邻居托玛是万事通，从清理瓷砖边缘到将铁栅栏漆成黑色，他都能做，今天也一如往常工作。乔治·贾拉迪和他一起。我领悟到，要以希望来对抗经历的事情。就连“马林姆”的法则也无法让我动摇。

“马林姆”在阿拉伯语中是专家、大师的意思，在大宅中经常被人提起，用来彰显荣耀、表达敬意、震慑对方、结束争论、提高收费、辩解延误、驳斥批评。它既轻如鸿毛，也重如棍棒，可以诱惑，也可以威吓。希克马特有一回带着刻薄的语气对我说："去他们的，我不断听到马林姆、马林姆、马林姆。"

每当我质疑某位工匠的决定，他就会说："我是马林姆。"我则会回答："我知道。"再做一些徒劳无功的争论，但是等到我看见对方石雕一般的表情就会投降。我算什么，居然敢质疑一位马林姆？我心想，如果我问的是能不能跟对方的老婆上床，他也会摆出一模一样的表情。

"我是马林姆。"阿布·金恩告诉我，和我一起看着一根快要倾倒的混凝土柱子。这根柱子会突然显得多余，要感谢阿布·金恩难得一见的天才手笔。不管发生什么样的问题，从漏水、裂痕、缺口到墙壁、屋顶或地板的破洞，他永远是以不变应万变："灌水泥！"有一回他将水泥灌进支撑天花板的桥状架构，于是我们就可以移除那根坑坑洼洼、摇摇欲坠的混凝土柱子，让入口拱门的优美对称显现出来。阿布·金恩自己也知道，他告诉我："拱门有如一位美女，这根柱子却像一个巨大、丑陋的鼻子。"他伸手比划，仿佛眼前悬吊着一根象鼻。

他答应我会将它移除："明天。"

对我而言，阿布·金恩是想象力与着迷的泉源。如果他根本是能力不足，我应该早就看出来，但他极少如此。阿布·金恩做事拖拖拉拉，借口很多，把自己当成本地的包打听，表现出我所见过最厉害的被动攻击性。我如果问他有没有打电话给某个还没出现的工匠，通常会引发一阵富于哲思的谩骂：没有理由催促那些工匠，没有理由感到挫折，没有理由大发脾气。阿布·金恩解释，无论我怎么做，工作总会完成。不管阿布·金恩怎么做，那些马林姆想工作时才会工作。

在这样的过程中，我通常一路保持沉默，怒火中烧，忿恨难消，希望阿布·金恩消失一整天。我告诉自己一定要保持平静，他毕竟没有恶意，尽管他小气吝啬到极点，而且对阿布·贾西姆和其他叙利亚工匠毫无来由地很不客气。

大宅其他的马林姆似乎还算喜欢阿布·金恩，虽然他们对他有时不太尊重，甚至会心怀不满。

雨停了几天，我和乔治·贾拉迪、托玛，还有托玛的妻子萨娜娅坐在屋外，我对乔治道歉，因为我在他面前点烟。他总是欢欢喜喜，但是现在不抽烟，他说："坐！坐！你别担心。"他告诉我，过去他一天要抽两包烟，但最近健康拉警报，只得戒掉。他对咖啡也是，他说以前一天要喝上四十杯，我露出不可置信的表情，他就修正为二十到二十五杯。无论如何，现在他一天只喝一两杯。他说："乔治喜欢一边喝咖啡一边抽烟，两者是绝配，就像阿布·金恩和这幢房子一样。现在乔治不喝咖啡了，所以乔治也不抽烟了。"

当时才下午一点钟，阿布·金恩却准备打道回府。

他只说了一句："再见。"然后吃力地走下车道。他今天衣冠楚楚，可能是要参加婚礼，可能是要参加葬礼，也可能是要拜访希克马特，所以他才会穿上他最光鲜亮丽的衣服。

托玛对他大喊："时间还早，阿布·金恩。"

他回答："我要去吃午餐。"

托玛说："但是你昨天就吃过午餐！"

阿布·金恩被激怒了，爆出一连串粗话，一如往常，语无伦次，毕竟他已是我祖父那个年纪的人了。他大吼："王八蛋！婊子兄弟！"

乔治加入战局："干嘛生那么大的气？你今天穿得像个新郎官！你的新娘子呢？"

阿布·金恩行走在冬日的寂静中，没有听到乔治的话。

随着冬天继续进行，这种轻松愉快的善意，似乎开始磨耗消失。连续几个星期，阿布·金恩一直叫乔治为"阿布·阿贾"，意思是大嘴巴，对乔治说过或者没说过的话，他都要加以反驳。现在他又加了一句难听的话："乔治的屁股很会摇。"表面意思是乔治的屁股像果冻，实际的意思是乔治是个懒惰虫。

之后，乔治就没有那么和颜悦色了。他负责将楼上的石墙做喷砂处理。完成之后，他走进院子，把喷砂机对着自己开动，就像在淋浴一样，浅红色衬衫和牛仔裤冒出一阵尘雾；他永远只穿这件衬衫。他转过身来，撑起一条腿，好像一只正在尿尿的公狗，然后抓抓腋下。沙尘像漫画图像一样出现，从他的耳朵与鼻子、眉毛与胡须、头发与手臂冒出来。他用力跺脚，跺掉鞋子里的沙。

我们从院子走到托玛的家，坐在烧柴的暖炉旁喝咖啡。乔治刚完成他的单人表演，对我大声嚷嚷："安东尼，乔治要在你房子的大门口挂一幅阿布·金恩的大幅肖像。"托玛的女儿坐在一张破旧的沙发上写学校作业，正值青少年的尴尬期，不愿意和宾客有任何眼神的接触。萨娜娅在厨房里做菜，满屋子都是洋葱的香气。乔治和我又喝了几杯咖啡，显示他声称的戒咖啡很有问题。乔治告诉我，他很担心。

"安东尼，我们没有时间可以浪费。"他的神态转为严肃，"如果你继续和阿布·金恩合作，大宅要再过两年才会完工。"我点点头，不情不愿地承认，"我知道，我知道。"

“阿布·金恩只想捞钱，”乔治并没有注意我说了什么，“为了多捞点钱，他要让工程拖久一点。”他停顿了一会儿，“但是你不要告诉阿布·金恩，乔治跟你说了这些。”

乔治指一指大宅里面，在一道墙后方，另一道墙的转角处，一堆沙子的上方，一座拱门的前方，我先前要求移除的柱子还耸立在那里。已经过了几个礼拜，它还是纹丝不动，仿佛在嘲弄我：大宅最美丽优雅的特色所在，却有一个如此巨大丑陋、有如鼻子的东西煞风景。“福阿德两个月前就要阿布·金恩移除这根柱子，两个月！如果他交代乔治，十五分钟后柱子就不见了。”乔治似乎对那根柱子情有独钟，“柱子还在那里，”他摇摇头，“该死的柱子！乔治很生气，安东尼，乔治对那根柱子很生气，它还在那里，好像在对你比中指。”他比出手势，脸孔因为愤怒而扭曲。

“十美元。”托玛也加进来，他的意思是，移除那根柱子只需十美元。

我曾希望能在这个冬天就搬进大宅，至少搬进一楼，那里是改建工程的重点。结果希望落空，我对任何没有完成的部分都感到失望。那根柱子是一个可悲的隐喻，代表还没有完成的一切。又过了几个星期，看得出来的进展少得可怜。从远处看，大宅仍然有如鬼屋，等待救赎。

几天之后，那根柱子终于消失。前一天，没有人说过跟它相关的任何话，也没有任何事情促使阿布·金恩做出决定，至少据我所知是没有。这项工作完全符合一个马林姆的时间感，由它自身无法解释的惯性来驱动。当天早上，阿布·金恩大铁锤一挥，直接敲掉柱子，然后灌水泥，灌水泥！他在拱门下方弄出一块新的地板；几个世代之后，这道拱门总算能以清爽的面貌见人。阿布·金恩移除了大宅最碍眼的东西，一时间，我觉得大宅有如宫殿。

阿布·金恩看到我，满脸微笑。他向来只要看到我微笑，也会微笑以对。今天他还有一点得意洋洋，告诉我："我们会永远在一起。"这话让我犹豫了一下，我要永远和这个人在一起？阿布·金恩对自己的所作所为很骄傲，完全无视于其他的挫败。"这是我建的。"他双唇之间叼着烟，手指戳着餐厅的墙，"这也是我建的。"他指向卧室，"这还是我建的。"这回他指着浴室。"谁是大宅的马林姆？"他拍拍胸脯，"就是我！"

"阿布·金恩，我完全信任你。"我告诉他。

他重复一遍自己的话："我们会永远在一起。"

一天又快结束，我试着肯定大宅自开工以来，有多少事情已经发生：的确不多，但还是比我愿意承认的多。现在，每一个房间都有了初步的特色。"洞穴"是第一个完工的房间，如果"完工"代表工作已经结束的话。其实它还凌乱不堪，有待建筑工人收拾，上方的阳台会滴水，一个蓝白两色的水泥袋覆盖着房间中央的水泥花砖。然而其他的一切，都与几个月前截然不同，灰泥墙壁、水泥地板都不见了，连灯光都变得很不一样。大宅的房间在一波三折之中浮现成果，我偶尔会发现自己凝视着水泥花砖，想象自己身在另一个地方。花砖的图案覆盖了旧日的空间，原本的墙壁已经消失。

我很骄傲地注意到，阿布·金恩经常巡行的空间，如今已被重新诠释。当年芭希雅租给房客的几个房间已经全部打掉；那些房客都是她的侄女或外甥女，在大宅楼下住了几十年。另一个消失的地方是车库，以色列间谍哈达德曾经在这里修理他的美国老爷车，地板上油渍与血迹斑斑。浴室和厨房也都消失了，几堵墙壁被打掉，五个房间变成三个。旧日的拱门重现，在大宅入口形成一道拱廊。石墙恢复旧观，呈现出灰色、蓝色与米色，灰泥则是最柔和的褐色。大宅慢慢地被重新创造出来，赋予自身全新的意义。

改建工作继续进行，我发现自己越来越想住进大宅，它代表伊斯伯对于安全与奢华的梦想，已经成为我对家园唯一的定义，但是改建工作的完成遥遥无期，似乎永远不可能让我迁居，并且把女儿也带过来。我有时会想到祖母瑞伊法，她还是个小女孩的时候，在她前往纽约的漫长旅程中停留过许多地方，认识了许多人，但是父母亲与兄弟姐妹都不在身边；她一个人时可能会心想：我到底是谁？我和祖母一样，都能理解身份认同的问题，知道一个人一旦被撕裂为二，总有东西会失去。

瑞伊法跟随哥哥姐姐的足迹来到贝鲁特，遇到同样一批热切的汽船代理商和各种商人，他们有门路贿赂官员，拿到护照；并且扮演掮客，安排顾客走快捷通道，用小船送到汽船上。贿赂是必要的：海关官员要半个土耳其马吉迪；来往码头与汽船之间的渡轮上，检查员要得更多；但价码最高的还是汽船跳板上的检查员。伊斯伯为女儿准备了足够的钱来打通关节，她也想办法买到二等舱的票，不必挤在统舱里。

不到一个星期之后，瑞伊法与姑姑、姑丈抵达法国马赛。从衣服到女人，这里的投机商人什么都卖。几个勇敢的叙利亚人为刚到的乡亲准备住处。瑞伊法茫然地看着一切，对电灯、火车、有轨电车、高楼大厦感到惊叹。她的一位亲人后来写道：“一切土耳其的事物都消失了。”他们很快就再次动身，搭火车前往巴黎，然后转往勒阿弗尔，买了船票，驶向纽约，一个早已活在他们想象中的城市。到目前为止，这趟旅程让人筋疲力尽，远渡重洋更是折磨，瑞伊法饱受晕船之苦。

她的胃装不下任何东西。只靠着苹果与柳橙维持健康。驶向纽约的旅程非常艰辛，不比从马佳永出发的旅程轻松。对瑞伊法而言，旅程中屡屡出现危机，充满着泪水、嘶吼与绝望。面对每一场危机，她只有一个念头：回家。我可以了解那种渴望，家园被夺走的人的渴望。

影像在电视屏幕上飞掠，一连串没有关连性的照片，熟悉却令人忧心。我的手机出现一则又一则带有标题的新闻讯息，都是关于黎巴嫩那些敌对的领袖。“叙利亚政权要将黎巴嫩的紧张局势推向内战。”一则新闻说。“像真主党这种极权形态的政党，无法与其他组织和平共存，我们不希望黎巴嫩变成各方与以色列冲突的竞技场。”另一则新闻说。在贝鲁特以及那些位于派系、团体、意识形态断层的城镇，冲突接二连三爆发，情况让我联想到一位朋友在巴格达告诉我的话：“舞台上正在演一出戏，我们是其中一部分。人生其实无所谓好坏，它就是一出戏。”

我告诉谢比尔：“我已经察觉到了，我会完成大宅改建工程，战争会爆发。我会完成大宅改建工程，但是再也没有机会踏进去。”

一小堆有如白水晶的香料，在谢比尔暖炉的角落里慢慢燃烧。他说他先前曾经想打电话找我，让我知道他帮不上我的忙。

我们一起喝酒，他拿来一个老旧塑料盆的腌渍物，加上百里香、胡椒还有“可能是小茴香”调味，是2006年战争时期的产品。谢比尔回忆道：“那天以色列空投宣传小册，我正在采小黄瓜。”他完全没有感受到我近来的焦虑，虽然他是基督徒，但却热烈支持真主党，声称其敌人都是“该死的以色列叛徒”。他还信心满满地宣称，真主党这个什叶派穆斯林的运动，与骑墙派退役将领米歇尔·奥恩领导的基督教盟友合作，一定会获得胜利。

谢比尔说：“别担心，安东尼，反对阵营会阻止战争爆发。”

谢比尔近来和往常一样，状况很糟糕。他一拐一拐地从门口走到座椅，疼痛的腿拖慢了他的速度，他自我诊断开的药方也不管用：认定自己只需多吃绿色蔬菜。他的身体看起来正在崩解，穿得灰扑扑的，呼吸声相当沉重，蜷伏在椅子上。

身体的痛苦还只是谢比尔众多问题的其中之一。“我的建议是，离你的亲戚远一点。”他一边说一边把一坨莴苣放进嘴里，同时也劝我吃一点，“亲戚比什么都糟。”他很崇拜自己的大哥，好几回对我提起，把他描述成圣人。自从那天在河滨吃过午餐，他对其他兄弟的憎恶也更深了，而且越来越骂不绝口。后来黎巴嫩发生一场小地震，让状况恶化到极点。那场地震其实没什么大不了，当时我坐在房子里，还以为是一辆卡车从下方的路开过去。一会儿之后，谢比尔的一位兄弟打电话来。

“房子有没有怎么样？”他问谢比尔。

除此之外完全没问谢比尔有没有怎么样。

“谢比尔脾气很不好，对不对？”我问希克马特，那时我花了几天时间，思考谢比尔这个人和他的处境。希克马特总是习惯扮演主人，一开始先表示同意，然后脸色改变。

“他并不是脾气不好，他只是对他自己受到的待遇作出反应，只是反应。”希克马特指出，每个人都把谢比尔当成窝囊废、乞丐，每当他提出什么要求，人们就会低声引述一句谚语：“乞丐也敢谈条件。”希克马特以自己的方式解释：“你是个乞丐，想吃一块面包，我说你到我家来，敲敲门，我就给你一整条，结果你反问：就这样？”

希克马特说，羞辱，一次又一次，一个场合又一个场合，一个地方又一个地方，让谢比尔的脾气越来越大，让他变得愤怒。我点点头表示理解，如此可以解释他与兄弟的争斗，一闹起来就是几个礼拜。谢比尔与镇上的屠夫也处不来，我想他一定感受到对方那种高高在上的态度，有一天谢比尔说他的秤有问题，从此再也进不了他的店。谢比尔的脾气爆发是维持尊严的最后手段，他尝试借此维持有限的尊严。

希克马特说：“他令我难过。他很寂寞，没有同伴。”

谢比尔近来可能更寂寞了。希克马特告诉我，谢比尔最崇拜的大哥得了肺癌，已经是末期，无法开刀，来日无多。我似乎记得，谢比尔曾经提过他想去贝鲁特，探访一位生病的兄长，但口气听起来只是感冒之类的小病。我不知道谢比尔为什么不告诉我，他对其他事都百无禁忌。

希克马特告诉我：“那是邪恶的疾病。”

关于我其实是间谍的谣言，持续流传散播。的确，有些事情会让人起疑心。从吉姆·费尔比到艾利·柯恩，中东地区向来充斥间谍，他们的掩护伪装也从来不会太炫丽。一位朋友告诉过我一个故事，曾经有个褴褛邋遢的乞丐，在贝鲁特西区的街头出没，又穷又疯。没有人注意他，大部分人对他避之唯恐不及。可是 1982 年以色列军队入侵，他却站上街头，指挥装甲兵纵队前进。如果我的朋友没记错，一名以色列军官甚至向他敬礼。

间谍故事在中东有如秘教信仰，让人念念不忘。从我 1991 年第一次造访黎巴嫩以来就是如此。当时我冒险进入一处市区，在十五年的战争之后，放眼望去都是废墟、尘埃与野草，荒凉的房舍只有占住者和无所事事的军人。一区又一区的建筑物，已经沦为开膛破肚、仅剩骨架的残骸。街道上密布弹坑，积满了死水与污物，只有几名好奇的司机开车经过，紧张兮兮地瞄着残破的巷弄。唯一扩散开来的颜色，是几幅蓝色的广告，帮一家招牌公司拉生意。广告上说：我们的招牌和美国中央情报局的招牌有什么共同处？两者都是随处可见。

萨米尔·阿布·贾乌德建议我："保持低调。"他的父亲是知识分子，曾经在马佳永发行报纸，他本人也经常到马佳永。

他在晚餐时告诉我的话，让我很尴尬。有五个人来拜访他，声称我是美国间谍，大宅改建工程也是由美国大使馆出资（另一个版本则说，是布什总统自掏腰包）。他们劝告他跟我说话一定要小心。他叙述这件事时，越说越生气。

"我告诉他们，在我的房子里，永远不准用这种方式说话！"萨米尔开始咆哮。至少这是他的讲法。但我疑心他自己也调查过细节，打探我的家人、朋友与相识，揣测我的行动，推敲我是否有其他的财源，猜想我在马佳永、贝鲁特与其他地方的任务内容。

"和马佳永有渊源的人，怎么可能当间谍？"后来谢比尔如此问我，我们坐在他高热的暖炉旁边，柴油弄脏了暖炉的金属滴油盘。他说我在重建大宅，我的父母都是马佳永人，沙迪德家族与萨玛拉家族都在这里留下历史。他坚持如果真有间谍，“姓名应该会不太一样，”例如伊里亚斯、柯恩或者约翰逊。“沙迪德？怎么可能？除非中情局比我们所知的还厉害。”他想了一下又打消念头，“如果我发现你真的是间谍，”他摇头表示不可置信，“我会割自己脖子。”

谢比尔对此的感受是：那是马佳永的诅咒，秘密与好奇心的混合带来痛苦，加上不可或缺的邪恶之眼。他说：“每个人都想知道你在做什么，去探究与他们毫不相干的事。如果你不告诉他们，隐瞒某些信息，就会惹毛他们，让他们火冒三丈。”他告诉我他有时候开车去拜访人家，会把车子停在五十米外的地方，然后走路过去，如此就可以引爆别人的好奇心。

“那样会让人抓狂。”他告诉我。

也会让我抓狂。我满怀善意来到马佳永，或者说至少是满怀天真，结果却像包括谢比尔在内的许多人一样，被降格为一个引发怪异猜测、无聊耳语的人物。

黎巴嫩的危机引发喧闹的指责争执，一条新闻标题写道：“汽油弹、石块与子弹出现在贝鲁特街头”，但是马佳永人很快就有了新的关注目标。它完全起源于很久以前我为《华盛顿邮报》写的一篇文章，曾经让卡里姆和其他沙迪德家族的人火冒三丈。我的写作初衷只是单纯的反思，提及几个月前我在大宅旁边种下的一棵橄榄树。文章中也谈到赫尔蒙山，当时白雪飘落在山沟之中。我还发出感叹，以温柔的笔调传达，满怀着敬意，仿佛我是从一处想象的家园背井离乡。我写道："尽管景色如画，马佳永正面临死亡。"看过这篇文章的马佳永人寥寥无几，卡里姆是其中之一，他对故乡的忠诚有如黑道兄弟，这篇文章刺伤了他。我把文章归类放进档案柜中的绿色旧档案夹，和我祖父的归化入籍文件放在一起。

两年之后，《田野之泉》（Ayoun al-Marj，这是将马佳永的地名重组）杂志出版第七期，封面是一张马佳永的照片，标题写着"拉哈尔博士回应安东尼·沙迪德，页三十"，塞西尔·胡拉尼与曾经在贝鲁特任教的纳比勒·拉哈尔写了满满两页，长篇大论反驳我那篇没有人看过、也不会有人想看的小文章。不过塞西尔与拉哈尔这篇反驳倒是会有不少读者。

"安东尼·沙迪德最近刊登在《华盛顿邮报》的文章令我深感悲哀，因为对于我们挚爱的马佳永，这篇文章有如死亡证明，预言在不太遥远的未来，马佳永会成为一座幽灵城镇，回荡着乌鸦粗嘎的叫声。"拉哈尔写道，"我们难道要继续忽视我们的故乡，让安东尼·沙迪德得意洋洋？还是我们要一起努力，恢复马佳永昔日的荣耀，抢救几乎已失去的希望？"拉哈尔提了一个新奇的建议：马佳永的离乡者应该经常回来，并且改建自家的老房子。

我每天都会到一家文具店"马佳永书局"买报纸，有一天一位顾客问我："你是沙迪德家族的人吗？"另一个人插嘴说道："你是不是在改建萨玛拉家族的房子？"书局老板萨米尔·拉祖克认识我，告诉他们："这位就是安东尼·沙迪德。"两人脸上闪过"原来如此"的表情，心里可能恍然大悟："你就是那个写文章侮辱马佳永的家伙。"

骚动从此展开。接下来的几个星期，镇上都在谈论这件事。

塞西尔在家中客厅的黄铜桌上放了一份文章的复印件，好像是在昭告各方：千万别错过这篇文章。平常很少说话的一位邻居，现在对我很感兴趣，有一天我匆忙出门，他大声问我："你知道他们在马佳永杂志上响应你吗？"海瑞拉医生可能是出于善意，以他典型细致、若有所思的方式表达支持："你说得对，马佳永正面临死亡。"他的语调哀伤。

就连阿布·金恩和善但不识字的妻子，也听说了这篇文章。有一天她正在卷葡萄叶，准备丰盛的礼拜天午餐，站在露台上大喊："没错，马佳永已经死了。"她看着我的表情就像我在问她，可不可以拿马路上被撞死的动物取代"奇布"（kibbe）里的羊绞肉。她说："只有下葬的时候，他们才会从贝鲁特来马佳永。我们欢迎他们的方式，就是把他们送进坟墓！"她还告诉我，就连帮外地人造棺材的木匠埃米尔·塔亚尔也这么说。

阿布·金恩坐在我身旁，轻蔑地点点头，骂出一连串粗话。然后他站起来，他那松垮、七十六岁高龄的屁股正对着我，以夸张的动作伸手抓住，"你应该拿他们的文章来擦屁股！"他的妻子放声大笑。

我对马佳永不再有任何幻想，它觉得自身渺小，而我对自身也有同感。马佳永排斥自身的历史，对自身的现况缺乏兴趣，对过去也一笔勾销；这不仅是它衰败的象征，也是其原因：如果马佳永的过去无足轻重，它如何能够肯定自身具有值得他人关注的价值？马佳永的自我形象，似乎是在每一个决定之中毁损。日复一日的无人闻问，都让它对衰败的耻辱感更加恶化。长久以来的信念沦丧，无数个有如一潭死水的午后，让人们很难考虑采取任何行动。到如今，追上步伐或者推动变革需要的能量已经太过巨大，无从蓄积。

艾哈迈德·阿卡威是一位逊尼派的穆斯林，他在马佳永广场开的店过去在耶稣受难日也会传出祈祷声，一年多前遭到以色列攻击，如今只剩废墟。这家商店似乎成了镇民自我形象的一个重要细节。两道过去会定期漆成蓝色的门，它们所属的城镇曾经不知衰败为何物，如今就这样一直被钉死着，而且就在城镇的中心地带。

20 世纪 30 年代，马佳永爆发示威抗议，居民涌入街道，前往塞瑞尔区，高喊："我们要面包！我们要小麦！我们要吃饭！我们在挨饿！"现在居民只会行礼如仪，晚间八点打开电视新闻，安静地看着无可避免的事态发展，前提是电力供应正常。唯一会引发兴趣的只有毫无意义的戏剧节目与谈话节目。也许现在的世界就是如此，然而让人难过的是，马佳永正逐渐脱离轨道。

海瑞拉医生的妻子伊万卡告诉我："我们住在这里，"她指着厨房的瓷砖地板，然后指着南方，"隔壁已经没有人住了。"她将这句话重复了三次，分别指着三个不同方向，提到所剩无几的居民。她问："我们死了之后，谁会来到这里？塞西尔说马佳永是乐园，乐园怎么可能是一座空城？这里有房子，但是没有人。"

Part Two At Home

第二部　家园

思乡

没有任何道路，没有任何一条道路，通往我们曾经到过的地方。

我已经被马佳永内地景色之美宠坏了，但此时眼前的景色仍然令我心动。我看着水面与静谧的风景，阿塞德·马图克打了一个线结，把一团湿面包卷在鱼钩上；他是一位大厨，先前从美国回到故乡黎巴嫩，完成终身大事。我们在路边垂钓，坐的地方原本是以色列军方的大炮，后来被真主党改造成一处祭坛。山谷的一边是峭壁，高耸入天，上面有洞穴、岩脊与岩棚，是千年来河水冲刷的结果。我们身旁就是利塔尼河，一道混浊的绿色急流。

我笨拙地拿起钓竿，甩竿，结果却将卷线器甩进水中，好不容易捞回来，鱼线却应声断裂，迫使我为鱼钩重新穿线，可是后来鱼钩却钩到邻近的一棵树。我踢翻钓具箱，里面的东西全倒了出来。阿塞德近在咫尺，但似乎并没有注意到我的丑态百出。

阿塞德全神贯注进行自己的例行活动，到处走动，试图钓到大鱼，从平坦的河岸、一堆乱七八糟的混凝土、急流旁的弯道、陡峭的山丘到石头堆，都有他的足迹。他每到一个地方就发表意见，但基本上说法一样：这条河的水位太低。阿塞德看着河面，看不到代表鱼群的银色闪光。他说这里以前有鱼，他总是能有所获。然而今非昔比，这地方已经不是他记忆中的故乡。

才过了十分钟，阿塞德就决定放弃。

我和阿塞德第一次见面是在他家，过一会儿他先对我说："我痛恨黎巴嫩。"然后才请我抽烟喝酒，"我真希望自己没回来过。"他回到故乡，一开始是大失所望，现在则是彻彻底底的轻蔑鄙视。

阿塞德身材矮小，眼皮总是抬不起来，长得有点像小一号的伊拉克前领导人萨达姆·侯赛因。他在威斯康星州的拉克罗斯开设一家餐厅，心情好的时候也会模仿萨达姆·侯赛因。他描述自己的餐厅，说起1942年电影《北非谍影》海报、水烟壶、阿拉伯灯、长念珠、织锦挂毯、刺绣桌布，全都来自黎巴嫩。换句话说，这家威斯康星餐厅代表阿塞德寻寻觅觅的中东，一个已经消失的地方，甚至根本不曾存在过。来到他马佳永的家中，桌子上摆的东西反映了他的时代：英国鼓牌烟草、卷烟纸、装白色瓜子的塑料罐、一瓶珍宝威士忌、三包红盒云斯顿、一包云斯顿淡烟，还有一封他朋友德蒂的来信，签名旁边印上一个有如滚石合唱团唱片封面的口红唇印。他的DVD放映机里面有四部影片，都是他餐厅的广告或故事。有一部影片的标题是"阿塞德·马图克人生的一天"，内容就真的是他在美国一天的实际生活。片中的阿塞德在花园中劳动，种植餐厅要用的蔬菜；或者坐在一张沙发上，有时女朋友陪在旁边，一起吃一道名为"奇布纳伊"（kibbe nayye）的生肉，喝亚力酒。我被迫和阿塞德一起看这部影片，而且看了两次。这种相互作用似乎带有一种哲学性质：无所事事的阿塞德，看着自己无所事事。

幸好其他几部影片比较有点内容，尤其是我们认识当天看的"一分钟烹调"，他在其中一部身穿全套的阿拉伯服装，还戴上头巾、穿上长袍，看起来相当俗气。

他谈起记忆中的马佳永，对比如今暂时居住的马佳永，我强忍住不要发笑。他说：“我只对马佳永的往日还有美好记忆，那时我经常在乡间行走，走过松树林与橄榄树林，手里拿着弹弓，朋友陪在身边。就是这样，没有其他美好回忆了。”我问他那是什么时候，他回答：“十八岁之前，应该是十六岁吧。对，十六岁。”他点了一根烟，烟灰的红光映照在他脸上。“现在我对马佳永人的尊敬，还不如对自家养的猫狗。”

阿塞德还说，他是为了家人才回到故乡，“我原本期望……”他停顿了一下，寻找适当的措辞，他的父母亲已经过世，但他在黎巴嫩还有两位兄弟与两位姐妹。

“我需要一点家庭生活，”他停顿了一下，“我想和他们在一起，我会想念故乡。”这样的感觉我懂。阿塞德的亲戚提议要帮他改建老房子，那是一幢简单的石屋，只有几个房间，他的祖母曾经住过。他告诉我：“当时我好兴奋。”

阿塞德还没从美国回来之前，负责改建工程的侄儿做出滔滔不绝的承诺：清理过的石材、美丽的瓷砖、中央暖气系统、太阳能电池板与上漆的木材，“最上等的木材”。

“结果他用的是最廉价的木材，而且根本没上漆。”阿塞德连珠炮一般，开始罗列自己遭遇的委屈。

现在只要提到那位侄儿的名字，他就会露出憎恶的表情，字正腔圆地大加挞伐：“他买的所有建材，都是其他计划不要的废料，便宜没好货的脏东西。”他指着窗子上的金属护栏说：“看到那金属了吗？我只用手就可以扯下来。”

阿塞德还说，房子的屋顶就像一块海绵，下雨的时候，大量雨水会从天花板流下来。原本计划用石材打造的阶梯，后来只以水泥应付了事。他的侄儿先前开出八千美元整修预算，一路暴增至三万美元；他当初向叔叔买下房子产权也只花了一万五千美元。这场谈话让我心有戚戚焉，焦虑到开始流汗。老天爷，我的房子万一也是如此该怎么办？

“我一直信任侄儿，一直寄钱给他，但是你看看我的下场。”阿塞德说他回到马佳永、第一次看到房子、踩在木头门廊上的时候，整个人差点没疯掉。他抬头一看，房子上方写着自己的英文姓名，华丽而俗气的大写字母。但这还只是开始，后面还有一连串怪异的建筑做法。他的期望可能太高，因此就算房子改建完全依照他的计划，他可能还是会感到失望，也可能不会。无论如何，当时他只想狠狠揍那个侄儿一顿。

“我那时想打断他的脖子，”阿塞德说，“还好有人阻止我。”他检视房子周遭，“看看他们干的好事。”

“令人作呕，”他摇摇头，“令人作呕。”

我没办法不同意。

阿塞德回来之后，大部分时间都在观看旧日的影片、喝酒、准备下一餐。他心情恶劣，怒火中烧，脑海里不断播放侄儿的恶行劣迹，想象那个年轻人的心态，大声说道：“‘阿塞德从美国回来，是个蠢蛋，我们可以狠狠敲他一笔。’他们真的这么做了，而且做得很漂亮，他们偷走我的钱，一群贼！”

他卷好一根鼓牌卷烟，动作优雅纯熟，继续说道：“这完全是陷阱，一群鬣狗为我设下陷阱。他们毫无天良，没有尊严，非常、非常、非常恶劣。”

他对这件事念念不忘，开始幻想各种经过。他睡不安稳，亲戚出现在梦境中，甚至变成蛇，他只能任凭摆布。

海瑞拉医生是阿塞德的朋友，也是阿塞德在马佳永少数欣赏的人之一。他曾经说过，阿塞德回马佳永是为了娶老婆，但是乡亲并不了解他这个人。他的幽默有股冷峻的味道，就像他在威斯康星州餐厅搭配鹿肉与麋鹿肉的红酒，在这里却被视为古怪。他经常面带微笑，这在马佳永并不是聪明才智的象征。他还会大笑，更让人觉得他是个傻瓜。阿塞德对自己的遭遇并不讶异，毕竟他是马佳永土生土长的，他说："我大部分的人生都远离家乡，乡亲不会了解我，但是我了解他们。"

阿塞德并没有提到结婚的事，但是我想海瑞拉医生说对了，他回乡主要是为了娶老婆。从他的谈话来看，他似乎吃过不少次闭门羹。

"黎巴嫩的女人百分之九十八都是娼妓，"他边抽烟边告诉我，"她们只在乎金钱和外表，狗屎！"他每隔几分钟就吐一点口水，试图把舌头上的烟草碎片清掉，"我那些堂表姐妹也都是娼妓。"

他的亲人，尤其是女性亲人，知道他一肚子不高兴，走在路上遇见他时只会简短打个招呼。"他们会这么做。"他快速地举起手挥动，"他们经过时就是这样打招呼，好像在抓苍蝇。"

"我比较喜欢这么做。"他一边说一边比出中指。

阿塞德对马佳永的观感如此恶劣，无人能出其右，但他不是唯一如此表达的人。希克马特楼上住了一位名叫法希玛的女士，也是从外地来的人，批评马佳永也是不留情面。她来自戈兰高地边界对面的库奈特拉，是个出名的碎嘴，任何耳语、谣言、历史片段都不放过。她对马佳永相当熟悉，年复一年地观察、解读，特别注意各种愚行，为事态变化设想疯狂的缘由。我总觉得法希玛和蔼可亲，但有点寂寞。我有时候认为自己花太多时间陪她和阿塞德，他们的观点强化了我的自怜和沮丧；但是遇到挫折时，他们的支持也让我很受用。

法希玛说："这就是马佳永人的疯狂。我向上帝发誓，他们都疯了。"她点点头，历数各个疯狂的家族：阿布拉家族、法尔哈家族、贾巴拉家族、哈达德家族；说老实话，也包括沙迪德家族。她说："问题在水，水质不好，水里有奇怪的东西。"

我们坐在她的餐桌前，我充满期待地看着她抽烟（我又戒了）。咳了一阵之后，她告诉我她的父亲达乌德在1991年过世，过世前三个月医生要他戒烟。法希玛坚称父亲死于戒烟，如果她戒烟，她也非死不可。她转头看着电视，我伸手拿她的那盒烟，电视上都是抗议与抗争的画面，她摇摇头。

从马佳永通往外界的路，散落着许多有关"烈士"的回忆，包括前总理与逊尼派穆斯林领袖哈里里，他在2005年死于一场汽车炸弹攻击；伊马德·穆格尼耶则是一位行踪飘忽的真主党领袖，被指控发动多场攻击，杀害数百名美国人与以色列人。穆格尼耶成名远早于奥萨马·本·拉登，他亲手策划的1983年贝鲁特美国大使馆与陆战队营区攻击案，让黎巴嫩蒙上无法磨灭、极为负面的形象。我迁居马佳永的时候，穆格尼耶在大马士革突然毙命，一颗小型炸弹炸毁他的车，效率之高连他本人都会赞赏不已。

哈里里与穆格尼耶各以非常独特的方式，代表黎巴嫩危机的关键：两种文化的竞争。哈里里为国家规划的愿景，基本上是要让黎巴嫩回归为地中海的交汇中心，一方面繁荣和平，另一方面贪污猖獗，充斥自私的权谋交易。穆格尼耶则代表真主党的理念，与以色列永无休止的冲突，以领导人纳斯鲁拉的话来说，就是要把黎巴嫩变成一个“反抗的国度”。

两种文化都没有多少妥协的空间，哈里里的支持者宣称：“不能让他们夺走我们的黎巴嫩。”我们的黎巴嫩。另一个口号则是“黎巴嫩的未来”。这些话语大剌剌地写在哈里里的肖像上。每一回我开车经过他的告示板，心里都会问：什么未来？哈里里已死，已成回忆，但是他的神话与相关的浪漫想象，将黎巴嫩拖向另一场内战。这就是黎巴嫩的诅咒：它总是根据过去来勾勒未来。

穆格尼耶的图像同样无所不在，极尽煽动之能事。他一辈子深居简出，落脚处总是引人猜疑。死后的他成为公众偶像，人们为他竖立有如切·格瓦拉的肖像，上面写着“决定性胜利的急先锋”。一条街道上贴了几张海报，以更坚决迫切的方式宣扬他的理念，例如“我的血为耶路撒冷而流”，或者“我们的头号敌人以色列，我的血将带来胜利”。

在马佳永通往外界的道路上，哈里里与穆格尼耶的肖像交替出现。两人的愿景与遗志也是如此，糅合了未来与过去。两种视野的角力随处可见。

“乔治害怕这种状况，真的害怕。”乔治告诉我。他和我坐在托玛的公寓里，天气寒冷阴沉，大宅的工程陷入停滞。乔治对政治的谈兴远高于托玛和萨娜娅这对夫妻，“马佳永什么事都没有，我们很安全，但是贝鲁特呢？谁知道会发生什么事。我们的孩子在那里会遇到枪林弹雨和狙击手。”萨娜娅转着电视频道，大部分都是报道即将在贝鲁特举行的悼念哈里里仪式。我一杯接一杯喝着咖啡，有点欲罢不能。乔治说他想把所有的内阁部长、国会议员、政党领袖全都锁进国会大厦，一个都不能少；然后他要准备一吨的黄色炸药，“把他们全都炸死，这样大家就可以松一口气。”他笑着再说一次，“大家就可以松一口气。”

乔治看着我在笔记本上写东西，大声问道：“你在写什么？”他躺回椅子，“乔治什么都没说。”

我和法希玛喝过咖啡之后不久，阿塞德和我计划去钓鱼，他扬言要离开马佳永，这会是我们最后一次一起钓鱼。阿塞德心情沮丧的时候，经常扬言要离开。但是我最近心情不错，原因难以解释，希望不会被这趟钓鱼之旅破坏。阿塞德的话语有感染力。钓鱼那天我迟到了，他一如往常，很不高兴。他打电话给我，但不等我答话就挂掉。我回拨电话，告诉他我已经上路，他只简短回答：“好的，再见。”我到达的时候，他似乎闷闷不乐。我问他今天过得如何，他以标准答案响应：“老样子。”

我们开车前往利塔尼河，阿塞德开始回忆童年的美好景象。他的父亲塔努斯是个裁缝，经常拿排泄物开玩笑，开在广场的店里卖鞋子、围巾与针线，当年算是镇上的传奇。阿塞德说：“这地方以前并没有房子，”他凝视着地平线，回忆往日，“我们会一路走过去又走回来。”他说的是半个世纪之前的事，黎巴嫩正处于罕见的和平时期。阿塞德在战火熄灭期间长大成人，或许因此将那个单纯的年代浪漫化了。他说：“这里以前有六七部汽车。”都是美国车：迪索托、普利茅斯与别克。我们俯瞰山谷，远方干净整齐的小镇梅图拉，标志着以色列重兵防守的边界。阿塞德再一次谈起，他和兄弟姐妹经常来这里打猎，有时只带一把弹弓。

“你知道当我离开黎巴嫩时，我会怀念什么吗？橄榄、无花果、葡萄。”他思索了一会儿，“还有杏仁。”

又过了一会儿，“还有野生的草药。”

我感觉到——虽然我并不想要这种感觉——自己与这个满怀怨恨的人产生了一种联系。阿塞德对马佳永或者黎巴嫩说了好话，我还是第一次听到。我也因此想起，在这个地方，经常会浮现一股自然而然的怀旧之情：向往那段和平但生机蓬勃的过往岁月。我不免怀疑，阿塞德尝试着要回到一个不再存在的地方。每当我们再度尝试回归故乡，不都是如此的心境吗？

我们走了很远的路，一路风景如画，阿塞德指着一个地方，告诉我那原本是一座混凝土游泳池，池水来自一处墓地旁的泉水。我听说过这座游泳池，年代相当久远，伊斯伯·萨玛拉曾经在其中戏水。

阿塞德说：“我就是在这里学游泳的。那时我才十岁，我们都不穿衣服的，都是小孩子，而且马佳永很穷。”他说当年没有人家买得起足球，有钱一点的小孩才能骑脚踏车，“整个镇上只有八辆脚踏车，哈比布·拉胡德提供计时出租服务。”他指着一丛松树，“我们会拿着弹弓到树丛里打猎，到处都是小鸟，那个年头就是如此。”他静默了一会儿，“现在不一样了，鸟儿飞得远远的。”

我们返回镇上，再一次经过那些褪色的烈士肖像，但我只注意到 1988 年 8 月 18 日牺牲的海赛姆·苏卜希·达布克。这男孩的眼镜可能是给年龄比较大的人戴的，放在他脸上显得太大，稀疏的胡须也还没成熟，悲伤的眼神让我念念不忘。当年我的祖母瑞伊法被父亲伊斯伯抱上马车之后，就是沿着这条路离开马佳永的；海赛姆的年纪比当时的瑞伊法大不了多少，此外，他的父母亲对儿子这趟旅程也有不同的想法。

登上埃利斯岛之前，拉希亚要求侄女瑞伊法交出爸妈临行前送她的黄金与珠宝，坚称瑞伊法还是个孩子，经过海关可能会被没收，或者放在某个地方而忘记了。拉希亚对侄女保证，会帮她好好保管；口气与其说是请求，不如说是命令。

瑞伊法的姑丈米哈伊尔和所有移民一样，在埃利斯岛接受身体检查。结果当局说他得了沙眼，有可能导致失明，或者以海关的黎巴嫩翻译的话来说就是："他的眼睛会报销。"沙眼让米哈伊尔被挡在美国大门之外，几乎连一句话都没来得及说的妻子与侄女，要和他一起从纽约被遣返。拉希亚离开之前，身上的黄金与珠宝都被一名趁火打劫的检查员没收。瑞伊法出身富裕，如今却一文不名。等待被遣返期间，她和姑姑、姑丈以及一群人待在一起，他们被拒绝入境的原因不一，例如图谋不轨、各种疾病、精神失常。其中有几个人会说阿拉伯语，建议他们三个人可以搭船到墨西哥，再从当地偷渡通过美墨边界。他们认为可行，于是动身，心里想着有哪些人会欢迎他们。米哈伊尔和拉希亚的子女已经到了美国，拉希亚的姐妹哈拉雅与瑞伊法的大哥纳比也是。他们抵达墨西哥之后，想办法转往邻近边界的华雷斯城，当地也是墨西哥革命的古战场。埃利斯 · 阿布拉带着爸妈发的电报，在那里等候他们。一天深夜，他们在夜色掩护之下，渡过一条水浅而多泥沙的河流，进入美国得克萨斯州的帕索。

他们历经前所未闻的艰辛旅程，终于抵达美国，余悸犹存。他们从帕索继续前进，渡过红河，来到石油业兴盛的威尔逊，瑞伊法和哥哥纳比会合，他先从俄克拉何马市搭火车到阿德莫尔，再坐出租车转往威尔逊。他以阿拉伯语对妹妹说："谢天谢地，你平安无恙。"

瑞伊法泪水夺眶而出，不知如何是好，低头看着地上。

"大哥，愿上帝赐你平安。"

罗莎娜灌木丛

那天阿布·金恩看起来和平常没有两样。他的确是上了年纪，这一点毋庸置疑。可是我发现他有些变化：现在他的精力似乎和烟瘾一样强。他脸色红润，头发和胡须一样黑。他变年轻了，身体有如弓弦一般挺直。他戴着金边眼镜，我觉得他并不只是某个渴望他人注意、乱发脾气的老家伙，而是勤奋工作的象征。我不得不承认，阿布·金恩就像石头与瓷砖一样，已经成为大宅的一部分。他日常穿着的褐色长裤已经褪色陈旧，但是他近来开始穿的一件红色格子新衬衫，似乎显示某种新的心态。也许是因为春天到了。

新降临的季节很快就包围了马佳永。人们谈论季节如何来到，话语中充满期待与如释重负感，虽然季节的转换过程总会有暂停的时候。可能某一天降下冷雨，第二天却是暖风习习，让人觉得实在来得太早。黑白斑块的牛群在房舍旁的道路上漫步，走进空荡荡的田野，懒洋洋地在邻人的土地上吃草。我看着各色花苞渐次开放，埃及金盏花有白色花瓣与黄色花心；罂粟秋牡丹的色彩满布田野。赫尔蒙山依然白雪皑皑，但是正慢慢融化，即将消退。

我第一次确切感受到马佳永地名的由来，我从来不曾想象一个地方会有如此丰沛的泉水。大宅下方就有泉水，水源邻近周边和邻居比邻的石墙，流向后方我们和马苏德·萨玛拉共同修建的石墙。泉水从人行道边缘渗出，从墙的后方滴下。我们往任何地方挖掘，都会有泉水立刻涌出，有时候只是一个蚂蚁洞大小的通道。

天气重新点燃阿布·金恩这位老人家对世界的信心，对生存的信心。他眯着眼睛大声对我宣示：“无论我说什么话，每个人都应该完全赞同。”他穿着黑色军靴，上面印着显然是日期的一串数字“02 12 02 1997”。这双靴子已经严重磨损，露出柔软的棕色内衬。那天阿布·金恩处理阳台使用的木材，他估计这座阳台已有四十到四十五年历史，但可能有点夸大。他一边将木板钉入特定位置，弄出灌混凝土的框架，一边诅咒这些木材。

“混蛋！这木材还真硬！”

阿布·金恩一直保有乡村民众的作风，习惯用“亲爱的朋友”“师傅”“兄弟”“珍贵的朋友”这些话来称呼人。例如他会告诉学徒：“我珍贵的朋友，这里，就这个角度。”他用的钉子跟被钉的木材有点相像，磨损、歪斜、扭曲到无法使用。他又大喊：“这木头太硬了！钉子钉不下去。”不过最后还是钉了下去。他做好一部分木框之后，用力拉扯一下。至于我，我是个闯入者，让他工作时碍手碍脚。我的一位同事曾说：我受欢迎的程度，就像一个留下来吃早餐的妓女。我做的每一件事似乎都会惹恼阿布·金恩，他以权威的语气告诫我：“注意你的脑袋。”

但他真正的意思其实是：你没有别的事可做吗？

每当我看到阿布·金恩以这种方式工作，我对他的尊重就会提升，无论如何不情不愿，至少短时间内如此。他叼着烟，长长的烟灰仿佛不敢掉落。他踩在两根木梁上，距离地面约六米高，他每走一步，木梁中间就凹陷几分。他的正下方是一把破旧的铁制梯子，让他爬上爬下。他快步来回走动，轻松自在。托玛带着一丝崇拜的语气，看着他说："阿布·金恩今天好像不摔跤不罢休。"但是阿布·金恩知道什么东西该放什么地方。他的工作方式讲究精确，而且信心十足。他手里的老虎钳虽然锈得很严重，还沾着混凝土，但他照样拿着来固定木板，敲打定位。

我开玩笑说："阿布·金恩，你做得真漂亮，但是再发生地震怎么办？"他回答："如果真有地震，我会这样撑住这片墙壁。"他像黎巴嫩民间传说中的硬汉"阿巴戴"，将双手高举到头顶，姿态有如希腊神话中的亚特拉斯。这时候我还真有点相信，他会在地震时这么做。

一天将尽，快到下午四点时，阿布·金恩收工。他敲掉一块混凝土外侧的木板，结果混凝土并没有散掉，而且相当平直，令人赞赏。他看着我，微笑说道："你想学吗？来吧，学一学。"

我和阿布·金恩关系好的时候，我们会开车行经克拉亚，他一遍又一遍兴高采烈地告诉我，当地居民如何建造房子，好像是什么新发现一样："他们将双手放在牛屁股后面，接过满手的牛粪，然后涂在墙上！这就是克拉亚这地方的做法。"他言之凿凿，"后来以色列人来到这里，引进印度大麻和鸦片，捞了一笔钱，把克拉亚搞成现在这个样子。婊子兄弟！"我和阿布·金恩关系不好的时候，我们会争执不休，大吼大叫，直到他忿然离开。有一天我的脾气大爆发，把汽车钥匙摔在地上，怒火中烧，无以复加。阿布·金恩像连珠炮一样攻击我，但尽管如此，我知道我做错了。接下来的几个礼拜，阿布·金恩几乎每一天都会提到这件事。毕竟他比我年长，他认为以我的年纪而言，根本不应该对他大声说话或者发脾气。无论发生什么事，他是长者，我必须尊重他的年龄。

他以请求的口吻强调这一点。“阿布 · 金恩”的意思是“金恩的父亲”，对他来说我就跟金恩一样。

他告诉我：“你和我的儿子没什么不同。”

我知道他是说真的。从那天开始，我和阿布 · 金恩的关系改变了。我学会几件事：一段时间之内，只能要求他做一件事；在他说明事情的时候，让他从头到尾畅所欲言，不要打断；最重要的是，我从此了解阿拉伯语的“明天”是一个很难掌握的字眼。

“我们明天会把这堆东西打掉。”他指着门廊上一块丑陋的水泥，“我们明天还要灌混凝土，以后就不会再弄得脏兮兮了。明天，你就可以光着脚从这里，”他先指一指丢了满地垃圾的露台，“走到那里。”然后指向屋子。

他大喊：“我们会做好，然后把钥匙交给你。这样你就高兴了吧？”

我点点头，心想，明天要做的事还真多。

“我只想让你高兴。你的脑袋轻轻松松，我的脑袋也轻轻松松。”阿布 · 金恩笑着继续说：“我是怎么说我儿子的？你和他简直是同一个人。”

明天永远不会到来，不过我倒是有了一番体悟。有一天，阿布 · 金恩帮我种植一种名叫“米克塔”的小黄瓜，他把菜园分成三畦，弯下腰来，在每一颗种子上面抹一点泥土，动作非常精确。播种过后，他站起身来，伸个懒腰，得意洋洋。

“明天，瓜藤会长得到处都是！”

他这么一说我就完全明白。归根究底，明天就等于未来；至于到底是哪一天，永远都说不准。

一段美好的友谊就这样展开。

“阿布·金恩，这样做对吗?”我问起大宅整修无数细节中的一项。

“对吗？当然对，亲爱的朋友。”

然后他说：“挽住我的臂膀。”我们一起走，手臂挽着手臂。他带我来到阳台，那是我外曾祖父欣赏美景、戒备盗匪的地方，如今已整修完成。阿布·金恩走到他砌的一堵墙边上，这堵墙分隔卧室和浴室，与门口通道形成完美的角度。我们走着走着，阿布·金恩开始唱一首为婚礼暖场的歌：“我们带来新郎，我们来了，新娘的母亲，我们来了！”这是他最可爱的时候，不再是一个工头，反而像我的叔叔伯伯。其实他并不那么在乎大宅，但是他显然喜欢这段友谊。他觉得我说阿拉伯语很有趣，似乎让我变聪明了。每当我做笔记的时候，他都以为我正在写下美丽的诗句，要我大声朗诵。阿布·金恩每天都想让我快乐，他在乎我。

有一回他和乔治站在一起，递了一根烟给我。我接过来，对他眨眨眼，他微微一笑。我向左侧点头，表示感谢，他又笑了。

乔治说：“你们两个就像一对恋人，简直就像从戏台上走下来的罗密欧与朱丽叶。阿布·金恩，你已经占据他的心房。”

阿布·金恩继续微笑，一个字都没听到。

尽管我和阿布·金恩已经和好，然而大宅其他工匠对他敢怒不敢言的憎恶，却被表达得一清二楚的鄙夷取代。他们的恩怨在冬天酝酿，在春天爆发，事到如今，再也没有人会对阿布·金恩说好话。乔治带头煽风点火，发动一场叛变。

“明天乔治为铁栅栏喷砂的时候，阿布·金恩要站在这里，我要对他喷砂。”这时阿布·金恩就站在我身旁。

情势越来越紧张，我被迫出面当和事佬。敌对双方不再交谈，于是我变成传令兵。

阿布·金恩节俭成性，在他眼中，任何人为任何目的花任何钱，多多少少都有一点堕落与不负责任（他从来不开自己的车，买东西永远是赊账）。他的想法是：自己花的钱越少，工作表现就会越好。节俭是他的资产，虽然有时候做得太过分，例如他曾经拒绝支付叙利亚工人的工资，租卡车时杀价两千黎巴嫩镑（1.33美元）。节俭也变成他的瘾，在他看来，我是史上罕见的冤大头，有如演出一场现代悲剧，苦难无穷无尽。

那天我们开车到邻近的希亚姆，要去一家大型的瓷砖工厂，阿布·金恩告诉我："每个人都在骗你。"他自己例外，"但是举头三尺有神明，二十五就是二十五，一千就是一千，一就是一。"

"他们很贪心。"阿布·金恩没有提到乔治或托玛的名字。

"该死的金钱。"

我不在大宅的时候，争论和纠纷导致工作瘫痪，各方都试图搜集对手偷鸡摸狗、中饱私囊的证据，大家相互质疑，各怀鬼胎，结果就是工作停滞。乔治不再和阿布·金恩说话，电工、水管工、油漆工、天花板师傅也是如此。阿布·金恩每隔几分钟就会大吼大叫，越来越火爆，但是让人听不懂。我一直搞不清楚，他到底是压力太大（恐怕不是），还是忠实扮演工头的角色（比较可能）。近来这段时日，只有瓷砖师傅马利克还会和阿布·金恩打交道，虽然只是在一旁敲边鼓。马利克让人望而生畏，像军中的训练士官一样强壮。

有一次我从贝鲁特回来，阿布·金恩问我："你有没有帮我带威尔刚？”

马利克高喊：“阿布·金恩！你不需要威尔刚，你只要吃花生就好，每天都吃一堆！每天！”

阿布·金恩摇摇头：“我的轮胎已经没气了。”

马利克这个人有如一股力量，一工作起来就像拼命三郎，让别的工匠有时也受不了。他戴着一顶兔宝宝卡通人物艾尔默·傅德的猎人帽，帽带扣住下颚，看起来有点古怪，但还是令我敬畏。有一次我想请求他改变楼下客厅的瓷砖图案，于是在心里不断演练如何开口。后来我想，强硬要求应该是最好的办法：我要这种图案，这是我的房子。但是真的到了开口的时候，我怎么样也强硬不起来。

我怯生生地开口，马利克师傅，我想请你做一件事，可能会让你生气。这是我唯一的要求，我连开口都觉得很抱歉，但是如果有可能，我能不能在这里、这里、这里和这里加几块瓷砖？问完后我咬紧牙关，准备面对他的答复。他问我：“你的瓷砖够吗？”我迟疑地点头，像个被母亲责骂的小孩。他说：“没有问题。”我轻轻呼了一口气，如释重负。

马利克虽然作风粗犷，但是在我看来，他是大宅整修工程中唯一一位名副其实的“师傅”，我始终这么称呼他，而他也如此要求，他有非常强烈的荣誉感：“如果我说星期二，那就是星期二；如果我说星期三，那就是星期三。”他说到做到。

他跟海瑞拉医生一样，将工艺视为优雅风格的呈现。他是最地道的工艺师傅，非常尊重工作时使用的材料。我问他，瓷砖铺下去之后可以维持多久时间？

他回答："一千年。如果没有其他事情发生，这些瓷砖可以代代相传，跟这东西一样。"他指着我们后方墙上的石材，"石块，瓷砖，都一样。"

大宅风格最传统的部分，整修工作仍然有一大部分尚未完成：楼上的起居室、三重拱门、大理石地板。但是由于马利克努力工作，大宅的一半已经有模有样。

马利克在楼上工作，另一位师傅法迪·加巴尔使用一部巨大的机器来清理楼下的瓷砖，机器上的商标写着"哥伦布"。沿着圆形轨迹来来回回，法迪用它清理掉累积好几代的尘土，扬起一阵尘埃，飘进"洞穴"和其他房间。我再次发现瓷砖花样与颜色的精彩之处。这些瓷砖历经不同阶段，逐渐展现自身：首先是马利克将它们铺在地板上，然后由法迪清理干净。瓷砖上方是两道石造拱门，犹如大宅迈向未来的通道。

近来每当我在大宅里漫游，孤寂感便油然而生，就像好几个月之前我以陌生人的身份第一次走进大宅时一样。大宅很安静，而且似乎最近变得更安静了。当春雨降下，我也回到往昔，走过各种设计图样，仿佛听到这个已消失文化的呢喃。花砖的图样，融合了多种我一无所知的生活方式。无数场大灾难的幸存者，化为久久不褪的色泽，化为瓷砖上的沟痕与露头，有如另一个年代的地图。对于我们失去的事物，它们都是注脚。

1925 年 7 月 19 日，霍兰的德鲁兹教派农民击落一架法国飞机，展开一场反抗法国统治的革命，领导人则是深具偶像魅力的阿特拉什苏丹。双方冲突持续两年，蔓延到叙利亚与黎巴嫩各地，成为马佳永与整个中东地区的关键时刻。第一次世界大战之后，通货膨胀吞噬了人们的储蓄。干旱蹂躏霍兰与其他地区至少三年时间，大马士革、马佳永等谷仓地带遭到重创。泉水与井水一一干涸。在霍兰地区，许多村落空无一人，收成一蹶不振，税负却越来越重，而大自然也和人类过不去，冬天格外严酷。在这种情势之下，法国殖民当局的铁腕统治，很快就激发民族主义者的怒火与憎恨，就算是心怀善意的外国占领势力，他们也深恶痛绝，而且法国人绝无善意可言。

法国飞机被击落之后，实力坚强的阿特拉什苏丹向霍兰进军，这位深具领袖魅力的酋长吸引了大批追随者，短短几星期，他的军队扩张到一万人，而当地人口也不过五万人。除了他所属的德鲁兹教派信徒之外，贝都因人、农民、叙利亚兵团的逃兵与失业者也加入他的行列，发动攻击。马佳永一位编年史家兴高采烈地估计，当时阿特拉什的大军其实已达到一百万人，“他每到一个村庄都受到热烈欢迎”。法国方面的反应是烧杀掳掠同情阿特拉什的村落，但这么做反而让民族主义者的阵营更加壮大。

不同教派的人接受德鲁兹派村民的指挥，贝都因穆斯林就是如此。基督徒也愿意支持，但东正教徒比天主教徒更积极。有些基督徒甚至拿起武器，与阿特拉什并肩作战。

然而后来情势出现变化，随着叛乱蔓延，反政府军派遣一支三百人的部队，由汉姆扎·达维什率领。他们从霍兰出征，行经降雪的赫尔蒙山，进入泰姆干谷，在 1925 年 11 月抵达哈斯巴雅。一位编年史家描述，他们受邀到伊伯萨奇吃午饭，这个村落的居民有德鲁兹派也有基督徒，位于通往哈斯巴雅的路上，离马佳永很近。就在这趟旅程中，一场侮辱引发了战争：一名反政府军战士要求考卡巴的一名基督徒交出武器。

据说，那名反政府军这么说："你不适合用这件武器。"

冲突随即爆发，至少在编年史家看来，这场原本是关系到国家民族的叛乱，已变质为教派斗争，基督徒与德鲁兹派剑拔弩张。等到冲突结束，德鲁兹派杀光了考卡巴的马龙派天主教徒村民，对日后这两个族群的关系造成无法磨灭的影响。

1925 年结束之前，法国军用飞机开始轰炸哈斯巴雅，12 月时重新夺占。来年，这场叛乱遭到彻底镇压，死伤惨重。法国人将先前的土耳其统治者描述为残暴现实的东方民族，反政府军则是土匪强盗与好战落伍的山野之人，然而现在法国人却对自己的名声做出无可弥补的损害。他们的杂牌军由外籍兵团、摩洛哥骑兵与切尔克斯非正规军组成，四处劫掠村庄，留下废墟。法国人以火炮与飞机滥炸大马士革，根据一些统计资料，六千名反政府军阵亡，超过十万名平民无家可归，饥荒的威胁阴魂不散。战争终于结束，大叙利亚由五万名法国军人占领。

伊斯伯·萨玛拉以及他那个年代所知道的黎凡特，就像一阵逐渐止息的微风。

"马佳永最美好的岁月是什么时候？"我问海瑞拉医生。

"1975 年之前。"他不假思索。

他笑着继续说："在那之后，再也没有好时光。"

海瑞拉医生自愿帮我设计大宅的庭园景观，我们一起行经利塔尼河谷，前往一座小镇吉布奇特，当地有许多苗圃。每一次我们都早早动身，清晨七点半就离开马佳永。我和海瑞拉医生在采购这些花草树木的行程中，逐渐成为好朋友。从我们认识的那一天开始，我就对他敬畏有加。简单地说，我会想成为像他那样的人，但是又担心自己永远做不到：温和善良，坚持原则，永保好奇。他似乎从来不担心选择的问题，因为他把人生发挥到极致，前进的方向自然容易浮现。我在他身边时会觉得羞涩，会太急切想让他留下好印象，小心翼翼避免冒犯他，我想我对他是过度崇拜。我们的旅程进行缓慢，远离大宅整修工作的最后期限，时间不再带有那种咄咄逼人的压力。我们的对话随着周遭风景漫游，谈花卉与音乐，谈阿塞德与伊朗，谈阿拉伯的弦乐大师，从穆罕默德·卡沙布吉到阿布德·阿卜杜勒-阿尔。

周遭的风景呈现缤纷的色彩，但几个星期前只看得出端倪。这是海瑞拉医生最喜欢的季节，让他尽情浏览它的美好成果。原野上遍布黄色的花朵，瓦札尔比较粗犷的黄色很快也会出现。罂粟秋牡丹开得到处都是，流露柔和的红色与紫色，此外还有埃及金盏花的纯净白色。海瑞拉医生闻不到这些花的气味，因为他在几年前便失去嗅觉。野生菠菜已经不能食用，绽放出红色的花朵。我们沿着下方的河流，转过一个弯。

“你看这座小山丘，战争前的它非常美丽，种满了杏树，每年到这个时候百花齐放，一片白色的花海。”海瑞拉医生更靠近地看着，“你看，还有几棵杏树的残桩。”我一开始并没有看到，后来仔细一瞧，那些树干才浮现眼前，高度不超过三十公分，焦黑的痕迹尚未褪去。

海瑞拉医生说：“战前，整座山都是杏树。”

吉布奇特有几座苗圃在黎巴嫩数一数二，位置靠近一座山丘，道路行经一堆凌乱的混凝土建筑物，分不清是乡村还是都市。海瑞拉医生一如平常的作风，采买时相当谨慎小心，最大手笔的可能是一株栒子属植物，他准备要种成盆栽。不难想见的是，我就没有他那么节制，在几趟旅程中，我先后买了几棵柑橘类果树，包括克莱门氏小柑橘、柠檬和一种名叫“阿布苏拉”的柳橙；还买了一种名叫“劳齐亚特”的树、梅树、杏树与桃树。我也买了木槿、杜鹃、玫瑰、栀子花、紫藤、九重葛与忍冬，还找到三种茉莉。此外我又买了一棵松树，一种来自印度尼西亚的植物“艾什·纳尔”，还有一批我始终叫不出名字的植物。

阿拉伯文的“花园”有两个字(可能更多)，“jeneineh”的面积比较大，有时会请园丁照顾，需要浇水和修剪，也很花钱。“haqoura”小一点，其实就是一小块土地，有时杂草丛生。尽管我会装模作样，但也不得不承认我的花园只是一个“haqoura”，我对它的野心永远超出它的能耐。人们对于我的“haqoura”总是言之凿凿，只有海瑞拉医生例外。

“你必须这个礼拜就种树！”乔治以迫切的语气大声告诉我。这位石匠向来权威感十足，没有商量或质疑的空间。我如果不在这个礼拜种树，那些树非死不可，这就是命运。每个人都有意见，托玛说我应该把橄榄树种在靠近房子的地方，这样果实成熟时才不会落到街上。乔治希望我为西红柿多留一点空间。托玛的妻子萨娜娅担心她没地方种香菜。唯有谈到意大利丝柏的时候，大家才出现共识。

意大利丝柏高而细瘦，我在想象中把它种在石墙边上，有如明信片上的意大利别墅。我认为这种树高贵堂皇，其他人却说我亵渎神圣。后来我很快就知道，意大利丝柏在黎巴嫩多半是种在坟场墓园，于是抗议我种植这种树的声浪越来越强。我的堂表兄弟首先发难，对我种意大利丝柏的想法不寒而栗。我百般恳求，他们说你要种就种一棵，其他捐给教堂。乔治所见略同：这种树只适合种在坟墓旁边；从水管工到马利克，大宅其他工匠也都这么认为。就连阿布·金恩也忠告我："老一辈的人说，砍掉意大利丝柏的人会自寻死路，或者生不出孩子，那是禁忌。所以没有人会把它种在屋子旁边。"话虽这么说，但我邻居庭院的车道旁边就有一棵，我怯生生地指给阿布·金恩看。

他粗声粗气地回答："那样做是堕落。"

大宅的花园本身倒不是各方表决的结果，而是海瑞拉医生的杰作。随着我越来越忙碌，他也成为我唯一会听信的人。每当我告诉大宅的工匠海瑞拉医生要来探访，看看花园的情况，大家的反应总是寂静无声。有些人挺直背脊，有些人扎好衬衫。阿布·金恩会把烟熄掉，慨叹海瑞拉医生的癌症。

海瑞拉医生开着一部灰色奔驰轿车来到大宅时，太阳正要下山。每个人都称他为"医生"，跟他打招呼时毕恭毕敬。海瑞拉医生慢慢走向我们，灰色的爱尔兰帽，灰色长裤，黑色皮鞋，穿成这样来做园艺显然太正式。阿布·金恩赶来帮忙，他比海瑞拉医生年长十岁，身体却更健朗。我们种下的第一棵树是梅树，我从来没尝过这么顺口、甜美的果实，尽管我的感觉可能是先入为主。

海瑞拉医生说："我们的做法是把里面的泥土清干净，弄成一个杯子的模样。"他绕着梅树走动，检视每一根树枝，还转换不同的角度，就好像在画廊里欣赏画作一样。"这根我要，"他指着一根较粗大的树枝，"我可以带回去，"他停顿一下，摇摇头，"也许明年。”

海瑞拉医生似乎从来不把自己当成垂死之人，话语中总是会触及未来的人生。我觉得，他继续工作是为了传授知识。他要把事情做对，也要我把事情做对，这非常重要，犹如一种德行，一种正当的精神运动。我问他是如何学到的，他一如往常，不愿居功，只说：“靠练习。”

过去七八年来，他看着几位园丁修剪自己与别人家的树木，如今他对园艺也情有独钟。遇到细小的枝干，他会直接采取行动。面对粗大的枝干，他会端详研究一番：角度、位置与其他枝干的相对关系。他告诉我：“这一根会向下弯，所以我从这里修剪。”他又指着另一根说道：“这一根会承受不住。”

他笑着说：“现在我是工程师，你是工人。”然后引述一则谚语：“儿孙不必教，让他们从人生中学习。”

大宅围墙的起点邻近一座输电塔，旁边有一丛灌木，我偶尔会浇浇水，但多半不会注意。但海瑞拉医生一眼就看出那是“罗莎娜”，摘了一片叶子给我，气味非常美好。我摇摇头，气味好强烈，好像香水，有人会拿它来泡茶。海瑞拉医生跪下来，鞋子深深踩进泥土，他开始修剪。他的动作迅速但深思熟虑，一会儿之后，他哼起一首名字就叫“罗莎娜”的民歌，他也告诉我歌词：“哦，罗莎娜，她无比美丽。”

接下来几个星期，海瑞拉医生经常造访大宅的花园。修剪过梅树之后，他又帮我照顾新种的果树。有一回他到贝鲁特接受癌症治疗，回来后似乎相当疲惫，步伐比以前更慢了一点，爬坡或者上楼梯都有点缓慢。他不太愿意跟人打招呼，但是像艺术家一样，打量着花园里的树木与灌木。每一次他来的时候，都会为花园带来一些新东西，还有对于未来季节的想法。我最喜欢的是颜色随季节变换的紫薇；还有西番莲，十六世纪的西班牙传教士在南美洲发现它，花朵的图案很像耶稣基督被钉上十字架，因此命名为“受难花”，顶端的花冠有如光环或者荆棘冠，花药是耶稣受的伤，花柱是铁钉，五片花瓣与五片花萼代表犹大与彼得之外的十位使徒。

海瑞拉医生在另一次造访时带来自家花园种的芦笋，还有两瓶他前一年酿的草莓甜酒。不久之后，他又送我不同品种的仙人掌，来自他家里的一座温室。他告诉我他正在打造一座草莓园，准备下一个冬天派上用场。未来几个月，他打算用著名的舍巴樱桃来酿酒。

我会在花园耗上许多时间，有时候是和海瑞拉医生在一起，有时候是一个人。我每天大概要绕行那些植物四五回，看着玫瑰绽放，几个星期前才种的梅树与桃树果实累累，我移植的一丛野生郁金香已经盛开，原本看似了无生机的葡萄藤也冒出花苞。矮牵牛的根已经长好，忍冬也是。杜鹃花开出令人惊艳的紫色花朵，茉莉花则是送上白色与粉红色的小花，香气像罗莎娜一样浓郁。橄榄树满布花苞，塞西尔·胡拉尼送我的三棵石榴有两棵活了下来，长出几片新叶。我学会尊重这座花园，在这里仪式与正确的行动才是决定因素。寂静之中有一种救赎，季节让人恢复元气。我领悟到，花园有疗愈的功能。

伊斯伯·萨玛拉有一张老照片，拍摄于 1926 年冬季，在如此遥远的今日看来已经模糊褪色。这张照片像是来自梦境，而不是照相机的产物。伊斯伯凝视前方，穿着他最体面的服装。他的迪史达什长袍垂到脚踝，是以叙利亚草原生产的羊毛织成的，凸显他扮演的乡绅角色。对他而言，阿巴亚长袍的角色太过地方化，并不适合。他的西装外套也是西方风格，代表他通过做生意或者盖房子而接触外面的广大世界：从霍兰为他带来酥油的人，收割小麦的农民，卖他屋顶红瓦的马赛商人，卖他起居室大理石地板的意大利人。

芭希雅也出现在照片中，坐在伊斯伯旁边的一张椅子上。这对夫妻之间的距离，显示他们在公开场合的互动是如何抑制情感，或许在私下也是如此。芭希雅的服装非常简单，没有一针一线会特别引人注意。她的洋装垂到脚踝，裹住手腕，相当端庄。她的羊毛外套做工细致，没有什么装饰或褶边，显然是那个年代掌权但保守的女性偏爱的上等货色。她唯一容许的额外装饰，就是头上戴的曼迪尔，边缘点缀着色彩鲜艳的花朵，每一朵都围绕着许多漂亮的小花。颜色采用紫色，就像春日远方山麓的花朵；她就是在这块土地上度过一生的。她的双手做过无数工作，端庄地交叉放在怀中，可能正为难得的歇息而高兴。

这是一张告别的照片吗？不是。它是三个孩子离开之后，伊斯伯一家剩下的家人合照。纳比不在照片中，只有几个较年幼的孩子围绕着双亲。其中有年纪比纳比小十二岁的小儿子纳吉布，站在伊斯伯与芭希雅身后，看起来怯生生的，但是面带微笑。他那不合身的外套披挂在肩膀上，白衬衫的纽扣一路扣到领口。他的眼神若有所思，尽管有点悲伤，不过他后来成为镇上最英俊的男子之一。

纳比哈也不在照片之中。几个孩子中最有才华的拉提巴站在伊斯伯身旁，手搁在父亲左肩上。她的姿态似乎在保护什么，就好像她知道当摄影师按下快门时，父亲心中想的人是谁。在某些方面，这个小女孩似乎无可挑剔，具体呈现了母亲的风格。她穿着一条简单的裙子、短上衣、羊毛外套，但是多了一些装饰：口袋上垂着一条彩带，一长串珍珠项链大胆凸显她富裕的家境，芭希雅就无法如此自在。拉提巴的口红与眼影不只显示她即将成年，可能也预示她未来的反抗，如果她的精神力量能维持下去。萨玛拉家族的女性向来沉默，拉提巴也许会打破这样的传统。瑞伊法也不在照片之中。

全家最小的孩子赫达坐在一张凳子上，靠着父亲的膝盖，脸庞呼应着伊斯伯的凝视与母亲的眼睛。她的头发是全家最漂亮的，用带子绑起来，看似有点随意。她穿一件有白色翻领的外套，捧着一束白花，花瓣落在有蕾丝边的鞋子附近。萨玛拉全家人看着照相机，这部机器让他们有一点心生敬畏。

这一家人已经知道，今天的种种到明天未必还会存在。这一家人已经知道，不可预料的事情随时都有可能发生。

伊斯伯 · 萨玛拉相信自己从这世界学到了什么？他会为什么事情感到骄傲？红瓦屋顶的房子？通往过去美好岁月的门厅？仍然围绕在身旁的子女？到另一个比较安全的地方过生活的子女？他让子女在美国重获新生，如果他还可以积极努力、四处漫游，或许他也会梦想远征这个国家。

伊斯伯 · 萨玛拉并没有造访美国。拍摄那张照片一年之后的 1928 年 1 月 29 日，我的外曾祖父过世，享年五十四岁，死因是肺炎，家人归咎于马佳永那年冬天特别凌厉的寒风。一定是如此，因为伊斯伯曾经多次在强风之中跋涉，当他前往或离开已经不再属于他的霍兰时，强风吹翻了道路两旁的麦田。

笨猫

那年二月，美国海军驱逐舰“柯尔号”开抵黎巴嫩外海，停留两个多月，美国政府声称目的是要展现美国对黎巴嫩政府的支持，但是真主党与其盟友质疑这个政府的正当性。无论当局给了什么说法，柯尔号的部署引发各种揣测，每一种都言之凿凿，这也是黎巴嫩人最喜欢的休闲活动。一份报纸的标题写道：“柯尔号来到，局势难以收拾。”另一家反对阵营的报纸则形容，这根本是恐怖行动。在接下来的几天与几个礼拜，似乎每个人都在为无法预料的后果做准备。

有一天我和阿塞德、谢比尔、谢比尔的朋友西蒙·迪亚布会面，我的手机出现一则短信“紧急事件”，内容则是“沙特阿拉伯驻贝鲁特大使馆呼吁该国公民离开黎巴嫩”。

一个小时之后，我们共进晚餐，享用阿塞德料理的粗鳞鳊。又一则短信传进我手机：“科威特驻贝鲁特大使馆呼吁该国公民尽快离开黎巴嫩。”西蒙是一位创意十足的寓言家，总是声称自己掌握了真主党、以色列、联合国、美国与法国的秘密，他低声警告说，真主党正在赫尔蒙山下方挖掘一条大型隧道，通往以色列，势必引发战争。

“再过两三个月，情势就会一发不可收拾。”

他还告诉我他的证据：马佳永附近的西班牙籍联合国部队对他透露，他们现在都穿着军靴就寝，以便随时都可以起身战斗。

他说："我们现在是提心吊胆过日子。"

谢比尔与阿塞德志同道合，经常结伴旅行，相互帮衬。他们会一起在记忆中漫游，不管是真实的记忆或者想象的记忆。从那天之后，只要我去拜访阿塞德，谢比尔一定在座。一段时间之后，好处显现出来。阿塞德原本一肚子复仇的怒火，成天想着如何报复，完全听不进去我那套鼓吹宽恕的陈腔滥调，也厌倦了我一直找他去钓鱼（我们每次都空手而回），他需要的是另一种感受：同情。

谢比尔了解这一点。我们和西蒙共进晚餐之后不久，有一天晚上又聚在一起，阿塞德再度讲述他如何受骗上当，讲得像希腊悲剧一样，不时谈到自己的家人如何巧取豪夺。我已经听得筋疲力尽，没有任何话可以响应，但是谢比尔有话说："阿塞德，上帝会让你好好教训他们。"他的声音洋溢着同情与关怀，虽然是宣战，但是语调温柔美好，有如枕边细语。谢比尔再说一次："上帝会让你好好教训他们。"

阿塞德点点头，反复思索这个念头。

不过他们两个可能太像了，过没多久，马佳永琐碎狭隘的风气也感染了他们的友谊，阿塞德的性格缺点也是如此，他对家人和几乎每一个人都满怀怨恨。谢比尔对我说："我不希望他跟别人谈到我的时候也是用这种口气。如果他说自己的堂表姐妹是妓女，那就意味着他对我也不会客气。"

我们坐在谢比尔的房子里打发时间，他告诉我，阿塞德对谁都不会客气，对他如此，对我也是如此。事实上阿塞德曾经抱怨我总是迟到，我摇摇头说："我们是在马佳永！在一个无事可做、无处可去的小镇上，哪有迟到这回事？”

“我又不是在马佳永。”谢比尔一如往常，有点语无伦次。“你知道这是他妈的什么意思吗？我在这里住了二十五年，但我还是不在马佳永。”

谢比尔把我的酒杯装满冰块，放在沙发前一张摇摇晃晃的锡桌上。然后他走进卧室，拿出一瓶只有大约两分满的格兰威士忌，用阿拉伯语吩咐：“倒威士忌。”我们又谈了几分钟，“倒威士忌。”

我告诉谢比尔：“我觉得我不太了解阿塞德这个人。”

几天之前，我请阿塞德到阿布·恰贝尔餐厅吃午饭；那是一家简单的餐厅，位于利塔尼河畔一处美丽的河湾。阿塞德一直把离开的日期延后。

他抱怨餐厅里苍蝇太多，告诉我隔壁桌客人吃的鹌鹑，比他点的任何一道菜都美味。他对鱼肉挑三拣四，露出嫌恶的表情，又感叹餐厅的环境卫生不及格。在这些问题中，我只关心环境卫生。我们正在用餐时，一只老鼠匆匆经过，老板阿布·恰贝尔的妻子一路追到院子，以矫健的身手将它活活踩死，再用火钳夹起它残破的小小尸骸；同样一把火钳，她也用来翻动烤架上的鲑鱼，然后送上我们的餐桌。没等到她把火钳放回原位，我就转过头去，心想眼不见为净。未来几天，这件事会变成阿塞德的主要话题，谢比尔也会一听再听。

谢比尔说：“每次和阿塞德吃饭的时候，他总是会谈一些肮脏龌龊的事物，像是内裤上的屎斑、脚趾缝的污垢，都是些肮脏透顶的东西。”

我说：“跟他对话，有时候的确是很恶心。”

“有一次我问他，你为什么在吃东西时提这些事情？我原本以为他是个比较有趣的人，结果不是，他很令人沮丧。我自己就够沮丧了，好像已经累积了一千年的分量可以送人，实在不需要别人加重我的负担。”

接下来的几个星期，阿塞德越来越闷闷不乐。他决定留下那幢房子，尽管他为了它一肚子不高兴。但是他在马佳永再也待不下去，而且这回是说真的。

他告诉我，他再过几个礼拜就要离开。

我问他为什么急着走?

他回答：“我非走不可。我觉得自己老了，疲倦了，被惹恼了，整个人很不舒服。”

阿塞德在马佳永的时间所剩无几，他一直想念两个在美国等他的朋友，迪德·姆拉兹与拉里·达尔，提到后者时总是刻意把“达尔”的元音拉长。阿塞德说，上回他和拉里谈话时，对方告诉他威斯康星的人都很想念他，“拉里说，每一天都有人问起，阿塞德去哪里了？阿塞德去哪里了？”

他也开始想象回到美国之后的场景，他们会在烤架上料理晚餐，几头鹿从旁边落荒而逃，“我回到美国的时候，一定会非常兴奋，非常、非常兴奋，会有盛大的欢迎派对，参加者将多达一百五十人，在一座湖边举行，很大的西塞勒姆湖。”

当时我只觉得自己受够了，于是问阿塞德他到底为什么要离开，希望他能够给我一个合理的解释，结果却是落空。他陷落在两个地方之间，对前者而言，他永远是个异乡客；对后者而言，他已不再是本地人。时间与变化，使他成为一个永远的旅人，再也无法随遇而安，就像许多失去家园或者漫游世界的人一样，永远在追寻家园。有如契诃夫笔下梦想着莫斯科的三姐妹，他向往一个能够满足自身强烈渴望的地方，却从来没有找到那个不存在的地方或者自己想象的地方。有时候我会觉得，阿塞德到任何地方都是格格不入。

阿塞德离开的前一天，日落时分，我来到他的房子，他似乎不太舒服，站在门廊上喝威士忌，手里拿的却是喝亚力酒的特大玻璃杯，对我说："这是我的第二杯。"房子里一部红色的卡式录音机，播放着震耳欲聋的西班牙语背景音乐，门窗全都打开。他的猫搂着毯子，坐在床上，床是他用牛奶箱做成的。这只猫每天喝牛奶，吃沙丁鱼和肉片，长得相当肥胖。

我走上水泥台阶，阿塞德对我说："我在回忆美好时光，这是我餐厅里的音乐，我很想家。"我一直不太确定他所谓的"家"是指什么地方。他又说："这是午夜的音乐。"过去，他的餐厅到了夜晚，当醉醺醺的顾客开始狂欢时，他就会播放这样的音乐。他再说一遍："我很想家。"

我们走进房子，他告诉我，返回美国这件事让他焦躁不安，这让我很惊讶。他说："对于未来要做的事情，我感到疑惑，非常疑惑。昨夜我失眠，一直想这件事。我在美国没有房子，餐厅也卖掉了，现在悔不当初。而且我也快瞎了。这趟旅程好辛苦。"

对他，我不知道是该难过还是该生气。从我认识他以来，他谈的都是他美国的朋友，在那边的美好时光，每个周末玩到深夜的派对。但是现在，他却开始怀疑自己该不该回去。美国冬天的冰雪让他担忧，他一直说那地方一年要下六个月的雪。他已经在规划，等到马佳永猎鸟的狩猎季开始，他要再回来，他说："我可能十二月回来，避过雪季。到时候再看看情况，有可能会开一家餐饮公司。”

“阿塞德，你会难过吗？”我问他。

他回答：“不会。”我半信半疑。和他说话时，我似乎察觉他刻意否认，他说：“我只是对离开这间屋子感到不安，没有别的事。”

“那只猫怎么办？”我笑着问他。

猫还在屋子里，走来走去，野性流露，仿佛在试探什么；我每看它一眼，就觉得它又胖了一点。阿塞德在露台上放了一个空的鲔鱼罐头，猫围着它绕圈。他对我说：“没有人会照顾它。”这是很典型的阿塞德语气，挫折、泄气、放弃。他点了一根云斯顿烟，再看那只猫一眼，“我真希望我娶了一个喜欢猫的老婆。”

他吐了一口气，声音很响，然后坐回椅子。

“我会想念的人，只有你和海瑞拉医生。”

“就这样？”我问。

他想了一下，“还有肥尾绵羊，因为美国没有肥尾绵羊。”

他拿着一串钥匙在那只猫的头上晃动，叮当作响。他嘴里叼着烟，想要让猫有反应，打了个响指，然后又大叫：“过来！”但是猫不肯就范。我觉得它可能是被激怒了，弓起背，满怀戒心，似乎只希望阿塞德不要烦它。

“笨猫。”阿塞德最后说道。

阿塞德的无所归属感，让我被他吸引。我在马佳永和他一样，从来不觉得自己归属于哪一个群体，虽然我希望有那种归属感。他离开之后，我开始担心我的孤独感会是一种家族遗传，我的家族注定要不断面对离别。我担心我会像阿塞德一样，永远找不到真正的家园，在俄克拉何马找不到，在马里兰找不到，在马佳永也找不到。我想这是一代人的诅咒，我们总是在寻求更多、要求更好，这是享有太多自由的代价。然而我们继续搜寻，而且有时候并不自觉。我知道我需要一种家族的意识，也正因如此才会来到马佳永。随着春天降临，我开始怀疑自己是否像芭希雅那样，已经找到这种家族意识。

守寡的芭希雅从外表上看不出来已经五十岁了。她家境富裕，伊斯伯留下不少黄金，被她藏在屋顶上方颜色斑驳的木架上，架子和屋顶等长。她恪尽母职，抚养留在身边的两个孩子：纳吉布与赫达。拉提巴到二十五岁时已经够大，很快就跟着叔叔拉希德离开，远赴海外。

拉希德的年纪与伊斯伯相仿，对这位兄长向来十分敬重，房子也盖在旁边，两家只有一墙之隔，兄弟两人站在阳台上，就可以看着赫尔蒙山对话。伊斯伯过世之后，拉希德尽心尽力协助嫂子芭希雅，试图在侄儿侄女面前扮演一个权威型的家长。然而日子一年一年过去，他感觉到岁月不饶人，决定出国投靠两个已经定居巴西的儿子赛义德与卡里姆。

他向大哥法里斯告别，法里斯决定留在马佳永，他是芭希雅的邻居，后来把房子卖给妻子娘家的亲戚库尔班家族。拉希德为了向伊斯伯致意，主动提议要把拉提巴带到巴西，后来她嫁给他的长子赛义德，再也不曾回到马佳永。

多年以来，只有纳比曾经从美国重返故乡，在 1931 年抵达，距离他和妹妹纳比哈一起移民出国，已经超过十年。当时纳比三十多岁，急着想结婚，原本打算停留几个月，结果却待了将近三年。他的卧房就位于起居室旁边，在他回到美国多年之后，仍然刻着他的名字。芭希雅从来不肯承认，但是大儿子纳比永远是她的最爱，而他也以近乎崇拜的尊重，来回报母亲沉静、无言的爱意。

纳比和守寡的母亲一起旅行，在这之前，芭希雅从未去过距离马佳永一小时步行路程之外的地方。他们的第一站是要履行义务，来到塞德纳亚圣母修道院，那是中东地区相当重要的基督徒朝圣地点，矗立于山间一处高地，遥望大马士革。修道院以疗愈的神迹和信念的再生而著称，根据传说，建造者查士丁尼大帝当年率领拜占庭部队，跋涉大漠，无水可饮，看到远方出现一头瞪羚，于是追上前去，正准备张弓放箭时，瞪羚幻化为一道亮光，圣母玛利亚显灵，嘱咐查士丁尼就在那个地方建造一座教堂献给她。传说中，该隐就是在那个地方杀死弟弟亚伯的。查士丁尼建造教堂时遇到难关，圣母以瞪羚的姿态重返他的梦境，将修道院的设计图交给他。后来，奇迹接连发生。

纳比两岁时曾经面临生死关头，当时芭希雅祈祷并许愿，如果儿子痊愈，就要带他去塞德纳亚圣母修道院还愿。结果她真的遇到奇迹，三十年后带着儿子来还愿。纳比刚离开的俄克拉何马，是一个无法无天、桀骜不驯的边疆地带，民歌手伍迪·格思里曾形容当地城镇是他所见过“最爱开枪，最爱斗殴，最常流血，最爱赌博，最喜欢随身携带枪械、棍棒与刀片”的地方。纳比在修道院过了一夜，石墙后方的湿壁画以蜡烛照亮，据说已有十三个世纪的历史，而当地从石器时代开始就有人烟。

母子俩从修道院出发，花了两个礼拜时间漫游巴勒斯坦，造访拿撒勒、耶路撒冷、伯利恒、希伯伦的始祖墓穴，然后才返回黎巴嫩，前往他们非常陌生的贝鲁特。马佳永与大马士革之间的车程不到两个小时，母子俩去了许多回，那是一个比较有亲密感的城市，纳比一个堂表兄弟卡玛尔住在那里，已经结婚，妻子当媒人，为纳比引见阿迪巴·拉耶斯的父母亲。阿迪巴的年纪只有纳比的一半，他一直记得当时自己心想：美丽的女孩。但是他也想到："女孩太年轻了，我要如何对待她？"

纳比很快就被说服，与阿迪巴结婚。婚礼在1933年的圣诞节前夕举行，向来对节庆没什么兴趣的芭希雅不大开心，因为宾客会在起居室跳狄布开舞直到深夜，可能会刮伤、踩裂、踩破她那天特别擦亮的大理石地板。来年，纳比与头胎怀孕七个月的阿迪巴离开故乡，开车的司机有唱不完的歌，甚至把按喇叭当成打击乐。芭希雅为离别而痛苦，但是一语不发。

帘幕

就像伊斯伯大宅一样，马佳永有自身的秘密，马佳永的每一个家庭也有。我抵达这里不久，和卡里姆以及他的朋友在哈斯巴尼河午餐时学会了一个新字眼“mastourin”。那天的客人是芭希玛·艾德，一位七十多岁、但仍美丽大方的可爱女士，对我提到“mastourin”这个字。她长住国外，大部分时间待在纽约的女儿家里，向来对传统不屑一顾。就算是遇到将虔诚与否视为社会地位象征的狂热基督教徒，芭希玛还是大鸣大放，声称她虽然尊敬耶稣基督，但是对于□的神性与奇迹的可能性没有多大兴趣。对于黎巴嫩内战，她也是一样爱唱反调，对我说：“我怀念内战。”语气并无讽刺，“我很高兴自己经历过内战，它让我们的人生更为丰富，看到美国人根本梦想不到的场景。”

芭希玛说，她的美国人邻居欠缺她熟悉的其他特质，他们一点也不“mastourin”，这个字最确切的翻译是“隐私”，但意义其实更为广泛。它的阿拉伯文字根有遮蔽、覆盖、隐藏、伪装的意思，加上恰当的代名词，意思会变成抵挡、防卫、保护。用于描述，“mastourin”这个字带有骄傲的意味，或许还有一点野心勃勃。芭希玛告诉我，如果某人的婚姻生活很不幸福，其他人都不会晓得。“mastourin”的人从来不会抱怨金钱问题、表白自身缺点、承认失败挫折，因为这么做会透露太多讯息。无论是深埋入土或者隐身幕后，秘密都会深藏不露。

那些从马佳永出走、落脚俄克拉何马州与得克萨斯州的人也是如此。他们就像被水浸过、褶皱有如小孩手掌的老照片，对这世界透露的讯息极其有限。他们很少提及过去，心中永远有一道帘幕，带着故乡的风俗与传统，将秘密深埋其中；而那些风俗与传统，都带有贝都因人的耻辱与荣耀。

瑞伊法来到美国的时候，美国已经出现一个黎巴嫩移民社群，他们的故事流传多年。一位黎巴嫩人在马赛上错船，两年之后才搞清楚自己抵达的国家其实是澳洲，不是美国。1907 年有近 6 000 位黎巴嫩人来到美国，1913 年与 1914 年都超过 9 000 人。第一次世界大战期间，奥斯曼帝国厉行强迫征兵，移民美国人数减少，但后来又开始增加，在 1921 年达到 5 105 人，瑞伊法和哥哥则是在前一年移民的。美国社会对移民敌意渐增，加上由来已久的仇外思想，导致国会通过限制移民的法律。1921 年 5 月的《配额限量法》只容许 882 名叙利亚人进入美国，1924 年的《移民法》更将名额缩减为 100 人。

艾德 · 扈利是第一位马佳永移民，从纽约一路叫卖到俄克拉何马州，当地像美国许多地方一样属于边疆地带。对许多定居者而言，边疆地带希望无穷，土地价格便宜，查克托的煤矿业蓬勃发展，在第一次世界大战期间达到高峰，留下一连串以矿场老板与经营者为名的城镇：黑利维尔、道市、威尔伯顿、亚当森、奥尔德森与菲利普斯。俄克拉何马的石油业发源于一口油井“奈利 · 约翰逊”，黑色烟柱让木制鹰架相形失色的形象深入人心；石油让许多城镇快速兴盛也快速没落，出身当地的伍迪 · 格思里形容，城镇居民“荡尽家产、满怀怨恨、无法信赖”。当时的黎巴嫩移民只有一小部分在矿场与油田工作，大部分都选择经商，开设杂货店与布料服饰店，构成这些发展中城镇的商业景观。乔治·沙赫迪甚至成为邮局局长，1898 年，他出于思乡之情，将他的邮局命名为“俄克拉何马领地的叙利亚邮局”。就如同移民迁徙不定，这也是一间流动邮局，后来在 1907 年 7 月 31 日关闭。

马佳永逐渐在记忆中淡化消失。

那年四月，塞西尔·胡拉尼回到马佳永，这是他在当地杂志刊出那篇反驳我《华盛顿邮报》文章的评论之后，第一次回来。我已经学乖，不再提起那篇文章的事。原因并不是塞西尔会局促不安，担心他会困窘更不可能。事实上，他似乎很喜欢当着我的面，告诉别人他有多讨厌我写马佳永的文章。他有一回还说，这件事会永远纠缠着我，他对自己这番话很得意。

他对其他客人坚称，我写那篇文章之前是在冬季造访马佳永的，整个镇陷入停滞，我访谈的人不仅人数太少，而且他们的信息都有问题。我刻意忽视马佳永的潜力和愿景，不明白只要内战停火、和平降临，马佳永就会重获生机。我把塞西尔视为朋友，从来不曾反驳他的说法。这些日子，我对“尊重”很有体会，不想轻启纠纷。塞西尔常说自己年事已高，说话可以随心所欲。至于我，年纪还轻，最好谨言慎行。

那个月的一个星期天，我和他到一家餐厅共进晚餐，这地方有乡野的景观，因此我们昵称为“瑞士小木屋”。侍者没有立刻送上银制餐具，让塞西尔很不高兴，对老板娘抱怨说：“我们又不是贝都因人。”老板娘身材丰满，虽不再年轻，但美貌依旧。

对于我们的谈话，我有时候会漫无头绪：塞西尔在突尼斯的岁月；他准备参加孙儿电影在纽约的首映；他那非常地道的英国女婿；黎巴嫩永无止境且一天比一天严重的危机。他说："我称之为荒谬剧场。"

这些都还只是开场白，真正的主题是一桩关于海瑞拉医生的秘密；前面提过，他曾经担任马佳永医院的院长。2000 年 5 月，以色列结束占领行动，黎巴嫩南部的每一个人，包括真主党的对头在内，都将这一刻形容为"解放"。以色列军队撤离之后，真主党很快就接管宾特·杰贝尔的医院。另一个什叶派组织"希望"则夺取了海瑞拉医生的马佳永医院，他们的纪律不如真主党，贪腐情形却远远超过。"希望"接管医院之后，海瑞拉医生遭到正式起诉，罪名是勾结以色列当局。由于他在名义上隶属于黎巴嫩卫生部，因此必须接受审判。（塞西尔认为整个事件是闹剧一场，以色列对医院帮助极大，一年至少投入两百万美元经费，兴建新的产妇病房、一幢大楼、一座直升机停机坪。）

审判从 2003 年开始，塞西尔暗中打听得知，承审法官属于德鲁兹派，他向来对走后门乐此不疲，于是直接找上德鲁兹派领导人、摇摆善变的琼布拉特。但塞西尔只简单地告诉我："琼布拉特帮了不少忙。"他仍然保有政府顾问低调神秘的作风，十分了解如果知识就是力量，话还是少说为妙。他告诉我："我是唯一公开声援海瑞拉医生的人，他对马佳永民众极度失望，镇民不愿意为他做任何事，然而他却为他们做了那么多事。"塞西尔摇摇头，流露我已经很熟悉的试探意味，我们把当地品牌"阿玛札"啤酒喝完。他继续说道："海瑞拉医生受到很恶劣的待遇，因此之后他总是独来独往。"

马佳永的夜晚，我一次又一次看着旧照片，照片上都是曾经住过伊斯伯大宅的人。有一帧看起来很像油画，以世纪末风格呈现美丽的十七岁女孩瑞伊法，坐在一张雕花的木椅上，淡棕色略带红色的短发，是来自父亲的遗传；伊斯伯有一头著名的乱发。瑞伊法抿着嘴唇，表情与其说是微笑，不如说是固执，与她一米五高的身躯很不搭调。她肤色苍白，仿佛与身上典雅的衣着融为一体。她穿一袭白色洋装，披肩懒洋洋地覆盖着身体。这幅肖像有一种天使般的特质，以灰色调绘成，可能很快就会模糊成一片。我的祖母虽然还是个少女，但是看起来威严十足，认真严肃，冷静自持。

其实并非如此。

瑞伊法跟着姑姑、姑丈渡过红河，年仅十二岁的她在俄克拉何马州的威尔逊与哥哥纳比会合，这地方得名于马戏团大亨约翰·林林的秘书查尔斯·威尔逊，他协助兴建一条通往美国西岸的铁路，但工程最后止步于威尔逊。

纳比先前从纽约离开，他曾在那边的一家布料服饰店工作，也当过街头小贩，后来到新泽西州的爱迪生工厂做工，一个礼拜六天，建造一种他始终搞不清楚用途的产品。纳比厌倦了一成不变的生活，他听说一位姑姑哈拉雅住在俄克拉何马市，姑丈法里斯·塔努斯原本游走各地当小贩，后来定居当地。纳比决定前往投靠姑姑与姑丈，心想自己应该会受欢迎，因为他们没有小孩。1920 年 9 月，在埃利斯岛下船六个月之后，纳比在下午五点搭乘火车抵达圣塔菲车站，五十位来自马佳永的亲朋好友等在那里迎接他。他还记得当时自己心想：“虽然我还不认识什么人，还不知道自己该做什么工作，但是我已经喜欢上这个城市。”哈拉雅借了两百美元给侄儿与爱喝酒、不识字的丈夫当资本，在俄克拉何马市开设一家杂货店。接下来的一年多，他们共同经营这家店，先用马匹送货给顾客，后来才花五百美元买了一辆汽车。

纳比把瑞伊法带回姑姑与姑丈家，她很快就开始上学。但是每个人都要工作，瑞伊法每天下午会到西方大道的一家饼干加工厂上班。虽然她个头娇小，但站在箱子上照样可以包装好一盒一盒的饼干。到了夜幕低垂，她回到家中，还得清洗姑姑留下的脏衣服。如果她回家晚了一点，姑姑就会叫骂："你做什么去了？站在街角找男生吗？"

瑞伊法原本娇生惯养，过着奥斯曼乡绅千金的优渥生活，要什么有什么，全家只有父亲要工作。但是来到俄克拉何马，姑姑强迫她在八年级辍学，说她学的已经够多了。她性情温和，与人为善，让校长相当欣赏，试图把她留在学校，他对她姑姑提议："如果你让她继续念书，我负责所有费用。"老一辈的骄傲感突然发作，哈拉雅勃然大怒，痛骂校长和他的提议。她再次强调，瑞伊法学的已经够多了。

对话结束，这位积极任事的校长吃了闭门羹。

几天之后，海瑞拉医生再一次从贝鲁特治疗癌症回来。因为他在花园里工作了几个小时，脸庞黝黑了一点，呈现不均匀的棕色，与他梳理得整整齐齐的灰发形成强烈对比。我觉得他看起来更有活力，甚至好像已经恢复健康，但我也知道实情并非如此。我们相约一起吃午饭，但他还是依照习惯，先到我的花园走一圈，几乎无视我的存在，仔细检视我们一起到吉布奇特买的以及他送我的植物：矮仙人掌、受难花、紫薇。我需要为紫藤加铁剂，为其他花草树木施肥，海瑞拉医生说，植物的叶子需要氮肥“才会长得更茂盛”，根部需要磷酸肥“才会更强韧”，钾肥则会帮助植物开花结果。他看到一株他送我的茉莉花，表情扭曲了一下。这株茉莉花还很细小，我也还没有把它种下去，希望找一个适当的地方，能够凸显它是海瑞拉医生送的礼物。我实在不好意思告诉他实情，结果茉莉花也在等待中枯萎成秋日的赤褐色，叶子也因为乏人照顾而变得干皱。

海瑞拉医生嘱咐我，立刻把茉莉花种进土里，天天浇水，语气相当急切。他做任何事都要贯彻到底，从修剪梨树的接枝、照顾橄榄树盆栽、为蓄水池砌墙，到将石块搬上贯穿整座花园的阶梯，都是如此。他对每一件工作都深思熟虑、多方衡量、仔细安排、一再考虑，有如灌注一份对生命的尊重。对于自己逐渐败坏的垂死身体，他无能为力，但是他可以在这个春天好好经营自家的花园，诱发羞怯的树根、说服被修剪的枝丫、呵护无数的花朵。那株茉莉花的命运让他伤心，我漫不经心，让它乏人照料，对种植的工作提不起劲。对于自己可以做到的事，我并没有充分意识。

我和海瑞拉医生坐进他的车，他要我听听一位巴勒斯坦裔黎巴嫩小提琴家的演奏，认为他是全阿拉伯世界最顶尖的小提琴家，名字叫作阿布德·阿卜杜勒-阿尔。海瑞拉医生告诉我：“他的小提琴就像会说话一样。”阿尔演奏埃及女歌手乌姆·卡图姆的名作《废墟》。这首歌让我了解，为什么每当她在开罗举行连唱数小时、不知疲累为何物的演唱会时，当地的印度大麻价格就会上涨（她的声音足以震碎玻璃，因此麦克风要放在距离她嘴巴半米远的地方）。海瑞拉医生从挡风玻璃看出去，陶醉在孤寂的和弦中，那声音有点悲伤，但是风格大胆。直到今日，我始终不记得我们说了什么，语言会是一种干扰。

我和海瑞拉医生来到大道旁的一家名叫“槲鹳”的餐厅，在桌前坐定，两个人都点了青椒牛肉与阿玛札啤酒。塞西尔曾经告诉我，三年前海瑞拉医生得知自己罹患癌症时，并没有告知儿子和女儿。他怀着身为父亲的骄傲，不愿意让自身的烦恼变成儿女的负担。另一个因素可能是惭愧，他是医生，向来会叮嘱病人要做前列腺检查，但自己却没有做到。现在我和海瑞拉医生共进午餐，我想问他塞西尔告诉我的故事：当年他被指控通敌的时候，没有人为他挺身而出。但是我也知道不能直接问，于是从他漫长的医学生涯谈起。虽然行医这条路并不是他的选择，但我认为，他终究喜欢乡村医生这样的角色。

他对我说：“离贝鲁特越近的地方，人心就越坏。”我微笑以对，问他，那么马佳永人如何呢？他们会感谢他吗？他回答：“有些人会，有些人很冷漠。”再多说一些，可能就会流露傲慢，但海瑞拉医生永远保持谦逊。在马佳永，虚张声势往往是必要之举，尊重会被视为软弱，缺乏自信则等于愚笨，然而海瑞拉医生仍然保持谦卑。他说：“大体上，我想人们还是尊敬我的。”

我们又点了两杯啤酒，谈起他在以色列占领结束之后遭遇的苦难，他比我预期的更为坦白。以色列撤军两、三天之后，几个他所谓的“带枪混混”来到医院，他们属于无法无天的什叶派下游组织“希望”，要求接管医院。海瑞拉医生说他坚持立场，告诉对方自己只接受卫生部主管官员或部长本人的指令，当时的部长卡拉姆就是在邻近的村庄希亚姆出生的。这些混混后来退让了，因为当时他们还没有摸清楚自家新地盘的形势。然而到了来年，海瑞拉医生便大祸临头。

“希望”的党羽继续纠缠，要求海瑞拉医生雇用多达六十名该组织成员，动辄到医院进行检查。海瑞拉医生说：“他们折磨我整整一年。”他回忆当年受到的羞辱，表面上平静淡定，但是我看得出来他受伤很深。后来政府决定将医院民营化，黎巴嫩的任何交易都可以让特定组织上下其手，于是“希望”拿到医院。海瑞拉医生卸任院长，后来又领了三年薪水，直到他在六十四岁那年退休。取代他的医生来自邻近的布拉特，是个投机分子，效忠国会议长的“希望”领导人纳比·贝里，医院从此走上败坏之路，缓慢、痛苦、无可避免。

当然，这只是苦难的开始。海瑞拉医生很快就遭到指控，他还记得，就算是以民间私设法庭的标准来看，那些罪名都荒唐可笑。其中一项声称他是民兵组织“南黎巴嫩军”的军官，让他百思不解。另一项罪名则说他是安东·拉哈德的顾问，此人是萨阿德·哈达德的继任者，在黎巴嫩南部为虎作伥，带领一支由以色列资助、武装、训练的民兵，帮以色列干肮脏事。海瑞拉医生承认自己经常拜访拉哈德，但目的是解决医院与拉哈德人马之间的问题。当时拉哈德在马佳永唯我独尊，拜访他是别无选择，而且双方只是谈话，何来叛国通敌之说？

海瑞拉医生终于被送上贝鲁特的法庭受审，三度出庭。他告诉我：“整整一年，我活得心惊胆战。”最后他被定罪，所幸不必服刑，他归功于塞西尔的帮助。审判结束之后一个月，他与妻子伊万卡前往中亚的哈萨克斯坦，参加儿子的婚礼，然后返回马佳永，过着疾病缠身、默默无闻的退休生活，而我也是在马佳永认识他的。

我问他，在他受苦受难那段时期，只有塞西尔出面声援，他会不会难过？海瑞拉医生脱口而出：“我当然生气。”他回答问题时通常会略带迟疑，但这回例外。他的脸部扭曲，话语滔滔而出，我从来不曾见他如此激动。我试图稍稍平息他的怒火，告诉他我认为当时马佳永人只是害怕，但他说：“他们并不害怕，他们是懦夫，他们的心态就是如此，只在乎自身的利益。”我们开车回家，再一次聆听阿布德·阿卜杜勒-阿尔，再一次几乎不发一语。他的小提琴音听起来就像阿拉伯的耐笛，柔和、略带忧伤与孤寂，他演奏的是同一首歌。

哦，不眠的人，快去安睡，醒来时要记得你的承诺，
如果一道伤口开始复原，记忆中另一道伤口就会显露，
所以要学会遗忘，学会消除。
亲爱的，凡事命中注定。
厄运并非我们亲手造成。

开车到我家的半路上，我们行经马佳永医院的指示牌，我以为只有我注意到，但是当它从车窗掠过时，海瑞拉医生将音量转大了一点。

瑞伊法的姑姑在家里招待另一位富裕的马佳永移民贾可布·拉希德，他住在爱荷华州的麦迪逊堡。这位客人要为他十七岁的儿子法里斯物色媳妇，部分原因是要阻止他娶一个土生土长的美国女人。瑞伊法的姑姑和贾可布商量婚事，她在一旁聆听，让姑

姑做主；哈拉雅姑姑甚至拿着那颗钻石订婚戒指去找珠宝商估算价值。不久之后瑞伊法结婚，搭火车前往麦迪逊堡，贾可布在那里为儿子和新媳妇开了一家杂货店。

又过了几个月，有孕在身的瑞伊法被丈夫遗弃；法里斯当丈夫太年轻，但年纪已经够大，也不应如此不负责任。瑞伊法一个人顾店，后来被迫卖掉。她的自尊心使她不愿意依赖公婆，分娩之后，她把小孩留给婆婆照顾，自己上街卖东西赚钱维生，拖着一个和她身材差不多的大皮箱，里面装满各种布料与针线。她好不容易存下九百美元，在当时是很可观的一笔钱。她买了一袭毛皮大衣和一顶毛帽，稍稍缅怀马佳永的美好生活。后来她回忆往事时，会告诉女儿："买一件衣服，弄得漂漂亮亮。"

马佳永留在瑞伊法身上的痕迹，除了大衣之外还有别的。她遗传了伊斯伯与芭希雅的性格，在沉默中承受苦难，说话字斟句酌，各方面都要考虑到。沉默有时比话语更有表达能力。她也像父母亲一样，只让人们看到她想要表现的形象；一段时间之后，她身边的人都是如此。艾娃年纪还小的时候，瑞伊法和女儿合影，然后将照片寄给在外游荡的丈夫，期望能让他浪子回头，和女儿团圆。不久之后，法里斯果然回来，和一个朋友带着瑞伊法到密西西比河畔的一家俱乐部，拿出办理离婚的文件。他已经另外娶了一个女人，而重婚是犯罪行为。马佳永对瑞伊法的影响仍然大于美国，她拒绝离婚。在马佳永，离婚是很丢人的事，几乎闻所未闻，瑞伊法拒绝让家族蒙羞。

法里斯睁大眼睛告诉妻子："如果你不签字，"他的朋友也在一旁助纣为虐，"我们就把艾娃带走，丢进河里。"

瑞伊法签了字。

她的婆婆莎蒂对她相当疼爱，请她坐下来谈。婆媳俩一起喝了几杯马佳永风味的咖啡，杯底都是咖啡渣。

瑞伊法才十九岁，莎蒂说："你还年轻，迟早会再婚，我不希望你浪费生命。"莎蒂自己生了十七个孩子，有十一个活了下来，她告诉瑞伊法："回去和你的哥哥团聚。"她的公公贾可布也同意，但是坚持孩子必须留在麦迪逊堡，认为他们家不缺钱，更适合养儿育女。瑞伊法拒绝，莎蒂也支持她，告诉丈夫："我不会那样对待她。"瑞伊法提出折中做法：由她独力抚养艾娃，对夫家一无所求。贾可布勉强让步，瑞伊法最后一次搭上从麦迪逊堡开出的列车，回到俄克拉何马市，与哥哥纳比相聚。当地的黎巴嫩裔社群在许多方面仍然捉襟见肘。

当时俄克拉何马市还没有东正教的教堂。舒克瑞拉·沙迪德牧师只能在家里举行仪式；他娶了伊斯伯·萨玛拉的姐妹，1920年偕同米克巴尔与阿卜杜拉·沙迪德搭上"红星号"客轮。沙迪德牧师在家中主持仪式十一年，人们习惯叫他舒克瑞拉牧师，当地的黎巴嫩社群持续发展，牧师一直是核心人物。

牧师很快就找上瑞伊法，提出建议：嫁给刚与第一任妻子离婚的阿卜杜拉·沙迪德。他用阿拉伯语告诉她："他有一个孩子，你也有一个孩子。我知道他是一个好男人，希望你能见见他。你们如果能结婚，对两个人都是好事。"

舒克瑞拉牧师带着阿卜杜拉到纳比家，几个星期后举行婚礼。新嫁娘瑞伊法从此加入阿卜杜拉·沙迪德的迁徙流离家族，这个家族的性情和她自身的家族一样强烈。

盐腌米克塔

“你有看过宝藏吗？”乔治·贾拉迪问我。那是一个晴朗的早晨，再过几天我就要搬进大宅楼下，或者说至少希望能搬进去。乔治又问一次：“你看过埋在那边的黄金吗？”

大宅旁边有一座蓄水池，就是地上的一个洞，一直被一块厚约十五厘米的混凝土板掩盖着，上面堆满了泥土。蓄水池的墙壁是石材打造的，深入地下约 2.4 米。池底有几公分的积水，我往下看，只觉得它像个岩洞或者挖开的坟墓。这座蓄水池很大，让人大开眼界，更严重的是，它一团糟。

我听人说过，芭希雅·阿布拉浇灌西红柿的水，来自花园里的一处泉水。从早到晚，一天几回，她会把一个长嘴水罐装满，帮西红柿浇水。这是她的日常工作，就像邻村召集信徒祈祷的呼声一样，让每一天井然有序。过去我一直怀疑那座蓄水池恐怕早就已经塌陷，不然就是在几年前的道路拓宽工程中消失。后来托玛的儿子帮我种一棵梅树，才让它重见天日。但是池子里面都是肮脏东西，托玛、乔治和其他人很快就帮它取名为“粪坑”。过去长期住在大宅、让人害怕的艾伯特·哈达德，将污水排放管连接到蓄水池，把它变成化粪池。

有些人运气好一点。谢比尔和我的房东米歇尔·法迪西都告诉过我，两次世界大战时期，许多村民逃离战祸之前，将钱财藏在房子与院子里。谢比尔的姻亲艾利·巴尤德也是其中之一。工人整修巴尤德房子的时候，在一堵墙后方发现三桶金币。他们不需多做讨论，就决定全部带走，谢比尔说：“他们逃之夭夭，再也没有回来。”我觉得这故事不太可信：有谁看到那些工人发现金币？但谢比尔坚称千真万确。

另一方面，我还是得清干净蓄水池里的脏东西。梅树种好之后，我央求两位工人帮忙，提出让他们满意的工资，他们也点头了。我们把挖出来的脏东西铺在院子里，就像一层泥炭。我已经开始想象可以在上面种些什么：南瓜和胡椒，会让我想起祖父在得克萨斯州狭长地带贫瘠平原上的花园。

瑞伊法后来的丈夫阿卜杜拉·沙迪德当初来到得克萨斯州之后不久，就上街头当小贩，走遍阳光炽烈的乡野，闻着牛的气味。马佳永的乡亲都以为他会在美国发现黄金，但财富靠的是累积，不是发现；阿卜杜拉就是靠着新行业累积可观的财富。如果黎巴嫩有哪一个行业是每个家庭都熟悉的，应该就是街头小贩；它特别适合一个还没有多少汽车、巴士、商场的国家。小贩只要努力工作，收入都相当不错，远高于工厂工人的工资。从美国各地到墨西哥的小镇，都有阿拉伯移民小贩，提着装满成衣与布匹的大皮箱。连巴西的穷乡僻壤都看得到他们的踪迹。

这些小贩什么都卖：从领扣、鞋带、彩带、手帕、蕾丝、袜带、吊带到东方风味的商品，如橄榄木雕、珠母贝、叙利亚刺绣、耶稣被钉十字架像、念珠、东正教圣像；这些东方商品有可能是在纽约制造，但是来自圣地的小贩让它们显得货真价实。大部分小贩都是拖着行李箱走江湖，少部分幸运儿拥有马车，和伊斯伯·萨玛拉的差异只在于贩卖的商品和地区，将前者的霍兰地区，置换为后者的怀特豪斯、德里夫特伍德与切罗基，都距离俄克拉何马领地的叙利亚邮局不远。

阿卜杜拉和哥哥米克巴尔不像其他同胞那么心思单纯，对他们而言，工作只是手段，享受人生才是目的。他们热情洋溢、幽默风趣、容易兴奋，经常夜夜歌舞，较量兄弟俩的嗓音。阿卜杜拉年纪比较轻，性情也比较浮躁，小贩生涯给他自由，他挽起袖子，走上街头，为女性顾客带来别针、缝衣针、线团等商品，但他对拈花惹草的兴趣更大于做生意。不久之后，阿卜杜拉转往得克萨斯州的油田工作，后来被征召入伍，退伍后带着第一任妻子薇拉迁居俄克拉何马；薇拉脾气暴躁，和他不相上下。这段婚姻风波不断，夫妻俩晚上经常吵架，然后伴随着留声机沙沙的唱片声，在热烈的舞蹈中和解。

但是这段婚姻维持不了多久，薇拉离开了，带走阿卜杜拉以父亲阿亚什命名的儿子；阿亚什也是伊斯伯·萨玛拉在霍兰的朋友。夫妻俩分道扬镳，阿卜杜拉的家人再也没有见过薇拉，她在五十多岁时过世。阿卜杜拉继续游荡，最后终于和其他的家人会合：母亲沙瓦卡、两个姐妹纳比哈与纳吉芭、兄弟哈纳，他们都在 1920 年跟随舒克瑞拉·沙迪德牧师，搭乘“红星号”客轮离开贝鲁特。

沙瓦卡对儿子大吼：“这就是你要带给我的美国吗？”

米克巴尔的家人抵达美国之后，转往俄克拉何马州西部繁荣的布林克曼，到一个黎巴嫩家庭经营的农庄工作。每天晚上，阿卜杜拉和新来乍到的母亲与兄弟姐妹挤在一间木屋过夜；这间屋子比他们远在黎巴嫩的石造房子还小，尽管后者也只是一般大小。他们白天要采棉花，弯着腰在一畦一畦的田里工作，一次摘一个棉铃，放进狭长的白色粗棉布袋。这种袋子是在邻近的布料服饰店买的，借由一条宽布带斜挂在肩膀上。到了夕阳西下，他们的手指已经流血，因为棉铃上长满尖刺，保护里面毛绒绒的棉絮。俄克拉何马的平原上，目力极尽之处是地平线，夏季十分潮湿，沙瓦卡的火气也越来越大。

"这就是美国吗？"她再一次大吼。

没多久之后，一家人收拾细软，转往底特律。但是米克巴尔留下，而且对家人的计划不以为然，纳比哈还记得他当时的质疑："你们不会想到大城市生活的，太危险了。"她说："可是我们并没有听他的，还是去了。"1920年代的底特律市况繁荣，做什么工作都比摘棉花来得好。当地的汽车工厂已经吸引数以百计来自传统叙利亚地区的工人，他们被归类为叙利亚人或者土耳其人，哈纳很快就加入他们的行列。阿卜杜拉到一家农产品公司工作，纳比哈与纳吉芭进入全国饼干公司，穿着白色制服上班。他们全部住在一间木造二层楼房，母亲沙瓦卡体弱多病，受不了中西部漫长的冬季。这一家人在底特律的三年岁月，结束在1924年一个白雪纷飞的寒冷夜晚，屋子里的暖气微弱，他们没有足够的钱待在这个城市。

阿卜杜拉只简单说了一句话："我们回俄克拉何马吧。"

他们回去了，回到瑞伊法先前寻求庇护的地方，再也不曾离开。

来自邻镇克拉亚的木匠卡米尔·萨拉马完全不知道什么叫作准时，总是以季节来计算估量时间。有一回他在大宅工作了三天，只把四个入口的门板固定在门框上。来自伊伯萨奇的德鲁兹派信徒法迪·加巴尔和他一起上工，负责用一部笨重的机器清理瓷砖。但是卡米尔不肯在法迪之前完工，而法迪也不肯在卡米尔之前交差。我希望把大宅楼下清理干净，但是托玛要我等卡米尔（还有法迪）做好分内工作。伊马德·迪巴准备安装热水器，告诉我所有零件会在某天送到；那一天到了，然而送货的人没来。我被迫学了一些古老的阿拉伯文，例如“bortash”是指一小块石板或者大理石板，用途是挡门。我之所以会知道这个字眼，是因为我始终缺一个“bortash”。

一项决定促成另一项决定，造成又一次停滞，迫使我再一次做出决定，造成更多的延宕。因此我只能亲力亲为，在法迪清理好的房间，我花好几个小时擦洗瓷砖，上面还有漆斑，我有时得用餐刀才能刮除。我清理了楼下的厨房、卧室和浴室，洗干净各种装置与地板，清除每个角落与隙缝的泥土。我扫地、拖地，拿着一块抹布跪在地上擦瓷砖。我也擦拭窗子与百叶窗，徒劳无功地对抗灰尘和工程废土。

卡米尔经常会丢下他固定门板的工作，严重耽误进程，导致原定的进程已毫无意义。我跪在地上擦拭瓷砖时，他居然来找我聊天。

卡米尔喜欢谈话，谈他申请美国签证成功的可能性，谈以色列占领黎南时期的生活有多好过，后者尤其是卡米尔津津乐道的话题。但与其说他怀念以色列人，不如说他怀念以色列带给马佳永的财源。就连谢比尔也承认这一点；在我认识的人当中，就数他对以色列的态度最为好战。谢比尔曾经告诉我：“我们一直被关在一座大监狱之中，但是犹太人还在这里的时候，我们的日子比较好过。他们有钱，因此我们也有钱。那时我有工作，用电免费，用水也免费，没有账单要付，人们赚得到钱。”他想到一句谚语：“以色列的钱一走，问题就来了。”他停顿了一下，“尽管如此，我还是不愿为了赚钱而接受犹太人，我不愿为了个人福祉而忍受占领。千真万确，我不愿意。”

卡米尔没有那么矛盾：“我回顾那段时期，只觉得那是马佳永有史以来最美好的岁月。”

卡米尔属于天主教马龙派，在大宅的基督教徒工匠中，他对穆斯林的态度比谁都严苛，一直劝我不要雇用他们。他说从 2000 年以色列撤军（他甚至称之为解放）以来，没有任何一个穆斯林曾经雇用他，既然如此，我们基督教徒何必给他们工作机会？

不管我是否同意他的论调，我都会倾听他的长篇大论。他的政治立场和我南辕北辙，听起来就像另一种语言。但是我也了解，卡米尔是被大环境造就的：他的村庄克拉亚在以色列治理时期，享有以往无法想象的繁荣，财源滚滚而来，村民有工作与安全感，基督教徒仍然大权在握。以住宅为例，解放之前，村子里每年会兴建十到十五幢新屋；然而，解放到现在七年，“只盖了六间，甚至都还没完工。”

换句话说，一切都结束了。卡米尔有许多朋友都逃离家园，逃往以色列或者任何提供签证的国家。收入消失无踪。对卡米尔而言，基督教徒岌岌可危，很快就会在一个“全世界最糟糕的”国家消失。

他说：“我不抱任何希望。”

一位朋友告诉我，有一回卡米尔开车载她去纳巴泰，在车上和她有一番对谈。卡米尔承认，他的朋友十个有八个住在以色列。他们开下一条蜿蜒的山路，路旁就是以色列城镇梅图拉，它高踞山丘之巅，对面正是马佳永。他停下车，指着一幢绿色房子说：“我的一位朋友就住在那里。你能想象我们的距离有多近吗？但是我竟然十年没有见过他，将近十年。你会想，我怎么知道他的生活过得如何？我知道，因为解放之后我们曾到他家聚会，聚在一起，什么都不必说。如今，我们却再也不能这么做了。”

卡米尔凝视着梅图拉那些油漆得光鲜亮丽的房子，只有几步之遥，隔着一丛灌木。他说：“看，以色列有多美丽。”我的朋友问他，如果有机会，他是否愿意迁居以色列？他转动方向盘，将车子驶离道路，开玩笑地说：“如果可以，我现在就过去。没错，黎巴嫩也很美，但我们在这里活不下去。你知道以色列人怎么过日子吗？他们有工作，有社会福利，残障人士会受到照顾，他们很幸福。我们只想活下去，在以色列那边就可以。”

第二次世界大战结束之后不久，美国哥伦比亚大学发表了一项学术研究报告：《叙利亚文化特质形成初探》。

这篇论文无足轻重，但其中有一段文字特别值得注意，带有明显的沙文主义，这论及移民对适应环境的渴望，或许有一些见地。“我们以一位来自黎巴嫩小村庄的天主教马龙派信徒为例，看他如何应付人际关系……与虔诚的美国清教徒互动时，马龙派信徒在心态上和言语上，会把自己当成来自圣地的人。与美国天主教徒互动时，他会把自己当成天主教徒。与马龙派信徒互动时，他就是马龙派信徒。与贝鲁特的清教徒互动时，他是黎巴嫩的基督教徒。遇上来自阿勒颇或者大马士革的人，他是叙利亚人。认识来自埃及的穆斯林，他是阿拉伯人；与见多识广的美国人谈话，他是腓尼基人。到一家犹太人开设的公司应征工作，他是闪族人。如果这家公司属于任何一个基督教派，他显然是基督教徒。与政府以及重视爱国精神的机构打交道，他是百分之百的美国人。”

就像这位马龙派信徒一样，萨玛拉家族、沙迪德家族以及其他来自马佳永的黎巴嫩人，都一心一意要融入当地的小区。学好英语是一种方法，但是舌头有时不太听话。改名是另一种方法，有的人是在埃利斯岛就被美国官员随便改了名字，还有一些黎巴嫩姓名的美国化光怪陆离。一位黎巴嫩妇女玛丽在圣诞节假期抵达缅因州，把人们对她说的“圣诞节快乐”听成“玛丽·圣诞节”，以为人们都亲切地直呼她的名字，后来有人对她解释缘由，但她还是满心欢喜，于是决定改名为“玛丽·圣诞节”。

沙迪德一家人挑名字的时候，希望至少能保留一些阿拉伯原文的根源。米克巴尔变成迈克，阿卜杜拉变成艾伯特，哈纳英语化之后变成约翰；纳比哈更进一步，变成内华达，把她姐妹的名字简化为“碧”。他们的姓氏也经过一番变化，沙迪德的阿拉伯文发音是“希迪德”，后来被改成各种拼法，米克巴尔一家改成谢迪德，阿卜杜拉一家改成沙迪德。沙迪德的各种拼法差别不大，但是像“纳伊菲”就被搞不清楚的移民官员选择性或是随意乱改成奈菲、内孚、内法、纳法、内夫。而库里斯、扈利斯、库瑞斯、艾库里斯其实是同一个姓。哈洛兹变成哈里斯。巴拉卡特变成巴凯特。达巴基变成迪巴奇。俄克拉何马最出名的马佳永人是阿迪布·艾德，对姓名的选择非常奇特，他从少年时期就迷上棒球，偶像是贝比·鲁斯，于是他把“阿迪布”改成“贝比”，“艾德”改成“艾迪”，从此阿迪布·艾德默默无闻，人们只知道贝比·艾迪。

如果移民要忠于传统，有时就会遇到问题。伊斯伯的大儿子纳比遵照故乡习俗，以父亲之名来为儿子命名，他在俄克拉何马市一家医院拿到出生证明时，赫然看到“伊斯特·萨玛拉，女性”。

纳比大喊：“拜托，不是伊斯特！是伊斯伯！而且他是男生！”

移民对姓名改换可以逆来顺受，但是对于那些让他们独树一格的传统，他们还是排除万难，坚守到底。

对每一位移民而言，最重要的传统就是饮食，从洗礼（教堂盖好之前，通常是用一个结实的圆形澡盆）之后的丰盛午宴，到比较普通的无花果与盐腌米克塔，都是如此。阿卜杜拉甚至特别种了一畦小麦，这种起源于肥沃月湾的作物，目的是为了做一道名为“佛瑞克”的菜肴，搭配羊肉尤其美味。访客如果是美国当地人，往往会对他们的某些仪式感到讶异。有一回舒克瑞拉·沙迪德牧师照惯例主持洗礼，然后举行丰盛的午宴。一位宾客马多克斯先生看着这些黎巴嫩人享用“希毕兹马库克”，一种薄如纸片、对折起来吃的面包。

马多克斯先生对太太说：“我的天哪！他们在吃餐巾！”

还有一回，一对美国夫妻直接把希毕兹马库克当成餐巾，铺在膝盖上。

在移民者的美国邻居看来，他们的婚礼真是令人叹为观止，热情洋溢的程度经常登上《俄克拉何马人日报》的版面。一篇1924年的婚礼报道，谈到一位叙利亚教士“以东方信徒特有的鼻音诵读吟唱”，还有典礼之后的“狂欢盛宴”。另一场1913年的婚礼，夫妻俩都来自萨玛拉家族，也登上这份报纸的二版，文章中提到婚礼场地“位于一个破旧的街区”，附近邻居听到“喧闹骚动”，于是报警处理，而警方也以为“发生大规模暴动”。一位宾客以阿拉伯口音的英语对记者解释："我们只是在玩乐，就这样而已。"记者本身似乎也对这番奇观相当着迷。

社会化是当务之急，拜访做客是乡村生活的节奏，八卦经常伪装为关心。一场对话有时候会变成惠斯特桥牌或者扑克牌游戏，用胡桃充当筹码。任何一个夜晚都有可能举办即兴派对，唯一需要的是"德贝克鼓"，一种沙漏形状的鼓，据说发明年代比椅子还早。阿卜杜拉·沙迪德唱歌时喜欢用手掌捂着耳朵，从嗓音听得出来他一天要抽三包烟。狄布开舞行列很快就会形成，有时候跳得太过热情激烈，体力稍差的人往往会颓坐在椅子上，只是双脚仍然持续配合舞蹈旋律打拍子。参加者一句英语都不说，在这样的夜晚，他们回到了马佳永，回到了家，一起回去。

那一天终于来临。场景有如大萧条时期俄克拉何马的尘暴干旱区大迁徙[1]，我跟托玛的姻亲借了一部丰田小卡车，将我在马佳永的所有物品都堆栈上去。九个月小镇生活累积的一切：两张椅子、一张长沙发、一张餐桌、四张餐椅、一个衣柜、一张书桌、一张书桌椅、一个冰箱、一个铸铁暖炉和排烟管、几张组合桌、衣服，此外还有一堆厨房用品，包括仅存的几罐橄榄、冬天泡茶用的大茴香、盘子碟子和银器，后者是一位记者同行送的，她离开贝鲁特时带不走。这一大堆东西几乎要从卡车散落下来，但是托玛的儿子阿里坐在车子后方，老神在在地大声叫卖："两公斤鲜鱼！"一点都不输马佳永街头任何一个鱼贩，他们会溅出水的小卡

---

1 20 世纪 30 年代，俄克拉何马州及得克萨斯州因为干旱，加上耕作方式的问题，造成连续数年的沙尘暴灾害。当时灾区的居民被迫离开家园，往加州与其他地方迁徙。

车成了水族箱，“苏丹易卜拉欣鱼！”

来到伊斯伯大宅，我们把所有东西搬进“洞穴”，那个最接近完工状态的房间。因为卡米尔一如预期，还没把门做好，于是我们把床铺竖起来，当成外面那道门。我们在阿布·金恩的废料堆中找到一扇门，用扫帚扫干净，充当里面这道门。房间里只有一盏灯会亮，其他的灯座还没有安装灯泡。大宅没有暖气，四月的夜晚仍然寒冷。外面有狗狂吠，我开始担心那两道门是否牢靠，但是又摇摇头，其实无关紧要，我已经累到无法担心。我把床垫放在地板上，把所有毯子摊开来，穿一件长内衣再加一件毛衣，然后爬进毯子下方。

距离伊斯伯·萨玛拉动工兴建大宅近一个世纪，这是四十多年来头一回，终于有萨玛拉家族的人在大宅里过夜。

第二天是星期天，马佳永人不工作。我在大宅里四处走动，看到出乎我意料的美。瓷砖重新铺设，擦洗一新。大宅浮现一种棕褐的色调，但是蓝色与红色也有微妙的点缀。油漆相当漂亮，由约瑟夫·阿布·海尔负责，他的父亲是一个四处派驻的军人。但是看起来闪闪发亮的石块，才是大宅的重心。我凝视着石块的体积与色彩，注意到许多地方都有瑕疵，但却是美丽的缺陷。一道墙由十一排砖砌成，它是屏障、地基、背景与入口。这些石块是庞然大物，向外扩张却坚定不移，是这座亘古不变、身份永存的大宅的一部分。对那道墙，我怀疑它永远不可能被摧毁，它前方的那些尖拱也是如此，它们并肩耸立，有如巨人亚特拉斯的肩膀。

尖拱是地地道道的黎凡特创意，起源自远古的两河流域，穆斯林在一千年后抵达当地时，尖拱的设计仍然相当普遍。穆斯林让尖拱发扬光大，向西越过地中海。我凝视着那些尖拱，想到阿布·萨利姆·哈达德，这地方最后一位真正的石匠，负责装饰这些尖拱。我们刚开始工作时，他告诉我：“看看那些尖拱，你可以搭配各种地板，可以在这幢房子上面再叠五层地板……一幢房子最重要的部分就是拱门，一道不会垮的拱门。”当时我还不太了解他的意思，如今都明白了。这些拱门是幸存者，如今它们的特质已经超出原本的建造目的。原本封闭的，现在打开了；原本实用取向的，现在变得柔软多变；优雅的风味既是刻意设计，也是无心插柳。

托玛说：“你就是花一百万美元，也盖不出这样的石屋。”他陪着阿布·金恩和我走过大宅。

阿布·金恩点点头，很难得地对托玛的话表示同意，“今天哪里找得到师傅盖这种房子？找不到的。”

他们说话的时候，我把百叶窗打开，让阳光照进来。光线显得微弱，远比大宅还是“工作坊”、任凭大自然摆布的时候来得柔和。阳光优雅地映照地板与墙壁，透显出石块的阴影。

那天午后，塞西尔来访，迈着谨慎的步伐走向我的大宅。他有一点点驼背，肩膀有一点点高耸。他的衣服是大地色调，地道的马佳永人风格：褪色长裤、绿色毛衣、灰褐色破旧夹克。我已经几个礼拜没跟塞西尔说话了，他很想看看大宅变成什么样子。我还记得几个月前他写给我的信：“我对你的忠告就是，不要碰伊斯伯大宅。”但是如今大宅已有模有样。

塞西尔说：“这幢房子发人深省。”我从来没听过他以这种口气说话，他平常说话字斟句酌，但是现在却带有一股敬畏感：“我万万没想到，它会变成今天的模样。”

塞西尔走进每一个房间，就好像要做大宅专题报道一样。有几个房间，他默默地徘徊。你可以察觉他年迈但仍犀利的心智，正在计算各种角度。

他问我：“你第一次见到大宅的时候，一定无法想象它今天的样子，对不对？”

瑞伊法嫁给阿卜杜拉的时候，俄克拉何马州的黎巴嫩移民增加不少，已经超过七百人，包括萨玛拉家族与沙迪德家族。马佳永人移民美国的风潮从19世纪90年代开始，现在已戛然而止，他们定居俄克拉何马，不再迁徙。

定居也带来危险与苦难。阿卜杜拉的哥哥米克巴尔一家人定居布林克曼，开设布料服饰店，店里到处都是泛黄的“今日特卖”告示牌。他们一直是街坊邻居眼中的异类，米克巴尔的子女很快就增加到十个之多，大儿子乔治刚上学时只会说阿拉伯语，被当地的男孩霸凌。沙迪德家的孩子在教会被牧师质疑，认为他们肤色太深，不可能是基督教徒，牧师还对女孩们大吼：“你们如果没有被救赎，就会下地狱！”她们哭着跑回家，跟妈妈哈菲莎诉说她们的命运。

她告诉女儿们：“别担心，你们已经受过洗礼。”她的英语还不太行，发“r”的音很没把握，“ap”与“ab”也永远分不清楚。

哈菲莎摇摇头，继续温柔地说：“你们不会下地狱的。”

当时三K党在俄克拉何马再度崛起，从种族暴动到动用私刑，暴力像镰刀一样横扫全州各地。从不守戒律的清教徒到黑人、犹太人、美洲原住民与天主教徒社群，都沦为三K党的攻击目标。他们实际犯下与被指控犯下的攻击事件，实在太过猖獗，迫使作风进步的州长杰克·沃顿宣布两个郡进入戒严状态，最后更扩及全州（他对三K党的憎恶感，最终导致他遭到弹劾，在位仅十个月）。

靠近得克萨斯州的布林克曼也无法幸免于难。刚开始，米克巴尔和家人受到的威胁还只是窃窃私语。米克巴尔是一位和蔼可亲的店主，总是以顾客熟悉的母语——德语、西班牙语、阿拉伯语和英语——和他们交谈，而他们也会悄悄警告米克巴尔。到后来，威胁日益强烈，镇民不愿光顾米克巴尔的店。当地警方充斥着三K党分子或其支持者，不时直接警告米克巴尔一家人：你们应该离开。米克巴尔的大女儿格拉迪斯永远忘不了1923年的一个夜晚，家中的前院，在一畦菜园旁边，有人竖立一座十字架，浇上汽油并点火焚烧，烈焰在夜空中张牙舞爪好几个小时。然而米克巴尔坚持，既然他来到了美国，他可以要求州长采取行动。他说到做到，打电话到沃顿州长的办公室，恳求他出面处理，而州长办公室也的确做了处理。米克巴尔的家人一直搞不清楚过程，哪些人受到告知？哪些人受到传唤？哪些人受到警告？无论如何，从此没有人会在他们家前院竖立十字架，也没有人敢再来威胁他们。

为了保险起见，米克巴尔买了一头斗牛犬，养在店里，命名为“雷克斯”。

米克巴尔似乎很容易招惹麻烦，难缠的岳母拉希亚可能是祸首，她在纷争与混乱中自得其乐。拉希亚会鼓励女儿女婿吵架，然后坐下来好好欣赏，脸上浮现一抹凌虐者的微笑。她重男轻女，老大格拉迪斯的出生让她火冒三丈，因为她只想要个孙子。她在女儿的乳房上淋酸液，使她无法哺乳。拉希亚不在家的时候，哈菲莎才敢在女儿嘴里放一颗糖球。然而这样营养还是不够，格拉迪斯发育不良。哈菲莎胸口痛楚，精神濒临崩溃，最后只能恳求姐妹马莎代她哺育格拉迪斯。

“不要告诉妈妈。”哈菲莎恳求马莎。

拉希亚过世的时候，人们都记得她女儿的反应。

哈菲莎说：“不必为她哭泣。”

的确没有人为她哭泣。拉希亚的儿子法兰克六个月大时，就被母亲遗弃在黎巴嫩，如今成为家族的领导人。他的姐妹性情温和软弱，他自身则是典型的马佳永之子。他独断专行，面容严峻，左太阳穴有一道疤，说一不二。米克巴尔的大儿子乔治生病，躺在床上由医生照顾，法兰克来到后开了一味药方：马尿(居然有效)。另一个侄儿朱诺感染肺炎，法兰克赶走医生，在朱诺身上涂抹自制的芥末膏，以芥末粉混合面粉与水，据说可以治疗支气管病症。法兰克围绕着侄儿病弱的身体，大呼小叫差遣米克巴尔夫妇，胡乱治疗一番，才两岁的朱诺一命呜呼。其他人只能旁观，法兰克把手放在侄儿的眼皮上，让他永远闭上双眼。

“他走了。”法兰克的声音不带任何感情。

保利娜有一头略带金色的棕发，是米克巴尔与哈菲莎所有孩子当中最漂亮的一个，而且遗传了父亲的魅力。在家里十个兄弟姐妹中，她排行第四，生性独立，二十一岁那年谈恋爱，但不是年轻男女的盲目热恋。保利娜和男友都已成年，相约终身厮守，但法兰克勃然大怒，破口大骂，坚持侄女只能嫁黎巴嫩佬，不能再与布林克曼的邻居约会。

哈菲莎每天花许多时间在厨房里忙碌，子女眼中的她，永远都在煮饭做菜。她在厨房里放了一罐石炭酸，用来消毒鸡肉，鸡来自房子旁边的鸡舍。法兰克下达命令之后不久，保利娜喝下一罐石炭酸，这种难闻的腐蚀性溶液会造成昏迷、感觉麻木、脉搏放慢，最后是死亡。人们还来不及发现她做了什么，保利娜就已香消玉殒。

六个星期之后，保利娜的情人向她的兄弟戴维借车，打算开车四处走走，越过绵延地平线的平坦田野。戴维因为同情对方而答应，两个人便坐上家里的 1935 年蓝色别克。开了大约一个小时，他们停下来走出车外，欣赏风景。戴维转过头去的时候，保利娜的情人从车门走到车后的挡泥板。戴维闲适地眺望远方，保利娜的情人则拿出一罐石炭酸，像她一样一饮而尽。他结束了生命，如愿以偿。

乔治·达巴基说："我的认同感正在重新形成。"他是我邻居、国立马佳永学院校长莫里斯·达巴基的儿子。我不太明白他的意思，因此请他解释一番，他说："问题在于：你要一直活在过去？还是你向往别的地方？如果答案是后者，又是什么地方呢？"

乔治和我趁着美好的春日出外旅行。乔治既有趣又多话，有如一位向导。我们坐进一辆出租汽车，他说："这地方的历史极为丰富，触目所及都是历史。"他看着周遭风景，我也是。山谷再过去就是赫尔蒙山，积雪日益稀疏，几乎无法铺满山的轮廓。乔治指着一片陡坡说，四千年来，侵略者都是从那个地方进军的。

我们开车行经马佳永下方的"草地"，我从来没有走过这条路，美丽与古老的景观撼动人心。第二次世界大战时期，英国在这一带与法国维基政权作战，我们沿着一条弹坑累累的道路缓缓前进，经过一座座英国人用以抵挡战车的石造工事，但最令人惊叹的还是自然景观。旧日的壕沟上方与周边生长着橄榄树，麦田一片青翠，无花果被橄榄与花朵取代。有一种花名叫“骆驼荆棘”，是骆驼的食物。我们爬上一座平缓的山丘，当年可能是迦南人或者犹太人的坟场，从这里眺望，这片土地被各国的国界划分割裂：南边是以色列，东南边是约旦，东边是叙利亚；在伊斯伯·萨玛拉的年代，这些国家都不存在。

我们站在山丘上，一位老农夫走了过来，阿布·阿里·旺萨是迪宾人，他说解放之后自己在黎巴嫩一座监狱被关了六个月，罪名是勾结以色列，不过他对乔治和我最津津乐道的是，当地众多族群过去如何和平相处。他们相互通婚，与土地密切结合，坚持的原则是和睦共存而非信仰教条。我问他，后来发生了什么事？他伸出手杖，在草地上敲一敲，以理所当然的语气回答。

“战争。”简明扼要。

我对政治的看法和乔治差不多，两人站在山丘上，开始讨论阿拉伯地区的基督教世界。乔治并不是沙文主义者，不会像木匠卡米尔那样敌视穆斯林。然而对于马佳永基督教徒在这个日渐衰败城镇的命运，他跟我一样满怀恐惧感与失落感，他说：“我没有勇气说再见，然后离开。”我想到自己的先人，还有他们如何勇敢离开。他继续说：“我们永远不可能在黎巴嫩掌权。”

我不能不赞同他。我们身为基督教徒，一直面对边缘化危机，被排除在决策过程之外。为了坚持原有的身份，我们正面临灭绝的命运。我想到塞西尔在贝鲁特的建筑师朋友阿西姆·萨拉姆，他在 2006 年战争期间说过，黎巴嫩的每一个族群都缺乏“生存的保证”。

权力意味着生存，没有权力，一切都无法持久。这是中东地区的运作法则，从我的黎凡特演进而来。缺乏权力意味遭到忽视，尤其是渺小的族群。乔治以伊拉克的基督教徒为例：“他们已经完蛋，已经消失。”他指着我们先前和农夫阿布·阿里伫立的山丘，“那个人说我们是同一个民族，但是没有人要听我们说什么话，我们必须向别的地方寻求认同感。”对于“认同感”这个字眼，我想乔治是指一种情感的或者心智的主权，也就是生存，也就是想象更丰富与更宽广的事物、想象另一种族群的能力。“我们与土地的联系，可能不像某些族群那么紧密。”

后来我们到乔治的父亲家吃饭，谈话自然而然触及马佳永的历史，几个观念也呼应了塞西尔与我的谈话：马佳永曾经让不同的宗教族群和平相处。这一方面是怀旧之情，一方面也有其道理。他的看法涉及权力与信心，指向一种不那么僵化的认同感；这发生在比较不受边界局限的土地上，甚至可以带来某种生存的保证。

我的邻居、乔治的父亲莫里斯说，这些已经完全消失了。

他称之为：“消失的过去。”

危险消逝

一个春日的夜晚，我等待希克马特来访。一个多礼拜以来，我大部分晚上都待在屋子外面，吃新鲜杏仁，喝威士忌，享受一种久违的平静感。大宅非常安静，只听得到风从树林吹过。茉莉花的香气笼罩着我。

我坐在门口，灯光映照着梅树茂盛的绿荫，两棵橄榄树的绿荫则带着银灰色泽。花园中各种植物的朦胧轮廓宛然可见：罗勒、罗莎娜、海瑞拉医生送我的受难花。微风送来阵阵暖意。我终于逃离了战争，爆炸的震荡、直升机的声响，现在全都消失了。今年二月伊马德·穆格尼耶遇刺身亡之后，黎巴嫩的危机陷入最恶劣的僵局状态，虽然战事尚未爆发，但也没有人愿意妥协，流血冲突的风险阴魂不散。电视广告呼吁各方对话："就算不是为了我们，也要想想我们的子女，请开始对话。"商店贴出告示，要求顾客不得在店内谈论政治。然而走上街头，只见一队一队军人部署在十字路口，恐惧气氛弥漫。

穆罕默德·海德尔是什叶派信徒，来自邻近小镇迪宾，希克马特曾经警告他："如果发生什么事情，立刻带着所有孩子离开迪宾。这回什叶派与真主党可不会开玩笑。"希克马特的意思是，下一场战争将是大对决。他的妻子仍然担心女儿未来的命运，他对她的语气就比较让人安心，很有自信地预测：现在还是春天，战争要到夏天才会爆发，"现在天气寒冷，遍地泥泞，没有人会想在这个时候出兵。”我们所见略同，就算战争果真爆发，真主党也不可能被击败，这也几乎是每一个人的共识。现任政府宣称继承了哈里里的衣钵，大约得到一半国民的支持，更重要的是美国也力挺。然而真主党代表的什叶派是黎巴嫩最大的族群，而且他们的靠山伊朗和叙利亚，远比美国更了解黎巴嫩。

希克马特很快就到了，这是我搬进大宅楼下之后他第一次来访。希克马特像老师傅一样走进大宅，肩膀向后张，头向后仰，不时点头表示赞许。大宅对我到底有什么意义，希克马特可能比马佳永任何一个人都了解。

“现在你已经和这幢房子建立了关系，”他对我说，“你那些美国的混账亲戚，现在一无所有，什么都没有，没有门，没有瓷砖，没有石块。”他指指点点，“你和大宅关系密切，你了解它的情况，你重新发现了那些拱门，你做到了，其实很简单。你已经和这幢房子建立了关系。”

希克马特说：“它已经是你身体的一部分，是你身体的子宫，它就是你，就是如此。”

他严肃地看着我，像一位父亲。他说我的女儿莱拉应该来这里，她一定会感觉大宅也是她的大宅。她应该认识自己与马佳永的关系，认识你与马佳永的关系。从一代人到下一代人，这是一条连绵不断的线，不应该再断绝。

我从希克马特送我的酒瓶里为他倒了一杯威士忌，坐在装饰艺术风格的家具之间，垫子是酒红色的布料，是我在贝鲁特巴斯塔区的旧家具市场买的。他喝着酒，逐渐陷入沉思与个人问题。

“一个人在睡觉的时候，你可以看透他的心。”希克马特告诉我，女儿睡在摇篮里的时候，他能看透她的心。他也曾看透妻子阿米娜的心，感受到她的良善。他觉得上帝让他到人世来，就是要照顾她们、保护她们。他说："写在你额头上的字，你一定看得见。"我在巴格达的时候经常听到这句谚语，用以解释什么叫命中注定。

我可以感觉到，希克马特和女儿米亚娜的感情越来越深。如果他的性格中还有父亲与保护者的成分，这就是。他也很坦诚："现在每当我远离女儿，就会非常非常想念，想念抱她的感觉，她喜欢我抱她。"他又喝了几口威士忌，"我过去从来不怕死，但是现在，我不想死。"

海瑞拉医生的朋友哈利勒·阿布·穆拉德跟我说过一个故事。有一回他走进一家卖烤坚果的商店，店主问他有几个孩子，哈利勒回答："一个女儿。"结果店主大喊："真该死！结了那么多年的婚，只生一个女儿，值得吗？"显然是老一辈的观念。希克马特在这方面值得肯定，我从来不曾听他抱怨没生儿子，他谈起米亚娜的样子也让我嫉妒，因为我自己的女儿不在身边。我几乎每天都要打电话给莱拉，每隔几个月才见得到她一次，一次几个礼拜。我告诉希克马特，这样的相处远远不够，陪她的时间这么少，让我很羞愧。

我继续说，陪女儿的时候，每当我们读完床边故事，她就会告诉我："你是全世界最棒的爸爸，没有人比你更棒，绝对没有。"她说的是真心话，说完还会抱抱我。这番告白似乎让希克马特心情激动，也许是同情，也许是明白长期缺席的我是如何需要女儿的肯定，也许是深刻了解亲子之情。他红了眼眶，一滴泪水滑落脸颊。他没有擦拭，也不会因为被人看见而不好意思。我们都是父亲，都缺乏安全感，都担心女儿长大之后的际遇，都害怕世界与未来的变化。

我们正谈话时，阿米娜打电话来，问希克马特何时回家。

我们原本计划一月就要完成大宅的一楼，结果拖到四月才完工。想到剩下的浩大工程，我不寒而栗。我们必须在两个月之内完成，这似乎是不可能的任务。

一天下午，其他人都回家吃午饭之后，我走到楼梯上方的阳台，阿拉伯文称为“istayha”的地方。从一个角落望出去，越过一道石墙，可以看到一丛石榴、高大的松树、一大片矮壮的无花果树，赫尔蒙山的景致令人陶醉。亲戚们告诉我，芭希雅以前会坐在这个角落做针线活，缝制枕头与毯子。如今我站在这里，心里想着，对于这幢她当家作主半个世纪的大宅，她会如何看待?

从厨房拆下来的一块大理石板，斜靠着走廊上的一堆瓷砖，旁边是几块碎裂的门挡。两扇旧窗靠着餐厅的墙壁，旁边是一副坚固的百叶窗，颜色是大宅窗户原本的绿色，我非常喜欢。芭希雅那个年代留下的事物，大宅触目皆是。

芭希雅的秋天也是马佳永的秋天。没有人能否认，整个镇正逐渐衰败没落，但是她对变化没有什么话可说。她年事渐长，几乎不再离开大宅。她何需离开，大宅已经是她的世界，到处都是她缝制的靠垫与窗帘。她特别喜欢白色，看起来很干净，而干净是她最重视的美德。不过有时为了点缀，她会把布料浸在茶水里，染成淡淡的褐色，绝不会太深。

对芭希雅而言，外面的世界没有多大的吸引力。她最熟悉的每一个人，都生活在伊斯伯大宅的房间里。埃利亚·迪亚布大主教备受喜爱的肖像，依旧挂在大宅最显眼的地方，是过往时日仅存的文物。伊斯伯经常看着老友的肖像，心怀喜悦。这位教士和许多人一样离开马佳永，但是他的告别特别有意义，肖像上还写着："勿忘我。"芭希雅或许也是靠这句话活下去的。大宅里，伊斯伯似乎无所不在，阳台上，书桌前，在起居室抽水烟。芭希雅的子女也是无所不在，有一回她告诉女儿，她一直可以听到厅堂传来子女的声音。那么她是否听到自己在子女年幼的时候教他们唱的一首儿歌？

"哦，莱拉，哦，莱拉
哦，莱拉，她的眼睛举世无双
她的眼睛拥有魔法
哦，莱拉，哦，莱拉"

过去，她每一天的第一件事就是等候贝都因妇女送来面包，然后为瑞伊法和拉提巴做奶油与糖三明治。现在，两个女儿去到世界的另一端，只能通过书信描述她们的人生。

芭希雅会在秋天腌橄榄，尽管她有时候会忘记自己有没有在罐子里放柠檬叶，但是从第二次世界大战期间到战后，她的心智还是相当健全的。她待人和善，自尊自重，在镇上相当受人敬仰。她每天清晨五点起床煮咖啡，端到阳台享用，欣赏白色、蓝色与紫色的绣球花。她坐在阳台上，邻居对她仔细打量，觉得她比实际年龄年轻。她有时会暂且放下早晨的清洁工作，与阿布拉家的两个外甥女罗琳达和瓦达德闲聊，她们和丈夫住在楼下。她有时也会与邻近基地的军人交谈。大宅永远整理得一尘不染。她跟丈夫一样节俭，伊斯伯留下一笔钱，瑞伊法与纳比也会寄钱回来，可她省吃俭用。但是她对大宅很舍得花钱。她买东西时也像丈夫一样，会问一大堆问题，务必要争取到最划算的价格。她会仔细检视各种商品，让店主很不耐烦。

白天的时候，哈利姆·苏卡里赫会帮芭希雅送来蔬菜、水果与肉品。园丁阿里快中午时上工，帮助日渐年迈的她料理植物，照顾她的石榴与橄榄，采摘芫荽与薄荷，浇灌她的菜园。他十分英俊，一个眼珠的蓝色比另一个更淡一点。戴着黑色头巾的侯赛因为芭希雅送来煤炭，也当她的杂务工，任何东西坏了他都能修。只要是来到大宅的人，芭希雅都为他们烹调精致的午餐。到了下午，接近傍晚时分，她坐下来钩针、编织、刺绣，她身边几乎每一样东西都是她亲手做的，甚至包括那些非常精美的桌布。每年圣诞节假期，她会编织毛线上衣，送给她最喜欢的亲戚的小孩。

每天早上，她擦净煤油灯的玻璃灯罩，并在夕阳西下时点灯。晚上七点，有时候更早，她就要准备就寝。她后来搬进纳比的房间，这等于是不甘愿地承认儿子再也不会回来。至于她原本的卧房则租给驻防马佳永基地的军官，他们多半会待上一两年，然后调往别的地方。随着她日趋老迈，基地的军人成为她的帮手与守卫，但她还是独居。当煤油灯在她睡前熄灭冷却，保护全家免于危险的她再也听不到往昔伴她入眠的声音：儿女的窃窃私语，丈夫在另一个房间的脚步声。

到最后，危险终于消逝，芭希雅的大半生也随之结束。

过去几个月来在大宅工作的人，阿布·贾西姆是我最欣赏的一位，我甚至在还不知道他的名字之前便对他有了好感。

阿布·贾西姆一头卷发，身材粗壮，笑容之中带着一抹哀伤。他喜欢炫耀自己的英文词汇，但也只有大约十个字，让他不断重组，语无伦次，例如："这里，三个，门，非常好。"我笑一笑，以阿拉伯语问他："你好吗？"他会回答："很好。"

他永远是个怀疑论者，每当他看着大宅的黎巴嫩师傅虚张声势，眼中总是会闪过一抹看透对方的神色。尽管如此，五月的某一天，他还是让我感到惊讶，因为他居然表示大宅整修工程的剩余部分完工有望。他的乐观振奋了我，因为当时大宅楼上的状况仍然有如一辆汽车遭到彻底解体，几百个引擎零件散布在车道上，没有人想把它们组合起来。如果"凌乱"只是不够整齐的意思，那么大宅楼上应该是"混乱"，而且是从入口就开始，一块一块凝固的焦油、残破的窗框、被凿缺锤打的石块，集合起来欢迎人们光临。

但是阿布·贾西姆也说对了一件事，我必须承认：大宅还有许多事要做。尽管我对即将来到的工程最后期限满怀挫折感，我会想象伊斯伯在自己的老房子中踱步。我想到当初兴建大宅的石匠与师傅如何搬石块、铺瓷砖、强化阳台、架设生锈但精致的铁栏杆。我很想知道伊斯伯会不会像我这样，让延误与失望引发满怀的焦虑。我看着大宅内外的石块，现在已清理干净，缝隙间涂上新的灰泥，泛着最柔和的米色。我们决定让餐厅与起居室的石块露出来，不要以水泥覆盖。这是一种创新的做法，我的创新：石块原本是不外露的，但我觉得它们很温暖，散发出一种恢弘的美感，一点都不输大理石地板或者三重拱门。我走过起居室与餐厅，知道他一定会感到骄傲。我的祖母离家时才十二岁，从不曾对大宅产生这种感觉。她怎么可能有感？她要在别的地方建立自己的家园。

这些布料服饰店的照片有某种一致性，它们由瑞伊法、阿卜杜拉、两人的亲戚，以及其他的黎巴嫩移民开设在俄克拉何马州的偏僻城镇，像是德克索拉、林赛、布林克曼、斯奈德与塞尔，有些不久之后就衰败成鬼镇。照片的灰色背景转为泛黄，彼此很难区分。店内的地板永远是木板或者混凝土，柜台至少有一列会铺上玻璃，一定是与墙壁平行。靠近天花板的货架上放着行李箱，下方是一匹匹布料，折得整整齐齐的纺织品，一盒盒的鞋子、化妆品、针线等等。成衣挂在衣架上，毛皮翻领的大衣覆盖着桌子。阿卜杜拉的兄弟米克巴尔经营的商店，张贴着只有他才想得出来的广告，上面有他引以为傲的字迹，其中一幅写着："价钱无比公道。"

几乎每一位移民都是自信满满，马佳永人天生的精明干练，加上他们放下一切、背井离乡、追寻未知的决心。没有任何事理所当然，没有任何事千真万确。移民每天长时间工作，展现出聪明过人的一面，有时可以从他们狡狯的眨眼看出。一位很有生意头脑的黎巴嫩裔商人在柜台旁边放了一把扫帚，每一位顾客结账的时候他都会把扫帚算进去，如果顾客事后发现，气冲冲地回来理论，收银员会指一指扫帚。

"你买了这把扫帚，为什么不带走？"

家

马佳永的广场区还有另一幢无人居住的老房子，也是大型庄园，比伊斯伯大宅更具规模，开车行经大道的人一定会注意到它。我一直把它当成一个教训：如果我们不整修伊斯伯大宅，这就是大宅的命运。

一天午后，太阳即将西落，我来到这座面目全非的废墟。它一度富丽堂皇，现在却无人闻问。石块色泽黯淡，完全不像伊斯伯大宅的石块，蓝色、灰色、棕色，鲜明生动。百叶窗的绿色已经消褪，铁栅栏锈痕斑驳，不过还算完整。大门没有上锁。它诉说着时光飞逝、忽视与羞辱。屋内一片寂静，唯一的声音是外面的噪音，从街上传进来，毫无阻隔。多年以来，我是第一个踩上屋内尘土的人，而尘土也已累积多年。前任屋主是一位国会议员，20 世纪 90 年代死在任上，他留下的唯一印记是墙上的涂鸦，似乎也已年代久远。

涂鸦写着："暴君坐镇在此。"

离开这幢房子之后，我的老房东米歇尔 · 法迪西走出自家经营的商店，跨越街道来找我。我以为他要催我交上个月的房租，他提醒的方式向来有如哑剧表演，从来不直接提钱的事：坐上他的奔驰轿车，手臂伸出窗外，手指相互搓动。

这一天他告诉我："这间房子过去很热闹。"我们站在路边潮湿的碎石堆上，旁边有一棵枝叶凋零的无花果树，再过去几米就是老房子的大门，“客人们就像蚂蚁，就像尘土聚积在地板上。”一直到20世纪60年代，老房子还是门庭若市，选举前尤其热闹欢畅，各大政党会举行晚会，饮酒唱歌，跳狄布开舞，到凌晨还欲罢不能。他说：“那是一段美好的日子。”据他所知，接下来的几年，房子的产权转移给议员的二十五个亲戚，对于房子要何去何从，是要卖掉、重建或者等它垮掉再说，没有任何人能够达成协议。米歇尔指出：“继承权的问题，谁能够解决？”

米歇尔年轻的时候，这一带的民众会到马佳永来采购，从灯具、厨房用品、珠宝到汽车零件，甚至冰淇淋，老习惯至今犹存。尽管马佳永从很早以前就开始逐渐没落，但它仍是整个省的中心，因此成为人们必来之地。米歇尔开始回顾马佳永那段岁月，每一间房子都有人住，面包店到中午就卖光。广场周边都是商店：裁缝店有七家，鞋店有四五家，理发厅有十几家。当时的教士会访问每一个家庭，帮他们处理日常生活的疑难杂症。但是现在，教士坐在教堂上方的寓所，和小区的联系已经断绝。整个地区的重心已经转移，一边是转到纳巴泰，在通往贝鲁特的路上；另一边则转到哈斯巴雅，在一条不确定通往何处的路上。

马佳永的地位被国界颠覆，价值被时间贬损。最让它感到羞辱的是，远在大道之外的许多小地方，如今都蒸蒸日上，例如基拉村与克拉亚，原本都是默默无闻的村落，只有与马佳永的大马路相形见绌的泥土路。但是现在，再也没有人会问通往马佳永的路怎么走。经过广场，通过坟场，来到大道前方，走到伊斯伯大宅时转弯。

米歇尔说：“对马佳永来说，真丢脸。”

我问他，你还喜欢这个地方吗？

"它是我的城镇，我怎么能不爱它？但是我必须工作，如果在这里找不到，那就非离开不可。难道要我从墙壁后面挖钱出来？越来越不愿意留在这里工作，完全不愿意。他会回来吗？不会。这里大部分的人都是如此。"人们关门、上锁、离开。"真是受够了，我们去美国吧。等到这一代都死了，谁来取代他们？不会是我的儿子，也不会是你的儿子。你认识海瑞拉医生吧？他越来越老了，等他过世之后，他的孩子会回马佳永生活吗？一个都不会。"

去美国。这句话说来勉强，却打中我的心事。马佳永与它离散子民的关系充满冲突，我从米歇尔的话语中听出一丝苦涩。马佳永人对于本地子民的成就感到骄傲：波斯湾地区的胡拉尼家族，还有移居堪萨斯与俄克拉何马的几乎每一个家族，沙迪德、奈菲、萨玛拉、法尔哈、洪西、拉哈尔、沙布尔，都累积了可观的财富。每个人都知道这些杰出子弟的贡献，例如已故的迈克尔·迪贝奇博士，就是一位世界知名的心脏外科专家。巴西也有许多马佳永子弟，而且成就斐然。但是马佳永人对于杰出子弟的背井离乡还是带有一丝怨怼，因为这些人都不肯回来。过去有海外侨民返乡的时候，马佳永人都会热忱欢迎，举行盛宴与庆典。这种阿拉伯风格的欢迎方式，让人应接不暇。米歇尔告诉我："这里面带有一点骄傲感，对他们与对自己的骄傲感。"希望也是一个因素，马佳永人希望借此让侨民慷慨回报，帮助家乡发展。有一回一位侨民看到自己即将享用的盛宴，只能摇头惊叹，表示他在美国没见识过这种场面："我不知道马佳永人这么有钱！"

他对马佳永的"富裕"留下深刻印象，因此并没有做任何捐献。

也有一些侨民回来整修房子，可能每年夏季住上二十天。夏季是马佳永市况最繁荣的时候，只是镇民对“繁荣”的标准越来越低。

而且，夏季之后呢？米歇尔很疑惑。

“到了冬天，他们还会来吗？”米歇尔追问，“侨民可能会回到自己的房子住几天，但他会定居吗？他每年夏季都会来吗？他整修房子，很好。但马佳永需要的是人口，不是整修过的房子。人在哪里？我们需要有人到镇上定居。”

我回来了，拯救了一幢房子，以某个理想之名，向历史与记忆致意，不在乎受到误解。然而一段时间之后，我终将抛弃它，无论它再怎么功能健全或者美轮美奂，我都只能留下一座遗迹。每当这种事发生，马佳永这个社会又将没落几分。

过去伊斯伯大宅虽然年久失修，还是有人占住。这些占住者再怎么讨厌，都还是当地社会的一分子。相较之下，我会在大宅暂时居留，但是永远不会长住，也永远不会真正属于这个地方。米歇尔点点头，好像解读出我的心思。

他以阿拉伯语说：“只见石块，不见人影。”

几年的岁月无法抵消几个世纪。对于既有的一切，需要好几个世代才能够削弱。

马佳永人的主要信仰是东正教而非天主教，因此在教育和观点上更接近英国与美国，而非法国。美国传教士在马佳永一直很有影响力，在 1867 年创立了一家清教徒学校，虽然被传统的东正教士视为异端，但还是做出重要的贡献——普及英语。就好比耶稣会在贝鲁特与黎巴嫩山脉地区，培养出一个熟稔法语的受教育阶层。多年以来，有一位美国传教士一直备受敬仰，有如圣人。来自宾夕法尼亚州的乔治·波斯特是一位医生，留着先知一样的胡子，在贝鲁特美国大学教授外科医学与植物学，他来过马佳永几回，为贫穷、病重而无法远道求医的村民动手术。

第一次世界大战之后，英国占有巴勒斯坦，马佳永的亲英美特质也变得更加明显，这不足为奇。为了配合英国人划定的边界，奥斯曼时代的联系与路径因而改变转移。许多马佳永人却仍忠于旧日祖先留下的路径，前往巴勒斯坦与更远的地方。在马佳永，很难找到哪一个家庭与巴勒斯坦毫无关连。芭希雅·阿布拉有平辈亲戚住在海法与伯利恒；还有一个姐妹住在贝森，1948 年以色列建国之后，当地居民遭到驱逐，大举逃亡，基督教徒则是被强制迁徙到拿撒勒。原住民离开，地名也随之改变，贝森变成贝特谢安。以色列建国之后，马佳永与巴勒斯坦的核心联系永远断裂，结束一段横亘数代的年代，一个只有边疆、没有国界的年代。

没有人可以否认马佳永的没落。巴勒斯坦消失了，马佳永各个家族在胡拉山谷的土地化为乌有；它的腹地过去曾在海法、耶路撒冷与加利利为它提供商机，后来也不可能延续。伊拉克石油公司没有任何新的工作机会可提供，学校也没有教职空缺。有些家族从外地回来，有些踏上冒险的旅程，前往美国与巴西。1967 年，与马佳永关系密切的霍兰，伊斯伯·萨玛拉曾经漫游的地方，也和马佳永永远隔离。以色列在那一年占领戈兰高地与库奈特拉，将原本位于交通要塞的霍兰变成渺无人烟之地。对外道路已然断绝，阻碍重重。每天来回的出租车停止营运，追求财富的商人也裹足不前。当时内战还没有爆发，但是咖啡厅的闲聊已经是人心惶惶，浮现不祥的预兆和阴暗的预言。即将降临的是内战带来的恐怖与不公不义，现代中东地区史上最恶劣的罪行，地名与时间至今撼动人心：1982 年，萨布拉、沙提拉和泰拉札塔[1]。

我已经好几个礼拜没见到卡里姆了，他大部分时间都待在贝鲁特。他依照习惯，定期与我联络，晚上打公用电话找我，因为那个时段比较便宜。有一天他在电话里上气不接下气地说："我在滨海公路上健走！"他再一次恳求我帮他留在马佳永的花草树木浇水，一直问："我这样要求会不会太过分？"其实他知道我会怎么回答；他又说："我找你是因为你热爱植物。"

夏天来到，卡里姆终于回到马佳永，我在他可爱的小花园等他，周遭是柠檬树、柳橙树与匀称的橄榄树；石榴树悬挂着浑圆的红色果实，有如美丽的珠宝。

卡里姆和我打招呼，照惯例抱怨我很少打电话给他，不过还是开心地欢迎我，"我知道，我知道。如果我有手机，那就好联络了。"他也向我保证，"我这个人最灵活，不拘一格。"

他上下端详我，眯起眼睛，撅着嘴说道："信不信由你，我很想念你。"

他给我三个吻，一个大拥抱，问我是否变胖了。

"我很想念你。"他又说了一遍，快乐地哼起歌来。

一如往常，他准备了礼物：自己做的碎薄荷、一个黄色盖子的空瓶子（"为你的厨房增添几分颜色"）、防蚊液、两个看不出是

1 萨布拉与沙提拉是贝鲁特西南市郊的难民营，收容许多巴勒斯坦难民与黎巴嫩南部什叶派穆斯林难民。1982 年内战期间，此地遭到报复性屠杀，死亡人数可能高达三千人。泰拉札塔则是贝鲁特东北市郊的难民营，1976 年内战期间由于基督徒势力与巴勒斯坦解放组织的冲突，导致此地有将近三千名巴勒斯坦难民遭到杀害。

梨子或茄子造型的淡绿色碗，他说："可以装鹰嘴豆之类的东西。"我礼尚往来，送他一整袋卫生用品：保湿乳液、银宝善存、治疗关节僵硬的营养补充品。

礼物交换完毕，我们绕行花园，边走边谈，天南地北，节奏飞快。他指着自家的橄榄树，有些枝丫被尚未清理的残雪压低。他对自己的克莱门柑橘树非常骄傲，树上开满了小白花。他还夸耀说："等你看到石榴再赞美吧。"接下来卡里姆一如往常，谈起政治，他预言战争即将爆发：以色列和美国同一阵营，对抗叙利亚与伊朗。他突然大声说道："啊！第三次世界大战！"

有一天卡里姆来到大宅，对我们的工作成果赞叹不已，我知道那是他的由衷之言。他似乎看得目瞪口呆，声称我的黎巴嫩根源正在显现："这些根源会逐渐流露，你以为这里是美国？这里是黎巴嫩。"他又撅起嘴唇，摇头晃脑，检视大宅的每一个角落，"我打从心底为你高兴，为你感到骄傲。"

不过他还没有高兴到可以不发表批评的地步。

大宅外侧一道墙上，为什么会有一块灰色水泥？房间里的灯具也太难看了吧？花园是不是应该再撒一层土？客厅的瓷砖为什么不再擦亮一点？"哦，拜托，安东尼，你一定要这么做，你一定要这么做！"没完没了，直到他最后说道："我真的真的为你感到骄傲。你很有品位。"于是我才了解，他的批评其实不是建议，而是恳求，恳求我承认他也有品位。

我们坐下来，饮用海瑞拉医生送我的私酿草莓酒，举杯互敬。

卡里姆到来之后，马佳永变得不太一样，连气温都似乎升高了几度，空气仿佛变得可燃。尽管卡里姆也出身马佳永，但他一直无法与家乡真正契合。无论他对霍兰家族与在地家族的古老世仇有多着迷，马佳永实在是一个小地方，让他施展不开。他的教育程度太高，为人太慷慨。他耽于享乐，看尽大千世界(他曾对我说："我坐过灰狗巴士，搭过飞机，乘过火车，到过印地安人保留区。")，马佳永无法达到他的期望，永远无法。马佳永的居民也是如此，他们的教育程度和见过的世面远不如他，对他也不够尊重。

卡里姆的孤独与拒绝盲目崇拜，还有他的热情，让我深深被他吸引。但他的政治立场则不是这么回事，他似乎很喜欢刺激我，经常提出最具争议性的政治立场。

他说："我受不了什叶派，受不了真主党，受不了纳比赫·贝里，受不了侯赛因·纳斯鲁拉。"就算是标榜中庸温和的什叶派，在他眼中也是真主党的同路人。这时他突然沉默，瞄一眼隔壁桌。

"那个人是谁？说不定是个什叶派。"

"卡里姆，你不担心黎巴嫩的事吗？"

"不怎么担心，我认为各方会停战休兵。"

卡里姆的沙文主义立场似乎摇摆不定，有时候他很悲观，对黎巴嫩的一切感到幻灭，语调忧心而虚无。他先前对我说："我对黎巴嫩人再也没有好感，真的，我受够了他们。我受够了，我们受够了。我和绝大多数人一样，对局势充满无力感。"不过他造访大宅的那一天不太一样，他似乎已经豁出去：如果人们都拒绝接纳他(一个始终不曾真正归属黎巴嫩的人)，那么他也不会接纳任何人，包括什叶派、所有的穆斯林，甚至包括马佳永与在地家族作对的霍兰家族。我觉得他成年之后的人生，在黎巴嫩的战争与和平之间度过，让他变得很不快乐。对于他的幻灭，政治恐怕只是一种隐喻。他和许多同世代的东正教徒一样，年轻时是阿拉伯民族主义者；至于现在，他告诉我："我只主张黎巴嫩至上。"

那么他的马佳永呢？我说："我觉得这个地方正迈向死亡。"

"不，不，不要这样说。"他恳求我，音调越来越高。对于马佳永的生存，他似乎仍然怀抱信心，或者至少必须相信，相信马佳永总有一天会恢复它四通八达的地位。马佳永拥有辉煌美好的过去，它值得生存下去。至少这是卡里姆的信念。他并指出，马佳永是巴勒斯坦、叙利亚与约旦的交会地，马佳永人会到海法、库奈特拉、大马士革与贝鲁特工作。20 世纪 20 年代的马佳永，无论是规模还是重要性，都超过哈斯巴雅与纳巴泰。卡里姆相信，那样的日子会再度到来。

我摇摇头，告诉他："我们已经等了六十年。"

他回答："马佳永仍然是我的故乡，我的根，我的源头，我的身份。在贝鲁特的时候，我并不是贝鲁特人。"

"马佳永也是我死后要归葬的地方，我已经准备了一个很大、很美丽的坟墓。"

真正重要的不是马佳永现在变成什么样子，或者未来和平是否降临；重要的是它的过去，一个派对、飨宴、宾客、礼拜天招待四十人午餐、每个人都在欢笑的地方。卡里姆有他自己的马佳永，无论我如何预言这个城镇的衰败，他永远不会放掉自己对马佳永的回忆。他似乎是在说，才不要管那些人，反正他本来就没多喜欢他们，但他还是热爱他的马佳永。

"你死了之后，马佳永会变成什么样？"

“我何必操心？”他笑着说：“我死的时候，大家都去死吧！”

一年又一年，阿卜杜拉搜集美好的回忆，值得不断想起的回忆。他的漫游生涯已经结束，开始他自抵达美国以来最安逸的生活。他的脾气始终火爆，但是他非常喜欢唱歌，尤其是当亲朋好友聚在家里，品尝苦涩的阿拉伯咖啡，饱餐腌得恰到好处的米克塔。他手上似乎总是拿着烟。小孩围绕在身旁时，他会要他们拔他的白头发，一根白头发换一分钱。他整夜欢笑，以他甜美而深沉的声音娱乐宾客。

阿卜杜拉不像妻子瑞伊法那么勤劳。他喜欢玩乐，她正经严肃。他喜怒无常，她按部就班。他会在客人面前夸赞妻子，让她困窘难安。瑞伊法像父亲，担心祸从口出，宁可保持沉默。就像照相时要摆姿势，但也要不动声色。她会说：“就算你有什么优点，也不要谈论。其他人会谈，但是自己不要谈，什么都别说。”阿卜杜拉听到这些话，总是不屑一顾地挥挥手。瑞伊法在杂货店工作，他在户外劳动，照顾他引以为傲的果园与乐在其中的花园。果园里的葡萄藤长得很茂盛，虽然果实并不甜，但是瑞伊法会拿叶子做成一道美食。阿卜杜拉会嗅闻花香，樱桃花、梅花、桃花与杏花，一边闻一边告诉儿女，他想象自己回到马佳永一座山丘的山麓，对着赫尔蒙山，让凉风吹拂着脸庞。

更糟的时刻

距离大宅完工的时间只剩几个星期，阿布·金恩负责赶工。

眼前的主要工程是通往大宅入口的楼梯，有点复杂。两条走道相互垂直，高度不同，要在楼梯处会合，再上升三级。两个圆圈以四十五度角连接，长度也各不相同。我的两个表亲分别是工程师与建筑师，他们合作画下精细的蓝图。

阿布·金恩没时间弄这些细活（他第一次看蓝图时虽然假装专心，但是图却上下拿反了），他要以自己的方式进行，用粉笔画蓝图，结果很快就磨灭掉。他在做出承诺的几个星期之后，终于动工。尽管每天似乎都是错误的开始，但他显然不以为意。

一点也不。

他测量楼梯长度，照计划应该是二百二十米长，结果只有二百一十七米。

他用阿拉伯语大喊："正确！"

然后他把水平仪放在他浇灌的混凝土上，判断水平程度。液面的气泡移到最左边，显示平面严重倾斜。

"很好！"他骄傲地大喊，虽然很不合时宜。

法迪上工，负责磨亮客厅、餐厅、厨房与卧室的瓷砖。然而到了第三天，他表示无法继续工作，除非我能供应足够的电力，让他使用他的工业级装备。我很忙，因此请他直接找电力公司，而且是拜托他去。但他婉拒，表示自己不是马佳永人。阿布·金恩也不想去，他提醒我，大宅是在我的名下。所以我只好去了，十分钟之后，电力供应恢复正常。法迪说太棒了，但他还是希望等马利克铺好所有瓷砖再开始工作。马利克摇摇头，他从邻近的希亚姆订的两个门挡还没送来。他顺便提醒我，他的海绵不够用。阿布·金恩的反应并不令人意外，他希望马利克先铺好走道的瓷砖，然后才要进行楼梯工程。可是马利克要等阿布·金恩灌好混凝土，才愿意开始铺走道的瓷砖。在这么多折腾之后，还是没有人知道楼梯会是什么样子。

明智的人都会接受显而易见的事实：休假即将结束，在我离开马佳永之前，大宅整修工程不可能完成。但是明智不是我思考的特色，我不断告诉自己，大宅一定可以如期完工。如果有谁比阿布·金恩更让人难以忍受，那个人就是我。黎巴嫩南部的电话线路一团糟，电信业者不肯用心维护网络，而且以色列军方与联合国维和部队可能都会进行干扰。但我还是不放弃，用一部电池盖不见了的电话机打了几十通。我联络马尔万，问他什么时候把门送到他的工作坊油漆。我联络托玛的表亲，问他有没有适合大宅墙壁颜色的油漆：淡玫瑰红、石头色、米白色。我联络并恳求纳西卜把修复的铁栅栏送回来，安装到阳台与窗台上。我每天都问拉姆齐，木质天花板什么时候才能做好，他想让我轻松一点，不断告诉我他会在期限内做好，但期限一延再延。木匠卡米尔的延误更是严重，完成了不可能的任务：每一个期限都延误的概率有多高？后来他干脆告诉我没办法上工，因为一个刚出生的表亲夭折了。

我用阿拉伯语说：“真主怜悯他。”然后立刻追问卡米尔，能不能派他的埃及学徒舒基过来，大宅还有许多工作要做。

我打电话到贝鲁特一家公司，敦促他们赶快做好大宅的窗户、百叶窗和拱门的木质窗花。我恳求西顿的一家公司，赶快来铺设另一间卧室的镶花地板。他们是来施工了，但抱怨说阿布·金恩铺的水泥地板不及格。阿布·金恩反应激烈，大声抗辩，用手抚摸着地板的沟槽，无比得意。

“平滑得像丝绸一样。”他坚持。

接着我的沙迪德家族特质爆发了。

托玛和阿布·金恩又吵了起来，一如以往，导火线是钱。阿布·金恩坚持避免花钱，一分钱都不肯多花。但是托玛对我收费就没那么节制，再琐碎的工作都会成为名目。连开几分钟的车去看石模做好没有，也要跟我收油钱。今天托玛和阿布·金恩的争执焦点是水泥，托玛要阿布·金恩再买一袋，但阿布·金恩坚持楼上还有多的水泥。一个说“我们需要更多”，另一个说“我们的存量足够”。争吵没完没了，但两个人说的话都一样，只是声音越来越大。

“够了！”我大吼一声。

我从口袋掏出皮夹，丢在地上。

“自己拿钱去买。”

我的大发脾气也让托玛暴怒，他立刻走开，边走边咆哮；阿布·金恩也一样。我的口不择言加上一个脏兮兮的皮夹，引发一连串效应，感情受创、自尊受伤，那天的工作就这样结束。其他人试图调停，祈求上天帮忙，煮和解咖啡，但是都没有用。

乔治开着他的破旧白色奔驰轿车来了，他为这部车取了一个名字，来自他情有独钟的一名妓女：贾米拉。

“怎么啦？”

就算是在最绝望的时刻，乔治还是会让我微笑。我拍拍他越来越大的肚子，问他：“预产期什么时候？”引来哄堂大笑。

大家七嘴八舌报告情况之后，乔治要当调解人。

“安东尼，乔治每天跟你说什么来着？乔治在马佳永工作，在那边的工地。”他指着镇上的大道，“只要有问题，打电话给乔治，乔治会帮你解决。安东尼，乔治不是跟你说过吗，不要生气，不要让脑袋受伤。”

我们坐在橄榄树下，枝丫布满果实。

“乔治直话直说，既不偏左，也不偏右，只走直线。乔治会帮你做好，而且不收钱。打电话给乔治就对了。乔治会做的。”

我知道他只是说说而已，但还是感谢他的心意。我跟祖父一样，脾气来得快去得也快。我和乔治又谈了一会儿，我答应他，不会再对任何人发飙。

“你的酸奶够纯吗？”乔治用阿拉伯语问我。

意思是：我是不是真的心平气和了。

我点点头：酸奶是纯的。

乔治离开之后，阿布·金恩在我耳边低声说：“叫他去死！”

但是第二天，托玛、我跟阿布·金恩都不再提买水泥的事。

五月的某一天，我去拜访海瑞拉医生。我自己做了一张 CD，收录伊拉克乌德琴大师拉希姆·奥哈吉的歌曲，送给海瑞拉医生表示感谢。我问他是否安好，他原本想说还好，但是脸庞闪过一丝疑虑，终于说了实话。

“不太好。”

癌细胞已经转移到他的脊椎下半部（以他的术语来说是 L4，

第四腰椎)，痛苦非常剧烈，似乎令他起了变化。他浓密的灰发仍然中分向后梳，有如默片时代的演员，或者 20 世纪 20 年代纽约的纨绔子弟。但是他的脸色变得更黑、显得更长，我感觉他更衰弱了。他的步伐迟疑，反应也慢了下来，不像先前在我那边修剪梅树时那么灵敏。

海瑞拉医生身边坐着一位什叶派的家族朋友阿里，他来自邻近的村庄，带儿子做身体检查。阿里转身对我说："再也不会有像他这样的人。"边说边朝着海瑞拉医生点头。这对父子离开时，海瑞拉医生完全没提费用的事，拍拍小孩的屁股，这是我认识他以来，头一回看到他如此轻松俏皮、活力十足。

伊万卡送上咖啡和一盘深红色的梅子，味道非常甜。海瑞拉医生让我看一张照片，是他为孙儿金恩制作的布祖基琴，金恩今年要过四岁生日。这把布祖基琴是用野生梅树制成，琴把是黑色，琴面颜色较浅、质地较脆，底部是一个葫芦。琴身刻着一行阿拉伯文："爷爷送给金恩"。

我的手机响了，又是一则黎巴嫩危机的短信。僵局转变为新的紧张情势，有谣言传出，反对派策动的贝鲁特大罢工将会引发暴力冲突。海瑞拉医生也听过同样的说法，非常不高兴。

他说："我们变成那些人的舞台，让他们任意演出。"

"海瑞拉医生，内战会再度爆发吗？"

"这由不得黎巴嫩人做主，做主的是外人。我们沦为战争的工具，他们利用我们。"

连续几个礼拜，我请求海瑞拉医生让我看他从 1990 年开始收藏的盆栽。他终于拗不过我，让我一睹为快。首先看到的是他和我到吉布奇特买的铺地蜈蚣，他已经修剪过，用铝线缠住枝丫，塑造出他想要的形状。他介绍一盆又一盆植物，像目录一样仔细描述，他对自家的花园也是如此。他的话语流露一股满足感与成就感，谈到这些小小的植物，就好像谈到他制作的乌德琴。花园里有一株种了两年的紫藤，还没有被他完全驯服。此外还有一棵阿拉伯胶树、无花果树、杏树、茉莉、无刺玫瑰。手机里的黎巴嫩危机短信让我分心，他说："你看。"他指着一棵野梅树、一棵树干直径有如啤酒杯的茂盛橄榄树，还有花园中最老的树：一棵十年树龄的樱桃树。海瑞拉医生谈这植物的时候，似乎仍把自己当成一个刚入门的园丁。他说，一株盆栽至少要十年光阴，才能培养到完美的状态。

我心想，十年，他的铺地蜈蚣才种了几个星期。

他说："有些盆栽可以养到一百年、一百五十年，原则就是要有耐心。"他和人谈起自己的三十种花草树木时，对方总认为花那么多时间不值得，他告诉我："人们做什么事情都想速成。"但他知道这种时间投资的意义，有时候光只为了决定要种什么，就得花上两三年时间。他说："我怕自己会把植物宠坏。"

我们安安静静站着，看着植物细致又精确的姿态展现。

"有如一种沉思冥想，"海瑞拉医生说着说着笑了出来，"我把植物当成活生生的事物，对每一株都感到同情。尤其是你自己亲手种的植物，如果几年之后死去，你会觉得失去了一样和你互动的东西，那种感觉很不好。"

我的手机又响了，另一个世界侵入，我必须离开。

我看得出来，海瑞拉医生越来越容易疲惫，他说医生建议他用吗啡止痛，但他拒绝。他以看诊的口气告诉我："这时候用吗啡并不明智。”身为一位医生，他很清楚自己的病况：“如果我现在就用吗啡，以后怎么办？我会需要别的止痛药。”他停顿了一下，像是在思考日后的情况。

“还会有更糟的时候。”

照片上写着“温菲尔德照相馆，俄克拉何马市”，以草体字母写在右下角。照片的主角是三十来岁的瑞伊法，虽然年轻时的模样已经有点走样，但还是风韵犹存。她的头发剪短，做了造型设计，向后梳理。她的脸庞则变得有些沉重，过去无比细致的肩膀与手臂也是如此。但是在这张比较晚近的照片中，她的一个特征让人念念不忘：眼睛。她的眼睛闪闪发亮，仿佛看着远处，那是一种透显出苦难的距离感。在我看来，深陷战争中的人、暴力与损伤的受害者、见证过太多事情的人，都会透显出类似的情感。瑞伊法还算年轻，有五个小孩，已经历过不少让她不堪回首的事。

1942 年 1 月，瑞伊法和阿卜杜拉定居俄克拉何马市，这是他们离开黎巴嫩之后第一次安顿下来。拜畜牧业与发现石油之赐，当地欣欣向荣，俄克拉何马市本身就有油田。瑞伊法和阿卜杜拉也有小小的贡献，盖了一间里面有杂货店的房子，把几个房间租给药剂师达克 · 罗伊开药局，房子后方是阿卜杜拉引以为傲的果园。这房子朴素、简单，然而对流浪多年的他们而言，却显得相当豪华。

后来阿卜杜拉开始抱怨健康问题，曾到俄克拉何马州肖尼市的退伍军人医院检查身体。有时候到了晚上，他会躺在床上，唱着年轻时学会的阿拉伯文歌曲，曲调悲伤，也是他对痛苦消失的恳求。然而在1942年1月的那一天，他无病无痛，歌唱欢笑，在杂货店里谈笑风生，洋溢着幸福感，快步走过果园；尽管树枝染上灰色，有如空疏的蜘蛛网。他心情轻松，侃侃而谈，和瑞伊法、儿女以及顾客都相谈甚欢。

夜幕低垂终结了他的暂时缓解，他突然惊醒，觉得消化不良，胸口出现恼人的疼痛，会让人屏住气息，期盼痛苦终将消退。情况越来越糟，他告诉瑞伊法："我很痛苦，我的胸腔好痛。"他的表情扭曲，从床上起来，慢慢拖着脚步，走向隔壁房间。他坐在地毯上，旁边是一个棕色的瓦斯炉。他仰卧躺下来，瑞伊法跟进房间，凝视着黑暗，蹲在他身旁。

"回床上来吧。"她以阿拉伯语请求他。

没有响应，瑞伊法立刻知道是怎么回事。

她大喊："阿卜杜拉！阿卜杜拉！"

孩子们被吵醒，跑进房间。最小的儿子学电影情节，把父亲的眼皮撑开。最大的儿子才十三岁，拼命想让父亲恢复清醒，然而徒劳无功。瑞伊法搓揉阿卜杜拉的手，感觉越来越冰冷。一辆救护车终于赶到西北十街，但为时已晚。阿卜杜拉·阿亚什·沙迪德，移民、军人、石油工人、杂货店老板、园丁与流浪者，终年四十九岁。

"他死在我的怀中。"瑞伊法永远记得。

几个星期之后的一个午夜，瑞伊法躺在床上，辗转难眠，思绪一个接一个展开，金钱、子女、孤独的未来。她走到屋外，大门没关，她一定觉得这房子令她窒息。她在星空之下，人们听得到她的声音。接下来的十五分钟，她以无所求的眼神，凝望着无云无月的冬季夜空，寻寻觅觅。命运仿佛矗立在她面前，她张开双臂。

她说："上帝帮助我，引导我，帮助我继续走下去。"

大女儿发现她，扶着她回到家中。

第二天早晨，她醒来之后说："我要继续开杂货店。"

大宅有许多部分，可以说是我多年来想象的回忆。在马佳永的花园，我一逛就是几个小时。有时我会想起某一年潮湿的夏天，马里兰州的郊区，慵懒的夜晚，我和莱拉以及当时的妻子在一起，我母亲闲坐在老家的砖造门廊上。我身边长着一丛米克塔，从来不结果，但还是努力在花园蔓延，中间有几株西红柿已经长得比我还高，结实累累的枝条要以铁丝、绳索与木棍固定。萤火虫在黑夜中闪烁。

在我的马佳永花园中，如今有数十株米克塔在地上匍匐蛇行。马利克送我的西红柿已经开花，萨娜娅种了几畦荷兰芹、芫荽、洋葱与大蒜。克莱门柑橘与阿布苏拉两种柳橙树绽出白色花苞，兴致勃勃想要开成花朵。阿布·金恩在花园边缘铺了一列石阶，结果在预料之中，铺得歪歪斜斜。我从步道走下石阶时，听到远方传来宣礼员的唤拜声，那声音孤单寂寥，依稀模糊。唯一会让人想到外在世界的是联合国直升机在空中轰隆盘旋，旋翼制造的声音与其说是噪音，不如说是振动。我想起将近两年之前，来到伊斯伯大宅，发现它被一枚火箭重创。我记得直升机旋翼的声音，便坐在台阶上，试图体会领略这样的情境。

我在两棵橄榄树之间架了一张桌子，这两棵树是伊斯伯种下的，让瑞伊法终身怀念。我的桌面是一块大理石板，来自阿布·艾利旧厨房的料理台，我们很久以前就把那地方拆了。我到同一条街的一家商店买了三张白色塑料椅，这天晚上，我坐在树下桌前，凝视远方，再也不想去任何地方。

阿卜杜拉过世之后，祖母的人生在很多方面都一如往常，简简单单。杂货店客人大部分都是赊账，但是阿卜杜拉一死，许多人就来清偿欠款，表示对遗孀和五个遗孤的同情。瑞伊法的哥哥纳比每天晚上都来店里探望。就算以当时的标准来看，这间店还是很不起眼，只有 6 米到 7.5 米宽、18 米长，但是建筑坚固耐用。瑞伊法拿出父亲在马佳永盖大宅的精神，整修店面时物尽其用，不丢弃任何东西，半块砖也能重复利用，墙壁在七十年后仍然屹立。纳比教瑞伊法的大儿子当屠夫，让他接手父亲的工作，将牛的臀部与后腿以及腹部切成腹腿牛排、T 骨牛排、沙朗牛排和烤牛肉，储藏起来或者送上货架。每逢星期六，一位顾客会来买鸡，通常一买就是二三十只。阿卜杜拉的大儿子就得拿刀或者徒手杀鸡，割断或者扭断脖子。二儿子卖农产品，绝不浪费：胡萝卜、小萝卜与芹菜有坏掉的部分就切掉，重新包装；莴苣则剥掉外面的叶子，重新上架。

店内商品没有标价，顾客问价钱的时候，两个儿子会对瑞伊法大喊："一罐豆子多少钱？"或者"卫生纸要怎么卖？"然后由她喊出价钱，她无所不知。到了晚上，母子三人会围着一个大腹便便的黑色炉子，这个炉子不知烧焦过多少顾客的外套。三个人你一言我一语，谈到晚上八点，然后打开收音机，听过广播剧《阿摩斯与安迪》之后才上床睡觉。有一段时间，瑞伊法会拿出一本《圣经》，两个儿子轮流念诵经文。

接下来的好多年，这一家人都没有汽车。瑞伊法唯一的社交生活就是招待上门的访客。夏天的时候客人很多，享用丰盛的米克塔。在燥热的夜晚，空气凝滞，孩子们会拖来一张酒红色的波斯地毯，拿出自己的床单，睡在草地上。这时俄克拉何马的黎巴嫩裔小区已经成形，舒克瑞拉牧师在家里举行十一年的仪式，吸引了太多信徒，因此非盖一座教堂不可。他们本来想命名为“圣乔治教堂”，纪念马佳永一座历史悠久、建于十九世纪的同名教堂；但是俄克拉何马市的希腊裔居民已经盖了一座圣乔治教堂，因此黎巴嫩裔只好改用“圣伊莱贾教堂”。1931 年 9 月 14 日，教堂落成启用，它是一座小小的木造教堂，面宽九米、纵深十二米，工程经费两千美元。教堂内供奉圣伊莱贾与圣乔治两座圣像，后者是马佳永教堂的主保圣人。

每一个族群都需要奇迹，圣伊莱贾教堂也不负所托。1935 年 11 月，谣言开始流传。《俄克拉何马人日报》报道，住在圣伊莱贾教堂附近的贝尔夫妇，还有柯罗斯克瑞夫人，有一天深夜被一阵钟声唤醒。钟声持续超过半个小时。他们无法入睡，于是打电话给舒克瑞拉牧师，拜托他不要在半夜敲钟。但牧师摇摇头，不确定自己是否听不懂对方的英语。他告诉这几个人：圣伊莱贾教堂根本没有钟。两天之后，牧师的邻居又听到钟声，于是他带邻居参观教堂，证明那里确实没有钟。舒克瑞拉牧师和信徒都认为，钟声是教堂主保圣人显现的神迹，他告诉一位记者：“我们已经接到指令，要为教堂添一座钟。”短短不到三个月时间，圣伊莱贾教堂有了钟楼与钟。瑞伊法会在礼拜天听到钟声，她的大哥纳比如今就像她孩子的父亲，礼拜天开车到西北十街，送她到教堂。

以圣父之名

那天我在拜特迈里的伊利亚斯教堂，参加希克马特女儿米亚娜的洗礼。当地有许多罗马帝国与拜占庭时期的废墟，这座教堂就建立在废墟中，俯瞰贝鲁特与地中海，有三棵橄榄树掩映。与周遭景观相比，教堂本身似乎相形逊色，但仍然颇有可观，内部铺着红色波斯地毯，十三排简单朴实的木头长凳，深色木质的祭坛，手工雕刻的藤蔓与花朵图案，还有耶稣基督、众使徒与主保圣人的圣像。

这间教堂建于1872年，圣像排列在墙上，伊利亚斯拿着剑耀武扬威；出身罗马帝国时期巴勒斯坦的圣乔治，面对无所不在的恶龙，他因为拒绝崇拜异教神祇而牺牲。四个香炉低低垂挂着，第五个吊在十字架上，绑缚着象征三位一体的三道铁链。从十二使徒的时代开始，基督教徒就有焚香的习惯，伊利亚斯教堂的正厅也是香烟缭绕，象征人们的祈祷冉冉上升到上帝的所在，被圣灵的恩宠围绕。

焚香的气味让我回到童年，我站在俄克拉何马的圣伊莱贾教堂入口，看着一排又一排蜡烛。教堂虽然是在美国，却传出东方的唱诵，让人想起遥远的时代与失落的家园，拜占庭与君士坦丁堡，带有希腊、罗马、波斯的音韵腔调，还似乎能听见阿拉伯的部落越过叙利亚的沙漠。在拜特迈里的此时此刻，我仿佛听到一阵回音，什叶派穆斯林在阿舒拉节的唱诵声。那是什叶派最神圣的节日，成千上万的伊拉克民众会在绿、黑、红三色旗帜下前进，捶打胸膛，涌入一座有金箔圆顶与宣礼塔的清真寺。我犹如重返伊拉克的卡尔巴拉报道战事，漫步在哀叹的气氛中，看着那些写有圣徒姓名的旗帜，鲜血从字里行间流下，象征他们杀身成仁。

希克马特穿着一件灰色西装，系一条黑灰相间又有粉红色条纹的领带。阿米娜穿一袭黑色宽松的洋装。米亚娜戴着白色的围兜，洗礼仪式开始，从她的表情看来，她真的知道正在发生的事。她跟我的女儿一样，看起来比实际年龄更大。哈里斯神父蓄着黑胡子，披着一条镶紫边的肩带。另一位教士菲力波斯神父年纪较大，希克马特告诉我："我爱他，你知道为什么吗？他以前会来拜访我父亲。"

受洗典礼十分繁复，大部分的东正教仪式都是如此。希克马特家族的女性围绕在婴儿旁边，将米亚娜视为她们的一分子，我可以感受到这些女性与这个可爱孩童之间的关系。米亚娜哭了起来，菲力波斯神父也加入女眷的行列，胸口低低挂着一个五颜六色的十字架，紫色长袍镶上金边。他开始吟唱，声音美好，旋律优美，带有一种温柔，让人想到一个伟大年代的宽容。

神奇的是，米亚娜停止了哭泣。

哈里斯神父卷起袖子，开始进行"圣灵光照礼"，这套仪式一千五百年来没有多大改变，要将老旧而有罪的，转化为新生而纯粹的。神父在米亚娜身上吹气三次，然后在她身上画了一个十字。

以圣父之名……

天气暖和，是典型的春日。洗礼前的几个星期，一天早上，希克马特和我坐在他家的门廊上喝茶。他觉得天气太温和了，于是在两人的茶杯中加了一点威士忌。我们谈到对人的尊重，我才知道他对这个问题有多重视。他告诉我："你必须尊重别人。"并提出一套我猜是家族传承的准则：尊重别人，不要咄咄逼人，以支持来帮助他人。他说："一定要对人表示关心，总有一天，他们会回报你的尊重。"他又说了一遍过去曾说过的一则阿拉伯谚语："仇人会挖你祖父的坟。"如果你得罪某人，他会拼命挖掘你家族的秘密；在一个弹丸大的小镇，他可以毁灭你。

"归根究底，我们都要接受社会的审判。社会就是上帝。"

"马佳永的法尔哈家族，我了不起的家族。我父亲和他的家族备受爱戴。我父亲很了不起。"他发觉自己的错误，有自夸的嫌疑。他说，去问问乔治·阿布拉，或者阿布·金恩，他们都知道，"我看过几位好父亲，每个人都有父亲，但谁都比不上我的父亲。"

哈里斯神父将右手放在米亚娜头上。

以你之名，真理的上帝；以你唯一的圣子与你的圣灵之名，我把手放在你的侍女米亚娜身上，她值得呼求你的圣名，在你的翼护之下寻求庇荫。

希克马特的父亲乔治·迈特里·法尔哈 1906 年生于马佳永，在全家七名子女中排行第二，也是唯一有子孙的人。希克马特回忆："我们是被父亲的兄弟姐妹养大的。那时候，所谓的财富是食物，而不是金钱。是房产与食物。"乔治·法尔哈将长子命名为里法特，希克马特是次子，排行和父亲一样。希克马特告诉我："你从你的家庭学习到爱，我的父亲爱我们，没有人敢欺负我们，因为这么做的人会被我父亲杀掉。”

乔治·法尔哈相貌英俊，身材比希克马特还高。内战之前的马佳永曾经相当繁荣，乔治·法尔哈大权在握。当时，开车到贝鲁特要五个小时，因此马佳永能够比较独立地处理自身的事务。希克马特的母亲回忆，当时镇上还有不少排场很大的人物与家族，当时人们会踊跃参加婚礼，对葬礼也不忌讳。乔治·法尔哈房子对面住的是米歇尔·沙布尔，他几乎已失聪，但还是要听收音机，把耳朵贴近喇叭，音量开到最大。马佳永充斥着各种噪音。

希克马特说：“我们过去在马佳永过得很好。”

内战的苦难岁月，犹如代表马佳永长期衰败的墓志铭。在这段期间，乔治·法尔哈协助保护镇民不被民兵绑架。他对各族群一视同仁，帮助对象遍及逊尼派、什叶派、东正教与马龙派。希克马特说：“我父亲会保护弱者，伸张正义。人们看重他说的话，他是个值得信赖的人。”

内战爆发，希克马特一心想参战。他冲动地寻找武器，但是父亲阻止他，告诉他：“当两个国家开战时，你就把头埋起来。这不是我们的战争。”

1976 年，乔治·法尔哈带着一家人逃离战祸，来到拜特迈里。他每天晚上就寝之前，都会闭上眼睛祈祷，然后为每一个已经离家的孩子在空中画十字，同时默念：“在迪拜的哈拉，在巴巴多斯的希克马特，在瑞士的里法特。”希克马特对我说：“我相信我能活到今天，完全是因为他的祈祷。”乔治·法尔哈在 1993 年因肺炎过世。

“那时候的人很不一样，对不对？”希克马特说。

哈里斯神父展开四节祈祷的第一节，米亚娜开始哭泣。希克马特走开了，就好像是他无法接受女儿的不舒服。神父再度开口。

撒旦，上帝谴责你。

希克马特心中还有另一个模范人物：他的外祖父。老人家出身纳萨拉干谷的奥贝德家族，当地位于叙利亚西部，丘陵连绵起伏，居民以基督教徒为主，有一座十字军东征时期的要塞“骑士堡”。据希克马特描述，哈纳·奥贝德是一位高大魁梧的硬汉，留着神气的翘八字胡，但是从来不笑。他有气喘宿疾，希克马特形容：“他呼吸起来像一头狮子。”他也拉帮结派，有一群恶狠狠的党羽。根据传说，一名东正教的主教侮辱了奥贝德家族，于是哈纳决定送出口信：“请你自尊自重。”

主教不予理会，我行我素。

“我的外祖父召集手下，前往基里斯修道院。这间古老的寺院有两座教堂，其中一座有八百年的历史。他吩咐手下，把进出修道院的两条路堵住，好好教训那个主教，揍他一顿，让他崩溃。”

哈纳的手下执行任务，两条路各有十来个人。主教终于离开修道院，被石块挡住去路。哈纳的手下逮住主教的司机，用手枪抵住他的头说：“混蛋，别动。”然后他们对车上的主教大吼：“下来，你这个魔鬼胡须，下来。”

主教乖乖下车，跪在地上，恳求说：“我以哈纳·奥贝德之名起誓，请不要伤害我。”希克马特继续说故事：“其中一个人，是做什么来着？理发师。”他伸手拍了一下我的膝盖，“理发师从袋子里拿出剪刀，修剪主教的胡须，让他变成一副魔鬼的样子。那时候还是法国人统治，没有人敢这样做，但他剪了主教的胡须！”

哈里斯神父又在米亚娜身上吹了三口气。

把潜藏在她心中所有邪恶、不干净的灵驱逐出去。神父每吹一口气就说一遍，米亚娜呆呆看着神父动个不停的黑胡子。

作伪的灵、狡诈的灵、偶像崇拜的灵、贪婪的灵、欺骗的灵，以及所有由撒旦造成的不纯净。

赐予她理性，当成你神圣羊群的一头羊，你教堂的荣耀成员，虔诚奉献的容器，光明的孩子，你王国的继承人。

希克马特在马佳永的家中，壁炉的左边，挂了一帧父亲的照片，右边角落挂着一串念珠。希克马特与父亲都有法尔哈家族特有的鼻子。

希克马特曾说：“马佳永是我父亲的家园，马佳永就是我的父亲。”

希克马特一心要继承父亲身为镇上领导人的遗业，希克马特想成为父亲那样的人，获得马佳永的尊敬。他改建自家的房子，成为镇议会的一员，并以父亲之名发言。

他又说了一遍：“马佳永就是我的父亲。”

撒旦遭到弃绝，耶稣基督降临，哈里斯神父要求所有怀着“信仰、敬意与对上帝的畏惧的人”和他一起，向上帝祈祷。

愿她和我们都能免于各种伤害、愤怒、危险与匮乏。

“我接受上帝的赐予。”希克马特问我，“兄弟，你了解我的意思吗？你同意吗？”

希克马特谈论上帝对我们的赐予，让我们倚靠。对他而言，那就是家庭、荣耀、名声与尊严。他强调家庭第一，是其他三者的源头。

他曾说：“没有叶子的树，一片赤裸。”

我想到他说的话，看着他站在教堂里，对着胸口画十字。

哈里斯神父毫不疲倦，继续主持仪式，为洗礼的水祝圣。

赐予它救赎的恩典，约旦河的祝福。让它成为永生的泉源、圣洁化的礼物，来减轻罪孽、抗拒软弱，摧毁邪恶的力量，阻断反对的力量，充满天使的力量。

哈里斯神父对着橄榄油画十字，再以十字形倒入洗礼水中，反复三次，然后把米亚娜抱过来。

希克马特和我经常讨论，到底什么才能够挽救马佳永。他和塞西尔一样满怀希望，但我不同。我们谈到风力发电计划，利用吹过利塔尼河谷的强风。他曾想过利用当地盛产的碎橄榄核压制成木料。多年来，他还希望马佳永建立一所学院，甚至是一座大学。

“我们的价值非常重要，不能失落。”有一天我们一起喝酒的时候希克马特告诉我，“马佳永几乎失去了一切，但它还拥有这些价值。”他像许多当地人一样，归功于霍兰家族从遥远的叙利亚草原带来贝都因文化，“我们身为基督教徒，基本上也是贝都因人。但我们也了解穆斯林，而且行为与他们很相像。”贝都因传统让马佳永独树一格，希克马特对它们相当推崇。

“你必须在人家家里住上三夜，才能够请对方帮忙或者服务。你必须和他们一起吃、一起睡，然后才能够开口。”

“这些文化要素经得起时间考验。我有没有告诉过你，我们家在马佳永的屋子历史比美国还悠久？四百年。听起来或许很傻，但我很骄傲。寻求帮助，提供帮助。不是科技的价值，不是机器的价值，不是钱的价值，而是人的价值。这些事情才有价值，这种文化对我们很重要。”我再为他倒一杯酒，夜深了，他说：“希望它们不会消失。”

哈里斯神父将哭泣的米亚娜浸进水里，一连三次。她不再哭泣，法尔哈家族的女眷露出惊恐的神色，有些人以为她已经停止呼吸，神父要她们放心：“洗礼不会出人命的。”米亚娜又开始哭泣，声音变小，身体仍在颤抖。

他为米亚娜涂油，她很快就换上洗礼服。

上帝是我的光，我的救赎。圣歌响起，典礼接近尾声。我要畏惧谁？上帝是我的保护者。我要畏惧谁？

一天午后，接近傍晚时分，我们坐在希克马特家的门廊上，享用葡萄叶裹馅料的美食，还有百里香与奶酪面饼。住在楼上的法希玛送来她自已用盐腌的黑橄榄。

她把橄榄倒进希克马特身后的一个碗里，希克马特转身对着她。

他问：“我父亲是不是一个好人？”

法希玛热泪盈眶。

“你永远不会是你父亲，”法希玛告诉他，但她的话语既不残酷，也不恶毒，“你是个好人，但是你永远不会成为你的父亲。”

“人生会改变，”希克马特显然有同感，“我今年五十五岁，四十年前，我一句话就可以让市场歇业。如果有人敢对我如此的话，”他比了一个手势，就像有人甩他巴掌，“不是他死，就是我亡。不仅我是如此，我的兄弟也是如此。那些人现在哪里去了？”

洗礼之后，我注意到门上贴了一个信封，收信人是纳吉布与纳比·萨玛拉，我祖母的两位兄弟。那是一张水费账单，计费日期是 2002 年到 2008 年，要缴 1 030 美元。我和谢比尔开玩笑，单子上应该注明：欢迎光临马佳永。

谢比尔说得更直接：“这是在恶搞你，因为你要整修房子。”遇到这类问题，我总是需要帮助，于是问希克马特可不可以在自来水公司碰面，地点就在我先前租的公寓附近。让我讶异的是，希克马特犹豫了片刻才答应。他从来没去过自来水公司，有点怯生生地走过公司所在的一幢老旧别墅，绕了一圈才找到入口。几个员工坐在外面，喝黑咖啡晒太阳，旁边一幅告示牌写着：“非谈公事者，请勿进入。”

希克马特以优雅温和的口气，想找人问这件事。那些员工大部分低头盯着自己的咖啡杯，有些人看着别的地方，一个人举起手，指一指屋内，里面有一个人，因为无事可做而显得懒散，坐在一张摇摇晃晃的椅子上。

希克马特据理直言。当初房子破破烂烂、无人居住那段时期，为什么要缴水费？凭什么要子孙为先人的账单负责？账单上的名字既然不是屋主本人，凭什么要他付钱？小官员比希克马特年轻，坐在桌子后面，摇摇头，流露政府衙门常见的“被动攻击性”：提供协助等于丧失权力。

在这种地方，每一次交涉都有其微妙之处。希克马特发现小官员来自泰布，这意味着他是什叶派，希克马特怀疑他的政治立场反映出教派立场，八九不离十是真主党的支持者，因此属于反政府阵营。希克马特点点头，开始批评政府，说那些部长如何窃国营私，更重要的是，批评四面楚歌的总理福阿德·西尼乌拉。希克马特希望自己的解读正确，然而这名懒散迟钝、奄奄一息、面无笑容的小官员，唯一的反应就是点点头。

小官员对这番谈话兴趣缺缺，最后终于写了一封信，要我们拿给市长签名。他写每个字都斟酌再三，写完后再眯着眼，一句一句检查。这封信只有短短六行，他却写了十五分钟，字迹细小而精确。希克马特大可以离开，避免被羞辱，但是我和他都很清楚，那封信只是一张纸，我还是得交那笔水费。

后来我们回到他家，坐下来喝苦涩的土耳其咖啡。

“政府里面一个不入流的角色，我却治不了他。”希克马特怒气冲冲地问，“你想想看，如果是我父亲那个年代，我们会要交这一千美元的水费吗？”

“希克马特，你父亲会怎么做？”

“我父亲会以不同的方式处理，不必付钱。他会直接联络一位部长，不必浪费唇舌。”希克马特摇摇头，用阿拉伯语说“haik”，意思是“就像这样”，像希克马特先前与小官员的谈话。

我们坐在阳台上的一张白色塑料桌前，我们曾在这里度过许多时光。天气仍然凉爽，强风吹过他十五杜南姆[1]的土地，从他家石阶下方向前展开。希克马特和园丁在地上种香瓜，现在已经结出

1 dunum，即一千平方米。

拳头大小的果实，让他非常兴奋。

“希克马特，你父亲的时代已经永远过去了吗？”

他眨眨眼，表示肯定。

“不同的人，不同的群众，不同的世界，不同的社会，不同的心态。过去年轻人会尊重老年人。什么都不一样了。‘akhlaq’这个字在英文里怎么说？”我说道德，他继续说：“啊！道德。现在人们的道德就是要当坏蛋。”

我经常听到这样的论调，马利克、阿塞德、谢比尔都说过，现在轮到希克马特，他原本比其他人都更有信心。对他而言，道德表现在细微之处，“我十八岁时如果在街头遇到一个三十岁的人，我也会把手中的烟熄掉。”

“安东尼，我们对祖父母的事迹都感到骄傲。”希克马特说，他们就是那个时代的贵族，有地位也有影响力，只要一现身，就足以改变一场对话的语调气氛。他指着隔壁的一间房子，有如宫殿但已荒废的法尔哈大宅，“这一代人，谁还能够盖出这样的房子？每一块石材都值一块金币，一块金币！想一想每一块石材，这就是他们的黄金，他们把黄金留在这里。”

我们继续聊，风势越来越强，声音越来越响，吹过白杨树。身穿白色T恤与绿色长裤的希克马特，从一包“高卢”牌香烟当中抽出一根点燃。

“如果我正在抽烟，一位老人家从眼前经过，我会把烟藏起来。”他又说了一次，“在年长者面前抽烟，是不礼貌的行为。”

希克马特摇摇头，再也无话可说。

返家

大宅的整修工程正全速进行，每一天都非常热闹，让人精神抖擞。几个星期前的很长一段时期，工程有如一摊死水，把我吓坏了。但是现在情形不同，大家积极行动，有人拿扫帚扫地，有人用铁锹拆卸鹰架。一袋一袋水泥开封，一堆一堆瓷砖打散，模板被抽出，一块一块大理石铺成地板。

工作成果快速累积，每天都有新的房间粉刷好，虽然还没有任何一间真正完工（工作越来越困难，因为我近来才发现：协助油漆房间的托玛是个色盲，尤其是当一个房间要漆成三种颜色时，这个问题就会格外明显）。从不喊累、粗犷令人生畏的马利克负责铺设楼上剩余部分的瓷砖，包括起居室、厨房、餐厅、卧房与阳台。法迪开始清理瓷砖，预计要花许多天的时间。清理瓷砖上的尘土只是初步工作，但已经展现出神奇的效果。图案怯生生地显露，仿佛在挑逗暗示，虽然它们真正的光彩还没有焕发出来。铁匠纳西卜开始安装古色古香、漆上黑漆的阳台铁栅栏，它们是少数从芭希雅那个时代遗留至今的事物。

剩下的工作多不胜数，但必须在几个星期之内完成。有些是很平常的工作，例如安装厨房的料理台和橱柜。也有一些工作相当精细，例如整修拱门，恢复伊斯伯·萨玛拉初建大宅时的风格。我们还必须完成屋顶、油漆房门、建造楼梯、铺设车道瓷砖、固定窗台石壁的铁栅栏、在墙上加涂两层漆、修复客厅中以石膏做成的华丽通风口。一条又一条电源线，蜿蜒行经尚未打亮磨光的大理石地板。起居室里有一个金属大桶，锈迹斑斓，装满污水，从二月以来纹丝不动。尽管如此，对我来说，大宅整修工程头一回完工在望。

五月的某一天，我和阿布·金恩开车到几公里外的基拉村，公路沿着以色列边界前进，弯弯曲曲。我们要帮马利克采购瓷砖，他抱怨厨房的墙面歪歪斜斜，很难铺瓷砖；那道墙是阿布·金恩用空心砖砌成的。

阿布·金恩说："我真应该打他屁股。"有点口齿不清。过去一个礼拜，他上工时都没戴假牙。我们进入克拉亚，阿布·金恩问我知不知道当地居民以前是干什么勾当的。在一趟又一趟的驾车旅程中，这故事我已听过无数次。

我说："啊！阿布·金恩，他们会把双手放在牛的屁股后面，接住牛粪，然后涂在自家墙上，他们就是这样盖房子的。"

阿布·金恩双手一拍，大笑几声。我从来没看过他这么快乐。在他眼中，我终于变成一个地道的马佳永人：知道如何侮辱邻居。

我们抵达基拉村，我付了瓷砖的钱，一位员工请我们喝咖啡，我一饮而尽，起身准备离开。阿布·金恩直视着我的眼睛，这样我就知道他还不打算走。他靠着椅背，宛如在自己母亲的家中。他啜饮着咖啡，宛如每一滴的滋味都不放过。一口与一口之间，他会深深吸他的雪松牌香烟，宛如那是他这辈子最后一根烟。烟灰越来越长，宛如在另一种时间的度量中燃烧。

这本皮革封面的口袋笔记本，保存状况可圈可点。封面满是褶皱，毕竟已有五十年历史了，但其他方面都还算完好。它记录了时年五十二岁、孩子都已离家的瑞伊法如何踏上旅程，前往欧洲，返回中东。

瑞伊法启程之前十年，将杂货店关闭。她已经赚进足够的财富，将三个儿子栽培成律师、牙医与医生。她身价不凡，对房地产与投资眼光独到，住进俄克拉何马市最高级的小区。四十年前，瑞伊法还是个饱受惊吓的小女孩，紧紧抓着父亲给她的黄金与母亲给她的珠宝，乘船行经天涯海角。如今她踏上返乡之旅，却是坐飞机回去，这也是她有生以来的第一次飞行经验。

她的护照勾勒出当年旅程的路线：英国、瑞士、意大利与法国。当年她途经法国，来到并不欢迎她的纽约。她到过的每一站都留下纪录，显示她行经当年离开时国界刚划定的黎凡特地区：黎巴嫩、叙利亚、约旦、埃及。但国界再度变化。1960 年，东耶路撒冷被划入约旦王国，包括那座如今已经关闭的机场。埃及与叙利亚组成阿拉伯联合共和国，那是贾迈勒·阿卜杜勒-纳赛尔的愿景，虽然一年之后就解散了。

瑞伊法在日记的扉页写下这趟旅程想见的人，她的阿拉伯文写起来小心翼翼，跟写英文一样。她说到了叙利亚的塞德纳亚之后，要去拜访一位修道院的院长哈贾·玛利亚。朋友事先安排，务必要让她所到之处宾至如归。扎基·奈菲写了一封短笺给贝鲁特商人福阿德·纳斯尔，后者在艾什拉菲区的苏尔萨克露天市集二十二号开店。扎基的短笺写道：“亲爱的福阿德，我们的朋友瑞伊法会到府上拜访，她是阿卜杜拉·沙迪德的夫人，就像我们的亲姐妹一样。请你对待她就像对待自己的兄弟一样。”

瑞伊法和姐姐纳比哈（当初和纳比一起离开马佳永）同行前往

埃及，拜访小弟纳吉布。纳吉布为伊拉克石油公司工作，派驻叙利亚，但是家人住在开罗。瑞伊法在笔记本上写明他的地址：艾丝玛·萨玛拉，西泽阿里街十七号，花园市，开罗，阿拉伯联合共和国。两个姐姐离家时，纳吉布还是个孩子；姐弟再重逢时，他已年近半百。那天，瑞伊法和纳比哈坐在纳吉布的公寓里，喝着美国口味的咖啡，纳吉布走过一道高大、19 世纪末 20 世纪初风格的房门。他的子女自从有记忆以来，第一次看到他哭。

那年八月，瑞伊法和姐姐搭乘一辆由专属司机驾驶的汽车，从贝鲁特出发，前往马佳永。多年前瑞伊法离开家乡，坐在马车上，眼泪模糊了视线。如今她看到当地著名的景色：西顿港的湛蓝地中海；杰赞的悬崖峭壁遍布松树林、葡萄园与果园；利塔尼河谷的山丘上有一丛一丛杏树，高低参差。瑞伊法在博福尔城堡下方驻足，欣赏一望无际的美景，山坡陡峭，冲向下方汹涌翻腾的河面。这是一种严峻的美感，就像一位傲气老人的脸庞，显现一生历经的艰苦风霜。通往马佳永的公路已经铺上沥青，整个镇似乎缩小了，瑞伊法一时间只觉得全然陌生。

车子转入塞瑞尔区，她想起童年的街坊邻里。司机停下车，她和姐姐怯生生地走上一座小山丘，走向旧时的家园，感觉既熟悉又遥远，像是相框中的旧照片，经常一瞥而过，很少定睛凝视。回家的喜悦蒙上一层阴影，那是回忆，是当年离别的痛苦。两位妇人站在山丘顶上，一位是芭希雅·阿布拉，裹着头巾，驼背有如一弯新月，旁边那位是她的姐妹。

"赞美真主，你们都平安。"两位老妇人边喊边哭。

瑞伊法冲上前去，纳比哈紧跟在后。她站在两位老妇人前面，迟疑了一会儿才抱住母亲，但是她认错人了，抱的是姨妈。

一阵尴尬之后，四个人全都大笑起来，又笑又哭。

瑞伊法大喊：“我是不是疯了？”

瑞伊法在美国还年轻时曾经发誓：如果还能再见到母亲，她就会到塞德纳亚圣母修道院还愿。这座修道院位于大马士革郊外的山巅，以宗教奇迹闻名于世。1960 年，瑞伊法结束马佳永之行，随即履行誓言，将一笔献金亲手交给哈佳·玛利亚院长。瑞伊法离开俄克拉何马之前，特地将院长的名字以阿拉伯文写在笔记本上。

一个星期二，我来到谢比尔家，准备跟他一起去逛汗恩市集，地点就在他家附近，每逢星期二举办。走进屋内，谢比尔和平常一样阴阳怪气。我不久前和海瑞拉医生共进午餐，谢比尔问我地点，我告诉他是槲鹳餐厅。

“你们点了什么菜？土狼吗？”

他谈起马佳永的女人。“这地方的女人眼睛不够漂亮，像野猫那种眼睛。”

然而他真正在意的，其实是自己无药可救的鼻塞症状。他要我看，用食指敲敲自己的额头，他说吃东西时脑袋里会有回音。

“嘎吱嘎吱的声音。”他的嘴巴做出很夸张的咀嚼动作。

汗恩市集与一般的市场一样，名称来自过去它为商队提供服务的地方。这些商队长途奔波，将哈斯巴雅、拉夏雅、考卡巴与马佳永连接在一起。市集在早晨最是繁忙，什叶派屠夫和来自周遭城镇的基督徒推销员一起做生意，真主党摆了一个蓝黄两色的募款箱。一部黄色箱型车的挡风玻璃上，贴了一张赞扬军方的海报：“向英勇的黎巴嫩陆军致敬”。一张桌子上摆了几个廉价的金色烟灰缸，印有每一个教派的代表图象：穆罕默德、真主、奉至仁至慈的真主之名，此外还有圣母玛利亚、约瑟、耶稣与最后晚餐的图片。这地方居民多半属于德鲁兹派，汗恩市集的商人也是。德鲁兹派是黎巴嫩唯一有鲜明服装特征的教派，至少在汗恩市集这种比较乡村、传统的地方是如此。他们穿着松松垮垮的长裤，大腿部分特别宽松，到膝盖与小腿逐渐收窄，最后在脚踝的地方以带子束紧。他们通常戴白色毛线帽，或是裹着白色头巾，女性则以围巾遮住脸庞的下半部。

汗恩市集很受欢迎，不像贝鲁特的市集那么光鲜亮丽，族群的区别也在商业运作之下模糊，最傲人之处就是商品种类五花八门。德鲁兹派园丁卖各种树木，包括梅树、杏树、橄榄树、松树、柳橙树与柠檬树，种在空的板油罐里。摊子上的衣架摇摇晃晃，挂着各色成衣，还有一些摊在桌上展示，通常包着塑料袋，上面标有产地——中国或者叙利亚。

走下像楼梯一样的市集拱廊，一张红色塑料桌子摆放贩卖的短袜；另一张蓝色塑料桌子陈列男女内衣，桌子有一只脚是木头的，像义肢一样；长袜用绿色塑料绳吊挂起来，最显眼的一双有拐杖糖的条纹图案。市集里有实用的商品，例如园艺用品；也有不登大雅之堂的东西，例如一张桌子摆满了廉价的珠宝、香水与化妆品。小山丘最高处有两个卖油炸鹰嘴豆饼的摊子，黑色大桶里沸腾着滚烫的烹调用油，柜台上放着一碗一碗的材料：西红柿、芜菁、莴苣、包心菜、洋葱、荷兰芹和炸薯条。

小贩大喊："价廉物美！价廉物美！"一群人穿着黑色军靴走过，混乱中一名店主对行人高喊："欢迎光临，我的荣幸！"

谢比尔买了半公斤的南瓜子，价钱是三千黎巴嫩镑，大约是两美元。我什么都没买，只是站在那里欣赏，仿佛见证一个正在消逝的世界。汗恩市集并没有受到威胁，繁荣的光景不逊黎巴嫩南部任何地方。米亚娜接受的洗礼仪式，会像信仰一样长存于世。然而在那个早晨，我开始怀疑，孕育出这些仪式的社会还能存在多久。在某些方面，它们是一个文化的残余部分，这个文化正在走向灭亡，它所在的小镇虽然也奄奄一息，但还是苟延残喘到今天，尽管生存环境已经被架空。

它提醒了我，有一回我和谢比尔造访马佳永的市场时，他告诉我："他们只会把死人送回来埋葬。"

只有仪式留了下来。

谢比尔从一开始就不赞成我整修大宅，几个月过后，尽管我已经住进大宅，但他似乎并没有改变想法。

他指出我做错的地方，告诉我应该怎么做才对。卡里姆一直想让我知道他品位出众，但谢比尔不一样，他只想让我知道自己是个傻瓜。他看着浴室的设备质问我：你为什么不用 Grohe 这个品牌？你为什么不把通往"洞穴"的走道弄大一点？为什么那几道门还没有做好？他指着客厅斑驳的油漆。他担心瓷砖会造成回音。

他点点头，带着些微的恶意说道："这是你自找的。"

他可不是在赞美我。

"今天是几号？"谢比尔问我，他刚从贝鲁特探望他的哥哥回来。他嗑药了，自己也承认。他已经抽了两根大麻烟，我坐下来的时候他开始卷第三根，对着我说："我不合时宜。"

上一回我问起他哥哥的病况，他说："好一点了。"

这一回，他没有那么乐观。

“还好。”他茫然地凝视着电视机。

谢比尔认定哥哥罹患癌症要归咎于嫂嫂，她烟瘾很重，最近才戒掉。他说嫂嫂抽烟时从不开窗，最近他去探望哥哥时，走进兄弟俩一起长大的房子，却非常勉强才能和嫂嫂打声招呼。

“不，不，我没有对她说‘哈啰’。嗯，我是说了‘嗨’，但她没有搭理。她只看着电视，我干嘛理她。”

“真的吗？”

“就算她说了‘嗨’，我也不会再说什么，该死的女人。我和哥哥谈话，但跟她一句话都不说，后来我另一位兄弟来了，她就跟他说哈啰，还关掉电视。”他摇摇头，“她就是这种女人。”

根据希克马特的说法，谢比尔众多手足之中，只有这个哥哥善待他。谢比尔说：“他是一位天使，比天使更好，从来不做坏事，而且脚踏实地，为善不欲人知。从我八年级开始，他就会拿钱给我，支付我的所有开销，但嘴巴上完全不说。他从来不提自己如何帮助别人。”

我看得出来，哥哥的病让他非常担心。

我们坐在谢比尔的房子里，他似乎比以往更寂寞了。长久以来，他靠母亲与这位哥哥照顾，如今母亲已经过世，哥哥也来日无多。

电视光影闪烁，变成客厅的背景。一幕幕的影像都令人消沉：好战的政客开着沉闷的会议，耶路撒冷一所学校发生枪击案。谢比尔看的是真主党的电视台，节目带有一种剑拔弩张的气氛：战士与家人诀别，新兵接受训练，此外当然还有死亡。影片配乐是黎巴嫩左派音乐家马塞尔·哈利法的歌曲：“我们心志忠贞不渝，坚守不退。”

“如果战争爆发，你认为会是‘tahina’吗？”谢比尔问我。

他又追问：“你知道‘tahina’是什么意思吧？”

“全面战争。”

他摇摇头。

第二天晚上，我到塞西尔家做客，窗外屋檐低垂，室内有木头屋梁。我看着窗外，天气有了变化，安静但并不平静。

我说：“塞西尔，我不知道，但我真的很担心未来。”他表示同意，但似乎认为焦虑没有必要，甚至会让人分心。“其实我不会担心，因为我遇过太多类似的经验，不必再担心了。”新闻报道令他厌倦到极点，他已不再看电视新闻，尽管几乎每一个马佳永人都习惯以宗教热忱来追踪新闻。我谈起我听到的谣言：示威者准备对军警开火，连续几个月没完没了的僵局，以及内战的可能性。贝鲁特有几位领导人认为，其实内战已经开始。

我说：“我喜欢黎巴嫩的生活，但是从来不曾如此，觉得毫无希望。”

塞西尔点点头，我们其实相当契合。我担心他是不是变软弱了，希望不是。他说：“现在这段时间，就是最糟糕的阶段。”

哦，莱拉

五月里的某一天，一位访客来到，脸庞有点熟悉。然而在一个近来难得的晴朗早晨，随着他越走越近，我认出他是石匠阿布·萨利姆的兄弟纳吉布。我带他参观大宅，他告诉我艾伯特·哈达德的可怕故事。以色列占领黎巴嫩南部时期，这个通敌者一直住在大宅楼上。

我已经听过许多哈达德的事迹，但是纳吉布的讲法似乎最权威。工人继续进行我所期待的最后工作，纳吉布则娓娓道来，铺陈出伊斯伯大宅历史上最黑暗的一页。

哈达德通晓希伯来文，纳吉布坚称他与以色列军方情报单位“504 小组”合作，随身携带一把附有消音器的手枪，执行暗杀工作。哈达德领导一个由三百名情报人员组成的网络，从杰赞、基拉村到克拉亚都是他的势力范围。以色列给他不少报酬，包括一辆白色路虎越野车、一辆绿色奔驰房车和一辆深蓝色丰田箱型车。他养了一群让邻人如坐针毡的恶狗，平日生活中只有点头之交，显然无法信赖任何人。他结过两次婚，但两任妻子都死于癌症，他自己则在 1995 年差一点遭暗杀。纳吉布说：“这个人非常危险，人见人怕。”

哈达德来自西顿附近的一个城镇，我问纳吉布，他现在住在什么地方？我听说他已回到出生地，也有人说是以色列，一位朋友说就在舍莫纳镇，位于胡拉山谷的以色列边界城镇，1974 年一个巴勒斯坦派系在当地犯下大屠杀罪行。

纳吉布回答："没有人知道答案。"

他还问我，哈达德有没有对大宅造成损坏。我想到起居室与车库的坑坑疤疤，拱门与木板屋顶受到的伤害，于是点点头。

"别担心，"纳吉布告诉我，"黎巴嫩发生过许多更糟糕的事。"

芭希雅迈入九十岁大关时，背部已经因为骨质疏松而严重变型，脸庞与双手布满马佳永风吹日晒的痕迹。我凝视着一张照片，上面标明"草地照相馆"，那是马佳永的一家老店。照片中的外曾祖母身穿黑色衣服，她坐下来接受拍照时，整个人已经变得不太一样。对她而言，新认识的人很快就变得模糊，成为无名氏。她连家人的姓名也会遗忘，前一天要求的事，第二天就全无印象，必须由阿里与侯赛因提醒。她的想象四处游走：伊斯伯从霍兰回来、家里满满都是人、一家人齐聚一堂，这些似乎都比她的实际存在更为真实。芭希雅·阿布拉在1965年过世之前几个月交出房子的产权；差不多同一段时间，瑞伊法的亲戚也注意到她变得情绪不稳、苍白虚弱。

瑞伊法解释："我得了流行性感冒。"

她听从身为医生的小儿子的劝告，接受身体检查。

五十七岁这一年，瑞伊法得知自己得了胃癌。她的大女儿回忆："在那个年代，这等于是宣判死刑。"瑞伊法拒绝接受命运，她一直在悲剧中搏斗，努力过日子，没有享受可言，好不容易才走到今天。她的子女都很有成就，为她带来满屋子的孙儿孙女。她不想死，一点也不想。她完全不要求同情怜悯，靠着意志力支撑下去。

我有一张瑞伊法的照片，日期是 1968 年 11 月 28 日，她怀里抱着第十四个孙儿，才两个月大。瑞伊法一直保持优雅形象，一个礼拜做两次头发。然而照片上的她显然饱受癌症与手术的折磨，相当痛苦。据儿女描述，她总是睡不好，白天坐在一张橙色沙发的角落，腿收在身体下方，身上裹着一袭羊皮大衣，衣角塞入椅垫底下。她的身体前后摇晃，比起以往更为瘦削，完全仰赖意志力，期盼小儿子为她找到救星。

在这些沉静的时刻，瑞伊法会唱起儿歌，童年在马佳永学的儿歌。

> 哦，莱拉，哦，莱拉。

她摇着头，眼神迷失在思绪中，记忆在阴影中摸索，暗示自身原本的模样。再一次，她再一次离家远行。

> 哦，莱拉，她的眼睛谁都比不上，
> 无比神奇，
> 哦，莱拉，哦，莱拉。

瑞伊法问女儿："为什么我还会记得自己小时候唱的歌曲？"

芭希雅留在黎巴嫩的子女，在她过世之后继续照顾马佳永的大宅。他们不时造访，夏天尤其常来。之后的许多年，大宅一直干干净净，就像芭希雅在世时努力维持的模样，尽管它已经不再是一个家。

芭希雅过世十年后，1975 年 4 月，黎巴嫩内战打响第一枪，从此绵延十五年。南部地区距离贝鲁特太远，距离以色列太近，驻扎当地的黎国军方也因此分裂。巴勒斯坦派系如雨后春笋，从根据地阿寇布出击。克拉亚等地的居民武装结队，叙利亚和以色列争相拉拢。马佳永走上无可避免的命运，从此一蹶不振。

一位基督教会的教士，如此描述当日镇上的情况：

> 市政瘫痪，电力与自来水系统严重损坏。电话线路不通。地区医院关闭（院内只有四位修女兼护士），仅剩一位医生（老沙迪德医生，既没有设备也没有药物），一位牙医（卡比斯医生）。能上课的学校只有两所，而且无法全天上课。国立马佳永学院关闭，塞瑞尔区的建筑关闭，法院关闭，警察解散（几名警员加入地方军队）。邮政停滞，杂货店停业。镇民急需多种商品以及香烟、饮料。还需要大量的水泥与其他建材，以便修复战争造成的损害。银行关门大吉。商业活动消失，农业彻底瘫痪。
>
> （摘自毕特·哈米兹拉奇[Beate Hamizrachi]，《南黎巴嫩安全带的出现》。）

芭希雅的房子也沦为牺牲品。来自基督教城镇艾夕亚的歹徒劫掠大宅，能带得走的东西都带走，带不走的就丢在花园里，旁边就是芭希雅的西红柿园。十件家具被丢在泥土地里，包括几张长沙发和椅子，由胡桃木、珠母贝与骆驼骨打造而成。后来它们一直躺在那里，风吹日晒雨淋，周遭的花园长满了杂草、野百合、紫茉莉，黎巴嫩的荒废房屋经常伴随着这样的花园。迫击炮弹从天而降，在客厅正上方的屋顶炸出一个大洞。接下来的两年，雨水直接落在红地毯上，这张地毯有米黄色的滚边和蓝色纹路，是纳比在大马士革买的，花了他五十金镑。芭希雅在世时每天擦拭的大理石地板不再闪闪发亮。水泥花砖的紫色、绿色和黄色图案全被尘土掩埋。三重拱廊的木质窗花开始一块一块剥落。大门以精细的木雕来模仿飘动的船帆，被一具生锈的挂锁封住。大宅成为一间空屋。

那天是谢比尔的五十九岁生日，我到的时候，他在家门口等我，手中拿着一个黑色塑料袋，里面是一瓶还没开的格兰菲迪威士忌。

我说："哦，好东西。"

他请人喝酒向来大方，但这比他平常喝的格兰特威士忌更高档。

他回答："当然，有何不可？"

我说："好好庆祝一下。"

他正经八百地说："政府应该宣布今天是法定假日。"

我盯着他的衣服看，上一回看到有人这么穿，应该是某位20世纪70年代的过气色情片明星出现在加州的泳池派对。短袖衬衫分成三种颜色：墨绿色、白色，还有一条淡绿色横过他越来越大的肚子。短裤也是淡绿色，鞋子的淡绿色则略有变化。他的心情可以说是欢天喜地，开着他的白色奔驰老爷车，载着我爬上一条陡峭的公路，一路笑个不停。

我告诉他："我的大宅工程快完成了。"

他问："楼上弄好了？"

“是的。”

“匆匆忙忙。”

我在马佳永的日子即将结束，于是邀请他到舍巴镇共进午餐。当地附近有一片八平方英里的争议土地，位于以色列、黎巴嫩与叙利亚三国交界处。最近这段时日，它因为政治问题而名声大噪：真主党誓言，在以色列撤离1967年战争占领的农地之前，他们绝不会放下武器。然而对我而言，这里是黎巴嫩南部最美丽的景点之一，种植着品种最好的樱桃，还有一股令人惊叹的泉水“胡桃泉”。谢比尔从小就喜欢那地方的餐厅，因此爽快答应了我的邀约。但我反而有点惆怅，因为知道这次分开之后，很长一段时间无法见面。我向《华盛顿邮报》请的长假就要告一段落，虽然计划日后要常常回来，但是下回住在马佳永应该是很久以后的事了。

“谢比尔，我能不能问你一个私人的问题？”他继续开车，“你快乐吗？”

“什么？”

“我告诉你我为什么要这样问，我们谈过阿塞德，他一直很消沉，但我觉得你不会。”

“我遇到过很多糟糕恶劣的事情，你也知道，烂事来来去去。我希望从中得到最大的收获。但是我并不真的快乐。”他偷喝了一口格兰菲迪威士忌，“我只是过一天算一天，就是这样，生活很无聊。我看起来不会很消沉，但我并不快乐。”

一阵沉默，后来还是被我打破：“我想我已经喜欢上马佳永了，也许不是小镇本身，而是我的朋友、我的房子、时空背景。”

“你以为我没有同感吗？”他说。

“你觉得你哪一个时期最快乐？”我问。

“大学时期。”

“在马佳永呢，哪个时期最快乐？”他沉默了许久，可能有一分钟，我抽了一根烟。他始终没有回答。

谢比尔养车就像养小孩，它是他在这世上唯一的财产，几乎每一次对话都会提到。我们继续谈话，油量表逐渐归零，我们开进一座加油站加油，之后又开进三座加油站，寻找谢比尔需要的变速箱油（结果当然是找不到），路上还问过一家轮胎行。后来车子在努力爬坡的时候遇到一头黑山羊，让他紧张了一下。谢比尔总是如此迷信。

我谈到海瑞拉医生，那天稍早我见过他，病势相当严重。我说：“癌细胞已经转移到他的背部。”

“真的？从前列腺转移到背部？他自己治得好吗？”

“我觉得治不好。”

谢比尔说：“我为他祈祷，以真主之名起誓，我每一回到伊利亚斯教堂都会为他祈祷。我为哥哥祈祷，也为海瑞拉医生祈祷，因为我爱这个人，以真主之名。他是个好人，马佳永如果还有像他这样的人，那就太好了，我们会成为一座美好的城镇，然而事与愿违，像海瑞拉医生这样的人少之又少。”

谢比尔将他的奔驰停下来，街道上许多家庭熙来攘往，两边都停了车。车子还没在餐厅前熄火，我就看到他脸上的失望表情。四周传来难听的阿拉伯流行音乐，震耳欲聋。我们坐在一颗胡桃树下，它正是胡桃泉得名的由来。

谢比尔说：“一群死小孩，跟我想象的完全不一样。以前我们坐在这里，还可以吸大麻烟。我不知道究竟发生了什么事。”他停顿了一下，“我真希望能看到几位老朋友。”

侍者送上三只塑料杯和一个金属冰桶，附带夹子。谢比尔拿出一个黑色塑料袋，里面装满了杏仁，他剥下的壳就丢到花园围墙的另一边。他把我的杯子加满冰块，高声喊道：“大叔，倒威士忌！”

我告诉他：“谢比尔，我会想念你的。”

一遇到有人表示善意，谢比尔往往就会很兴奋，他大声说：“我也会想念你。天啊！你什么时候回来？”

我们举杯互敬，“干杯！”然后碰杯。接下来是为我的女儿莱拉干杯，为阿布·莱拉，也就是莱拉的爸爸干杯，一杯又一杯。我笑了，谢比尔坚持要帮我买一颗“蓝眼珠”，“抵挡厄运和乱七八糟的事。”他早在 2006 年 1 月就提过这件事。

烤鸡和羊肉上桌，谢比尔开始回忆他在俄克拉何马的西尔斯百货公司工作的岁月。他告诉我，他第一次抽大麻是在 1973 年，和同事在斯克文广场饭店的一场派对上，“我喜欢那种感觉。”虽然他工作懒散，但在公司很受欢迎，绰号叫作“溜冰王”。他的大学成绩单上面的名字是“山姆”，社会安全证也是。我开始想象，“山姆”其实是另外一个人，对谢比尔自己而言也是。

“我以前约会过的每一个女孩，现在都还留着她们的电话号码。嗯，大部分都留着。”

“留在哪里？”我问。

“一张卡片和几张纸，我有一次还数了一遍。”

“多少人？”

“大约是一百五十四个女孩。”

“不可能。真的吗？”

“没错，说不定还更多。”

我问谢比尔，他后来为什么离开俄克拉何马。

他说，1975 年的时候，他的床头柜上放着两张照片，一张是他的爸妈，一张是凯伦 · 契斯，来自俄克拉何马的琼斯市，“我在美国只爱过这个女孩。”一天早上，他醒来后发现凯伦的照片掉在地上，“于是我决定返回黎巴嫩。”

“为什么？”

谢比尔说：“我很迷信，如果是我爸妈的照片掉在地上，我大概会待在俄克拉何马。我不知道这是怎么回事，反正就是征兆。”三月十八日，谢比尔回到黎巴嫩；四月十三日，内战爆发。他说：“告诉我，还有谁比我更幸运？”

“你后悔吗？”

“不后悔。”然后又以他特有的方式变卦，“我后悔，但是我拒绝把这个念头放在心里。”

我们回到车上，两个人都有点醉意，他把车子打到一档，引擎发出刺耳的摩擦声，我们继续前进。

“我真希望有一个小小的吸尘器可以插进我的鼻孔，把鼻涕吸得一干二净。”他指着自己的脑袋，鼻塞的症状还是令他很困扰。

他已经微醺，一边高速前进一边说笑话：“哪一种比较好？三剑客还是银河？”我摇摇头，表示听不懂，他大笑：“我说的是两种巧克力！”

这种笑话只有谢比尔自己听得懂。

我的马佳永

感觉夏季似乎已经来临，大宅完工的期限越来越近，我向报社请的长假也即将结束。现在是五月时节，我预定六月底销假上班。我尽量不去想这些迫在眉睫的事，专心将我从山谷买来的泥土铺在花园中。这种工作会让人陷入沉思冥想，虽然阿布·金恩并不会如此。

他把一张白色塑料椅子拉近我，坐下来，慢慢抽着他的雪松牌香烟，发号施令。

“那边的泥土太低了，”他边喊边指，“再多撒一点！”

他的反应完全是不假思索，我怀疑他根本不知道自己在做什么：那个小土丘的泥土已经太多了。他继续下指令：装土的时候要把独轮车转过来；为什么不等泥土干一点再弄，那样不是比较容易打散土块？这条水管上再多盖一点土。

阿布·金恩说：“大叔，已经够好了，不要太拼命。”

“我干活，阿布·金恩你却坐着看。”我笑着说：“感觉如何？”

他摇摇头，这是他听不清楚对方说话时的反应。

在山谷另一边的希亚姆，地平线笼罩着云雾。春日的阳光显得有点灰暗，格外柔和。午后的道路上几乎没有车，街坊比平日还安静。画家约瑟夫·阿布·海尔从寂静的马路走过来，笑着告诉我：“可能会下雨，对你的植物很好。”从那一天开始，我感觉到事情的结束，知道自己即将回到一个很不一样的世界。

尽管只是一个小镇，马佳永仍然无法抵挡现实世界的入侵。大量短信涌入我的手机，贝鲁特爆发冲突，当年的内战犹如借尸还魂。在托玛家吃午饭的时候，电视连珠炮一般地播出新闻。托玛打了两次电话找在贝鲁特念书的儿子亚拉，确认他是否平安无恙。在马佳永，几乎每个人都在看电视，就好像冲突是发生在隔壁邻居家。人们一开口就会谈到贝鲁特的战斗，声音充满焦虑；街道上弹痕累累，汽车遭到焚毁，这样的画面不断在我的脑海回放。战争降临。和平时期再一次结束。

我花了大约一个小时对抗罪恶感，或者应该说是压抑旧日的野心。我应该要在贝鲁特，做记者的工作；然而另一部分的我，对于充斥着枪炮与苦难的旧日生活感到无比厌倦。我不想再看到提尔或者卡纳或者巴格达，如今只想在花园里搬运泥土。

但我还是离开了。

阿布·金恩一再告诫我："小心啊，贝鲁特现在一团混乱。"

我再度踏上那条已经走过数十回的路，重返新闻报道工作。那天傍晚，暮色的光线特别美。一路走过海岸，景观有了改变。士兵三五成群，把老旧的草绿色战车停在路边，他们的钢盔同样老旧，不过偶尔会看到一个站在炮塔后方的枪炮手，戴着比较神气的绿色扁帽。红白两色的路障，凌乱地堆在道路中。焚烧轮胎的刺鼻气味飘过路障，飘向远方。我经过一道在2006年战争中遭到摧毁的桥梁，交叉的强化钢梁张牙舞爪，水泥块悬吊在半空中。距离贝鲁特还有半个小时车程，但我已经能看到这座城市，对山雨欲来的内战满怀恐惧，耳语不断，然而却永远美得像一张风景明信片。

真主党领导的反对阵营发动罢工，表面理由是要抗议经济状况恶化，但真正的动机是要展现实力，对抗政府；真主党相信，政府对其武装单位“伊斯兰反抗运动”是一大威胁。

我开车进入贝鲁特的时候，事态每况愈下。数百名真主党及其盟友的支持者阻断道路，冲突分阶段爆发，街坊像火炬一样熊熊燃烧；逊尼派与什叶派民众住家外面的马路都被火光照亮。政府支持者高喊：“真主与逊尼派同在！”他们的死对头则在马路另一边高声回呛：“什叶派热血沸腾！”

冲突引发报复，挑衅唤醒世仇。政府军坐着装甲运兵车赶进赶出，试图阻止战斗，驱散群众，但他们只能对空鸣枪。整个城市很快就陷入瘫痪，通往机场的道路上，卡车与推土机倾倒一堆一堆的沙土，暴动者骑着摩托车来回穿梭。

真主党领导人侯赛因·纳斯鲁拉誓言：“企图逮捕我们的人，会被我们逮捕。对我们开火的人，会被我们反击。伸手阻挡我们的人，会被我们砍掉双手。”他指称政府的决策等同于宣战，“我们的回应就是，包括我们的父兄在内，任何人只要宣战或者发动战争，我们就有权利捍卫自身与生存权。”

真主党的成员与结盟组织的战士，很快就盘踞了穆斯林居多的贝鲁特西部，只花几个小时就击溃了效忠政府领导人的民兵。戴面罩的男子手持突击步枪，在街道上四处游走，百叶窗紧闭，汽车被砸毁，建筑物冒出浓烟。他们身穿防弹背心，头戴黑色棒球帽，在检查哨拦下车辆，要求受检者拿出身份证明文件。支持政府的电视台与广播电台被迫停播。公路干道与十字路口的路障越来越多，机场与港口遭到封闭，邻居之间的往来也被断绝。有些民兵聚在星巴克喝咖啡，把火箭弹放在椅子上，呈现黎巴嫩特有的全球化风情，就连支持反政府阵营的民众也看不下去。

看着这些景象，我仿佛听到时钟滴答作响。几个星期之前，我答应莱拉要带她参加我母亲在华盛顿举行的婚礼，她要当花童。为了这件事，她已经挑好一个盛装粉红色花瓣的白色篮子，一双黑色漆皮鞋，一袭粉红色裙子，配上同色的丝带，腰际缝上一朵花。我过去也曾经让莱拉失望，我因为工作而背弃她，已经不知道多少回了。

将近五年之前，2003 年的 12 月 14 日，我从巴格达回到华盛顿家中，到前妻家里接莱拉。第二天早晨，我和女儿坐在沙发上，等着要看绿湾包装工队出赛。这时我的电话响起，美军逮到伊拉克前总统萨达姆·侯赛因，满脸胡子、形容憔悴的他躲藏在家乡附近的提克里特的一个 1.8 米深的坑洞里。总编辑并没有要求我重返巴格达做报道，他根本不必要求，只说了一句："你自己决定。"我就知道自己该怎么做。我将莱拉送回前妻家，然后前往巴格达，心情很恶劣，只觉得自己注定要一次又一次让女儿失望。

这一回我不打算再让女儿失望，订了凌晨四点十五分飞往巴黎的班机。我在贝鲁特的公寓等了几个小时，午夜刚过，一位同事开车送我到拉菲克·哈里里国际机场。为了写一篇报道，我很晚才出门，也因此担心能不能赶上飞机。婚礼预定周末举行，我必须在一天之内赶回华盛顿。贝鲁特气氛阴郁昏沉，我旧时的邻居经常夜夜笙歌，如今却已不知去向，灯火黯淡。街道上偶尔有几部汽车驶过，整个情境就是黎明之前的感觉。通往机场的道路在前一天设下重重路障，垃圾桶翻倒，沥青路面脏乱不堪，一堆一堆的木材与垃圾仍在闷烧冒烟。我坐在车上往外看，马路左边有一群年轻的民兵，原本无事闲聊，一看到我们就振作起来：有事可做了！

一名手持自动步枪的民兵大模大样地走过来，另一人凑近车窗，问我的黎巴嫩同事："你们要去哪里？"

她回答："我要设法赶到机场。"

"是他要去机场吗？"车窗旁的民兵追问，"他不能去，你们到不了的。"

她说："我们还是要试试看。"

民兵生气了："为什么？机场已经关闭，道路全面封锁，你显然是在说谎。"

"不，我没有说谎。"同事镇定如常。

"如果你说你要回家，我会相信你，还告诉你怎么走。但是你却说要去机场，机场明明已经关闭，道路也被封锁。"

她说："我们还是要试试看。"

民兵觉得无趣，终于放行。后来我们又遇上两处检查哨，同样的场景又上演了两回。来到最后一道路障，三块铁制鹰架挡在路中间，我下车移开。

机场的情况相当惨淡，灯光明亮，但是空荡荡的一片。航站楼除了我之外，只有另一名乘客，我实在不知道他是怎么到机场的。我抬头看电视屏幕，下定决心非回到华盛顿不可，然而情况不妙：每一班飞机的后面都注明"取消"。我凝视屏幕几分钟，希望情况会有变化，后来在一张长条铁椅上躺下来，拿计算机包当枕头。机场扩音器每隔半个小时会依序以阿拉伯语、英语和法语播出一段话："欢迎来到贝鲁特的拉菲克·哈里里国际机场，您的光临是我们的荣幸。"

清晨七点三十分，我一醒来就看到机场冒出黑色浓烟。接下来的一个小时，示威者又焚烧了两堆轮胎，浓烟不仅气味刺鼻，而且所到之处都会留下一层薄薄的黑色污垢。机场四面楚歌，气氛恐慌，到了上午时分，我的心情无比低落，决定不再做无谓的挣扎，准备回到自己的公寓。

短信持续涌进手机。“贝鲁特的玛地那·瑞亚德亚区爆发枪战。”“贝鲁特港关闭。”“沙特阿拉伯要求召开阿拉伯国家外长会议。”“贝鲁特阿拉伯大学爆发激烈枪战。”

我不想再关注这些事情，麻木地从机场门口走下街道，明亮的阳光炙烤着黄土色的景观。我拖着一个行李袋，右肩背着计算机包，走到一处路障前方，打断一群似乎在寻欢作乐的年轻人，其中有些人戴着面罩，有些把围巾绑在脸上，有些骑着机动脚踏车冲来冲去，这种交通工具在战时随处可见。

附近一个垃圾桶冒出火焰，浓烟冲上天际，出租车没什么生意，从路障到机场虽然只要几分钟，但却开价一万黎巴嫩镑(七美元)。几个男孩帮旅客扛行李，索费一千或两千黎镑。我好不容易通过路障，却有人打电话告诉我有一架中东航空的班机可以起飞，另一个人打电话来告诉我，我可以转机到波斯湾与欧洲，包括一班下午四点飞往巴黎的班机。

我转身走回机场。

我又紧张又疲惫，衬衫已经汗湿，六年前受过枪伤的肩膀此时也疼痛不止。我走向航站楼，几个街头混混跑过来，还好大部分都没有恶意。我拖着行李袋，爬上一座土丘，不小心跌了一跤，勉强站起来。细细的水流淌过街道，沥青路面龟裂磨损。我被烟熏得一直流泪，不时瞥见远方平静的地中海。

当天下午，一架飞机总算从机场起飞。

我在飞机上。

我再度回到黎巴嫩时，暴力冲突已经夺走数十条人命，严重程度是内战结束之后最严重的。每一个阵营都有烈士，阵营领袖除了主导流血冲突，也操控与这些烈士相关的记忆。最后或许是因为真主党大获全胜，才让死亡人数就此打住。讽刺的是，随着政府废除几项严重威胁真主党的决策，黎巴嫩的掌权者很快就开始协商。阿拉伯国家的调停者邀集各派系，到波斯湾的酋长国卡塔尔举行会谈。真主党主导对话过程，各方为公报的文字讨价还价，宣布的时间一拖再拖。经过五天会议，几度面临破裂边缘，各方终于达成协议，选出新任总统。对我而言，这样的结果只能说是暂时化解，并没有彻底解决问题。什么都没有解决。我想，黎巴嫩这场戏规模太大，舞台却太小。

在一个阳光普照的早晨，许多好奇和关心的人齐聚贝鲁特市区，观看一场长达一年半的静坐抗议如何结束。真主党领导的反对阵营策划这场静坐抗议，导致首都一部分的地区瘫痪。

工作人员带着对讲机，接受真主党干部指挥，无疑就是几个星期之前四处劫掠的武装分子。他们清理掉破旧的床垫、肮脏的枕头、迷你丁烷炉、皮沙发、锅子、平底锅、生锈的帐篷支柱，以及廉价的叙利亚制暖炉。这地方原本是一座精致的花园，真主党成员戴着黄色鸭舌帽，种下玫瑰、灌木与树木，自称为这个伤痕累累的城市进行整容手术。

那天我走过贝鲁特，行经一座电子布告栏，上面显示着“1193”这个数字，那是前任总理拉菲克·哈里里2005年遭到暗杀至今的天数。他的死亡引发危机，至少最新这场危机是如此。无数人曾经对我表达他们的愤怒，我也深有同感。事件发生至今三年三个月又八天，危机、紧张、忧心、焦虑、不安。许多人因此丧命，生活破坏无遗。

三年、三个月、八天。

我回马佳永的前一天，打电话给塞西尔的朋友，八十三岁的建筑师阿西姆·萨拉姆，然后开车前往贝鲁特的兹卡克布拉特区，到他的豪华别墅探望他。

阿塞姆对危机感到无比厌倦。他的想法跟我一样，充满挫折感，黎巴嫩虽然拥有优秀的人才与丰富的资源，但是从第一次世界大战最黑暗的时期以来，却似乎始终无法摆脱内战、占领、武力摆布的阴影，沦为改变的工具。我对阿塞姆谈到自己的感受：黎巴嫩的地位太重要，无法当一个单纯的小国；但是将它压得喘不过气来的各种冲突，恐怕需要一个更大的舞台。阿塞姆摇摇头，他认为黎巴嫩太小了，无法扮演重要角色，它的痛苦都是自作自受，因为它永远不死心，想要提升自身的地位。

“黎巴嫩真的有其生存之道吗？”阿塞姆问我。

我耸耸肩，阿塞姆继续说：“从黎巴嫩诞生的那一天开始，这就是一个问题。一直到今天，问题并未消失。”

我们沉默地坐了一会儿，阿塞姆抽着雪茄。火光微弱，从红蓝两色的玻璃窗映射过来，上方是优雅的黎凡特风格拱门，建于一百七十六年前。房子里随处可见往昔的遗迹，代表一个比当今更有自信的年代。

阿塞姆说：“我真希望自己是叙利亚人，或者埃及人。黎巴嫩受苦受难三十年，你能想象长期生活在这里的感觉吗？这到底是个什么样的国家？”

他摇摇头，愤怒退潮，但沮丧弥漫。

他说：“黎巴嫩一定有什么不对劲，一定有，人们必须扪心自问。”

第二天早晨，我离开贝鲁特的公寓，回到马佳永的大宅。

法迪用阿拉伯文对我大喊：“师傅您好(Ya maalimeh)！”

我笑了，大宅开工之后将近一年，我也俨然成为一位“师傅”。

法迪对我说：“以后地板会像镜子一样，让你用来刮胡子。”他推着一部笨重的清洁机，处理芭希雅起居室的地板。

我点头表示赞同。几个月来，大宅的大理石地板埋没在木料、尘土、沙土、成堆的瓷砖里；生锈的金属桶装满脏水，有如一名哨兵矗立在那里。有谁还会记得当初芭希雅跪在地板上，用力擦洗地板的模样？如今，过了整整四十年后，大宅地板终于恢复往日的闪亮。法迪跟我保证，只要他再处理一次，我就可以拿出刮胡刀。

“你说的够多了，”阿布·金恩对他大吼，“不要光说不练。”

法迪回答：“阿布·金恩，你也可以来帮忙。”

我的假期只剩一个星期，大宅整修全面赶工，进展之快，和我置之不理的黎巴嫩危机不相上下。这可能是大宅开工以来的头一遭，每一个人都到齐，大家密切合作，场面令人动容。法迪继续在起居室忙碌；拉姆齐准备完成屋顶的工程；托玛改装客厅老旧通风系统的石膏部分，每到夏天，这些手工打造的设计会将清凉的空气引进最大的几个房间。阳台上方的钢梁重新油漆，上面铭刻的字样“Senelle PN 180”，就是近一个世纪之前安装这些钢梁的法国公司。就连偶尔才出现的铁匠都特地过来丈量尺寸。拼花地板已经铺好，百叶窗挂上窗户。负责窗户工作的西撒个性迷人，但是喜怒无常，如今斩钉截铁地保证，他的工作到星期天就会大功告成，但他又补了一句：“最迟星期一。”马利克和我表白对彼此的仰慕，虽然我对他还是相当敬畏，但已经能够表达赞美。我告诉他的儿子尼可拉：“你父亲是马佳永最顶尖的师傅。”他们父子俩一起上工。马利克很开心，表示他之所以来大宅工作，完全是出自对我的忠诚：“我为安东尼工作，诚心诚意。”

近来这些日子在大宅，连危机都有办法化解。厨房料理台需要一块黑色花岗岩石板，马利克将尺寸送到希亚姆的一家工厂，当天晚上工厂老板自己来了一趟大宅，有点偷偷摸摸地自行丈量。结果不难想见：老板量错了。我之所以会知道，完全是因为花岗岩石板运来之后，厨房传出一连串咆哮声。

“是谁这么大胆，居然敢更改我的丈量？”马利克大吼，但是并没有针对任何人，“谁这么大胆？我当师傅当了二十八年，居然有人敢质疑我？”他说了一遍又一遍，“我当师傅当了二十八年。”

他转向我，继续咆哮，似乎期待我一方面认错，一方面安慰他。“我没办法安装这个东西，不可能的，我做不到。”他说着说着，双手往上一摊。

这意味我们要重新裁切大约六块石板。马利克拿着石板，和我跟阿布·金恩挤进车子，展开一场既漫长又痛苦的旅程。我心想这问题一定要好几天才能够解决，但我当然没有那么多的时间。我会恳求工厂通融，他们则会以待处理的石材太多为理由拒绝。我们的订单会排在最后面，我原本希望厨房在今天晚上就能完工，现在只能期望下个星期，甚至还可能拖延更久。我们抵达希亚姆那家工厂，看来大事不妙，切割石材的师傅正在睡觉。

“你给我起来！”马利克对他咆哮。

石匠真的起床了，眼睛还半闭着，马利克完全不给他犹豫的机会。他昏昏沉沉、摇摇晃晃地走向锯子，马利克大声下达指令、尺寸与斥责，“二十八年！”

锯子的声音淹没了其他所有声音，冷却花岗岩的水柱射入空中。马利克说：“这就对了，这就对了。”看着石板切割成他指定的大小，非常高兴。

阿布·金恩和我把重新切割后的石板，一块一块送回车上，十五分钟之后，我们开车上路，返回马佳永。又过了一个小时，大宅的厨房终于完工。

这段日子里，我不时退后几步，欣赏我们这一年来的成就。工程中产生的碎石块，不再令我感到困扰。地上的厚纸板、窗边装满工具的水桶、“埃及艳后瓷砖公司”的空箱子、百事可乐的空宝特瓶、五个塑料杯、一张“纽顿无花果”饼干的包装纸、一叠垫在空心砖底下的2003年报纸，这些东西不再吸引我的目光。对于三把梯子、大理石地板上蜿蜒的园艺水管、三桶油漆、六个厚纸板箱、填缝料的管子、钉锤、纸胶带、拆卸下来的鹰架，我也视若无睹。大宅仍然门户洞开，蚂蚁和蚊子像多年来一样进进出出，微风也继续吹拂着各个房间。尽管如此，我还是看到大宅变成一座家园，鲜明的美感逐渐浮现。我们即将大功告成。

又过了几天，在我离开之前，大宅整修工作可说是已经完成，或者至少是几乎完成。

我走上楼梯，上面的缺口与裂缝透露了年纪，石块则是岁月与坚毅的象征。原本的实用风格转变为优雅，触目所及皆是如此。我走进拥有将近百年历史的大门，它的立面就像一袭翻腾的船帆。来到起居室，光线从三道拱门映射进来，我的脚下就是芭希雅当年擦亮的大理石地板，边缘是黑色的，中央有四个同样颜色的小方块，透露出细致优雅的风格。伊斯伯·萨玛拉在第一次世界大战之后购买的瓷砖，和我向阿布·阿里零零星星采买的瓷砖并列。抬头看看天花板，样子与芭希雅独居的岁月没有两样。

走上阳台，眺望外面的世界，铁栅栏仍然攀附着大宅，以传统的东方工法打造，一枚钉子也没用到，也完全不需要焊接。一片固定在另一片上面，像小小的扣环一样。铁栅栏的打造者期望它们长长久久，通过时间考验。焊接的栅栏总有一天会剥落断裂；但是这种扣环式的栅栏，会在年深月久之后更为优雅，因为弯曲而更为紧密，没有断裂之虞。我留下那些旧的水泥花砖，铺在大门口，它们的形状与颜色营造出一种三度空间的感觉。

我漫步行经这一切，归属感油然而生，还伴随着一种亲密感。一年之前，我和亲戚一起来到大宅，轻声细语，生怕音量太高会冒犯这幢与我们陌生疏离的房子。但是我现在独自一人，屋内一片寂静。对我来说，寂静意味着接纳。

一天午后，我正在为远行做准备时，一位教士来拜访我。我们素昧平生，而他离开之后我也遗忘了他的名字。他身材魁梧，蓄着黑胡子，身穿黑衣，在镇上以制作镶嵌画出名。他对我提出几个建议。

我是不是可以把铁楼梯改建成木楼梯？吊灯的缆绳是不是能换一下？我为什么不用木料来制作百叶窗？

“你们做得很好，但可惜的是，你们还可以做得更好。”

他耸耸肩，一脸严肃，慢慢走开，没有祝福。

后来我走到屋外，一位邻居凑过来。大宅整修工作即将完成。他问我，为什么不把百叶窗漆成绿色，和隔壁的房子一样，那是他姻亲的房子。我说我比较喜欢褐色，他耸耸肩说：“不管怎么说，你糟蹋了我们的房子。”

他们的说法无关紧要。大宅是我的。

我告诉阿布 · 金恩，2003 年在巴格达，伊拉克总统萨达姆 · 侯赛因将美国掀起的战争形容为“大决战”，这说法很快就带有一股讽刺意味。

“今天就是我们的大决战。”我对阿布 · 金恩如是说。

他点点头，但是听不懂我在说什么。

搬家工人把我的家具送来之前，我们还有几个小时来完成一些工作：法迪要把大理石地板再磨一次；铁匠试图将铁制扶梯焊接起来；卡米尔应该要将拱门上的窗花位置调整好；托玛必须再修饰一下油漆的颜色；伊马德正在为灯光开关的盖子上螺丝；其他人则忙着扫地板、擦瓷砖、清理垃圾、冲刷石块，我们光着脚，卷起裤管，将冲下来的东西铲进桶里。

过没多久，搬家工人就来了。我看着起居室内部，从我抵达马佳永到现在，头一回有所领悟，不寻常的事情发生了：我们的工作及时完成。搬家工人将我贝鲁特公寓的家具送进大宅时，地板才勉强算已经干燥。那间公寓的租约已经到期，我在贝鲁特无处可住。大理石地板像镜子一样闪闪发光，我照见自己的胡子，越来越灰白了。

夜晚的忙碌告一段落，我坐在伊斯伯 · 萨玛拉的阳台上。我自己准备晚餐，尽可能使用自家花园生产的食材：扁豆米饭里的洋葱；青西红柿；我用盐腌得恰到好处的米克塔；胡椒、薄荷、洋葱与更多米克塔做成的色拉。我的餐桌桌面是大理石，取自厨房旧有的料理台，当年楼下的占住者阿布·艾利曾在上面切荷兰芹和西红柿。我脚下的瓷砖拼成某种图案，也是跟阿布·阿里买的。我看看大宅内外，拱门、大门、百叶窗与石块，有一种稍纵即逝的感受：满足感。如果经费再宽裕一点，我就可以买更漂亮的窗户把手。如果时间更充裕一点，我就可以挽救几道旧门与旧拱门。但是整体而言，我把一幢荒废的、遭到战争重创的房子，变成一个气氛祥和的地方。它不只是通往过去的管道，也不是过去的复制品，而是一个新的存在，结合了过去与未来、现状与可能。伊斯伯的家园，从雄心勃勃中诞生，在一对父母亲的牺牲中发光，他们为了孩子的平安，甘愿忍受失落的痛苦。我的家人如果来到这里，就可以像我一样，从过往汲取自身需要的东西，从故事里感受到我寻求的慰藉与发现的承诺。对于过往，有时与其回忆，不如想象。

第二天早上是个大晴天，我站在花园里，看着几道弃置的旧门，那是几个月前我们从房子里拖出来的。我凝视着几片大理石板，那是一座旧料理台的遗迹。原本我很想把这些东西都丢掉，但是后来想到瑞伊法在俄克拉何马的时候，连半块砖头都会收起来，省下每一分钱，务必做到物尽其用。于是我知道自己不能乱丢东西，必须留下家族生活史的一切，伊斯伯以及他那个时代的所有片段，过往的一切，我外曾祖母与祖母碰触过的所有事物。在马佳永这幢房子里，我看到过往与现在并存，看到值得保存的事物。黎凡特文化一去不返，但是大宅借由三重拱门的优雅、工匠师傅的尊严与骄傲、海瑞拉医生的音乐、伊斯伯的悲伤与牺牲，一直在提醒我：政治纷扰的背后有祈祷的话语，代表将人们联系在一起的希望。

马佳永面貌多端，有今日的马佳永，也有记忆中的马佳永、想象中的马佳永，或者期望如此想象的马佳永，其中充斥着朋友、亲人与房屋，后者具体呈现了被遗忘的过往、赫尔蒙山的面貌，也映照出我们自身，或是我们对自身的期许。我的黎巴嫩就是我祖母的黎巴嫩，一个饱尝战祸的地方；然而我的马佳永不同，它是一个理念，来自伊斯伯大宅。任何事都无法摧毁它，战争也对它无可奈何。我永远可以前往我的马佳永，它永远与我同在。

先前我答应自己，要为自己在马佳永的最后一夜保留一罐橄榄，庆祝大宅整修终于大功告成。我从柜子拿出罐子，选了一个适合这场仪式的白碗，倒出十来颗橄榄，尝了两三颗。它们虽然是由新手摘取的，时机太早，但是成熟得恰到好处，不再苦涩，咸味也稍稍淡去。我一边吃一边想到女儿，我返回伊斯伯大宅时为她种下这棵橄榄树，我想象有一天能和她一起品尝这棵树的果实。伊斯伯大宅是一幢老房子，但新生命源源不绝地到来。

六月的某一天，一大早天气晴朗。我站在伊斯伯大宅的阳台上，手机响起，是海瑞拉医生打来的。

寒暄一阵之后，他对我说："我的状况不太好，卧病在床。"

他的声音听起来有些不悦，然而是针对他自己，或者针对他的身体，因为他还有许多事要做，但身体却不行了。他告诉我，癌细胞沿着他的脊椎蔓延，从第四节腰椎蔓延到第五节。

我局促不安，因此改变话题。

“医生，你一定不会相信，那些受难花长得非常茂盛。”我看着楼下的花园。

受难花是他送的，我种下去之后不久，它就蓬勃生长，生机无限，卷须缠绕着铁篱笆，有时候似乎要穿越石墙。

海瑞拉医生说：“你应该把它的尖端切除，这样它就会向两边生长。”

我从他的声音听出来，他对这个话题有点兴趣，甚至感到兴奋，他问道：“开花了吗？”然后立刻自己回答，“不，不可能。时间还太早。”

第二天，我到海瑞拉医生家里探望他，伊万卡应门。她告诉我，医生仍然卧床，无法下楼。她建议我上楼，二楼左手边最末端的房间，就是他的卧房。我上回拜访是两个星期之前，这一回再看到他，我试图估计他病况恶化的程度。他躺在一张白色的木床上，蓝色的格子花呢床单与白色的被褥，几乎要将他整个人淹没。他的脸庞消瘦，甚至已经发黄。我走进房间，他试图坐起来，靠着床头板上一个盖着白毛巾的枕头。他周围的墙壁挂着五张照片，是他的一对儿女与孙儿金恩。床头柜上放着一面镜子，旁边有一幅圣母玛利亚与耶稣的圣像，再旁边则是一个白色的花瓶，里面插着一朵红玫瑰。这个花瓶是他送给妻子的生日礼物，伊万卡的生日是六月十九日，和莱拉同一天。

我们坐在房间里，沉默不语，隔壁房间的电视开着，伊万卡正在观看在贝鲁特举行的雅各布·哈达德宣福礼，他是一位黎巴嫩裔的嘉布遣会修士。我听到典礼的片段：“向上帝祈祷……象征我们的信仰与爱……感谢□的赐予。”

“你看到受难花开花了吗？”他再问一次。

我摇摇头，他小心翼翼地起身，从书架上拿下一本《室内园艺指南》，坐下来，翻到索引，检索受难花的数据，为我翻开那一页。我看到一幅精致的图片，总算了解为什么西班牙传教士会在其中看到耶稣基督的受难：萼片与花瓣有如使徒，蓝色与紫色条纹有如光环（或者荆棘冠），雄蕊与花柱有如伤口与十字架的铁钉。它是如此微妙而鲜明，栩栩如生。

海瑞拉医生告诉我："明年，你的受难花就会开成这个样子。"

这是第一回，他没有主动表示要帮我修剪树木，没有建议我们可以到吉布奇特的苗圃买什么植物，没有要送我插枝或者教我如何嫁接。这一天，他不再做任何承诺。他感叹自己无法走到自家的花园，只能从卧房窗口观赏，当一个旁观者。对于樱桃的季节即将过去，他满怀遗憾，因为他本来想酿造三十瓶樱桃酒，但现在已无能为力。我说下回我开车上山到舍巴时，会帮他买一些樱桃，但他摇摇头。

他说："我做不来了。"

他说了两次，仿佛是在道歉。

几天之后，海瑞拉医生打电话给我。我本来很担心，因为他的车子没有停在家门口，而且家里大门深锁。他告诉我他住进了纳巴泰的一家医院，我第二天就去探病。

病房的油漆颜色惨白，气氛悲凉。我走进去的时候，想起巴格达战争时期的一家医院，装潢简陋，只有医疗功能，没有人味，无法舒缓死亡告别的痛苦。海瑞拉医生躺在里面，伊万卡坐在一张沙发上；整个房间唯一的颜色，就是一条围绕墙壁的绿色饰带。他试图下床，站起来迎接我，但是无能为力。他非常虚弱，皮肤毫无血色，好不容易才坐起来，颤颤巍巍地倚靠着床板。

他对我说："我好疲惫。"

他正在发烧，有尿道感染症状。他的肝脏肿大，担心癌细胞已经转移过去。

就连这一天，我见到他的最后一天，我还是只能称呼他医生，这称号再适合不过。

"医生，我九月再来看你，中间只隔几个月。"

他回答："希望如此。"

"我相信我们一定会再见面。"其实我心里知道不是这么回事，海瑞拉医生也知道。

他耸耸肩说："希望如此。"

我拦下一部出租车，坐回马佳永，司机注意到我的表情。

"你有认识的人住在那家医院吗？"

我好不容易才说出海瑞拉医生的名字。

司机告诉我："你必须把事情交托给上帝。那家医院的病人已经没有药物可以治疗，不能动手术，没有医生帮得上忙。只有上帝能让他们恢复健康，只有上帝。"

他又用阿拉伯文说："医生只是'wasila'。"

"wasila"是工具、手段的意思。

出租车驶过一处弯道，我点燃一根烟，想起有一回我和海瑞拉医生经过此地，他指着光秃秃的山麓，那是许久以前战火蹂躏的结果。

海瑞拉医生问我："你看到那座山丘了吗？"

他告诉我，山丘上原本种满了杏树，从树干就可以看出年龄，比他还早几十年。每年春天，枝头开满杏花，一片雪白，美得难以置信。

那景象恍如另一个世界，那是他的马佳永。

他告诉我："你看，山坡上还有一些杏树的残桩。"

尾声

2011年2月，晴天霹雳，剧变的时代突然降临，埃及脱胎换骨，爆发革命，革命落地生根，暴君遭到推翻；原本不知何去何从的人们，意识到自己可以战胜所有的死亡与拘禁、苦难与失望，即多年来埃及人民生活的常态。这种风起云涌的精神，在开罗的解放广场表现得最为鲜明强烈。这座位于市中心的广场，近年风光不再，有太多的战役在这里败北，太多的生命遭到羞辱压抑。广场爆发的事件，源自年深月久的挫折感、对于过往的集体记忆、对于改变的梦想。那是一场想象力的行动，人们不再逆来顺受，而是展开行动，营造未来的愿景。人们创造出一个不一样的社会，并且与过去连接。

马佳永大宅整修工程完成几年之后，我重回工作岗位，踏上开罗的解放广场，埃及革命很快就到达兴奋的高峰。那天是星期日，午夜过后几分钟，雨水流过寂静的街道，整个地方变得很不一样。艾哈迈德·阿卜杜勒-穆奈姆披着一条毛毯，和我走过尼罗河宫殿桥，笑眯眯地对我畅所欲言："我的愿景，远远超出我眼睛的视野。"

广场周遭围绕着纪念碑，代表江河日下的威权政体。在那一天，反抗的呐喊最后变成胜利的欢呼，在人山人海中响彻云霄，男男女女高喊"欢迎来到自由埃及"。夜幕低垂时分，气氛稍稍平静一点，欢呼与呐喊逐渐柔和，广场变成即兴演出的舞台，让人们朗诵诗歌、表演才艺、辩论政治。艾哈迈德和我一同走进广场时说："我这辈子还没看过这样的场景。"他的笑容绽放开来，"这里的每一个人都无比清醒。"

小吃店为大家准备三明治，免费供应。义工把茶水送到路障旁边，慰劳疲惫的看守者。药房分送绷带与药水、消毒剂与吸入器、静脉注射液与胰岛素。艺术家在沥青路面挥洒美学素养，作品未必令人难以忘怀，但是很能够振奋人心。夜色蔓延开来，小贩缓缓走过平静的街道，走过手牵手的情侣，走过身上贴着绷带的男子；这些男子与恶形恶状、胆大妄为的政府支持者搏斗，绝不让对方阻止自己追求新家园的梦想。

有人大喊："一杯茶一埃及镑！"另一个人叫卖："库夏里！库夏里！库夏里！"那是一道用米饭、扁豆和面条煮成的简单菜肴，可以喂饱饥饿的民众。义工分送长棍面包，高声说道："我的同胞们，快吃吧！我们来帮助你们！"大家似乎感觉到胜利指日可待，扩音器播放阿卜杜勒-哈利姆·哈菲兹的歌曲，歌词中唱道："哦，时光，为我们拍一张照片。"他是上一个年代的埃及偶像，"我们越来越接近彼此，那些离开广场的人，永远不会出现在照片中。"

我走着走着，和一位医生聊起来，她是一位美丽的女医生，特地从国外回来，见证历史时刻，她说："人们会爱上这座广场。"我们走近一排战车，其中一辆被抗议者涂鸦喷上"埃及是我的"。女医生继续说道："我们会把广场清理干净，好好爱惜它，让它成为开创新境界的象征。"

凌晨五点刚过，柔和的晨光映现天空，呼唤穆斯林祈祷的声音响起，距离我最近的一位宣礼员高喊："祈祷比睡眠更美好。"

男男女女，一些民众已经起床。在这座别名“千座宣礼塔之城”的首都大城，呼唤声不断回荡。我和穆罕默德·法鲁克走向尼罗河宫殿桥的入口，他看着逐渐醒转的骚动，回过头来告诉我：“你会觉得，这个社会就是你想要的社会。”边说边指着广场。

我想到一句古老的阿拉伯语“Ibn al-sa'a”，意思是“时间之子”，以比喻的角度来说，它象征着稍纵即逝的事物，以刹那瞬间凝聚一生的光阴，短暂地展现其命运。解放广场正是时间之子。

三月，我来到利比亚的一个小镇，它的地名我先前一直懒得去记。利比亚政府已经岌岌可危，但仍然可以做困兽之斗。政府军在一处临时检查哨拘留了我和另外三位记者。子弹四处跳射，射入地面时激起柔软的土块。我奔跑逃离，被一座沙丘绊倒，全身肌肉紧绷。几分钟过后，我发现自己跪在地上，旁边是一幢简单的屋子，只有一个房间，一名妇女紧紧抱着自己的婴儿，母女俩都哭到无法自已。几名士兵拿枪对准我们，拳打脚踢，把我们口袋里的东西搜刮一空，逼迫我们脸朝地面躺下。一名个头较小的士兵冲向我，大声嘶喊：“你是翻译！你是间谍！”时间一秒一秒过去，度秒如年，另一名士兵也过来，双眼冒出怒火，把我的脸压进泥土。

他以阿拉伯语冷静地说道：“枪毙他们。”

我纹丝不动躺在地上，一种熟悉的感觉油然而生，多年前在巴勒斯坦的拉马拉，我躺在死灰色的天空下，背部中弹受伤，等待死亡降临。我回想起 2006 年在卡纳，一群民众大喊：“慢一点！慢一点！”黎巴嫩军人、红十字会员工与义工，拿着锄头、铲子或者徒手挖掘，搜寻失落生命的残余片段。那种感觉2003年出现在巴格达，拉娃·贾迈勒残破的尸身被人从美军轰炸后的废墟拖出来，她的母亲看到女儿断裂的头颅，当场呕吐。我想起马佳永的山丘上，一座原本富丽堂皇的大宅，沦为遭到羞辱的对象，空荡、贫乏、绝望，完全没有创造性与想象力可言。

第二天，我们被关进监狱，位于地中海滨一座名为锡尔特的城市。我想，阿拉伯世界应该有更糟糕的监狱，锡尔特这一座漆成黄色，气氛还不错。几位同事和我戴上手铐，被人丢进一间位于地下室的牢房，里面有一张破破烂烂的床垫，一个用来小便的瓶子，一罐水，一袋黏糊糊的枣子。解放广场感觉非常遥远。墙壁上有一位虔诚的囚犯涂鸦，向上苍祈求："真主解救我们。"旁边是一行小字，透露出这名囚犯的心事："我挚爱的佛达丝。"

隔天早上，我们被转送到一座军用机场，遭到最惨烈的殴打。我被蒙上眼罩，戴上塑料手铐，头部挨了一记枪托。我摇摇晃晃，等待下一记重击，再下一记，心想到底还要挨多少记。我坐上一架飞机，前往首都的黎波里。塑料手铐紧紧勒住我的手腕，肿胀的双手逐渐麻木，我开始恐慌。在运输机的隆隆声中，有人听到我的求救，走了过来，我转头朝向他，等待又一记重拳。但是他俯身靠近我，我的耳朵感觉到他的呼吸，他轻声说："对不起。"

第二天，的黎波里，土耳其外交官员与利比亚当局协商，让我们重获自由，开车载我们离开利比亚。在这之前不久，我们来到一间豪华的办公室，一位文质彬彬的利比亚外交部官员与我们聊天。他的闲话家常透露出困窘，后来我几乎完全忘记他说过什么，只记得他对我的同事说了几句地道的英式英文。

其中包括叶芝的两行诗："我不恨我所对抗的人/也不爱我所保护的人。"

然而我恨他。我也恨我在被俘一个星期之后，离境时看到的那块告示牌，为一个不值得悲怜的政权进行宣传。一枚旭日形胸针上写着一则口号："四十一年无止境的快乐。"另一则口号写着："民主是人民做主，不是人民表达。"我恨这一切的代价。我想回家，因此我带着新婚妻子与刚出生的儿子来到马佳永。我从利比亚获释之后要去的地方，没有任何疑问。

伊斯伯·萨玛拉的先人抵达马佳永时，仍然带有霍兰及其贝都因居民的游牧作风。他们没有多少财物，但据说每一个家庭都带着磨咖啡的木制"米赫巴吉"与烘焙面包的铁制"萨吉"。任何人只要听到磨咖啡豆的声音，都可以登堂入室做客。那声音仿佛在说"留下来""接受我们的照顾"。我回到马佳永时，心里想着这些往事，想着已经失落的事物以及或许可以复原的事物。我想象那些在沙漠漫游的部落，虽然信仰不同、理念不同，但行经草原时，为彼此提供协助与救援。我回想起提尔的黑衣女子，以一种静默的尊重，为八十六具编上号码、即将葬入同一座墓穴的棺木哀悼。我还记得解放广场，还记得在那个短暂的时刻，人们想象的一切。

我经常走过伊斯伯的石砌大宅，走过那两棵最古老的橄榄树，从我祖母与家乡道别的那一天矗立至今。我想到再过不久就要来到的女儿，她会踏上曾祖母当年离家时走下的楼梯，等着听曾祖母传唱的儿歌。我在想象中看到莱拉，似乎一夕之间就长大了，站在两棵橄榄树旁，重复背诵我教她的阿拉伯文，这些文字将她带回伊斯伯的世界，在那里，利塔尼河流过马佳永，流过我们曾经拥有的土地。

那就是家园，就是我们的想象。

2011年9月

致读者

本书缘起于2006年的一个想法。多年之后，想法能变成一本书，有两个人居功厥伟：乔治·霍吉曼与罗伯特·谢泼德，他们是我所认识最好的人。罗伯特是我的经纪人，总是对我展现信心、付出友谊，尽管可能是所托非人。乔治则是当今出版业最杰出的编辑，他会表达绝望、百般劝诱、滔滔不绝、激励振奋，直到一本书脱离原本混乱不堪的状态，展现全然不同的风貌。就如我的上一本书《长夜将至》，乔治的名字也应该出现在封面上。

女儿莱拉是激发我写这本书的源泉。妻子娜达的爱与付出，让我得以完成它。儿子马利克陪着我一起写作，仿佛知道这本书是他的家族史。我向父亲巴迪与母亲朗达学习，为家族过往感到骄傲，他们两位代表了一个家庭应有的一切。他们目前各自的伴侣莎拉·沙迪德与查尔斯·莫斯契拉一直把我、我的姐妹仙侬与兄弟戴蒙当成自己的子女。

我们是俄克拉何马市的大家族，就算成员彼此分离，也还是心意相通；我一直希望以《石头之屋》来见证这个家族。的确，往者已矣，但精神长存：祖父母辈的艾伯特、瑞伊法、乔治与欧尼迪，叔伯姨婶辈的纳比、纳比哈、纳吉芭与南妮特。还在世的亲人花了许多时间与我合作，特别感谢格拉迪斯阿姨、阿迪巴阿姨与艾娃阿姨，查理叔叔与爱德华叔叔，亚玛玛阿姨、乔治安阿姨与盖桑·迈克·萨玛拉。在所有家族成员中，伊斯伯大宅对我的表姐朱玛娜·拉胡德最为重要，多亏她、她丈夫福阿德、小叔阿曼多的帮助，大宅整修工程才能完成。每一位堂表兄弟姐妹都像我的兄弟姐妹，大宅对他们永远开放。努尔·马拉斯为整修计划花了许多时间心力，他的研究成果是无价之宝。迈克尔·普洛文斯、莱拉·法瓦兹与卡萝尔·哈基姆慨然应允审阅本书的史实部分。最后，我还要感谢那些我到马佳永才认识的家人，他们帮助我了解想象的意义，以及想象能够营造出什么样的社群。我也要感谢我在马佳永认识的每一位朋友、与我一起工作的师傅，当然还有阿布·金恩与海瑞拉医生。

我在之前几本书提过，将阿拉伯文转拼为英文，通常会是非常麻烦的工作，这本书更是如此。妻子和我尽可能忠实呈现口语的发音，但是一直无法订出一套标准。通晓阿拉伯文的人应该会觉得我们的拼法很熟悉，至少在语音上是如此。同样的名字有时会有不同拼法，目的是区分不同人物，例如 Nabeeh 与 Nabih，Nabeeha 与 Nabiha。本书大部分人物都是真名，但也有人是以假名登场，马佳永毕竟是个小镇，我不希望为他们带来难堪和困扰。

本书的研究工作，主要是那些代代相传的家族故事；然而书中也有不少部分，非常仰赖学者对于这个地区及其发展历史的研究。我尤其要感谢哈纳·哈丹·扈利与他博大精深的作品《马佳永与泰姆干谷家族的新闻史》（*The Rich News of the Families of Marjayoun and Wadi al-Taym*），还有亨利·阿布·埃拉吉收录的《马佳永旧报纸》（*Old Marjayouni Papers*）。此外我还大量参考了以下的书籍，迈克尔·沙迪德的《远征医生》（*Crusading Doctor*）、法里德·胡拉尼的《欧琳妲的梦》（*Olinda's Dream*）、塞西尔·胡拉尼的《未完成的奥德赛》（*An Unfinished Odyssey*）、法里德·

胡拉尼的《赫尔蒙山麓》（*At the Foot of Mount Hermon*）、弗里德里希·拉格特的《黎巴嫩建筑》（*Architecture in Lebanon*）、赫布·哈姆的《三位一体崇拜》（*Worshipping the Undivided Trinity*）、汤姆·考德威尔的《黎巴嫩山岭》（*From the Hills of Lebanon*）、普洛文斯的《大叙利亚革命与阿拉伯民族主义勃兴》（*The Great Syrian Revolt and the Rise of Arab Nationalism*）、伊莉莎白·汤普森的《殖民地公民》（*Colonial Citizens*）、菲力普·扈利的《叙利亚与法国托管》（*Syria and the French Mandate*）、毕特·哈米兹拉奇的《南黎巴嫩安全带的出现》（*The Emergence of the South Lebanon Security Belt*）。此外，本书的史实部分也从考德威尔、贾布尔·沙迪德、雷蒙德·哈比比未出版的著作获益良多。

Bayt Samara
萨玛拉家族

- 苏莱曼·萨玛拉 *Suleiman Samara* *Born 1828*
  - 法里斯 *Faris*
    - 阿里夫 *Aref*
    - 欧法 *Offa*
  - 哈拉雅 *Khalaya*
  - 拉希亚 *Raheeja*
    嫁 米哈伊尔·阿布拉 *Mikhail Abla*
  - 赛义德 *Said*
  - 伊斯伯 *Isber*
    娶 芭希雅 *Bahija Abla*
    - 纳比 *Nabeeh*
      娶 阿迪巴·瑞耶斯 *Adeeba al-Rayess*
    - 纳比哈 *Nabiha*
    - 瑞伊法 *Raeefa*
      嫁 阿卜杜拉·沙迪德 *Abdullah Shadid* （安东尼·沙迪德的祖父）
    - 拉提巴 *Ratiba*
      嫁 赛义德·萨玛拉 *Said Samara*
    - 纳吉布 *Najib*
    - 赫达 *Hoda*
      - 朱玛娜 *Joumana*
        嫁 福阿德·拉胡德 *Fouad Lahoud*
  - 哈敦 *Khatoom*
    嫁 舒克瑞拉·沙迪德牧师 *Shukrallah Shadid*
  - 拉希德 *Rashid*
    - 卡里姆 *Kaleem*
    - 赛义德 *Said*

Bayt Shadid
沙迪德家族

阿亚什
Ayyash
娶
沙瓦卡
Shawaqa

- 米克巴尔 *Miqbal (Mack)* 娶 哈菲莎 *Hafitha*
  - 格拉迪斯 *Gladys*
  - 乔治 *George* 娶 欧尼迪 *Onie Dee*
  - 保利娜 *Pauline*
  - 戴维 *David*
  - 朱诺 *Junior*
- 阿卜杜拉 *Abdullah (Albert)* 娶 瑞伊法·萨玛拉 *Raeefa Samara*
- 哈纳 *Hana (John)*
- 纳吉芭 *Najiba*
- 纳比哈 *Nabeeha*

只有书里提到的人才会标注在亲属关系图里。